JEDES JAHR

zur Sommersonnenwende soll in einem abgeschiedenen Dorf eine junge Frau dem Dämonengott geopfert werden, um ihn gnädig zu stimmen. Jede von ihnen wird am Waldrand an ein Holzkreuz gebunden und Nodir dargeboten, bis er sie zu sich holt. Voller Entsetzen hört Sóley, wie bei dem diesjährigen Fest ihr Name vom König ausgerufen wird. Doch kurz vor der Opfergabe gelingt ihr das Unmögliche: Sie kann sich mithilfe ihrer Freundin Layla befreien und flieht in die Tiefen des Waldes. Dort kann nur einer Sóley vor dem Zorn des Dämonengottes retten: der Herrscher des Siebten Reiches, dessen Dunkelheit die junge Frau ebenso fasziniert wie fürchtet. Denn sie scheint ihm ähnlicher zu sein, als sie glaubt ...

LEXY V. GOLDEN

SCEPTER OF BLOOD

KUSS DER DUNKELSTEN NACHT

CARLSEN

KAPITEL 1

SÓLEY

Blut rann meinen Unterarm entlang, als ich meine Hände im Wasser des kleinen Baches wusch. Vorsichtig glitt ich mit den Fingern über die scharfe Jagdklinge, um sie von den letzten Blutresten zu säubern.

Um mich herum wurde der Wald in ein Farbenspiel aus Purpur und Flamingorot getränkt. Das vertraute Zirpen der Zikaden verstummte mit jeder Minute, die ich zu lange am Bachufer hockte. Es war beinahe so, als wüssten die Insekten, dass heute Nacht das alljährliche Fest stattfand.

Mich interessierte nicht, ob sich alle Bewohner des Dorfes und der benachbarten Siedlungen bereits eingefunden hatten. Alles, woran ich in diesem friedlichen Moment dachte, war, nicht mit leeren Händen zurückzukommen. Ich blickte zu den drei gefangenen Kaninchen, die immer noch die Drahtschlingen um ihre Hälse trugen. Drei Tiere waren nicht schlecht, wenn man bedachte, welcher Lärm die letzten Tage vom Dorf ausgegangen war. Es war beinahe unmöglich gewesen, etwas zu fangen, da Posaunen, Pauken und Hörner sämtliche Waldbewohner tiefer in die Berge getrieben hatten.

Weiter als nötig wollte ich nicht ins Gebirge ziehen, um Kaninchenfallen aufzustellen. Denn je tiefer man den Wald betrat, desto geringer waren die Chancen, dass man ihn jemals wieder lebend verließ.

Um nicht zu spät zurückzukehren, schob ich den Dolch eilig in meinen Ledergürtel, schüttelte die Hände flüchtig trocken und sammelte meine Beute vom Felsen neben mir ein. Mit den drei Wildkaninchen in der Hand lief ich zu meinem Pferd, das ich nahe dem Bachlauf angebunden hatte. Eine friedliche Stille legte sich über mich. Jedem anderen würde gerade mulmig zumute werden, aber ich mochte die Ruhe. Die letzten Tage waren das Getöse und die Hektik um die Vorbereitungen für die Bekanntgabe der Schicksalsträgerin kaum auszuhalten gewesen. Obwohl viele Menschen im Dorf Hunger litten, hatten sie ihre letzten Vorräte herausgeholt, damit es dem König während seiner Durchreise an nichts fehlte.

Wenn man es genau betrachtete, fraß sich der König in jedem Dorf mit seinem Gefolge und seinen Soldaten durch. Für ihn waren dic Wochen um die Sommersonnenwende die perfekte Gelegenheit, um sein Land zu bereisen, seine Bewohner um ihre letzten Nahrungsmittel zu bringen und die Gefangenen öffentlich hinzurichten. König Minhêlon Tríton war gekommen, um die diesjährige Schicksalsträgerin zu ernennen.

Als ich bei Ophram, meinem schwarz-weiß gescheckten Hengst, ankam, band ich die Kaninchen am Sattel fest und prüfte dreimal, ob die Knoten sicher saßen. Danach strich ich über seine Stirn.

»Kehren wir zurück. Es wird Zeit«, flüsterte ich ihm zu, als ich im selben Moment sehr nah an meinem rechten Ohr ein Knistern vernahm. Augenblicklich hielt ich in meiner Bewegung inne, bevor ich den Umhang zurückschwang und mich umdrehte. Doch da war nichts. Ophram schnaubte und drehte seine Ohren in alle Richtungen. Er hatte es ebenfalls bemerkt.

Das Zirpen der Zikaden verstummte, und ich hörte erneut ein

Geräusch, das mich an Flammen, die über feuchte Holzscheite leckten, erinnerte. Eigentlich glaubte ich nicht an die ganzen Erzählungen und Mythen, die über das Gallônes-Gebirge berichtet wurden. Wenn es stimmte, was die Dorfältesten, die Seher, sagten, lag ein Fluch über diesem Wald. Ein Fluch, der immer mächtiger wurde, je tiefer man ins Gebirge vordrang. Ich ging seit mehr als zwei Jahren regelmäßig jagen und hatte in keinem Augenblick Fluchmagie spüren oder sehen können. Allerdings war ich bisher nie so weit in den Wald vorgedrungen wie heute.

Um nicht noch mehr Zeit zu vergeuden, band ich Ophram los, stieg in den Sattel und bewegte meinen alten Hengst dazu, die leichte Böschung zu überwinden. Ich hörte das leise Knistern kein weiteres Mal, obwohl jeder meiner Sinne geschärft war. Ich ritt wachsam und mit einer inneren Anspannung weiter.

Als wir den schmalen, staubigen Pfad erreichten, waren bloß noch die letzten rotgoldenen Lichtstreifen des Sonnenuntergangs zu erkennen.

Doch kaum dass das Schimmern zwischen den Fichtenkronen verblasste, entdeckte ich bläuliche Blitze – Lichterscheinungen, die flüchtig zwischen den kleinen Wölkchen auftraten und gleich wieder verblassten.

Sieht so aus, als würde es heute Abend gewittern und das Fest ins Wasser fallen.

Nicht dass ich etwas dagegen gehabt hätte. Ganz und gar nicht. Jedoch war keine Spur von Gewitterwolken zu sehen. Ich schaute in den Himmel hinauf.

Wie merkwürdig.

Ophram schnaubte, als im selben Moment das tiefe Dröhnen eines Waldhorns erklang. Wie ein unheilvolles Omen drang es durch den Wald. Es war der erste Ruf. Es würden neun weitere folgen, bevor die Verkündung der Schicksalsträgerin stattfand. Mir tat bereits in diesem Moment das Mädchen leid, auf das dieses Jahr das Los fiel. Sie würde herausgeputzt und einen Tag lang wie eine Königin behandelt und am darauffolgenden Abend an einem Holzkreuz am Waldrand festgebunden werden. Dort musste sie darauf warten, dass der Dämon sie holte. Kein anderer Mensch durfte in ihrer Nähe sein. Ich wollte mir nicht ausmalen, welche Ängste sie in dieser Nacht durchstehen musste.

Mich schüttelte es allein bei der Vorstellung, wie dieser Dämon, den niemand je gesehen hatte, sie holte und auffraß. Denn ein Wesen, das nur Unheil über die Siedlungen der Magielosen brachte, verdiente es in meinen Augen nicht, besänftigt zu werden, indem man ihm Menschenopfer darbot.

Die Ältesten hatten zwar selbst auch noch nie einen Dämon zu Gesicht bekommen, schworen aber auf ihr Leben, dass diese Monster existierten. Sie waren sich sicher, dass es den Bewohnern der magielosen Landstriche, zu denen mein Zuhause gehörte, wesentlich schlimmer ergehen würde, wenn nicht jährlich eine junge Frau geopfert würde.

In Gedanken vertieft, bemerkte ich nicht, wie mit einem Mal schwere Tropfen vom Himmel fielen. Zwei landeten auf meinen Händen, mit denen ich die Zügel locker umgriffen hielt. Anders als gewöhnlicher Regen waren die Tropfen pechschwarz.

Augenblicklich hob ich das Gesicht zum Himmel. Er verdunkelte sich. Und das ziemlich rasant. Durch große Wolken brach die Nacht herein, viel schneller als sonst.

Ein heftiges Beben ließ einen Moment den Erdboden erzittern und Ophram tänzelte unruhig hin und her.

Was ist das? Woher kommt dieses Beben und wieso ist der Regen pechschwarz?

Ohne lange zu zögern, umfasste ich die Zügel fester und drückte die Fersen in Ophrams Bauch. Was auch immer hier passierte, es schien, als würde in diesem Wald etwas ganz und gar nicht stimmen. Als hätte jemand Hand an die natürlichen Gesetzmäßigkeiten gelegt.

Ich war keine hundert Meter weit geritten, als ein zweites, wesentlich heftigeres Beben den Waldboden erzittern ließ.

Der Fluch! Gibt es ihn wirklich?

Plötzlich entdeckte ich einige Meter entfernt aus den Augenwinkeln eine schwarz umschattete Kreatur. Zuerst sah es aus, als würde ein Wildschwein oder etwas Größeres parallel neben uns herlaufen. Doch dann nahm es an Geschwindigkeit zu, verschmolz mit den Baumstämmen und erschien wie ein Schatten einige Meter weiter vor mir.

Um das Tier genauer zu betrachten, kniff ich im stetig zunehmenden Regen angestrengt die Augen zusammen. Das schwarze Zeug, das vom Himmel fiel, brannte in den Augenwinkeln, verursachte ein Jucken auf der Haut und roch nach Schwefel und Fäulnis.

Das Tier, das mit großen Schritten durch den Wald lief, rannte nicht, es wirkte konzentriert, beherrscht – es sah aus, als würde es eine Fährte aufnehmen, ohne mich zu bemerken. Sein Kopf war zum Boden gerichtet, während es ein tiefes Grunzen und Schnauben von sich gab.

Ein zweites Mal ertönte das Waldhorn. Der Hall war dieses Mal so laut, dass das Tier ruckartig den Kopf hob und im selben Augenblick mächtige Schwingen ausbreitete. Der Kopf erinnerte an den eines Greifvogels, wohingegen seine Flügel denen eines Drachen glichen. Es besaß keine Federn, dafür einen langen, von Schuppen überzogenen Schwanz, der angespannt hin- und herpeitschte.

Bei den heiligen Priestern Wârdorás, was ist das für ein Tier?

War es überhaupt ein Tier oder eine besondere Spezies?

Sehr clever schien es nicht zu sein, denn obwohl es einen guten

Geruchssinn zu haben schien, bemerkte es mich nicht. Ich befand mich nicht einmal dreißig Fuß von ihm entfernt. Kein einziges Mal blickte es in meine Richtung.

Obwohl ich unerkannt blieb, hörte ich mein Blut in den Ohren rauschen und spürte meinen schnellen Puls in der Kehle klopfen. Instinktiv griff ich nach meinem Dolch, um mich auf einen Kampf vorzubereiten. Gegen solch eine große Kreatur zu bestehen war aussichtslos. Daher verhielt ich mich ruhig und ritt nicht weiter. Nein, ich würde warten, bis es verschwand.

Als das Horn erneut zu hören war, funkelten die gelbgoldenen Augen der Kreatur, und sie gab einen grellen, lauten Schrei von sich, der ein Klingeln in meinen Ohren verursachte. Wie konnte ein Tier nur solch einen hohen Ton erzeugen? Leise keuchend kniff ich die Augen zusammen.

Nach dem Schrei reckte es den Kopf in meine Richtung.

Es hat mich gesehen!

Doch statt mich anzugreifen, erschien eine hochgewachsene Gestalt wie ein schwarzer Nebelsturm zwischen der Kreatur und mir. Sie war kaum erkennbar inmitten des wabernden Rauchs.

Augenblicklich erstarrte ich und mein Magen verknotete sich schmerzhaft.

Die Gestalt stand mit dem Rücken zu mir. Sie müsste sich nur umdrehen und hätte mich entdeckt. Ich konnte silberfarbene Schulterklappen und pechschwarzes Haar erkennen – und wie sich eine gewaltige schwarze Schlange um die Füße des Wesens schlängelte. Ich blinzelte mehrmals, um auszuschließen, dass ich mir all das nicht nur einbildete.

Bei den Heiligen Nephistos! Ich muss etwas Falsches gegessen haben ... halluzinieren.

Schon mit zwölf Jahren hatte ich diesen Wald durchstreift und kein einziges Mal war ich auf sonderbare Wesen wie diese getroffen. Sie konnten nicht real sein. Sie konnten bloß in meinem Kopf existieren. Als litte ich unter Kopfschmerzen, fasste ich mir an die Schläfe, schloss die Augen und öffnete sie wieder. Aber die Kreaturen waren immer noch da.

Die Gestalt zischte in einem bedrohlichen Tonfall, als wäre sie angewidert von dem bloßen Anblick der geflügelten Kreatur. Es waren drei Worte in einer fremden Sprache, die ich sehr gut hören konnte: *»Néhphdân aka-Tár Ríat!«*

Es klang wie ein Befehl, eine Anweisung an einen niederen Diener, der ihm lästig war. Danach geschah etwas Merkwürdiges: Die geflügelte Kreatur senkte den Schnabel zu Boden, kniff die Augen zusammen, legte steif die mächtigen Flügel an und gab einen gequälten Laut von sich, als würde sie ergeben nicken. Im immer dichter werdenden Regen verschmolz die Gestalt mit der Umgebung und war nicht mehr zu sehen.

Nervös und vollkommen überfordert mit dem, was ich gesehen hatte, richtete ich mich im Sattel auf und drehte meinen Kopf in alle Richtungen. Wenn diese schwarzhaarige Gestalt wie aus dem Nichts erscheinen konnte, konnte sie sicher auch direkt vor mir auftauchen. Die Vorstellung ließ mich schaudern.

Aber nachdem ich mehrmals die Umgebung abgesucht hatte, entdeckte ich keine Schattengestalt, auch keine geflügelte Kreatur mit Drachenschwanz. Nichts. Beide waren fort.

Alles, was blieb, war der schwere prasselnde Regen, der meinen Körper wie eine schmierige Ölschicht von oben bis unten überzog.

KAPITEL 2

SÓLEY

Ich ritt wie eine Wahnsinnige. Mit jedem Meter, den ich hinter mir ließ, legte sich der Regen und lichteten sich die Bäume.

Die Seher hatten recht. Sie hatten mit allem recht. Denn was ich gesehen hatte, gehörte nicht in die Welt der Magielosen. Ich konnte noch immer den nach Tod und Krankheit stinkenden Geruch des Regens einatmen. Er umgab mich von Kopf bis Fuß. Allerdings ekelte er mich nicht an.

Es war wohl ein Dämon gewesen, den ich da gesehen hatte. Oder ein Magier – auf jeden Fall etwas, das viel mächtiger war als ein gewöhnlicher Mensch. Schließlich hatte sich die Gestalt mit der Kreatur verständigen und wie aus dem Nichts erscheinen und wieder verschwinden können.

Im Dorf angekommen starrten mich die angeheiterten Bewohner, denen ich begegnete, wie meistens merkwürdig an. Für sie war ich selbst nach Jahren eine Fremde, die nicht in die Siedlung gehörte, die anders aussah und sich nicht wie eine junge Frau meines Alters verhielt.

»Bist wohl in den Dreck gefallen, was?«, rief mir Niklas hämisch zu, der seine Freundin enger an seine Seite zog und mir absichtlich die Straße versperrte.

Nein, bitte nicht er.

Der eingebildete Sohn des Bürgermeisters war wie die Pest. Er würde sicher eines der Kaninchen einfordern, sobald er sie entdeckt hatte. Schnell versteckte ich mit dem Mantel meine Beute, damit er sie nicht sah.

»Geh beiseite!«, forderte ich den rothaarigen Kerl auf.

»Wieso denn? Hast du es eilig? Während sich alle auf das Fest vorbereiten, die Stände herrichten und die Rede des Bürgermeisters, meines Vaters, wie du weißt, angehört haben, suhlst du dich im Dreck.«

»Verschwinde, du Torfkopf!« Ich riss die Zügel herum, als der Blödmann Anstalten machte, mein Pferd zu verunsichern, indem er mit der rechten Hand hektisch in der Luft herumfuchtelte. »Hör auf damit und geh dich mit deiner Freundin amüsieren. Vielleicht ist es euer letzter gemeinsamer Abend, wenn das Los auf sie fällt.« Für diese scharfen Worte konnte ich mir immens viel Ärger einhandeln.

Er schnappte nach Luft, griff nach dem Halfter und starrte mich mit einem bösartigen Funkeln, das in seine schmalen Schweinsaugen getreten war, an.

»Wetten, dass nicht? Und falls doch, wäre es für Isa eine Ehre, ihre Pflicht zu erfüllen.«

Wer's glaubt ... Ich musste mir ein Lachen verkneifen. »Es ist keine Pflicht. Wie kannst du von Ehre sprechen, wenn ein Mensch von einem Dämon gefressen wird, damit *du* nachts unbesorgt schlafen kannst? Wenn es solch eine Ehre ist, warum bietest *du* dich nicht an?«

Sein rundliches Gesicht nahm ein gefährliches Rot an, während es um seine Nase herum blass blieb. Auf seiner rechten Wange zuckte ein Muskel. Jedes Mal, wenn ich an seinem Ehrgefühl kratzte, wurde er rot und war kurz vor dem Platzen.

»Weil es immer Weiber sind. Ich würde mich selbstverständlich sofort freiwillig melden, um mich für mein Dorf zu opfern, wenn es möglich wäre. Aber da der Dämonengott nur jungfräuliche Frauen bevorzugt, kann ich ihm mein Leben nicht opfern.«

Was für ein Heuchler. Er war es doch, der jedes Mal die Hosen gestrichen voll hatte, wenn im Dorf ein unerklärlicher Vorfall eintrat.

Er deutete mit dem Zeigefinger eine Kreisbewegung neben seiner Schläfe an und verdrehte die Augen, als stünde er kurz vor einem Kollaps. »Aber was soll man auch von dir erwarten, Kuckuckskind! Du bist einfach verrückt, durchgeknallt – wie deine Eltern. Vielleicht trifft das Los dich? Dann könntest du dem Dorf zum ersten Mal nützlich sein.«

Mieser ...

Ein durchtriebenes Grinsen bildete sich auf seinen feucht glänzenden Lippen, nachdem er bemerkt hatte, dass es ihm gelungen war, mich zu verletzen. Das Grinsen ließ ihn drei Jahre jünger und noch dümmer aussehen. Niemand beleidigte meine Familie. Ich mochte anders sein, das traf jedoch nicht auf meine Eltern und Geschwister zu.

Ich würde, falls das Los wirklich auf mich fiel, mein Schicksal ganz sicher nicht hinnehmen. Um meine Familie nicht warten zu lassen, beugte ich mich an Ophrams Hals vorbei, um Niklas' Hand vom Halfter zu zerren.

Im selben Moment rutschte meine rechte Mantelhälfte über die erbeuteten Kaninchen. Die herausgeputzten Menschen, die an uns vorbeiliefen, bildeten eine Traube um uns herum. Die wenigsten Bewohner trauten sich in die Wälder, um selbst Wild zu erlegen. Die Angst war viel zu groß, Flüche auszulösen oder sich im Dunkel der Bäume zu verirren. So mancher Mann kam nach einer Jagd nicht mehr zurück. Aus dem Grund rissen sie mir die gejagten Tiere auf dem Markt förmlich aus den Händen. Für die Bewohner waren sie selten, eine Rarität.

»Oh, was haben wir denn da? Du hast dich ja doch nützlich gemacht.«

Niklas gab augenblicklich das Halfter frei, um sich anschließend den Kaninchen zu widmen und die schüchterne Isa links liegen zu lassen. Blitzschnell zog ich meine Klinge und hielt sie ihm an den Hals. Isa schrie gedämpft, während Niklas die Augen vor Schreck aufriss. Das hatte er nicht kommen sehen. Die Kaninchen ließ ich mir nicht abnehmen. Sie waren für meine Familie und meine kranke Mutter.

»Versuch es gar nicht erst. Ich habe keine Schulden bei dir. Geh selbst in den Wald und fang dir was! Aber wir wissen beide, dass dir dazu der Mut fehlt, Niklas!«

Von meiner Reaktion schockiert sprang er mit einem Satz zurück, trat ungeschickt mit dem Stiefelabsatz auf seinen Saum und ruderte mit den Armen in der Luft, um nicht umzukippen. Isa rief seinen Namen und griff mit beiden Händen nach ihm, um ihn vor dem Sturz zu bewahren. Dabei stieß er sie fast zur Seite.

Welch ein Rohling!

»Lass los, Isa! Ist halb so wild«, fuhr er sie an.

Wo zuvor Furcht und Entsetzen in seinen Augen gestanden hatten, wurden sie jetzt von Wut und Hass verdrängt. Er schämte sich, als Sohn des Bürgermeisters vor einer jüngeren Frau zurückgeschreckt zu sein wie ein elender Feigling. Zu Recht. Seine Nasenflügel weiteten sich vor Zorn, während er die bebenden Lippen fest aufeinanderpresste, als er in einem gesunden Abstand vor mir stehen blieb. Um mich herum begannen die glotzenden Bewohner zu tuscheln oder gingen mit gesenkten Köpfen eilig vorüber. Ja, richtig, niemand mischte sich bei Auseinandersetzungen mit den Söhnen des Bürgermeisters ein. Besonders nicht, wenn Niklas wieder andere Bewohner schikanierte, beleidigte oder herunterputzte.

»Niklas, ihre Mutter ist krank. Lass ihr die Kaninchen«, redete Martis auf ihn ein. Er war einer der Dorfältesten, den ich beinahe unter der großen Kapuze seiner dunkelblauen Robe nicht erkannt hätte. Seine milchigen Augen huschten unruhig von mir zu Niklas, als könnte er uns ganz genau sehen, obwohl er schon vor langer Zeit erblindet war. Er legte seine Hand auf Niklas' Schulter, während ich durchatmete und das Messer sinken ließ.

»Ich kann einen Anteil einfordern, ganz egal, ob ihre Mutter krank ist oder nicht.«

Wütend funkelte ich ihm entgegen. *Nein, kannst du nicht!*

Als er endlich merkte, dass ich sicher nicht nachgab, lenkte er mit einem schäbigen Grinsen ein: »Aber ich will mal nicht so sein. Behalte sie!«

Ja, heuchele Güte und Großzügigkeit vor, du Widerling!

Vor den Dorfältesten wollte er bloß keinen Aufstand machen, weil sie hoch angesehen waren. Weit höher als der Bürgermeister.

Wäre Martis nicht hier, würde Niklas mir am liebsten den Kopf abschlagen und sich anschließend mit den Kaninchen aus dem Staub machen. Diese Botschaft konnte ich eindeutig in seinem pausbackigen Gesicht ablesen.

»Sehr freundlich von dir«, gab ich gepresst zurück, um nicht unhöflich zu wirken, und atmete erleichtert durch.

»Sei pünktlich, Sóley«, ermahnte mich Martis, der weiterhin Ophrams Hals tätschelte. »In einer Stunde solltest du dich auf dem Festplatz einfinden. Ich rieche etwas …«, Martis trat näher an mein Pferd heran, »… Ungewöhnliches an dir. Diesen Geruch habe ich lange nicht mehr eingeatmet.«

Meine Augenbrauen zuckten nervös. Er konnte den Duft des schwarzen Regens ebenfalls wahrnehmen?

Niklas beugte sich vor und schnüffelte vor mir in der Luft wie ein Ferkel an seinem Muttertier. »Ich rieche nichts. Sie stinkt wie immer nach Tiermist und Sumpf.«

Am liebsten wäre ich aus dem Sattel gesprungen, um ihn an den Schultern zu packen und in seiner festlichen Robe in der nächsten Pfütze zu ertränken. Protzig zupfte er an der goldenen Kordel am Hals seines seidenweichen roten Umhangs.

Isa trug dieselbe Robe, was mir verriet, dass Niklas sie ihr geschenkt hatte. Ihre Eltern hatten nicht das Geld, sie in diese Stoffe zu hüllen. Darunter trug sie, wie es von allen Mädchen und jungen Frauen zwischen dreizehn und neunzehn Jahren erwartet wurde, ein weißes knielanges Kleid, während ihr Ausschnitt einige Zentimeter tiefer ausfiel, als es erlaubt war. Sie verzog während der Auseinandersetzung keine Miene. Ganz so, als hätte Niklas ihr das Sprechen verboten, wenn sie zusammen gesehen wurden.

Bevor Martis auf die Idee kam, dass ich im Wald womöglich einen Dämon gesehen hatte, entschuldigte ich mich bei ihm und ritt weiter. Während Niklas mir spöttisch hinterhergaffte, Grimassen zog und sich dabei den Hals verdrehte wie ein Uhu, blieb Martis wie zur Salzsäule erstarrt stehen. Er überlegte offenbar immer noch, woher er den Geruch kannte. Hoffentlich kam er nicht darauf, ansonsten würde mir eine Befragung vor dem Rat bevorstehen.

Es war kein gutes Zeichen, wenn ein Mensch einen Dämon traf. Eigentlich sah man die Person, die einem übernatürlichen Geschöpf begegnet war, nie wieder. Kam heraus, was ich beobachtet hatte, hätte man mich befragt und für eine Hexe gehalten. Oder man hätte mir unterstellt, einen geheimen Pakt mit einem Dämon eingegangen zu sein, um mir Vorteile zu verschaffen und vom Ritual verschont zu bleiben.

Zwischen den schiefen Fachwerkhäusern aus Holz, Lehm und

Schiefer durchritt ich die sich schlängelnde Straße den Hügel hinauf. An den Rändern des Weges flackerten Fackeln, die die Nacht vertrieben. Musik erklang unweit aus der Senke, wo sich der Marktplatz befand. Und erneut, zum sechsten Mal, ertönte das kräftige Horn.

Nachdem ich die Gebäude der Stadtmitte hinter mir gelassen und einen flüchtigen Blick auf den Marktplatz erhascht hatte, wo alle auf die Ankunft des Königs warteten, erreichte ich das abgelegene Haus meiner Familie. Es befand sich nahe der Felder und Wiesen am oberen Rand des Hügels direkt neben einer altersschwachen Mühle.

Am Gartenzaun angekommen stieg ich aus dem Sattel, griff nach den drei Kaninchen und führte Ophram auf die Weide zu unseren beiden anderen Pferden: einem verrückten gescheckten Pony und einem rostbraunen sanftmütigen Wallach.

Ich nahm Ophram den Sattel ab, rieb seinen Rücken trocken und begab mich anschließend zum Haus. In jedem der Fenster brannte Licht. Meine Familie war wie jedes Jahr vor dem Fest in hellem Aufruhr. Aber nicht, weil sie sich auf die Sommersonnenwende freute, sondern weil jedes Jahr die Möglichkeit bestand, dass eines ihrer Mädchen zur Schicksalsträgerin bestimmt werden würde. Ich hatte drei jüngere Schwestern und einen älteren Bruder.

Meine Schwestern waren zehn, vierzehn und sechzehn Jahre alt. Ich war mit achtzehn die älteste Tochter und die einzige, die nicht das leibliche Kind meiner Eltern war.

Ich war vor knapp siebzehn Jahren vor der Tür der Familie mit der Bitte abgelegt worden, mich großzuziehen, weil es meine leiblichen Eltern nicht schaffen konnten. Bis heute wusste ich weder, wer meine Eltern waren, noch, woher ich kam. Immer wieder malte ich mir in Gedanken aus, dass meine Eltern sehr verzweifelt und arm gewesen sein mussten. Vielleicht hatte meine Mutter auch meinen Vater verloren und mich nicht allein großziehen können. Es war eine Schande, wenn man als alleinstehende Frau ein Kind zur Welt brachte. Solche Frauen kamen in eine Besserungsanstalt, die Kinder wurden ihnen weggenommen. Man munkelte sogar, dass sie anschließend getötet wurden, da sie ungeweihte Kinder waren, die in keiner sittsamen Ehe gezeugt worden waren. Aus Verzweiflung begingen viele Frauen, die ungewollt schwanger wurden, die seltsamsten Dinge. Legten ihre Kinder vor Klöstern ab, verließen das Königreich oder brachten ihr Kind um, bevor jemand von seiner Existenz erfuhr.

Ich verurteilte meine Mutter nicht für das, was sie getan hatte. Sie hatte versucht, mir ein gutes Leben zu ermöglichen. Mit der Wahl der Familie Leotarx hatte sie es sehr gut getroffen, auch wenn mein weißblondes Haar zwischen den dunkelhaarigen Familienmitgliedern hervorstach. Selbst der Dümmste unter den Dorfbewohnern erkannte sofort, dass ich nicht das leibliche Kind von Felippa und Paulson sein konnte.

Mit drei Jahren waren die Dorfältesten auf mich aufmerksam geworden. Bevor sie mich der jungen Familie hatten wegnehmen können, hatten sich Felippa und Paulson mit allem, was ihnen zur Verfügung stand, dafür eingesetzt, dass ich bei ihnen bleiben durfte. Sie hatten sogar zugesichert, weitere Mädchen zu bekommen, damit es immer genügend junge Frauen im Dorf gab, die man opfern konnte.

Ich verdankte ihnen viel. Viel mehr, als ich jemals zurückgeben konnte.

Nun, da meine Mutter schwer krank geworden war und die meiste Zeit im Bett verbringen musste, versorgte ich die Tiere unseres kleinen Hofs. Meine zwei Jahre jüngere Schwester Joydan pflegte den Gemüsegarten, Maidlen und Saray kümmerten sich um den Haushalt.

Mein Vater bereiste viele Dörfer, sogar fremde Königreiche, um die geschnitzten und bemalten Holzwaren, wie Teller, Löffel, Krüge, Eimer und sogar kunstvoll gestaltete Götterfiguren, zu verkaufen, die er zusammen mit meinem Bruder Arwen produzierte.

Jeder hatte seinen Platz, und zu keiner Zeit ließ mich jemand der Familie spüren, nicht dazuzugehören. Nur die Dorfbewohner erinnerten mich öfter daran.

Ich stieß die Haustür auf, wurde meine schweren Stiefel los und blickte mich um. Saray und Maidlen rannten in ihren hellen Leinenröcken die Treppe herunter, da sie mich sicher schon durch die Fenster beobachtet hatten.

»Oh, oh, Sóley, du bist spät dran. Wir gehen in einer halben Stunde los. Beeil dich besser«, rief mir Maidlen im Gehen zu, bevor sie barfuß in die Küche stürmte. Saray blieb mit ihrem von Sommersprossen übersäten Gesicht vor mir stehen. Ihr kastanienbraunes Haar lag zu einem perfekt geflochtenen Zopf um ihren Kopf. Sie schaute an mir vorbei. »Hast du was gefangen?«

»Ja, habe ich. Kaninchen. Sogar drei Stück.«

Ihre karamellbraunen Augen wurden groß. »Das wird Papa freuen. Die bereiten wir gleich morgen zu.«

»Nicht alle auf einmal. Und zuvor muss ich sie noch häuten und ausnehmen.« Was ich an diesem Abend lieber getan hätte, als mir ein weißes Kleid überzustreifen und eine rote Robe umzulegen.

»Ich nehme sie dir ab. Geh nach oben und wasch dich, Sóley, Mama hat sich schon Sorgen gemacht, wo du bleibst.«

Saray fasste nach meiner Beute und trug sie in den Keller. Ich machte mich sofort auf den Weg nach oben, um nach meiner Mutter zu sehen.

Anders, als ich heute Vormittag ihr Schlafzimmer verlassen hatte, lag sie nun nicht im Bett, sondern saß aufrecht hinter Joydan in den zerwühlten Laken und flocht deren Haar.

Das kurze Haar meiner Mutter stand büschelweise von ihrem Kopf ab. Früher hatte sie so wunderschönes, dickes haselnussbraunes Haar besessen, das ihr bis zur Hüfte gegangen war, wenn sie es offen getragen hatte. Aber seit sie erkrankt war, fiel ihr das Haar aus. Ihr ehemals so leuchtendes Gesicht hatte einen grünlich wächsernen Teint angenommen. Das einst so strahlende Bernsteinbraun ihrer Iriden war einem milchigen Schlammton gewichen. Um ihre Augen lag ein kränklicher Schatten. Die Seuche zehrte nun schon ein Jahr an ihr, mit jedem Tag mehr. Sie war sehr schwach und dünn geworden.

Ein weiches und zugleich erleichtertes Lächeln huschte über Mutters Gesicht, als sie mich in der Tür stehen sah.

»Da bist du ja, ich hatte mir schon Sorgen gemacht. Du triffst sonst nie nach der Dämmerung ein«, nuschelte sie, zog eine goldene Nadel zwischen ihren spröden Lippen hervor und schob sie in Joydans glänzendes Haar.

»Tut mir leid. Ich musste tiefer in den Wald vordringen als sonst. Ich beeile mich und bin pünktlich fertig. Versprochen.«

Joydans Augen wanderten über meine verdreckte braune Leinenhose, die moosgrüne Tunika und meinen schwarzen Umhang. »Zuvor solltest du dich waschen. Du bist von oben bis unten voller Erde.«

Dass es keine Erde war, wollte ich ihnen nicht sagen. Nicht an diesem Tag.

»Klar, hatte ich auch vor. Dafür habe ich drei Kaninchen gefangen. Somit hat sich die Jagd gelohnt. Was hast *du* heute gefangen?«, neckte ich meine Schwester, die mir einen gespielt verärgerten Blick schenkte und nach einer Nadel vor sich griff, um sie nach mir zu werfen. Geschickt duckte ich mich lachend unter dem kleinen Geschoss hinweg.

Für eine Sekunde blieb ich im Türrahmen stehen, da ich Joydan zuvor nie so schön gesehen hatte. Sie besaß weiche, zarte Gesichtszüge und braun glänzendes Haar. Ihre Lippen waren sogar rot nachgemalt worden, was sie erwachsener und noch schöner aussehen ließ. Wie eine Prinzessin.

Doch der einzige Gedanke, der mir durch den Kopf ging, war: Lass das Los heute Nacht nicht auf sie fallen. Bitte, bitte nicht!

Das hätte meine Mutter nicht verkraftet. Denn anders als die anderen Familien beugte sich unsere zwar den Bestimmungen und erschien auf dem Fest, jedoch teilte sie nicht die Meinung der anderen Dorfbewohner. Für sie war die Zeremonie eine Opferung an die Dämonen und kein glorreiches Ritual.

In meinem Dachzimmer angekommen, fand ich auf meinem alten Holztisch neben einer bemalten Laterne eine Schüssel mit frischem Wasser, ein Stück Seife und zwei Baumwolltücher vor. Eine meiner Schwestern musste mir alles gebracht haben.

Ich wurde meine Kleidung los, legte sie auf einen Haufen, um sie morgen zu reinigen, und begann damit, mich zu säubern.

Immer wieder ertappte ich mich dabei, wie meine Gedanken zu der großen Kreatur im Wald abschweiften.

Vor dem beschlagenen Spiegel, der über dem Tisch hing, flackerte die kleine Laterne. Zwar war mein Körper nicht mehr komplett von dem schwarzen öligen Film überzogen, trotzdem hingen immer noch Reste in meinen Haaren und Augenbrauen. Es klebte auch an meinem Hals und auf meinen Händen. Das verfluchte Zeug ging selbst mit der Bürste kaum ab. Ich musste sehr lange über die Stellen schrubben und mein Haar dreimal waschen und ausbürsten, bis die schwarze Substanz verschwunden war. Zwischen den Fingern zerrieb ich die Farbe. Sie war klebrig und pudrig zugleich.

Als ich mein Gesicht näher zum Spiegel bewegte, um zu prüfen, ob ich den Dreck losgeworden war, erzitterte die kleine Flamme der Laterne. Für den Bruchteil einer Sekunde flackerten weiße Linien im Spiegel auf. Nein, nicht im Spiegel, in meinen Augen. Wieder hörte ich das summende Knistern, dieses Mal an meinem linken Ohr.

Ruckartig drehte ich mich auf dem Holzhocker um, konnte aber nichts ausmachen, was dieses Geräusch erzeugte. Mit dem Knistern hatte alles im Wald begonnen. *Was, wenn die Dämonen im Dorf sind? Was, wenn sie bei der Zeremonie zusehen?*

Ich strich über meine Wangen, während ich einige Sekunden lang den Spiegel betrachtete. Doch die weißen Linien zeichneten sich nicht mehr in meinen Iriden ab. Ich hatte sie mir bloß eingebildet. Wie wohl das meiste an diesem Tag.

Plötzlich klopfte es an meiner Tür. »Ich bin es und bringe dir dein Kleid.« Saray öffnete die Tür, um mir einen Stapel zusammengefalteter Kleidung auf das schmale Bett, das unter der Dachschräge stand, zu legen. »Soll ich dir bei deinem Zopf helfen?«

Sie trat hinter mich und kämmte mit ihren Fingern mein hellblondes langes Haar durch.

»Wenn du möchtest?« Ich schenkte ihr ein Lächeln.

»Ja, ich finde deine Haarfarbe so besonders. Keiner im Dorf hat so helles Haar wie du.«

Was mir sehr oft zum Verhängnis wurde. Denn so ziemlich jeder reduzierte mich auf das Haar, mein Aussehen, mein Verhalten und hielt mich für kein menschliches Wesen.

Nachdem ich mich umgezogen hatte, fühlte ich mich wie jedes Jahr unwohl in dem scheußlichen knielangen Kleid mit den langen Ärmeln, dem V-Ausschnitt und den nackten Beinen und ließ mir von Saray die Haare frisieren. Jedes Mädchen zwischen dreizehn und neunzehn Jahren musste zu diesem Anlass dieselbe Kleidung und Frisur tragen.

»Der König soll schon auf dem Festplatz eingetroffen sein«, erwähnte Saray beiläufig, als ich die Robe überstreifte und sie am Hals und über der Brust mit Spangen schloss. Nur die reichen Dorfbewohner konnten sich goldene Verzierungen, Bordüren und Kordeln leisten wie dieser aufgeblasene Niklas.

»Seine Gefolgsleute und Soldaten auch?«, hakte ich nach.

»Ja, sie sind alle da, tanzen und essen. Es stehen dieses Mal über fünfzehn Zelte um den Festplatz. Mehr als die Jahre zuvor. Somit sind sehr viele Soldaten anwesend. Im letzten Dorf fiel angeblich das Los auf *zwei* Schicksalsträgerinnen. Glaubst du, dass ... dass vielleicht zum ersten Mal unser Dorf verschont bleibt?«

Gleich zwei? Wie schrecklich. Das ist eine absolute Seltenheit.

»Ich würde es mir wünschen, glaube es aber nicht, Saray.«

Meine Schwester hatte Angst. Das spürte und las ich in ihrem zarten Gesicht. »Falls es dich trifft oder Maidlen oder Joydan, werde ich euch helfen zu verschwinden. Du musst keine Angst haben. Ich habe vorgesorgt.«

»Ich weiß. Trotzdem ist es verboten. Die Soldaten werden uns töten, wenn sie davon erfahren, das weißt du. Sie würden unsere gesamte Familie hinrichten. Jedes Nachbardorf würde uns melden und festnehmen lassen, sobald sie uns entdeckten. Wir können nicht fliehen, Sóley.«

»Doch, das können wir. Ich kenne die Wälder besser als unsere besten Jäger. Es gibt in ihnen Bereiche, die sicher sind. In denen man Tage oder Wochen überleben kann. Ich habe solche Orte gefunden und bereits für Proviant, Decken und warme Kleidung gesorgt. Diese Verstecke werden die Soldaten nicht finden.«

Weil keiner mutig genug ist, tiefer in die verfluchten Wälder vorzudringen.

Saray blinzelte hoffnungsvoll und ängstlich zugleich. »Ich wünschte, ich wäre so mutig wie du. Aber das bin ich nicht. Meine Angst wäre viel zu groß, von einem Bären angegriffen oder von den Soldaten des Königs gefunden zu werden. Sie haben heute zwei weitere Bewohner gehängt. Die Eltern von Dena und Misome.«

»Wieso?«, wollte ich schockiert wissen. »Was ist passiert?«

Sie schlug die Augen nieder und kämpfte gegen aufkommende Tränen an. »Sie haben sich geweigert, ihre Töchter an der Zeremonie teilnehmen zu lassen, und wollten gestern Nacht fliehen. Ein Nachbar hat sie aufgehalten, in ihrem Stall eingesperrt und es dem Bürgermeister gemeldet.«

Mich traf ihre Erzählung wie ein Schlag ins Gesicht. Denas und Misomes Eltern hatten nie den Anschein erweckt, dass sie die Zeremonie ebenfalls für falsch hielten. Es war besser, wenn man nicht damit prahlte, gegen die Gesetze zu verstoßen. Aber sofort dafür gehängt zu werden, war … Es war falsch. Es fühlte sich nicht richtig an, sie mit dem Tod zu bestrafen, nachdem sie ihre Töchter hatten beschützen wollen.

»Stimmt das wirklich?«, fragte ich flüsternd und zog die Brauen zusammen.

Saray nickte. »Es ist wahr. Während du im Wald warst, hie… hielt«, sie holte zittrig Luft, »der Bürgermeister seine übliche Rede wie in jedem Jahr. Anschließend ließ er … ließ er Denas und Misomes Eltern vor den Augen aller Bewohner hängen. Es war s…so grausam.«

Saray hatte noch nie eine Hinrichtung gesehen, ich hingegen bereits drei. Man gewöhnte sich nie an den Anblick. Aber das erste Mal war einfach furchtbar. Ein Anblick, den man nie vergaß, wenn ein Mensch mit dem Tod kämpfte und anschließend das Leben in seinen Augen erlosch.

Gänsehaut breitete sich auf meinen Unterarmen aus.

Ich zog Saray in meine Arme, um sie zu trösten. »Es tut mir so leid, dass du das mit ansehen musstest. Wenn es dich tröstet, sie sind für eine gute Sache gestorben. Sie wollten ihre Kinder in Sicherheit bringen.«

Saray schluchzte, während ich über ihr geflochtenes Haar strich und mit einem entschlossenen Gesichtsausdruck zu den Dachbalken aufblickte. Den Dachbalken, die mit grünen Efeuranken bemalt waren, die eine verschneite, märchenhafte Welt mit einem Schloss darstellten. Ein Schloss – so imposant, strahlend und wunderschön, wie es nur in Geschichten vorkam. Es war mein Schloss, in das ich in meinen Vorstellungen einzog, um die finsteren Gedanken auszusperren. Als Kind hatte mir dieser Rückzugsort mehr als heute geholfen.

»Du hast recht. Trotzdem war es so brutal, grausam … so …«

»Uns wird das nicht passieren. Wir werden nicht hingerichtet, wenn wir fliehen. Denn wir lassen uns nicht fangen.«

Ich umfasste Sarays zartes Gesicht mit beiden Händen und schaute mit einem Lächeln tief in ihre Augen. Sanft wischte ich die Tränen auf ihren Wangen fort. »Versprochen.«

Zögerlich erwiderte sie ein schwaches Lächeln.

Zuerst wollte ich abwarten, auf wen das Los an diesem Abend fiel, danach blieb immer noch ein Tag Zeit, um im Ernstfall die Flucht vorzubereiten. Ich hatte überall im Wald kleine Verpflegungspakete versteckt, die alles Lebensnotwendige enthielten. Meine besten Freunde Layla und Nelio waren eingeweiht. Sie würden mir zur Seite stehen. Ihnen vertraute ich bedingungslos. Somit war eine spontane Flucht jederzeit möglich.

Und lieber würde ich bei dem Versuch zu fliehen erwischt und hingerichtet werden, als am Kreuz angebunden zu enden, um von einem Dämon verschleppt und gefressen zu werden.

* * *

Im Dorfzentrum feierte ausnahmslos jeder ausgelassen. Ein Orchester spielte fröhliche Musik. Schauspieler, Akrobaten und Tänzer versammelten sich auf der Bühne im Zentrum des Platzes, um den König und sein Gefolge zu unterhalten. Der junge Herrscher, nicht älter als Mitte zwanzig, saß neben einer bildschönen dunkelhaarigen Frau auf einem erhöhten, überdachten Podest. Links und rechts reihten sich seine engsten Vertrauten um ihn. Hinter ihm standen zwanzig Soldaten in einer Reihe und behielten in ihren rot polierten Rüstungen und schiefergrauen Umhängen das Fest im Auge. Dieses Jahr waren ungewöhnlich viele Soldaten anwesend. Mehr als sonst, was mir Sorgen bereitete.

Auf dem Festplatz tanzte das Volk, sang und betrank sich. Zum achten Mal erklang das Horn.

Mir verschaffte dieser tiefe, lang gezogene Ton Gänsehaut. Doch noch viel schlimmer war der selbstgefällige Gesichtsausdruck des Königs. Er saß in seiner majestätischen Robe, den polierten schwarzen Stiefeln und der goldenen Krone in einer lässigen Haltung auf dem gepolsterten Stuhl mit seiner gewaltigen Lehne. Und er hatte nichts weiter zu tun, als die Frau neben sich überall unsittlich zu berühren. Sie war nicht seine Königin. Er hatte bisher nicht geheiratet. Aus dem Grund munkelte man, dass ihn dieses Jahr eine seiner Konkubinen durch das Königreich begleiten würde.

Mir war es gleichgültig. Ich hielt wenig vom König und noch weniger von seinen Gesetzen, die die Dorfbewohner ausbeuteten und die Stadtbewohner immer reicher werden ließen.

Ich wandte mich von der Szene ab, bevor mir schlecht wurde, und suchte weiter nach Layla. Sie musste irgendwo in einem Stand vor dem Podest arbeiten. Genau dort, wo die meisten roten Rüstungen sich versammelten.

Ich entdeckte sie am Ausschank hinter einer gewaltigen Menschentraube, die sich vor dem Stand versammelt hatte. Mit schnellen Schritten ging ich auf sie zu, drängte mich zwischen die halb betrunkenen Soldaten und Dorfbewohner und schob mich zum klebrig feuchten Eichentresen.

Wie die anderen Mädchen trug sie eine rote Robe, darunter ein schneeweißes Kleid und darüber eine Schürze, um die Robe nicht zu beschmutzen. Da ihr Vater ein Gasthaus besaß, war er für die Bewirtung verantwortlich.

Layla eilte zwischen ihren fünf Brüdern hinter dem Holztresen hin und her wie ein Wiesel, um jeden Gast zu bedienen.

»Hast du einen Moment?«, fragte ich meine Freundin, die, als sie mich sah, mit einem Weinkrug in der Hand zu mir eilte.

»Eigentlich nicht. Es gibt viel zu tun. Aber ... Torry, kann ich kurz zehn Minuten Pause machen?«, rief sie ihrem drittältesten Bruder zu, der mürrisch zu ihr blickte, dann mich entdeckte. Sie schenkte ihm ihr einstudiertes unschuldiges Gesicht. »Ich muss mal für kleine Mädchen.« Torry sah mich, schüttelte den Kopf und rief ihr zu: »Zehn Minuten!«

»Danke, du bist ein Schatz ... Lieblingsbruder«, schmeichelte sie ihm.

Torry verdrehte bloß knapp lachend die Augen. »Morgen nicht mehr, wetten?«

Layla kicherte, füllte zwei Tonbecher mit Wein, schnappte sich beide und huschte durch die Hintertür des Standes, wo ich auf sie wartete.

»So, jetzt, endlich. Du erlöst mich. Die Leute saufen heute wie in keinem Jahr zuvor.«

»Glaube ich dir. Die Hälfte ist bereits betrunken«, gab ich zurück und betrachtete drei torkelnde und singende Männer, die Arm in Arm die Menge unsicher machten.

»Hier, für dich. Wenn ich jemandem gern Wein umsonst einschenke, dann dir.«

»Ich trinke nicht«, erwiderte ich.

»Mach schon. Nur heute. Er ist wirklich lecker. Viel zu schade für die stinkenden Trunkenbolde und Solis.« Layla schaute mir erwartungsvoll aus ihren grünen Augen entgegen. Auch sie trug ihr hellbraunes gesträhntes Haar zu einem Zopf gebunden.

Ja richtig, ihr Geheimwort für Soldaten. *Solis.*

»Ist dieses Jahr keiner dabei, der dir gefällt? Meistens hast du dir recht schnell einen Liebling ausgesucht.«

»Nein, sie sind alle unverschämt und schmierig. Sie lassen dieses Jahr mehr unanständige Bemerkungen fallen als früher. Hier! Nun trink schon. Für mich. Nur einen Schluck«, bettelte sie.

»Na gut. Weil du ihn mir schenkst.« Ich zwinkerte ihr zu.

»Auf dass wir nicht auserwählt werden«, prostete sie mir hinter der Hütte stehend zu und grinste frech.

»Auf dass keine ausgewählt wird«, antwortete ich ihr traurig lächelnd, stieß mit ihr an und nahm einen Schluck vom Johannisbeerwein. Er schmeckte süß und sauer zugleich.

Ich nahm nur wenige Schlucke, trotzdem breitete sich nach nur einer Minute eine wohlige Wärme in meinem Körper aus.

»Ich muss dir etwas erzählen, Layla.« Sie war die Einzige, der ich von den Dämonen im Wald berichten konnte. Meine Familie wollte ich nicht beunruhigen.

Mehrmals blickte ich mich um, um auszuschließen, dass wir beobachtet oder belauscht wurden.

Meine Freundin schaute mich fragend an. »Was ist los? Du siehst aus, als würde dich etwas beschäftigen. Das erkenne ich an diesem klitzekleinen Grübchen hier.« Sie tippte auf meine rechte Wange und lachte leicht beschwipst.

»Ich habe …« Ich legte beide Hände um ihr rechtes Ohr. »Ich habe heute im Wald einen Dämon gesehen.«

Als sie meine Worte hörte, erstarrte sie. Danach schlug sie mir flapsig auf die Schulter und lachte amüsiert. »Nicht dein Ernst. Hör auf, Späße zu machen!«

Meine Gesichtszüge veränderten sich nicht und blieben ernst. Stattdessen hob ich die Brauen. Schlagartig fror ihr Lachen ein. »Es ist … dein Ernst«, brachte sie unter gesenkten Lidern hervor und zog die Brauen zusammen. »Kein Witz? Wirklich nicht?«

»Nein, es ist mein voller Ernst.« Wir entfernten uns vom Zentrum des Festplatzes, um nicht belauscht zu werden. Sie wusste ebenfalls, was auf dem Spiel stand, wenn man unser Gespräch hörte.

»Ich habe zuerst ein etwa zehn Fuß großes massiges Tier gesehen mit einem Adlerkopf und Flügeln wie die eines Drachen. Das Ding bewegte sich auf allen vieren und war komplett schwarz. So schwarz, dass es kaum im Wald zu erkennen war. Es hörte das Horn aus dem Dorf und kreischte wie ein Raubvogel. Danach erschien eine dunkle, hochgewachsene Gestalt, ein Mann, glaube ich, mit breiten Schultern und dunklem Haar. Er sagte etwas zu der Kreatur und … Es war so gruselig. Eine große Schlange wand sich um seine Beine.«

Laylas Gesichtszüge gerieten ins Wanken, nachdem sie mir mit offenem Mund an den Lippen gehangen hatte. Sie sah aus, als wüsste sie nicht, ob sie laut losprusten oder mich ernst nehmen sollte.

»Hört sich alles wie ein Märchen an, das du dir ausgedacht hast.«

»Ja, ich weiß. Aber glaub mir, ich weiß, was ich gesehen habe.«

»Und dann?«, fragte sie neugierig und blinzelte erwartungsvoll, als würde sie auf ein glückliches Ende warten. »Hat dich diese schwarze Person gesehen?«

»Nein. Das Tier konnte wohl sehr gut riechen, hat aber meine Witterung nicht aufgenommen. Wieso, weiß ich auch nicht.« Nachdenklich zuckte ich mit den Schultern.

»Sóley, es war sicher ein Jäger und das Tier vor ihm ein Schwein.«

Meine Gesichtszüge verdüsterten sich. Machte sie Scherze?

»Sehr komisch. Ich weiß, wie ein Wildschwein aussieht. Würde ich dich jemals anlügen?«

»Nein.« Sie schüttelte den Kopf, nahm noch einen Schluck aus ihrem Becher und schaute mir über den Rand hinweg entgegen. »Aber du musst zugeben, dass es ziemlich verrückt klingt.«

»Ja, das tut es …« Meine Augen wanderten zu den tanzenden Menschen. Zwischen ihnen entdeckte ich große Pranken. Sah ich einen peitschenden Schwanz, der sich inmitten der Dorfbewohner hin und her bewegte und wieder verschwand. Dunkle Kuttenträger mischten sich unter die Feiernden.

Es geht wieder los.

Kamen sie bei der bloßen Erwähnung? Weil ich Layla von ihnen erzählt hatte? Unmöglich. Es hatte ganz sicher etwas mit der Zeremonie der Schicksalsträgerin zu tun.

Ich blinzelte mehrmals angestrengt.

Layla folgte meinem Blick und drehte sich um. »Was ist? Warum schaust du so komisch?« Vor meinem Sichtfeld wedelte sie mit der flachen Hand hin und her.

»Siehst du sie? Sie sind … hier«, wisperte ich und ließ beinahe den Tonbecher fallen.

»Was? Wo denn?« Layla drehte sich in alle Richtungen, bis ihre Augen an einem der Tische hängen blieben. »Oh, ich sehe unseren niedlichen Heniro, der zu dir starrt. Der Junge hat nur Augen für dich. Wenn die Zeremonie vorbei ist, solltest du ihm eine Chance geben. Seine Familie ist gut aufgestellt und er sieht wirklich …«

Ich ließ Layla wortlos stehen, als ich weitere dunkle Kreaturen zwischen den Menschen entdeckte. *Sieht sie denn keiner? Sie sind doch mitten unter uns.*

Je näher ich auf sie zuging und zum König aufblickte, der den

Wesen auch keine Beachtung schenkte, desto mehr begriff ich, dass ich die Einzige war, die sie sehen konnte.

»Äußerst interessant«, hallte eine Stimme in meinem Kopf, der sich mit einem Mal leer, taub und kalt anfühlte. *»Du siehst sie also?«*

Mit einem Schlag war die Welt um mich herum eingefroren. Dunkle Wolken waberten wie pechschwarzer Nebel über dem Marktplatz auf. Keiner der Menschen bewegte sich mehr. Die Musik drang bloß noch verzerrt und eine Oktave tiefer an meine Ohren.

Was ist hier los?

Erschrocken drehte ich mich zu Layla um, die mir folgen wollte und die Hand nach mir ausgestreckt hatte, ganz so, als wollte sie mich aufhalten.

Direkt vor sie schob sich eine hochgewachsene dunkle Gestalt mit einem Gewand, das ich so noch nie gesehen hatte. Es erinnerte an matt schimmernde schwarze Echsenhaut, die zu einer Art Tunika verarbeitet worden war. Ihr schwarzer Umhang segelte in der Luft und verschmolz mit der reinen Finsternis. Rabenschwarze Augen, in denen das absolut Böse blau aufloderte, starrten mir unverhohlen entgegen. Da das Gesicht des Wesens von Schatten verdeckt wurde, konnte ich bloß seine Konturen erahnen, nicht aber seine Miene. Von dieser Gestalt gingen eine flimmernde Kälte und so viel erdrückende Energie aus, dass sie mir das Atmen erschwerte.

»Antworte schon! Ich habe dich etwas gefragt!«

Dieses Mal drangen seine Worte an meine Ohren und waren nicht in meinem Kopf.

Ich holte flach Luft, kratzte jedes Fünkchen Mut zusammen und nickte. »Ja, ich sehe dich und die Kreaturen.« Die … sich plötzlich um uns versammelt hatten. Ich entdeckte nun zehn solcher Wesen, die mit langen Klauen, großen lederartigen Flügeln und spitzen Schnäbeln ausgestattet waren. Sie glichen dem Untier im Wald.

Sofort krampfte sich mein Magen zusammen. Es waren so viele. Zu viele.

»Das ist unmöglich. Du bist eine Magielose. Du bist nicht imstande, uns zu sehen, wenn wir es nicht wollen. Kein junger Sterblicher besitzt die Gabe des Mântas-Auges.«

Eine fließende Bewegung von ihm und sein Handballen legte sich auf meine Stirn. Bevor ich zurückweichen oder mich zur Wehr setzen konnte, durchströmten mich Wellen aus pechschwarzen Gefühlen. Neid, Missgunst, Habgier, Zorn und Wut regierten in einer Mischung aus lodernden Flammen und eiskalten Klingen meinen Körper. Meine Haut brannte, während mein Innerstes gefror.

Diese Gefühle waren so … übermächtig. Blaue Magiebögen flossen über meinen Körper. Ich war nicht einmal in der Lage, meine Fingerspitzen zu bewegen.

Was geschieht hier?

Meine Gedankengänge verlangsamten sich, während diese inbrünstigen niederen Empfindungen mich verschlangen, mich auffraßen. Es tat so weh und zerriss mich in tausend Stücke. Als ich glaubte, meine Knochen würden unter seinem Einfluss brechen, meine Haut sich in Fetzen von meinem Körper lösen und meine Eingeweide zerreißen, zog er die Hand zurück. Ein feines Blinzeln ging von seinen glühenden Iriden aus.

Als er fertig war, hörte ich ein Schnalzen mit der Zunge. »Einfacher Diener, vom untersten Rang, mit einem armseligen Fünkchen Magie in sich, was hast du unter den Sterblichen zu suchen?«

Einfacher Diener mit einem armseligen … Fünkchen Magie? Hat er mich *gerade so bezeichnet?*

»Antworte endlich, oder ich überlasse das deiner Zunge, nachdem ich sie dir aus dem Mund gerissen habe.«

Dornenranken umschlangen meine Kehle, hoben mich vom Boden und rissen mich in die Luft, als ich keinen Ton hervorbrachte.

Ich griff instinktiv nach meiner Hüfte, um meinem Dolch zu ertasten. Doch ich trug das verdammte Kleid und nicht wie sonst meine Jagdkluft. *Verflucht, was soll ich jetzt machen?*

»Ich wohne … hier«, presste ich verärgert hervor, riss die Hände zu den schwarzen Ranken an meinem Hals und kniff die Augen zusammen. Obwohl er mir die Kehle mit dieser fremdartigen Macht zuschnürte, konnte ich dennoch atmen. Wieso?

»Du wohnst hier? Tatsächlich. Unter den Magielosen? Unmöglich. Bist du aus Nõsfera geflohen? Hast du eine Mission?«

Die Kreaturen mit den Adlerköpfen zischten und rissen mit ihren Vorderläufen, die den Klauen einer Wildkatze ähnelten, den Boden auf.

»Ich bin nicht geflohen. Ich lebe hier, seit … ich denken kann.«

Diese Schattengestalt neigte interessiert den Kopf. Zumindest sah es so aus, da seine blau lodernden Augen zur Seite kippten. Von ihm ging ein anderer Geruch aus als von den Bestien. Er roch nicht nach Verwesung und Tod, sondern nach Nachtregen und etwas rätselhaft Angenehmem, das mich, auch wenn es dumm klang, an Meeresstille und Winterkälte erinnerte. Er roch wie der Reif, der in den Wintermonaten die Bäume, Wiesen und Wälder überzog, obwohl dieser Geruch kein Wesen umgeben sollte.

Ich erschauderte.

»Du lebst hier und trägst die Kleidung einer gewöhnlichen Magd? Du willst dich sogar als Auserwählte aufstellen lassen …« Er schien zu überlegen, wie alles zusammenhing. Kurzzeitig spürte ich, wie etwas auf meine Gedanken zugriff, sie in Unordnung brachte und darin las. Es schmerzte höllisch, sodass ich angestrengt keuchte und wild zappelte.

Plötzlich riss die Dunkelheit neben ihm auf, und eine weitere verhüllte Gestalt erschien, die das Wesen mit den blauen Augen ansprach. Augenblicklich stoppten die Schmerzen in meinem Kopf.

Wieder hörte ich diese fremdartigen zischenden Worte. Gleich darauf verschwand die zweite Schattengestalt wieder.

»Jemand kümmert sich später um dich. Du stehst weit unter meinem Rang. Jetzt weiß ich, wo du bist, und kenne deine Aura.«

Mit einem Ruck gaben die Ranken nach, lösten sich um meinen Hals und sorgten dafür, dass ich aus gefühlt drei Metern Höhe im Gras landete. Meine Knochen schmerzten, als ich hart auf der gemähten Wiese aufkam. Gerade als ich mich aufrichten wollte, wurde ich nach vorn gedrückt und auf den Boden gepresst. Meine Nägel gruben sich in die Erde.

»Nächstes Mal verbeugst du dich sofort, wertloser *Dareph*! Und sprichst mich gefälligst mit meinem Titel an, nicht wie einen verachtenswerten Sterblichen! Merk dir das!«

Bevor ich fragen konnte, wie sein Titel lautete, lichteten sich die wabernden Schatten. Ohne weitere Worte an mich zu vergeuden, verschwand die Gestalt. Und mit ihr die fremdartigen teuflisch aussehenden Kreaturen.

KAPITEL 3

SÓLEY

Bei den Heiligen Nephistos, was war das?

Der Lärm des Festplatzes drang an meine Ohren, Posaunen erklangen, Menschen lärmten, jubelten, sangen und Layla stürzte auf mich zu.

Verdutzt schüttelte sie den Kopf. »Was …? Wie …? Gerade noch bist du vor mir gelaufen. Jetzt liegst du im Gras. Ich habe keine Sekunde weggesehen.«

Wie sollte ich ihr erklären, was geschehen war, wenn ich es selbst nicht verstand?

Leise schnaufend richtete ich mich in der Wiese auf und atmete tief durch. Mit beiden Händen klopfte ich trockene Halme und losen Staub von meiner verdreckten Robe.

Als ich damit fertig war und Layla weiterhin auf eine Antwort wartete, hob ich das Gesicht breit lächelnd. »Sag mal, wie viel hast du schon getrunken? Hast du nicht gesehen, dass ich gestürzt bin?«

Es bereitete mir kein Vergnügen, Layla anzulügen, aber mir fiel auf die Schnelle nichts Besseres ein. Ich würde sie einweihen, sobald ich mehr wusste.

Überlegend blinzelte sie und wägte ab, ob sie oder ich geträumt hatte. »Zwei oder drei Becher vielleicht?« Sie fasste sich an den Kopf.

Wenn nur ich die Dämonen und ihre Begleiter sehen konnte, musste ich Layla, so weit es ging, von ihnen fernhalten.

Als wir den Marktplatz erreicht hatten, ertönte der lang gezogene Ruf des Horns zum neunten und vorletzten Mal. Das bedeutete, dass sich alle Mädchen im Alter zwischen dreizehn und neunzehn Jahren in einer Reihe vor der Tribüne aufstellen mussten. Auch Layla und ich. Kurzzeitig herrschte eine wilde Unruhe unter den Bewohnern. Jüngere Mädchen wollten sich nicht von ihrer Familie trennen. Ältere Mädchen riefen nach ihren Geschwistern. Wieder andere starrten zum jungen König hinauf, der kerzengerade wie eine Statue auf das Treiben unter sich herabblickte. Jeden Moment erhob er sich, um den Namen der Betroffenen aus der Urne zu ziehen.

Während Layla und ich uns hinter unseren Geschwistern aufstellten, hielt ich Sarays Hand. Sie war nervöser als das letzte Jahr. Ihre Hand war schwitzig, ihr Gang unsicher. Sie musste nicht aufgeregt sein. Ich würde sie retten, ganz gleich was passierte.

»Ich bin da«, flüsterte ich ihr ins Ohr und strich über ihre Arme. Sie nickte zitternd und rückte auf. Aus den Augenwinkeln entdeckte ich zwischen den Dorfbewohnern und den Männern, die hinter einem roten Band warten mussten, meinen Vater und meinen Bruder. In beiden Gesichtern konnte ich Sorge und Anspannung lesen. Wenige Meter entfernt sah ich Niklas mit vorgerecktem Kinn, die Arme stolz vor der Brust verschränkt, seiner Freundin Isa zunickend. Sie befand sich irgendwo vor uns in der Schlange. Joydan wirkte wie eine Marionette. So verhielt sie sich jedes Jahr. Distanziert, abgekapselt und innerlich darum betend, nicht gezogen zu werden.

Ganz vorn standen für gewöhnlich die Mädchen, für die es eine Freude war, an der Zeremonie teilzunehmen. Spätestens wenn das

Ritual vollzogen wurde, schluchzten, wimmerten und flehten aber auch diese um ihre Freilassung. Auch die stolzesten verließ irgendwann der Mut.

Angespannt rieb ich mit dem Daumen über die Gravur der Bronzemünze. Jedes Mädchen besaß eine dieser Münzen, auf der ihr Name stand. Jedes Mädchen erhielt an seinem dreizehnten Geburtstag dieses Ding – feierlich vom Bürgermeister persönlich überreicht. Die Münze durfte nicht verkauft und verschenkt werden. Sie war Eigentum des Königs und diente ausschließlich dafür, sie in die schwarze Kristall-Urne zu werfen.

»Gleich haben wir es hinter uns. Dieses Mal sind hundertsiebenunddreißig Mädchen dabei«, erklärte Layla leicht beschwipst, hickste und schlang ihre Arme um mich. »Die Chance, gezogen zu werden, ist so gering. So winzig klein.« Mit Daumen und Zeigefinger deutete sie eine kleine Spanne an, damit Saray sich beruhigte und über sie lachte. Aber meine jüngere Schwester lächelte nicht einmal.

Saray holte zittrig Luft und nickte mit blassem Gesicht. »Was ist, wenn es dich trifft?«, fragte ich Layla wie jedes Jahr. Jedes Jahr hatte sie andere Antworten parat. Von »Dann werde ich Hals über Kopf mit einem Soldaten durchbrennen« über »Wenn es die Dämonengötter so wollen, dann ist es eben so«, bis hin zu »Die hässlichen Dämonen haben keine Ahnung, wie ungenießbar ich bin«. Dieses Mal überlegte sie, bevor sie in mein Ohr tuschelte: »Wir verschwinden natürlich gemeinsam. Wenn es dich oder mich treffen sollte.«

Das in unmittelbarer Nähe der Soldaten des Königs auszusprechen, war Hochverrat und hätte sie den Kopf kosten können.

Sofort presste ich meine Hand auf ihren Mund und schaute mich vorsichtig um. Keiner schien sie über den Tumult hinweg gehört zu haben. »Am besten, du sagst kein Wort mehr, bis es vorbei ist. Du bist so was von betrunken«, lachte ich aufgesetzt, während meine Blicke zu den Soldaten wanderten. Manche von ihnen patrouillierten auf der Bühne, auf der sich der König aus seinem Stuhl erhob und die Hände von der Frau neben sich löste.

Als Nächstes musste Saray die sieben Stufen zur Bühne hochsteigen und ihre Münze in die Urne werfen. Meine Münze fühlte sich zwischen meinen Fingern heiß und glatt an. Mittlerweile war mir jede eingravierte Linie, jeder Winkel der Lorbeerblätter, die meinen Namen kunstvoll umgaben, vertraut. Auf der Vorderseite stand mein Vorname, auf der Rückseite der meiner Familie. Am liebsten hätte ich sie weit weggeschleudert.

Mit kühler Miene betrat ich nach meiner Schwester die Bühne.

»Münze!«, wurde ich von einem Soldaten aufgefordert, der seine Hand ausstreckte. Ich gab sie ihm.

Er betrachtete sie und fragte dann schroff: »Name?«

»Sóley Leotarx«, antwortete ich wahrheitsgemäß, aber ruhig.

»Wie?« Der Bürgermeister ging gleichzeitig in seinem Buch die Liste der Mädchen durch und schaute mit seinen grau-blassen Augen, die rot umrandet waren, auf.

Ich wiederholte meinen Namen. »Sóley Leotarx.«

Der Soldat schaute zum Bürgermeister, dieser nickte und setzte einen Haken hinter meinen Namen.

»Kannst gehen.« Nicht ich warf die Münze in die Urne, sondern der schroffe Soldat, dessen Gesicht ich unter dem Helm in Form eines Drachenkopfes nicht erkennen konnte. Doch seine Stimme klang jung. Er konnte nicht älter als fünfundzwanzig sein.

Ich verließ die Tribüne. Im Gehen zog ich die Kapuze über den Kopf, wie jedes Mädchen, das die Tribüne verlassen hatte.

Als schließlich von jedem Mädchen die Münze in die Urne gelegt worden war, trat der König hinter das Gefäß, um seine alljährliche Ansprache herunterzubeten.

Selbst ihn schien sie zu langweilen. Nur Niklas und der Bürgermeister hoben ergriffen die rechte Hand zur Faust geballt an den Oberkörper und schlossen die Augen.

»Wie in jedem Jahr haben wir uns versammelt, um in der Woche der Sommersonnenwende den heiligen Dämonengöttern unsere Anerkennung zu zollen. Wir danken ihnen für ihre Gnade. Für ihr Wohlwollen, frei leben und uns entwickeln zu können. Für ihre große Geste, unsere Dörfer und Ländereien zu verschonen. Wir wollen uns aus diesen genannten Gründen ebenfalls dankbar erweisen, indem wir eines unserer Menschenkinder ihren Händen übergeben.«

Ich übergebe mich auch gleich.

In mir regten sich Ekel und Abscheu. Der König versuchte nicht einmal, es ehrwürdig klingen zu lassen, sondern machte aus seiner Rede ein Possenspiel. Er gestikulierte herum und deutete auf uns Mädchen, während er die menschenfressenden Dämonen in den Himmel lobte.

Allerdings war dieses Mal etwas anders, als er seine Rede vortrug. Seine schlanke Gestalt, die trotz der breiten Schulterklappen und des langen verzierten Umhangs nicht mächtiger aussah, wurde von den Fackeln links und rechts auf der Tribüne hell angestrahlt. Sein Schatten fiel direkt hinter ihn und nahm seltsamerweise einen eigenen Willen. Er verformte und bewegte sich. Auch wenn sich Minhêlon Tríton bewegte, folgte ihm sein Schatten nicht.

Stattdessen erhob dieser sich hinter dem König zu einer eigenständigen Gestalt, der links und rechts mehrere Arme wuchsen. Diese schwarze Aura schlang sich um den König, während dieser eifrig fortfuhr.

Nervös schaute ich mich um, ohne das Gesicht auffällig über die Schulter zu drehen, damit keiner bemerkte, dass ich die Worte des Königs nicht verinnerlichte. Keiner der Zuschauer veränderte seine Miene oder wirkte erschrocken darüber, was auf der Bühne stattfand. Selbst die Soldaten vor und hinter uns, die einen direkten Blick auf den König hatten, änderten ihre Haltung nicht oder griffen zu ihren Waffen.

Bildete ich mir das alles nur ein? Nein, nach der zweiten Begegnung an diesem Abend mit Dämonen war das absolut real, kein Tagtraum, keine Halluzination oder von Wein verursachte Einbildung.

Am liebsten würde ich Layla links von mir anstoßen und fragen, ob sie es auch sehen konnte. Aber sie hing angestrengt blinzelnd dem König an den Lippen wie jeder der Bewohner. Keine Musik wurde mehr gespielt, jeder verhielt sich ruhig und gehorsam. Selbst die rüpelhaftesten Männer des Dorfes hielten ihren Mund, um nicht von Soldaten abgeführt zu werden.

»... dann lasst uns mit freudiger Erwartung den Namen des Mädchens ziehen, das wir voller Stolz den nachsichtigen Dämonen übergeben werden. Möge uns der Dämonengott gnädig sein.«

Mein Magen verknotete sich. In dem Moment, als der König zum Turm aufsah, wurde erneut und zum letzten Mal das Horn geblasen. Länger und lauter als die Male davor.

Wie einstudiert knieten sich alle sieben Mädchenreihen schlagartig in ihren roten Roben auf die Wiese und hielten die Köpfe gesenkt. Bloß ich schaute vorsichtig unter dem Rand der Kapuze hinweg zur Tribüne auf.

Der Schatten hinter dem König nahm breite Schwingen an. Seine Arme verwandelten sich in Klauen, die über die Hände des Königs strichen. Es sah aus, als würde dieses Etwas König Minhêlon Trítons Hand führen. Als würde *es* die Münze aus der tiefschwarzen Kristall-Urne ziehen und nicht der König selbst.

Eine beklemmende Stille trat nach dem Ruf des Horns ein. Saray zitterte neben mir so heftig wie in keiner der vergangenen Zeremonien. Ich griff nach ihrer Hand, um sie zu beruhigen, was sofort mit einer Lanze eines Soldaten hinter uns unterbunden wurde. Schmerzhaft senkte er den Metallstab auf meine Hand, sodass ich Sarays augenblicklich losließ. Wenn es mir irgendwie möglich gewesen wäre, hätte ich mich zu ihm umgedreht, ihm die Lanze aus den Händen gerissen und gegen den Kopf geschlagen. Aber hätte ich ihn überrumpelt, hätte ich es mit über zehn weiteren Soldaten aufnehmen müssen. Der Kampf wäre schneller zu Ende gewesen, als er überhaupt begonnen hatte. Und nebenbei wäre ich zum Tode verurteilt worden. Nein, einen Todeswunsch hegte ich nicht. Ich war nicht dumm und erst recht nicht leichtsinnig.

Verärgert starrte ich zum König und dem Schatten, der … plötzlich verschwunden war.

Ein merkwürdiger Ruck durchfuhr meinen Körper, noch bevor der Name der Schicksalsträgerin vom Herrscher laut verkündet wurde.

»Die diesjährige Schicksalsträgerin ist …«

Der König drehte die Münze in seiner Hand, während jeder den Atem anhielt. Es verstrichen Sekunden, nein, mir kam es vor wie eine kleine Ewigkeit, als der Name ausgerufen wurde. Ein zarter Windzug streifte mein Gesicht wie eine tödliche Berührung – hauchzart, süß, verlockend.

»Sóley.« Er drehte sie wieder in seiner weiß behandschuhten Hand. »Leotarx.«

Wieder durchfuhr mich ein Ruck, als würde etwas mein Herz umfassen und versuchen, es mir aus dem Brustkorb zu reißen.

Wie erstarrt blieb ich knien und blinzelte mehrmals. Die Zeit verging wie in Zeitlupe, bis ich begriff, dass mein Name ausgerufen worden war.

Layla keuchte neben mir und schaute mich entsetzt von der Seite an, Saray brachte ein leises Wimmern hervor. Hinter mir hörte ich in der Zuschauermenge meinen Vater »Nein … ihr irrt Euch …«

murmeln. Er schrie die Worte nicht, um die Zeremonie nicht zu unterbrechen, da er ansonsten inhaftiert worden wäre.

»Sóley Leotarx!«, rief der König meinen Namen erneut. Lauter, kräftiger und mit mehr Schärfe in der Stimme. Es war kein Versehen. Er hielt tatsächlich meine Münze in der Hand.

»Wo ist sie? Sie soll vortreten!«

Die Soldaten suchten die Mädchenreihen ab. Einige junge Frauen vor mir drehten sich zu mir um. Jede wusste, wer ich war.

Ich holte geräuschvoll Luft, als mir meine Lunge endlich wieder erlaubte, frei zu atmen.

Dann sammelte ich allen Mut zusammen, erhob mich, trat einen Schritt vor und rief mit zittriger Stimme: »Hier! Ich bin Sóley Leotarx.«

Obwohl ich mich sonst für so mutig und tapfer hielt, konnte ich nichts gegen die innere Ohnmacht, die mich überfiel, ausrichten. Es fühlte sich an, als wäre ich zum Tode verurteilt worden. Nein, als würde ich gerade sterben.

KAPITEL 4

SÓLEY

Nachdem mein Name verkündet worden war, wurde die Absperrung aufgelöst. Ich konnte kaum frei durchatmen. Mir war zwar bewusst gewesen, dass das Los auf mich fallen könnte, trotzdem hatte ich nicht damit gerechnet. Was würden meine Eltern sagen? Ihre größte Angst war es, eines ihrer Kinder an die Dämonengötter zu verlieren. Meiner Mutter, die ohnehin mit ihrer Krankheit zu kämpfen hatte, würde ich entsetzlichen Kummer bereiten.

Zwar hatte ich schon Vorkehrungsmaßnahmen getroffen, um meine Schwestern oder mich, sogar Layla in Sicherheit zu bringen, trotzdem könnte meine Eltern dasselbe Schicksal wie die Eltern von Dena und Misome ereilen. Sie würden befragt werden. So lange, bis sie zugaben, mir geholfen zu haben. Selbst dann, wenn sie nichts von meiner Flucht gewusst hatten.

Die Soldaten verstanden sich ausgezeichnet darin, Menschen so lange zu foltern, bis sie die Antwort gaben, die sie hören wollten. Ganz gleich, ob es der Wahrheit entsprach oder nicht.

Ich konnte meinen Eltern diese Tortur nicht antun. Wenn sie das Dorf verließen, würden sie aufgehalten und ebenfalls gehängt werden. Wenn sie mir halfen, würde das ihren Tod bedeuten. Wenn sie mir nicht halfen, ebenso. Nur würde es länger dauern, bis sie am

Strick endeten. So oder so hatte ich nicht daran gedacht, was meine Flucht nach sich ziehen könnte. Diesen Punkt hatte ich in meinen Vorbereitungen nicht berücksichtigt. Oder hatte ihn nicht einkalkulieren wollen, weil … ja, weil ich gedacht hatte, ich würde niemals als Auserwählte verkündet werden.

»Sóley!« Mein Name wurde nicht wie eine Frage gestellt. Er verließ rau und streng den Mund eines Soldaten. Soldaten, die mich unvermittelt umstellt hatten, mir den Weg versperrten und mir jede unüberlegte Flucht unmöglich machten.

Langsam hob ich den Kopf, um zu dem jungen Mann aufzusehen. Hinter ihn trat der König, der ein gewieftes Lächeln aufgesetzt hat.

»Gratulation, meine Liebe. Dieses Jahr scheint meine Hand nur die schönsten Mädchen auszuwählen.«

Seine Hand?

Meine Augenbrauen zuckten. Seine Hand war nicht selbstbestimmt geführt worden, sondern von einer fremden Macht. Von etwas, das ich nie zuvor gesehen und nicht verstanden hatte. Genauso wenig wie die Kreaturen und Wesen, die ich im Wald angetroffen hatte und später am Rande des Festplatzes. Sie waren nicht ohne Grund in Erscheinung getreten. Ich musste später einen Seher befragen. Er würde bestimmt mehr darüber wissen als ich, was es mit dem Besuch der Wesen auf sich hatte. Es war ganz sicher ein böses Omen.

Keines der Mädchen, das ausgewählt und am nächsten Tag am Kreuz festgebunden worden war, hatte je von diesen Kreaturen erzählt. Das lag vermutlich daran, dass sie direkt nach der Verkündung separiert worden waren. Ihnen war die Möglichkeit nicht mehr gegeben worden, einer Freundin, ihrer Familie oder ihrem Freund von den Erscheinungen zu berichten. Ja, so musste es sein.

»Ich freue mich ebenfalls, dass das Los auf mich gefallen ist«, brachte ich die bitter schmeckenden Worte so überzeugend wie möglich über die bebenden Lippen. Denn genau diese Worte wurden von mir erwartet, auch wenn sie üble Magenschmerzen verursachten. Der junge König umfasste meine Hand, die ich ihm ehrfürchtig entgegenhielt, während ich den Kopf anmutig senkte. Wenn ich auf seine polierten Stiefelspitzen starrte, war es weniger anstrengend, meine wahren Gefühle zurückzuhalten. Denn in mir loderte alles vernichtender Zorn, tobte flammende Wut und dehnte sich eine alles verschlingende Traurigkeit aus. Nicht die Traurigkeit, bald sterben zu müssen, sondern die Menschen zu verlieren, die mir alles bedeuteten. Meine Familie.

»Das höre ich gern. Ich werde morgen Abend beim Ritual anwesend sein und mit Stolz zu dir aufblicken und zu den Göttern beten, damit sie dir ihren Segen geben.«

Ganz bestimmt, dachte ich abfällig, lächelte aber hocherfreut.

Ich konnte mir die geheuchelten Worte nicht länger anhören. Er würde sicher nicht zu den Göttern beten, sondern konnte es nicht erwarten, bis mich eine Kreatur vom Kreuz riss. Er würde sich an meinen Todesschreien ergötzen.

Mein Herz hämmerte so laut unter meinem Brustkorb, dass ich glaubte, er könnte es über die trommelnde Musik hinweg hören.

Sein Daumen rieb länger über meinen Knöchel. Länger, als es sich für einen König schickte.

»Ich danke Euch«, erwiderte ich und konnte nicht schnell genug seiner Hand entkommen. Zögerlich hob ich den Blick. Immer noch umringten uns Soldaten. Als meine Augen die des Königs trafen, lächelte er milde. In seinen Mundwinkeln versteckte sich der Spott. In seinen rehbraunen Augen die Vorfreude auf meine Schreie am Kreuz.

»Nun gut, ich möchte dich nicht länger aufhalten. Die Seher und Wegbegleiterinnen werden sicher auf dich warten, Sóley.« Wie er meinen Namen aussprach, verschaffte mir Gänsehaut, und noch mehr Wut wallte in mir auf.

Als König Minhêlon endlich meine Hand losließ, konnte ich freier atmen.

»Komm mit uns«, befahl mir ein Soldat. Seine Worte drangen dumpf unter dem Helm hervor. »Wir geleiten dich zu deinem Zelt.«

Zelt, richtig. Ich durfte ab der Bekanntgabe meines Namens bloß noch einmal zum Haus meiner Familie zurückkehren. Die Vorstellung, danach nie wieder das zweistöckige Gebäude, an dem Wein rankte und die sonnenverblichenen roten Fensterläden schief in den Angeln hingen, zu betreten, machte mich unglaublich traurig.

Ich wurde wie eine Prinzessin von sechs Soldaten an der Festbühne vorbeieskortiert.

»Sóley!«, hörte ich Saray. »Ich möchte kurz mit meiner Schwester sprechen. Nur einen Moment.«

Ich drehte das Gesicht über die Schulter und sah meine jüngere Schwester mit tränenerfülltem Blick neben Layla stehen. Layla versuchte sie zurückzuhalten, während Saray sich aus ihren Griffen befreien wollte. Nachdem die Absperrung aufgehoben worden war, drängten sich mein Vater und Bruder nach vorn.

»Sóley!«, rief die kräftige Stimme meines Vaters und auch in seinem Gesicht spiegelte sich Unglaube wider. Er konnte nicht verarbeiten, dass mein Name gezogen worden war. »Mach, was dir gesagt wird. Wir haben alles besprochen. Bleib ruhig und verhalte dich angemessen.«

Ich wusste, dass diese Worte über die stille Botschaft – *Handle nicht vorschnell! Riskiere dein Leben nicht mit einer unausgereiften Flucht!* – hinwegtäuschen sollten. In seinen braunen warmen Augen las ich die Nachricht: *Wir finden einen Weg, um dich zu befreien.*

Dieser Anblick, meinen Vater, den sonst wenig erschütterte, so betroffen und wie gelähmt zu erleben, traf mich sehr. Er konnte mir nicht helfen. Seine Gebete waren nicht erhört worden.

Vor dem ausladenden roten Zelt, das mit mehreren Spitzen in die Höhe ragte, positionierten sich zwei Soldaten. Fackeln beleuchteten den Eingang.

Erneut drehte ich mich zu Layla und Saray um. Sie standen mehrere Meter entfernt isoliert auf der Wiese vor den Feiernden und schauten in meine Richtung. Am liebsten hätte ich die Soldaten hinter mir zur Seite gestoßen und wäre auf beide zugerannt. Aber ich hatte keine Waffe. Ich trug nicht wie sonst meine Hose und Tunika, ich besaß keine Stiefel, kein Messer und keinen Bogen. Ich trug ein langes Kleid und darüber einen rubinroten Mantel, unter dem ich keine Waffen hätte verstecken können. Ich könnte höchstens eine der Fackeln greifen und sie als Waffe verwenden. Aber das war aussichtslos.

Daher blieb mir nichts anderes übrig, als die Hände unter dem Umhang zu Fäusten zu ballen und das Zelt, dessen Eingang mir aufgehalten wurde, zu betreten.

Das war's, Sóley. Du hast immer daran gedacht, anderen bei ihrer Flucht zu helfen und dabei dein Leben zu riskieren, aber nie wirklich den Gedanken daran verschwendet, eines Tages ausgewählt zu werden.

* * *

Ich durfte wie eine Gefangene auf meine Hinrichtung warten. Auch wenn das Zelt mit einem Waschtisch, einer kleinen Wanne, einem rubinrot bezogenen Bett mit bestickten Samtkissen und feinem Laken gemütlich eingerichtet war, wusste ich doch nicht, was ich mit meiner Zeit anfangen sollte.

Ich saß auf der weichen Matratze, Stunde um Stunde, während

vor dem Zelt Gelächter und heitere Musik an meine Ohren drangen. Mehrmals versuchten mein Vater oder meine Geschwister zu mir durchzudringen. Jedes Mal wurde ihnen der Zugang verweigert. Es schmerzte sehr, ihre Stimmen zu hören, sie aber nicht sehen zu können. Auch Layla unternahm zwei Versuche. Ohne Erfolg.

Es musste einen Weg geben, um freizukommen. Einen, um den König und die Dorfbewohner davon zu überzeugen, meine Pflicht getan zu haben und trotzdem nicht als Futter an den Dämonengott zu enden. Eine Flucht vom Kreuz. Somit würde meine Familie verschont bleiben und ich bliebe am Leben. Allerdings wäre der Preis, meine Familie nicht mehr wiedersehen zu können, sehr hoch. Aber immerhin würde sie leben. Das war mir das Wichtigste auf der Welt. Es gab bloß diesen einen Weg: Ich musste verschwinden. Und das für lange, lange Zeit.

Irgendwann trank ich doch von dem Wein, der auf dem kreisrunden Tisch stand. Ich musste eine gedankliche Pause einlegen. Nur so konnte ich an meinem Plan tüfteln.

Dummerweise hatte ich nicht berücksichtigt, dass ich von dem Wein träge und müde werden würde. Er schmeckte wie sonst auch, stieg aber mir direkt in den Kopf. Meine Augenlider wurden schwer, mein Geist beruhigte sich und ich wurde unendlich schläfrig. Nichts half mir, wach zu bleiben.

Die Wirkung des Weins beförderte mich in einen traumlosen, tiefen Schlaf.

* * *

Als ich die Augen aufschlug, waren die Kerzen auf dem Tisch heruntergebrannt. Dafür blitzte Sonnenlicht durch die Zeltritzen am Eingang, und ich hörte, wie sich schwere Schritte auf feuchtem Gras näherten, wieder andere sich entfernten. Ein frischer, würziger Duft schwebte im Zeltinneren, als hätte jemand ein Räucherstäbchen angezündet.

Noch verschlafen, griff ich mir an die Stirn. Einen so tiefen, erholsamen Schlaf hatte ich in meiner Situation für undenkbar gehalten. Ich lag weder in meinem Bett noch brach für mich ein ganz normaler Tag an. Ich hatte nicht einmal Kopfschmerzen von dem schweren, süßen Wein. Entweder hatte man etwas in das Getränk gemischt oder ich war von der gestrigen Jagd erschöpfter gewesen als gedacht.

Und das Schlimmste: Ich hatte immer noch keinen endgültigen Plan, um meinem Schicksal zu entkommen. Mir blieben nur noch wenige Stunden Zeit, um mir etwas einfallen zu lassen oder aber mich mit meinem Schicksal abzufinden.

Nein, niemals.

Ich beugte mich sicher nicht diesem grausamen Ritual. Erst recht nicht, da ich Zeugin hatte werden dürfen, wie Minhêlons Hand beim Ziehen der Münze geführt worden war. Irgendwas ging hier vor sich. Ich spürte es. Es kribbelte nervös unter meiner Haut.

»Entschuldigt!«, rief ich nach Minuten, nachdem ich aus dem Bett gestiegen war und mein Gesicht über der Waschschale mit der milden Seife, die nach Apfel roch, gewaschen und mein Haar durchgebürstet hatte. Obwohl es in diesem Zelt keinen Spiegel gab, flocht ich mein Haar nach Gefühl zu einem Zopf und steckte diesen um meinen Haaransatz fest.

»Ja?« Sofort öffnete sich der Zelteingang. Ein großer Schatten versperrte die Sicht auf die Morgensonne. »Was ist?«

Ich zog meinen Mantel über dem Ausschnitt zusammen, setzte mein freundlichstes und unschuldigstes Lächeln auf und fragte: »Ich müsste kurz vors Zelt gehen. Ihr wisst schon. Der Wein von gestern Abend …«

Mein Blick fiel auf den Tisch, auf dem sich kein Tonkrug oder Becher mehr befand. Verwirrt blinzelte ich. Die Soldaten waren, als ich geschlafen hatte, in meinem Zelt gewesen?

»Ja, sicher. Du darfst das Zelt verlassen. Allerdings nicht ohne Begleitung«, brummte die männliche Stimme hinter dem rot glänzenden Drachenhelm.

Ich versuchte durch die schrägen Augenschlitze einen Blick auf seine Augen zu erhaschen. Aber es gelang mir nicht.

Es war klar, dass sie mich nicht unbeaufsichtigt durch den Wald spazieren ließen, um mich zu erleichtern.

»Solange niemand meinen Mantel hochhält, habe ich nichts dagegen.«

Der Soldat prustete leise hinter seinem Visier. »Keine Sorge, wir halten uns in einem angemessenen Abstand auf und warten.«

Und so kam es auch.

Sechs Soldaten standen um mich herum, den Blick sittsam auf den Waldrand geheftet. Unauffällig schob ich einen Stein unter meinen Mantel, als ich mich aus der Hockposition erhob. Ich konnte mein Glück herausfordern, indem ich die Soldaten hier und jetzt angriff, was schlichtweg unklug und unüberlegt gewesen wäre. Oder ich wartete auf einen günstigen Moment.

Einer der Soldaten wagte in seiner glänzenden Rüstung einen Blick über die Schulter. »Bist du fertig? Das dauert ziemlich lange.«

»So lange, wie es eben braucht«, erwiderte ich. »Außerdem ist es schwierig, neben sechs Männern, die sich jederzeit umdrehen könnten, austreten zu müssen.«

»Meinetwegen hätten wir auch an der Waldgrenze gewartet«, hörte ich einen jungen Mann sagen, dem wohl meine Lage ebenso peinlich zu sein schien wie mir.

»Wenn du heute Abend neben ihr am Kreuz hängen willst, warum nicht? Die da ist wohl etwas Besonderes.«

Die da steht direkt zwischen euch, ihr Idioten.

»Wieso?«, wollte ein weiterer Soldat wissen, der die gesamte Zeit seine Hand auf dem Griff seines Langschwerts ruhen ließ.

»Dieses Mädchen kann jagen, mit Waffen umgehen und sieht auch ganz anders aus als die anderen der Auserwählten. Sie heult nicht mal, während sich die anderen Weiber die Jahre zuvor in den Schlaf geflennt haben. Sie versucht nicht, uns mit körperlichen Diensten zu bestechen oder zu überreden, damit wir sie gehen lassen. *Die da*«, er nickte abfällig in meine Richtung und umfasste den Griff seiner Waffe fester, »ist gefährlich. Ich sehe es in ihren unnatürlichen Hexenaugen«, erklärte der kräftigere Soldat den anderen und trat nun näher an mich heran. Unter dem Mantel umfasste ich den Stein fester. So fest, dass meine Fingerkuppen schmerzten.

»Glaube ich nicht. Sie hat ein ziemlich hübsches, unschuldiges Gesicht. Die Leute reden sehr viel Unsinn in diesem Dorf.«

»In anderen Dörfern wohl nicht?«, fragte ich den Jüngeren unter ihnen. Ich musste sie trotz ihrer Helme einschätzen können, wissen, wo ihre Schwachstellen waren – und, wichtiger noch, sie unterscheiden lernen. Das gestaltete sich gar nicht so leicht. In ihren Rüstungen ähnelten sie sich in der Größe und Form sehr.

»Nein. Dort gibt es nicht mal die alten blinden Männer, die ihr Seher nennt.«

»Erzähl ihr nicht zu viel«, warnte der Ältere, der einen Schritt auf mich zu machte. »Sie braucht das nicht zu wissen, weil sie ohnehin bald in eine Höhle gezerrt und verspeist wird.«

Die höhnische Stimme verschaffte mir kurzzeitiges Unbehagen.

Dieser Soldat, der eine wesentlich tiefere, ältere Stimme besaß, wusste anscheinend, wovon er sprach.

»Eine Höhle?«, interessierte es den Soldaten schräg hinter mir. »Ich dachte, sie wird in die Baumkronen geschleift, dort aufgehängt.«

»Nein. Der Dämonengott zerrt sie wie Vieh in die Höhle. Was denkst du denn?«, erwiderte der Kräftigere und trat noch näher an mich heran. Er streckte seine behandschuhte Hand nach einer hellblonden Haarsträhne aus und lachte scheppernd. »Dämonen möchten ihre jungen Frauen in Ruhe verspeisen. Man sagt, sie stechen ihnen zuerst die Augen aus. Diese müssen wohl am delikatesten schmecken. Anschließend reißen sie ihnen die Zungen aus dem Mund, damit ihre Schreie keine weiteren Bestien anlocken. Und zum Schluss ...«

»Jasper, hör auf«, schritt der Jüngere ein. »Das wissen wir doch gar nicht.«

»Du Grünschnabel vielleicht nicht, ich schon«, sprach dieser Jasper und schnappte sich mein Kinn. Hart schlossen sich seine mit Metall besetzten Finger um meinen Kiefer. »Sie treiben die Frauen in den Wahnsinn, vergehen sich mehrmals an ihnen und reißen ihnen das Herz heraus, bis sie haben, was sie wollen.«

Nun erblickte ich durch die Augenschlitze seine gierigen, fast wahnsinnigen Augen.

»Was ist es, was sie haben wollen?«, fragte ich ihn. »Sie wollen doch den Körper fressen.«

»Nein, sie wollen viel mehr. Deine Seele.«

Rasch riss ich mich aus Jaspers Griff.

»Solch ein Unsinn«, mischte sich ein anderer Mann mit hochgewachsener Statur ein. »Mir wurde erzählt, sie suchen Bräute. Menschliche Frauen, mit denen sie Nachkommen zeugen können.«

Bitte was? Eine Geschichte war unmenschlicher als die andere.

»Möglicherweise machen sie beides«, entschied Jasper selbstgefällig lachend und zuckte die Schultern. »Die Schönen werden bestiegen, die Hässlichen verfüttert.«

Mir wurde flau im Magen. Keine der Varianten war erträglich. Jede war auf ihre Weise grausam. Ich hatte immer gehofft, die Mädchen hätten einen schnellen Tod, indem man ihnen das Genick brach, so wie ich meine erlegte Beute rasch von ihren Qualen erlöste. Aber was hatte ich auch erwartet? Es waren Dämonengötter. Angeblich sehr mächtige Dämonen, die über ganze Legionen regierten. So mächtig, dass sie laut den Sehern ein Dorf innerhalb einer Nacht auslöschen konnten. In der kleinen Klosterbibliothek unseres Ortes gab es nicht viele Bücher, die über die Dämonenüberfälle berichteten. Dies lag vermutlich daran, dass diese Überfälle nur die wenigsten Sterblichen überlebt hatten. Pethon, ein junger Krieger aus einem Dorf in der Nähe, war einer von ihnen gewesen. Ihm war es gelungen, einen Dämonengott in einer Schlacht zu besiegen. In der Folge war es zu diesem Pakt gekommen, der besagte, dass nur einmal im Jahr ein menschliches Opfer erbracht werden musste.

»Plötzlich seid ihr so verflucht still«, amüsierte sich Jasper. »Du hast ihr doch Angst gemacht, Marden. Ihr schlottern gleich die Knie. Aber ich kann gern dafür sorgen, dass sich deine Nerven beruhigen, blondes Mädchen mit den Meeraugen.«

Flach keuchend wich ich vor dem schmierigen Typen zurück. »Fass mich an und ich breche dir die Nase. Dein Helm wird dir auch nichts bringen.«

Die Soldaten verfielen in lautes Lachen. Nur zwei tauschten besorgte Blicke aus, da es verboten war, einer Auserwählten zu nahe zu kommen, sie anzufassen oder zu beleidigen. Jasper hatte bereits gegen eine Regel verstoßen.

»Das will ich sehen, Mädchen.«

»Nur zu gern!« Ich konnte mich nicht zurückhalten, wechselte unbemerkt den Stein von der rechten Hand in die linke und holte mit der Faust aus. Mein Schlag traf ihn so unvermittelt, dass ihm kein Moment Zeit blieb, um mir auszuweichen. Blut spritzte mir entgegen und sein Unterkiefer knirschte verdächtig.

»Mann, ist die flink«, stellte der Jüngere, dieser Marden, fest.

»Bei den Dämonenbräuten!«, fluchte Jasper. Blut rann unter dem Visier hervor und bedeckte seine Lippen und braunen Zähne, die nicht vom Helm abgeschirmt wurden. Anscheinend hatte seine Nase etwas abbekommen. Er zog das Blut und den Rotz hoch, bevor er es mir als ekelhaftes Gebräu vor die Füße spuckte. »Das hat keine vor dir je gewagt!«, fluchte er nuschelnd.

»Es gibt immer eine Erste«, zischte ich.

»Das genügt!«, warnte mich Marden. »Heb dir deine Kräfte für heute Nacht auf. Du wirst sie brauchen, wenn dir der Dämon die Kleider vom Körper reißt, um dich zu besteigen.«

Mir wurde im nächsten Augenblick, bevor ich einen weiteren Angriff wagen konnte, eine Schwertspitze unters Kinn gehalten.

»Ich wäre zu gern dabei, um Zeuge zu sein, wie man deinen Willen bricht.«

Ein schäbiges Grinsen entblößte sich unterhalb seines Helms. *Widerwärtiger Wurm!*

Verärgert biss ich die Zähne zusammen. Anfassen war verboten, somit konnten sie meine Hände nicht fesseln oder hinter dem Rücken festhalten.

»Und jetzt beweg dich! Raus aus dem Wald, Mädchen!«, wies mich jemand hinter mir schroff an. »Los!«, brüllte er mir ins Ohr, woraufhin ich zusammenzuckte.

»Keine Sorge«, erwiderte ich. »Ich hatte nichts anderes vor.«

Mehrmals drehte ich mich, als wir den laubbedeckten Boden zurück zur Lichtung liefen, nach Jasper um. Er hielt sich im Gehen den Unterkiefer und spuckte hin und wieder aus. Ich konnte mir ein schwaches Lächeln kaum verkneifen.

Aber Marden hatte recht. Ich sollte mir meine Kräfte für heute Nacht aufheben. Für einen Kampf, der um Leben und Tod ging. Wenn ich denn den Soldaten Glauben schenken sollte. Schließlich wusste keiner, was wirklich im Dämonenwald geschah, nachdem der Dämonengott die Frauen vom Kreuz geholt hatte.

Am Nachmittag durfte ich noch kurz mein Zuhause besuchen, um mich unter strenger Beobachtung der Soldaten von meiner Familie zu verabschieden. Eine Umarmung war verboten. Eine Berührung ebenso. Ich durfte meiner kleinen Schwester Maidlen nicht einmal einen Kuss auf die Stirn geben, wie ich es jeden Abend tat, bevor sie einschlief. Meine Mutter litt am meisten. Sie lag mit fiebrigen Wangen und halb geöffneten Augen im Bett und war nicht einmal in der Lage, sich aufzurichten. Die Verkündung meines Schicksals musste ihr über Nacht so schwer zugesetzt haben, dass sich ihre körperliche Verfassung rapide verschlechtert hatte.

Mir brach es das Herz, nur neben ihr auf dem wackeligen Schemel sitzen zu können und nicht einmal ihre Hand halten zu dürfen.

»Du wirst es überleben«, sagte sie unter angestrengten Atemzügen. Sie bekam wieder sehr schwer Luft. »Du wirst das überleben, Sóley. Du bist zu Höherem geboren. Wir werden … auf dich … warten.« Schon nach dem dritten Satz hatte sie kaum mehr Kraft, um zu sprechen.

»Schh«, beruhigte ich sie und meine Finger zuckten auf dem weißen Rock des Kleides. Bevor ich sie nach meiner Mutter ausstrecken konnte, vergrub ich sie in dem dünnen Stoff. »Mach dir keine Sorgen um mich. Ich habe keine Angst«, log ich. »Ich habe mehr Angst um dich.« *Das* war nicht gelogen.

Ich hatte Angst, dies könnte der letzte Moment sein, dass ich sie sah. Dass sie nicht auf meine Rückkehr warten konnte, weil ihr

Körper sie schlichtweg bis dahin im Stich ließ. Es war so grausam, sie nur ansehen und nicht ihren vertrauten Duft einatmen und ihre Wärme auf meiner Haut fühlen zu dürfen.

»Die musst du … nicht haben … Sóley«, wisperte sie mit einem dünnen, matten Lächeln. »Ich habe meine Aufgabe … erfüllt. Aus dir ist ein Mensch mit … großem Herzen und starkem Willen geworden. Du bist zu einer schönen Frau herangewachsen. Eine Frau, die … für Veränderung sorgen wird. Das spüre … ich.«

Erneut brach ihre Stimme ab, während in mir eine unsagbare Trauer hochstieg. Woher wollte sie das wissen? Wie konnte ich etwas verändern, wenn ich heute Nacht sterben würde?

Aber ihr widersprechen oder sie fragen, was ihre Worte bedeuteten, das wollte ich nicht. Öfter schon hatte sie erwähnt, wie anders ich sei. Wie mutig und entschlossen. Manchmal glaubte ich, sie wusste mehr über mich. Wusste, wer meine Mutter und woher ich gekommen war.

»Ich werde dich nicht enttäuschen«, versprach ich mit tränenerstickter Stimme.

Im selben Moment räusperte sich ein Soldat. »Wir müssen zurück, damit du auf das Ritual vorbereitet wirst.«

Es genügte schon, dass er im Schlafzimmer meiner Mutter stand. Sie entwürdigte, sie in dieser Verfassung sah. Musste er mich jetzt um diesen womöglich letzten Moment mit ihr bringen?

Ich kämpfte vergeblich gegen die Tränen. *Halte durch, Mutter! Nur so lange, bis wir uns wiedersehen.*

Mehr wünschte ich mir nicht. Meine Geschwister traten ein und ich nahm Abschied und verließ danach das Haus.

Mit gesenktem Gesicht verbarg ich die still geweinten Tränen, die über meine Wangen liefen, als wir zurück zum Zelt gingen. Wieder wurde ich von sechs Soldaten eskortiert. Aus den Gärten, Fenstern und von den Zäunen aus starrten die Bewohner in meine Richtung. Ihre Blicke bohrten sich wie Speerspitzen in meinen Rücken, aber ich sah nicht auf. Zu keinem von ihnen. Stattdessen zog ich die rote Kapuze auf meinem Kopf tiefer ins Gesicht, als ein leichter Sturm aufzog. Über den Wäldern rund um Theston, mein Heimatdorf, türmten sich dichte dunkle Wolkenberge auf wie unheilvolle Gebilde. Es kündigte sich ein schweres Gewitter an, das mit Sicherheit ebenso ein böses Omen war.

Und dann erklang das Horn. Es würde an diesem Abend sieben Mal geblasen werden, bis die Dämmerung eintrat. Ein letztes Mal, wenn ich, am Kreuz festgebunden, dem Tod ins Auge blickte.

KAPITEL 5

SÓLEY

Es juckte fürchterlich. Immer wieder wollte ich mich kratzen oder schütteln vor Ekel. Das, was mir auf die Haut gestrichen worden war, roch nach abgestandenem Blut und Schwefel.

»Wofür soll das gut sein?«, fragte ich Lizza und Amber, zwischen denen ich bis auf meine Unterhose entkleidet stand und mich bestreichen ließ wie eine lebende Leinwand.

»Es soll den Dämonengott gnädig stimmen, damit er dir wohlgesonnen ist.«

Ich denke, ihm wird die Magensäure ebenso hochsteigen wie mir gerade. Dennoch setzten beide Frauen ihre Bemalung fort. Sie bedeckten meine nackte Haut vom Schienbein bis zum Bauch, von den Händen bis zu den Schlüsselbeinen mit einem Meer aus verschlungenen teuflisch roten Blüten und Blättern.

Soweit ich mich erinnern konnte, wurde keine Schicksalsträgerin jemals nackt ans Kreuz gebunden, somit würden dem Dämonengott die Muster überhaupt nicht auffallen, wenn er mich vierteilte. Er könnte sie allerhöchstens riechen. Ich rümpfte die Nase und war kurz davor, ein drittes Mal zu niesen.

»Ich kann nicht anders …«, brachte ich mit zusammengekniffenen Augen hervor.

»Halt still«, warnte mich Lizza mit ermahnendem Blick, als sie unterhalb meiner Brüste Blütenblätter ausmalte.

Im selben Moment schob mir Amber einen gefalteten Zettel in die linke Hand. Nach dem Niesen schaute ich fragend zu ihr hinab. Sie kniete in einem roten Kleid neben mir und sah flüchtig auf. Im Kerzenschein glänzten ihr dunkel geflochtenes Haar und ihre warmen Iriden. Lizza schien nichts von dem Papierstück zu wissen und war stattdessen in ihr Kunstwerk vertieft.

»Tut mir leid«, erwiderte ich. »Der Geruch ist einfach unerträglich. Wie haltet ihr ihn aus?«

Lizza hob die rechte gepflegte Braue, als sie sich meiner Rückseite widmete. »Irgendwann nimmt man den Geruch nicht mehr wahr. Stell dich nicht so an, Sóley.«

Ja, stell dich nicht so an. Immerhin gab es Schlimmeres als Pinselstriche auf der Haut.

Ich verdrehte die Augen, während ich den Zettel fest in meinen Fingern umschloss. Nachdem beide ihr Werk beendet hatten und ich wieder im Zelt allein gelassen worden war, entfaltete ich das Papierstück. Auf ihm standen die schlichten Worte:

Du wirst gerettet.

Ich blinzelte mehrmals. Von wem sollte ich gerettet werden? Jeder, der mir zur Flucht verhalf oder sich dem Ritual in den Weg stellte, würde ebenfalls hingerichtet werden.

»Bist du bereit?«, erklang die tief donnernde Stimme des Hauptmanns.

Was war das für eine Frage? Niemand war bereit für den Tod. Mein Herz raste, während sich mein Brustkorb zusammenschnürte. Bevor der Hauptmann eintrat, hielt ich das Papierstück über die Kerze, die auf dem niedrigen Tisch stand. Wieder war da ein Tonkrug mit Wein auf der Holzplatte. Daneben befand sich ein Becher. Einen flüchtigen Moment überlegte ich, ob es klug wäre, einen Schluck zu trinken, um meine Nerven zu beruhigen, aber ich hielt es für keine gute Idee. Ich brauchte meine Kräfte und meine geschärften Sinne, um mich auf das vorzubereiten, was heute Nacht unweigerlich stattfand: mein Überlebenskampf.

Das Horn erklang zum vorletzten Mal.

Ich hielt das brennende Papierstück über die Waschschale. Verbrannte Ascheblättchen landeten auf der Wasseroberfläche, zerteilten sich und sanken als schwarze Überreste auf den Boden der Schüssel.

»Einen Moment, bitte. Ich habe den Mantel noch nicht übergezogen«, rief ich dem Hauptmann zu.

»Beeil dich. Du solltest schon fertig sein.« Die Ascheblättchen lösten sich teilweise im Wasser auf, als ich nach dem Stein griff, den ich unter dem schwarzen Mantel verbarg. Für das Ritual trug ich ein blutrotes, leicht durchscheinendes Kleid, darüber einen schweren Samtumhang mit Kapuze.

Mehrmals atmete ich tief durch, schob den etwa handflächengroßen Stein in meinen Ausschnitt und schloss den Umhang mit den drei goldenen Knöpfen. Es war so weit. Der Moment war gekommen und ich hatte furchtbare Angst. Auch wenn ich es mir nicht anmerken ließ, waren meine Schritte unsicher, als ich von den Soldaten vom Zelt zum Festplatz geführt wurde.

Ich trug die schwere Kapuze über meinem offenen hellen Haar. Das leichte Kleid wehte bei jedem Schritt um meine Beine wie ein feiner Windzug. In meiner Brust staute sich mit jedem Meter, den wir zurücklegten, ein bisher unbekannter Druck auf. Er ließ mich kaum frei atmen. Der Weg, der in der anbrechenden Dämmerung vom Zelt zum gegenüberliegenden Waldrand führte, kam mir unendlich lang vor. Links und rechts ragten Fackeln aus dem Boden.

Die Dorfbewohner hatten sich hinter den Soldaten, die aufgereiht, mit erhobenen Lanzen, eine Absperrung zu mir bildeten, versammelt. Sie flüsterten stille Gebete. Manche von ihnen weinten. Andere unterhielten sich leise. Was sie sagten, konnte ich wegen des dramatischen Trommelschlags nicht hören.

Aus den Augenwinkeln schaute ich nach rechts an einem Soldaten vorbei, der Daron hieß. Ich entdeckte Niklas neben Ina. Mit einem schäbigen Grinsen sprach er zu ihr und starrte unverhohlen in meine Richtung. Ihn freute es sicher sehr, dass mein Name gezogen worden war.

Als ich an meiner Familie vorbeischritt, hörte ich Saray schrecklich weinen und meinen Namen rufen. Kurz hielt ich an, drehte das Gesicht zu meinen drei Schwestern, die vor meinem Bruder und Vater standen und an den Schultern festgehalten wurden. Maidlen schluchzte meinen Namen, Joydan senkte das Gesicht und wischte sich rasch eine Träne von der Wange.

»Geh weiter«, ermahnte mich Caster. Ich wollte nicht wie die anderen Mädchen vor mir den Weg weinend zurücklegen. Aber als ich meine Schwestern sah, bebte meine Unterlippe. Am liebsten wäre ich zu ihnen gerannt.

Auch wenn es verboten war, streckte ich zwischen zwei Soldaten, die den Weg absperrten, die Hand zu ihnen. Da die Wächter mit dem Rücken zu mir standen, konnten sie es nicht sofort sehen. Maidlen, meine jüngste Schwester, begriff sofort und wollte nach meiner Hand greifen. Ihre Hand streifte meine mit roten Ranken bemalten Finger flüchtig, bevor ein Soldat sie grob zurückdrängte.

»Geh weiter!« Dieses Mal wurde der Befehl vom Hauptmann hinter mir gesprochen.

Maidlen schrie laut auf. »Sóley! Sóley! Du darfst nicht sterben.«

Ich wandte den Blick von ihr ab, da ich spürte, wie meine Knie vor Trauer und Wut nachgeben wollten. Ich schloss verbissen die Augen und lief blind weiter.

Am Fuß des Holzpodestes, auf dem das meterhohe Holzkreuz in den Abendhimmel ragte, wurde mir flau in der Magengegend. Am Rande neben den Stufen warteten unsere drei Seher auf mich. Einer war blind, der andere taub und der dritte stumm. Sie waren uralt. Älter als jeder Einwohner von Theston. Manche Dorfbewohner munkelten, sie seien über hundertfünfzig Jahre alt und Zeugen des Paktes zwischen Pethon und dem besiegten Dämonengott gewesen.

Die Soldaten nahmen um das Podest Stellung, während mir die Seher ihren Segen schenkten.

Martis stand mit seinem von Falten gezeichneten Gesicht zu mir gewandt. Wie die beiden anderen Seher trug er eine dunkelblaue Robe mit einem silberbestickten Gürtel. Seine weiten Ärmel mit den großen Öffnungen reichten ihm bis zu den Oberschenkeln.

Die Bewohner von Theston standen im Abstand von mehr als fünfzehn Metern um das Podest versammelt. Wortfetzen drangen an meine Ohren. Nie endendes Wehklagen. Gedämpftes Gemurmel.

Jeder, der wollte, durfte dem Segen zusehen, jedoch kein Wort hören. Ich stand mit dem Rücken zu ihnen und versuchte ihre Anwesenheit auszublenden, was leicht gesagt war.

»Sóley«, sprach mich Martis an und lächelte milde. Sein Lächeln war weich und voller Güte, als gäbe es keine Ängste, Sorgen und Nöte auf dieser Welt. Als würde ein glücklicher Gedanke all das Übel in Vergessenheit schicken.

»Ja«, antwortete ich ihm mit schnell pochendem Herzen.

»Du hast Angst, nicht wahr?«

»Ein wenig«, gab ich zu, was absolut untertrieben war. Angespannt holte ich mehrere Male flach Luft.

»Vertraue in die Götter und ihre Weisheit. Du bist ihr Geschenk. Ihre Tochter, die für Höheres geboren wurde.« Martis griff wie von selbst, als könnte er sehen, nach meiner rechten Hand, die ich unter meinem Mantel versteckt hielt.

Seine feinen und zugleich knöchernen Finger legten sich um meine und eine eigentümliche Zufriedenheit durchströmte mich. Ich wollte noch so viel erleben, so viel von der Welt sehen. Ich wollte noch nicht von meiner Familie getrennt werden, sondern bei meiner Mutter bleiben. Ich hatte Pläne und Wünsche. Einer war, noch besser jagen zu können und alle Bücher, die die Bibliothek beherbergte, zu lesen. Um mir so viel Wissen anzueignen, dass ich die Welt besser verstand. Es gab so viele unbeantwortete Fragen. Ich wollte meine erlegte Beute auf dem Wochenmarkt anbieten, mich mehr anstrengen, um meine Familie finanziell zu unterstützen. Und wer weiß, vielleicht wäre mein größter Traum, mit meiner Familie Theston zu verlassen, in Erfüllung gegangen. Denn in einer größeren Siedlung mit prächtigeren Häusern, einer Burg und schönen Villen am Fluss lebte es sich viel angenehmer. Man bekam alles. Medikamente, Lebensmittel, wunderschöne Stoffe, und es bestand die Möglichkeit, dass meine Familie nicht nur besser lebte, sondern aufsteigen konnte. Meine Geschwister hätten unter Umständen dort ihr Glück gefunden, in eine reiche Familie eingeheiratet, die ihnen ein schönes Leben ermöglicht hätte. All diese Wünsche, Träume und Zukunftspläne flossen wie ein unaufhaltsamer Strom durch meinen Kopf und stürzten einen Abhang hinab. Es waren Ziele und Wünsche, die mir nicht vergönnt waren, da ich eine Schicksalsträgerin war. Eine Auserwählte, die keinen Tag länger leben durfte. Die geopfert wurde, um den Bewohnern Thestons für weitere Monate oder Jahre ein ruhiges Leben zu ermöglichen.

Ich wollte dieses Schicksal annehmen. Ich versuchte mich wirklich mit dem Gedanken anzufreunden, für etwas Höheres zu sterben. Allerdings dehnte sich in meinem Brustkorb ein trübes, waberndes Gefühl aus, dass ich dieses Schicksal nicht verdient hatte.

Martis hob meine Hand an seine Wange, während seine andere Hand ebenfalls auf meiner linken Gesichtshälfte ruhte. Keine Ahnung, wann das geschehen war. Ich war so in meine Gedanken vertieft gewesen, dass ich es nicht bemerkt hatte.

»Vertraust du ihnen, Sóley? Vertraust du den Göttern und dem Schicksal, das sie für dich vorgesehen haben?«

Nein, das tue ich nicht.

Wie sollte ich in etwas so Grausames vertrauen? Wie jemandem trauen, der meine Familie im Stich gelassen hatte? Die Götter sollten meine Mutter von ihren Qualen erlösen. Sie sollten meiner Familie nicht noch mehr Kummer aufbürden. Und den würden sie erleiden, wenn ich nicht mehr bei ihnen war.

Daher fiel meine Antwort bescheiden aus. »Ich versuche es.«

Wieder ging eine Welle der Friedlichkeit durch meinen Körper. Martis nickte, bevor er einen weiteren Schritt auf mich zu machte. Beinahe jedes Mal roch ich nichts, wenn er in meiner Nähe war. Weder Schweiß noch den Duft von Gewürzen, mit denen er sich in seiner Hütte am Waldrand umgab, noch Wachs von den gezogenen Kerzen oder den süßen Geruch von Honig, den er sehr gern aß.

»Du wirst dein Schicksal verstehen, wenn der Moment gekommen ist, meine liebe Sóley. Dies ist *deine* Prüfung.«

Mein Mund öffnete sich. Am liebsten hätte ich ihm gesagt, dass dies keine Prüfung sei, sondern meine Hinrichtung.

Ich nickte mit gesenktem Blick, holte tief Luft und spürte das aufsteigende Ziepen in meiner Nase.

»Eine, die du sicher bestehen wirst. Ich glaube an dich. Dir wird es vor allen anderen gelingen und du wirst das Unheil, das uns unmittelbar bevorsteht, abwenden können.«

Das sollte ich tot bewerkstelligen? Ich wollte die Götter sicher nicht verspotten, aber wie sollte ich aus ihrem Paradies heraus die Dämonen von den Magielosen abwenden? Martis hatte mir mehr als einmal zu verstehen gegeben, dass jedes Leben einem Schicksalsfaden folgte, ganz egal ob als Magieloser, Dämon oder Gott. Alles war vorherbestimmt. Aus diesem Grund müsse man dem Schicksal vertrauen. Wer es zu oft anzweifelte, würde sich im Wahnsinn verlieren.

Ich hatte schon öfter damit gekämpft, meinen Schicksalsfaden nicht anzuzweifeln. Obwohl ich ein glückliches Leben führte. Aber es war schwer, in etwas zu vertrauen, das nicht real war. Das man nicht sehen oder fühlen konnte. Martis hingegen schien es trotz seiner Blindheit zu sehen. Klar und deutlich. Und darum beneidete ich ihn. Er besaß eine Gabe, die viele Magielose nicht hatten: unerschütterliches Vertrauen.

»Wir werden auf dich warten, Sóley. Bis dahin werde ich jeden Tag meine Gebete für dich an die Götter senden.«

»Martis …?«, traute ich mich nun, meine Frage loszuwerden, da mir sicher kein weiterer Moment mehr geboten wurde.

Mein Blick wanderte zu dem mächtigen Kreuz hinter uns. Ein leises Rauschen ging durch die Baumkronen. Mittlerweile wurde es immer dunkler. So dunkel, dass nicht einmal die zitternden Flammen der Fackeln die Nacht vertreiben konnten.

»Ja, Sóley?« Die anderen Seher traten näher an mich heran, als Martis einen Schritt zurückging.

»Konnten die früheren Schicksalsträgerinnen auch unerklärliche, fremdartige Gestalten und Wesen am Tag ihrer Auswahl sehen?«

Heute hatte ich kein einziges riesiges Monster noch eine von Schatten verhüllte Gestalt wahrgenommen. Ich war davon ausgegangen, dass sich mir ein solches Wesen im Wald zeigen würde, als ich mit den Soldaten unterwegs gewesen war, um mich zu erleichtern. Doch ich hatte keines angetroffen. Keine fremdartige Kreatur, keine menschenähnliche Schattengestalt. Ich hatte nicht einmal das

Knistern in der Luft spüren oder fremdländisch gesprochene Wörter hören können. Möglicherweise waren die Soldaten daran schuld gewesen, und mir zeigten sich diese Wesen nur, wenn ich allein war. Wobei gestern Layla bei mir gewesen war, als ich mit der dunkel gekleideten Person, die definitiv dämonischer Herkunft war, gesprochen hatte. Also entweder hatte ich mir alles bloß eingebildet oder diese unheilvollen Geschöpfe zeigten sich nur am Tag der Auswahl. Und eben sobald ich am Kreuz hing. Möglicherweise.

»Von welchen Wesen sprichst du, Sóley?« Martis senkte den Kopf tiefer zu mir herab.

»Von dämonischen Wesen«, antwortete ich mit gedämpfter Stimme. »Welchen, die menschenähnliche Gestalt besaßen, und welchen, die wie Schattenmonster oder fremde Tiere aussahen.«

Martis' schmale, eingefallene Lippen öffneten sich überrascht. So hatte ich ihn bisher bloß über ein Buch gebeugt beobachtet. Ihn schien meine Erzählung sehr zu interessieren. Trotzdem drang kein Ton aus seinem Mund. Wie es aussah, war es nicht normal, was ich gesehen hatte. Wahrscheinlich war ich deswegen auserwählt worden. Sóley war geisteskrank, sie musste sofort als Futter für die Dämonen ausgewählt werden, bevor sie andere mit ihren Wahnvorstellungen vergiftete und als psychisch labiles Wrack den Dorfbewohnern die skurrilsten Geschichten auftischte.

»Du konntest *sie* sehen?«, fragte mich schließlich Olitam, der taube Seher.

Er hatte mich gehört?

Das bedeutete, sie konnten sie auch sehen? Ohne die Frage laut aussprechen zu müssen, las ich die Antwort in ihren weisen, erstaunten Gesichtern.

»Deswegen wurdest du ausgewählt.«

Weswegen?

Der Hauptmann trat unerwartet vor, senkte den Kopf und hob

ihn wieder. »Ich entschuldige die Störung, aber ich möchte darauf hinweisen, dass die Dämmerung gleich in die Nacht übergeht. Wenn wir das Ritual planmäßig …«

Martis hob die knöcherne Hand und der Hauptmann verstummte.

»Auf deine Frage gibt es eine Antwort, Sóley.«

»Welche?«, fragte ich ihn ungehalten.

»Die Antwort lautet: Nein. Keine Schicksalsbringerin sah die Kreaturen der Hölle vor dem Ritual. Du bist die Erste, die mir davon erzählt.«

Ich war die Erste? Aber Martis wusste, dass es sie gab. »Was hat das zu bedeuten?«, wollte ich wissen. »Wieso sehe ich sie und andere nicht? Du hast sie auch gesehen?«

Wieder umspielte seine dünnen Lippen ein mildes, beinahe großväterliches Lächeln. »Es ist ein gutes Zeichen, dass du sie gesehen hast. Du wurdest … gefunden.«

Gefunden? Je mehr Antworten ich erhielt, desto mehr Fragen lagen mir auf der Zunge. »Du musst dein Schicksal annehmen. Die Götter mögen ihr wachsames Auge auf dich richten.«

Mit offenem Mund starrte ich Martis an, der mir sanft über die Wange strich.

Danach packten zwei kräftige Hände meine Oberarme, was schmerzte. »Wir können nicht länger warten«, erklärte der Hauptmann ungeduldig. »Die Winde ziehen bereits auf.«

Gefangen in den festen, unnachgiebigen Griffen schaute ich zu den mächtigen Baumkronen hoch. Ein starker Wind riss an meinem Kleid. Das Holzkreuz, das zuvor imposant in den Himmel geragt hatte, lag nun flach auf dem Podest. Bereit, mich daran festzubinden.

Mein Mantel bauschte sich auf.

»Nein«, brachte ich erst leise hervor, dann lauter. »Nein, wartet!« Meine Stimme nahm beinahe ein verzweifeltes Flehen an. »Ich habe noch Fragen, Martis!«, rief ich ihn, während ich über Holzstufen zum Podest hochgedrängt wurde. Ich rutschte mit dem rechten Fuß auf einer Stufenkante ab, doch die Hände der Soldaten bewahrten mich vor einem Sturz. Schnell atmend schaute ich über die Schulter zu Martis. Doch er war verschwunden. Die Seher standen nicht länger um den Fuß des gewaltigen Holzpodestes herum.

Wo seid ihr? Lasst mich jetzt nicht allein!

Nicht in diesem Augenblick. Nicht mit diesen vielen unbeantworteten Fragen!

»Leg dich auf das Kreuz. Beeil dich!«, befahl mir ein Soldat, dessen Stimme ich zum ersten Mal hörte. Sie war tief, kehlig und unheimlich.

Mein Blick fiel auf das massive schwarz gestrichene Kreuz. Da ich nicht tat, was mir befohlen wurde, drängten mich die Soldaten auf die Knie. Zwei Hände griffen nach meinen Füßen, weitere nach meinen Unterarmen und hoben mich in die richtige Position. Mittlerweile befanden sich mehr als sechs Soldaten des Königs auf dem Podest.

»Macht schneller! Die Zeit läuft uns davon«, hörte ich die Stimme des jungen Königs. »Wir wollen doch nicht, dass die gefürchteten Heerscharen der Dämonen über das Dorf einfallen und weitere Auserwählte einfordern, weil wir uns verspäten.« Dieser Lügner! Er war bloß ungeduldig, da ihm das Ritual zu langsam vonstattenging.

Hinter mir fuhr ein besorgniserregendes Raunen und Flüstern durch die Menge. Der König spielte mit der Furcht der Bewohner.

Gleich darauf wurde das Gemurmel von einem grellen Blitz, dem ein mächtiger Donnerhall folgte, unterbrochen. Menschen schrien erschrocken auf, während ich hektisch atmete. Mein Brustkorb hob und senkte sich, als sich vier Männer daranmachten, rote Seile um meine ausgestreckten Handgelenke und überkreuzten Fußknöchel zu verknoten. Egal wie sehr ich an ihren Griffen riss, sie gaben mir keine Möglichkeit, ihnen zu entkommen. Es geschah mit einem Mal alles so verdammt schnell.

Kaum waren die Soldaten mit ihrer Fesselung fertig, wurde das Holzkreuz über einen Seilzug in die Höhe gezogen. Stück für Stück. Meter um Meter stellt es sich auf. Mir stockte der Atem. Je höher sich das Kreuz aufrichtete, desto mehr Gallensäure kroch meine Speiseröhre empor. Mir wurde so flau im Magen, dass ich mich nicht mehr konzentrieren konnte.

Behalte die Nerven. Bleib ruhig!

Ich sah zu meiner rechten Hand, versuchte das Handgelenk im Seil zu drehen. Doch es gab nicht nach. Nicht einmal wenige Zentimeter. Als das Kreuz zu seiner vollen Größe aufgerichtet war, wurde mein Körper ein Stück von der Schwerkraft heruntergezogen. Hätte es kein Brett unter meinen Füßen gegeben, wären mir vermutlich die Schultergelenke ausgekugelt worden.

Im selben Moment peitschte ein wütender, heulender Sturm durch die Baumkronen. Erneut erklang ein markerschütternder Donnerhall, dieses Mal lauter als der davor.

Plötzlich setzte ein starker Regenguss ein.

Ich drehte vollkommen panisch das Gesicht zur Seite, um einen Blick auf die versammelte Menschenmenge hinter mir zu erhaschen. Bloß aus den Augenwinkeln konnte ich beobachten, wie viele Bewohner vor dem Unwetter flohen, den Festplatz eilig verließen und Schutz vor dem starken Regenguss suchten. Oder sie rannten möglicherweise aus dem Grund weg, dass ein bebendes, unheilvolles Grollen, das ich über den lauten Donner hinweg beinahe nicht gehört hätte, aus dem Wald drang.

Schreckhaft fuhr ich mit dem regenfeuchten Gesicht herum. Zwischen den Baumkronen, die gefährlich hin und her peitschten, konnte ich etwas Großes, Mächtiges erkennen. Ein finsterer Nebel zog auf. Der Boden erzitterte vor der Macht, die der Wald entfesselte, während ich erstarrte.

Nein! Noch nicht! Bitte.

Es war jeden Moment so weit. Es würde jeden Augenblick hier sein und mich verschlingen.

KAPITEL 6

SÓLEY

Atme! Konzentriere dich! Und schrei nicht.

Es kam mir fast so vor, als käme der Befehl von einer fremden Stimme, nicht von mir selbst. Die Genugtuung wollte ich dieser Kreatur, die sicher kein Segen der Götter, sondern eine Ausgeburt der Hölle war, nicht geben.

Ich biss mir auf die Zähne und zerrte an den feuchten Fesseln. Mein tropfnasser Umhang klebte an meinem Körper und klappte im peitschenden Wind um meine Beine herum auf, mein Rock wehte in die Höhe. Die seltsamen Bemalungen auf meiner Haut dürften sich im Regen auflösen.

Die Vibration, die den Boden und auch das Holzkreuz erzittern ließ, nahm immer mehr zu. Mittlerweile hörte ich hinter mir keine Schreie, keinen Jubel, kein Raunen mehr. Als ich zurückblickte, war der Festplatz wie leer gefegt. Diese elenden Feiglinge. Sie ließen mich wirklich im Stich! Alle!

Aber was hatte ich erwartet? Jeder wusste, dass er ebenfalls verschlungen werden konnte, wenn er sich zu nah bei der Schicksalsträgerin aufhielt. Eine merkwürdige wabernde Dunkelheit umgab mich wie dichter Nebel. Mir wurde kalt. Eiskalt. So kalt, dass mein Atem zu frostigen Schwaden gefror.

Deswegen sah nie ein Dorfbewohner, was mit der Auserwählten geschah. Sie wurde vom lichtlosen Nebel umhüllt. Sobald sich der Dunst dann gelichtet hatte, war die Schicksalsträgerin fort.

Wie wild zerrte ich an den Fesseln, obwohl ich sie nicht einmal mehr sehen konnte. Je feuchter sie wurden, desto mehr zogen sich die verfluchten Knoten zu.

Und dann … dann lockerten sich die Seile, lösten meine Gelenke und fielen ab. Ich stand frei in schwindelerregender Höhe. Einer Höhe, die mir in der erstickenden Schwärze noch mehr Angst machte. Ein falscher Schritt und ich würde in die Tiefe stürzen. Wer oder was hatte die Fesseln gelöst?

Aber ehe ich es herausfinden konnte, hielt ich mich mit der linken Hand an der Querstrebe fest und griff mit der rechten in meinen Ausschnitt. Ich zog den Stein hervor, dann drangen von unten Wortfetzen über den peitschenden Regen hinweg an mein Ohr.

»Los, beeil dich! Es ist jeden Moment hier!«

Es war … Layla.

»Nelio, mach schon.«

Das Kreuz bebte erneut, dieses Mal jedoch nicht vom schweren Donner.

»Layla?«, fragte ich verunsichert.

»Bin hier. Verdammt, ist das dunkel. Siehst du sie, Nelio?«

»Ja.« Nelio war bei mir.

»Wir holen dich da runter«, rief Layla.

»Oder gehen alle bei dem Versuch drauf«, erklang eine männliche Stimme, die ich nie zuvor gehört hatte. »Denkst du, Nelio bekommt es hin?«

»Sicher«, war Layla überzeugt. »Er ist sehr sportlich, kann die Axt wie kein anderer schwingen und Bäume hochklettern, als wären es Leitern. Er schafft das.«

Auf dem Brett stehend drehte ich mich vorsichtig zum Kreuz

um. Es war so finster, dass ich nicht wusste, wohin ich griff. Ein tiefes, kehliges Knurren erklang, und ich hörte ein Knacken von Ästen, Wurzeln – oder das von Knochen? –, als es laut donnerte.

Verdammt! Mir bleibt kaum Zeit.

In diesem Augenblick tasteten Hände über meine Fußknöchel. Sie waren hier.

Ohne groß zu überlegen, holte ich mit dem Fuß aus und trat nach den Fingern.

»Mann, Sóley, willst du mir was brechen? Ich bin es«, erklang Nelios Stimme.

O nein. »Habe ich dich getreten?«

»Ja«, knurrte er. »Kann ich dich jetzt anfassen oder bekomme ich noch einen Tritt ab? Direkt unter dem Holzbrett ist eine Leiter angelehnt. Ich führe deinen Fuß. Einverstanden?«

»Ja, natürlich. Tut mir sehr leid, Nelio«, entschuldigte ich mich bei ihm.

»Kannst du mir gern später sagen, sobald wir dieses verdammte Kreuz und diese erstickende Dunkelheit hinter uns gelassen haben.«

Ohne auf seine Worte einzugehen, ließ ich mich von seinen Händen zur Leiter führen. Mein rechter Fuß trat auf die erste Sprosse. »So ist gut. Schaffst du den Rest allein?«

Unvermittelt tastete er nach meinem anderen Bein, und seine Hand berührte eine Stelle unter meinem Kleid, die tabu war. Ich riss erschrocken die Augen auf. »Finger weg«, keuchte ich. »Ich komme zurecht.«

»Oh«, stieß er aus und löste seine Hand von meiner Oberschenkelinnenseite, bevor sie noch höher gerutscht wäre. »Verzeihung. Ich habe nicht gesehen …«

»Schon gut. Beeilen wir uns lieber!« Ich konnte mich später noch über seine unsittliche Berührung entrüsten.

Nelio kletterte die Leiter unter mir hinab. Ich spürte seine Schritte. Er war verdammt flink. Ich folgte ihm nach, während sich in mir ein Teil der Anspannung legte. Nun war nicht nur *ein* Magieloser dem Dämonengott ausgesetzt, sondern vier. Layla hatte Nelio und einen Mann, dessen Stimme ich nicht zuordnen konnte, hergebracht. Aber wen?

»Hast du sie, Nelio? Sei etwas kommunikativer! Man sieht euch nicht.«

»Ja, hab sie«, gab er knapp zurück.

»Dank der Göttin Zerade«, stieß Layla erleichtert aus.

Ich hörte Nelio schnauben. »Danke besser mir und meinem Mut.«

»Werde ich, sobald ich dich sehe, Witzbold!«

Mit einem Satz ließ ich mich auf das Podest fallen, nachdem Nelio ungefragt meine Mitte umfasst und mich von der Leiter gehoben hatte.

Weiterhin gingen große Regentropfen auf uns nieder und das Gewitter tobte mit seiner ungebremsten Kraft über dem Wald. Ich sah nicht einmal die Hand vor Augen, bloß einen winzigen erstickten Schein.

»Hierher! Seht ihr uns?«

Ich blinzelte angestrengt. Sie besaßen ein Licht, das die Dunkelheit durchschneiden konnte?

Nelio tastete unvermittelt nach meiner Hand. »Los! Er wird jeden Moment hier sein!«, raunte er mir zu und führte mich, als könnte er in der erstickenden kalten Finsternis besser sehen. »Warte!«

Ich nickte, was er sicher nicht sah. Mit beiden Händen umfasste er erneut meine Taille und hob mich mit Leichtigkeit über die Stufen des Podests. Als ich von seinen Händen in der Luft gehalten wurde, schlang sich unvermittelt etwas um meinen Nacken. Es fühlte sich an wie eiskalte knöcherne Finger mit spitzen Klauen.

Instinktiv hielt ich still und war wie erstarrt, als ich vor Nelio abgesetzt wurde. Etwas Feuchtes bebte an meiner Nase und wurde vom ekelhaften Gestank von Fäulnis und Verwesung begleitet, von dem ich die Augen zusammenkniff. Widerlich. Was …?

Bei der Göttin, etwas war an meinem Rücken und schnüffelte an mir. Ich wollte mir besser nicht ausmalen, was für eine Kreatur meinen Nacken umfasste.

»Nelio?«, keuchte ich abgehackt, als er an meiner Hand zog. Ich rührte mich nicht von der Stelle.

»Was ist?«

Eine kalte, feuchte Zunge, die unmenschlich lang zu sein schien, leckte über meinen Hals, höher zu meinem Gesicht. Mir gefror das Blut in den Adern.

»Wo bleibt ihr?«, rief Layla genervt … angespannt. »Kommt doch endlich! Wir sind hier!« Wieder glomm ein schwacher gelbgoldener Schein nur wenige Meter entfernt in der Finsternis. »Wir stchen am Rand dcs Ncbcls. Scht ihr uns?«

Das würde bedeuten, sie hatten keine Ahnung, was hier lauerte.

Es fühlte sich an, als würde Nelio sich zu mir umdrehen. Im selben Moment drang ein raues Knurren wie das eines Wesens, das nur der Hölle entsprungen sein konnte, an mein Ohr.

Meine Nackenhaare stellten sich auf, trotzdem bewegte ich mich keinen Millimeter. Der Dämon war hier. Wenn nicht der Dämonengott persönlich, dann eine seiner Kreaturen. Ich besaß bis auf den Stein nichts. Trotzdem überlegte ich nicht lange, griff in meinen Ausschnitt und hob die Hand, die den Stein umfasste, an meine Lippen.

»Bleib ganz entspannt«, riet mir Nelio.

Sagte er so leicht. Wusste er, was sich direkt hinter mir befand? Was für ein Wesen seine Klauen über meinen Körper streichen ließ und mit seiner Nase meinen Duft einsog?

»Geht nicht. Ich habe eine Idee. «

Ich biss mir, so fest ich konnte, ins Handgelenk. Meine Idee konnte wahnsinnig gewesen sein oder lebensrettend. Mir blieb nicht viel Zeit, um darüber nachzudenken. Meine Zähne gruben sich in mein Fleisch, es ziepte und brannte höllisch. Sofort erhob sich der brennende Atem des Monstrums.

»Was hast du vor?«, flüsterte Nelio irgendwo vor mir.

Es ablenken ... hätte ich am liebsten geantwortet. Mit zittrigen Fingern rieb ich den Stein mit meinem Blut, das ich nicht sah, aber das kitzelnd meinen Unterarm hinunterrann, ein.

Bitte lass die Ablenkung funktionieren, betete ich still. Wenn Martis recht hatte und die wenigen Aufzeichnungen, die ich in der Bibliothek über niedere Dämonenwesen gelesen hatte, stimmten, würde diese Kreatur seinen Trieben folgen und nicht dem Verstand.

Ich trat einen raschen Schritt nach vorn und duckte mich unter seinen Klauen hinweg. Ein greller Schmerz brannte von meinem Halsansatz über meine linke Schulter. Trotzdem ignorierte ich ihn und schleuderte den Stein in Richtung Wald. Mit einem Satz stieß sich das knurrende Wesen hinter mir ab. Ich hörte, wie die Holzdielen des Podestes lautstark zerbarsten. Hörte das durch Mark und Bein gehende Brüllen der Bestie. Sie stieß einen Laut aus, der grell und tödlich klang, bevor sich seine Aura hinter mir auflöste. Es war fort. Es war tatsächlich weggerannt.

»Lauf, Nelio!«, rief ich ihm zu. Ich hob die Hände, um nach ihm zu tasten, damit ich ihn nicht umstieß oder gegen ihn prallte. Aber ich tastete blind ins Leere. Wo war er?

»Nelio?«

Doch mir blieb keine Zeit, um die Finsternis nach ihm abzusuchen, sondern ich eilte zu dem golden funkelnden Schein.

»Was war das?« Layla musste den grellen Schrei ebenfalls gehört haben. Hektisch rannte ich zu ihrer Stimme.

»Ich komme! Ist Nelio bei euch?«

»Hier! Komm hierher!«, rief Layla und ließ das Licht hin- und herbaumeln. »Siehst du uns?«

»Ja!« Ja, ich sah sie.

Mit einem rasanten Sprint jagte ich auf meine Freundin zu, durchbrach die wabernde Dunkelheit und stieß heftig mit Layla zusammen. Mein Kopf prallte gegen ihren. Noch bevor sie fiel, wurde sie am Arm von einem Soldaten gepackt und hochgerissen.

Ein Soldat des Königs!

»Verräter!«, keuchte ich und ballte die Hände zu Fäusten, um ihn anzugreifen. Ohne zu überlegen, verpasste ich ihm drei Hiebe. Zwei gegen den Helm, einen weiteren gegen den harten Stahl seiner Brust.

Dong. Dong. Dong.

Das Metall gab Geräusche von sich, als würde ich auf eine Metallschüssel einschlagen. Unbeeindruckt blieb der Soldat, der Layla am Arm gepackt hielt, stehen.

»Fertig?«, vergewisserte er sich mit einer düsteren und zugleich klangvollen Stimme. Wie konnte ein Wort so viel Zynismus ausstrahlen?

Er gab Layla frei.

»Stopp, warte!« Layla ging wild gestikulierend dazwischen. »Er hat uns geholfen.« Sie deutete auf den großen Mann.

»Geholfen? Ein Soldat? Schwachsinn!« Wenn er uns geholfen hatte, war er ebenso dem Tode geweiht. Jedes Vergehen wurde in diesem Land mit dem Abschneiden von Gliedmaßen oder dem Tod bestraft. Auch wenn der Soldat einen Helm trug und ich sein Gesicht nicht sah, kannte ich keinen Wachmann, der mir das Leben retten sollte. Wieso auch?

Da wir aber gerade am falschen Ort waren, um die Sache zu besprechen, griff ich nach Laylas Hand und blickte mich panisch überall um. Wo war Nelio?

Ein bestialischer Schrei drang aus dem Wald. Ein Schrei, der mir das Blut in den Adern gefrieren ließ.

»Ich erkläre dir alles später. Wir müssen verschwinden«, raunte meine Freundin. Layla umfasste meinen Unterarm, um mich über den Festplatz zu ziehen. Weiterhin goss es unaufhörlich, sodass mein Kleid an den Beinen klebte. Aber ich konnte nicht. Nelio hatte für mich sein Leben riskiert. Ich konnte ihn nicht einfach im Wald zurücklassen, wo ihn eine Kreatur folterte, tötete und womöglich an meiner Stelle fraß.

»Ich suche Nelio«, brachte ich entschlossen hervor. Gerade als ich mich aus Laylas Griff befreien wollte, stellte sich mir der Soldat in den Weg. Der unheilvolle Nebel verzog sich langsam und kroch, als besäße er einen eigenen Willen, in den Wald zurück.

»Du kannst da nicht reingehen. Dann wäre deine Rettung umsonst gewesen. Nelio wusste, worauf er sich einließ, als er zugestimmt hat, dich zu befreien, Sóley.« Seine Worte klangen aufrichtig, dennoch schonungslos. Auf eine Art beruhigend, und doch war da etwas wie Strenge aus ihnen herauszuhören.

»Mir egal«, erwiderte ich scharf. Ich könnte das niemals mit meinem Gewissen vereinbaren, wenn er wegen mir starb und ich ihn hätte retten können.

Unerwartet verstellte mir der Soldat den Weg. »Du gehst nicht zurück.«

Wie wollte er mich aufhalten? Ich starrte ihm finster entgegen. »Nett, dass du dir Sorgen um mich machst, obwohl ich nicht einmal weiß, wer du bist, trotzdem werde ich nach Nelio suchen.«

Ich kannte Nelio ein Leben lang. Er war ein guter Freund meiner Familie. Ich gab ihn sicher nicht auf, weil mir die Sache zu heikel war. Niemals.

»Nein, Sóley«, mischte sich Layla ein. »Chester hat recht. Du kannst nicht in den Wald. Dann war alles umsonst.« Meinte sie das ernst? So sprach sie sonst nie. »Wir sollten endlich von hier verschwinden, bevor der Nebel wieder aufzieht oder Dorfbewohner merken, dass du nicht am Kreuz hängst, sondern hier mit uns herumdiskutierst.«

»Tut mir leid«, antwortete ich und schenkte Layla einen entschuldigenden Blick. Ich konnte nicht mit ihnen gehen. Je länger wir uns unterhielten, desto unwahrscheinlicher war es, dass ich Nelio fand.

Ohne mich von meinem Vorhaben abbringen zu lassen, umrundete ich diesen Chester mit feindseligen Blicken und rannte auf die Waldgrenze zu. Es war sicher nicht clever, ohne Waffe in den dichten Laubwald zu sprinten. Aber was blieb mir für eine Wahl?

Kurz bevor ich die ersten hohen Buchen und Ahornbäume erreicht hatte, die von einer merkwürdigen dunklen Substanz beträufelt waren, sah ich eine Person hinter einem Gebüsch. Ich stoppte meinen Sprint und lief mit eiligen Schritten, mich überall wachsam umsehend, auf dic Pcrson zu. Es war Nelio, der … der … Sein Anblick ließ mir den Atem gefrieren.

Seine Hose und sein braunes Hemd waren zerfetzt. Blut rann über die Hälfte seines Gesichts und sickerte auch aus dem zerschnittenen Stoff aus seinem Bauch und den Oberschenkeln.

»Nelio«, keuchte ich und rannte auf ihn zu. Kurz wirkte er wie weggetreten. Aber er lebte. »Nelio? Ist alles in Ordnung?« Obwohl eindeutig zu erkennen war, dass nichts in Ordnung war.

»Ich …«, brachte er hervor, senkte den Blick und tastete geistesabwesend über sein Gesicht. Als er zu mir sah, lächelte er unmerklich. »Ich denke schon.«

»Dann komm. Wir schauen uns später deine Verletzungen an.«

»Deine sind dir wohl nicht aufgefallen?«, hörte ich es unvermittelt hinter mir. Eine Hand umschloss meine Schulter und zog mich langsam von Nelio zurück. Es war dieser Soldat. *Chester.*

Meine Verletzungen? Aber gerade spielte es für mich keine Rolle, was er meinte.

»Komm endlich. Ich riskiere ungern mein Leben, um eine nette Plauderei direkt vor Nodirs Nase abzuhalten.«

Bevor ich fragen konnte, wer Nodir war, zwang mich der Soldat, mit ihm zu gehen. Stolpernd folgte ich ihm und schaute zu Nelio zurück. »Nelio? Worauf wartest du?«

Als Nelio blinzelte, war jede Verwirrung aus seinem Gesicht verschwunden. Stattdessen sah er mich mit einem durchdringenden Blick an. »Der Soldat hat recht. Verschwinden wir.«

Mit großen Schritten holte er zu uns auf. Erleichtert darüber, dass er noch am Leben war, durchströmte mich Energie.

Im Schutz der Dunkelheit, da keine Fackel die ungewöhnlich finstere Nacht erhellte, rannten wir ohne Pause in den gegenüberliegenden Wald. In den Wald, in dem ich mich hervorragend auskannte. Keiner sprach ein Wort, als wüssten sie ebenfalls, dass wir gehört werden könnten.

Nachdem wir uns eine Weile im dichten Gestrüpp und zwischen den hohen Bäumen aufgehalten hatten, blieb Chester stehen und schaute zum Himmel. Der kalte Regen hatte aufgehört. Auch der Sturm hatte sich beruhigt und war weitergezogen.

»*Jetzt* sind wir in Sicherheit.«

Meinte er das ernst? Wenn dem König mein Fehlen auffiel, würde er Soldaten aussenden, die uns überall im Wald suchten. Wir waren nicht tief genug ins Gehölz vorgedrungen, um sicher zu sein.

Mein Blick fiel auf die Panzerhand, die meinen Unterarm umfasst hielt. Ich räusperte mich und Chester senkte den Blick. Dann gab er mich frei.

Blödmann!

»Puh«, stieß Layla aus, beugte sich schwer um Atem ringend

nach vorn und stützte sich auf den Knien ab. »Weiter hätte ich es ohne Pause ohnehin nicht geschafft. Ihr vergesst, dass ich nicht so gut im Training stehe wie ihr.«

»Ein bisschen wirst du dich noch bewegen müssen«, erklärte ihr Chester. »Die erste Station liegt noch etwa eine halbe Meile entfernt.«

»Welche Station?«, fragte ich Chester, der sich daranmachte, den Helm abzunehmen.

Meinte er mein geheimes Lager?

Nachdem sich Chester den Helm vom Kopf gezogen hatte, fuhr er sich durch sein dunkelblondes oder braunes Haar.

»Nelio und ich haben den gestrigen Tag deine Station, an der wir die erste Nacht verbringen werden, eingerichtet, Sóley. Dort gibt es Wasser, Nahrungsmittel, Waffen und einen Schlafplatz.«

Sofort fuhr ich zu Layla herum. »Ich dachte, es wäre besser, wenn wir allein unterwegs wären.«

»Das dachte ich nie, Sóley. Nelio wusste ohnehin von unserem Vorhaben.«

Ja schon, aber was machte dieser Soldat hier?

»In Ordnung, aber was ist mit Chester? Wir kennen ihn doch gar nicht«, fragte ich sie und nickte mit verärgertem Blick in Chesters Richtung. »Wo hast du ihn aufgegabelt?«

»Auf dem Fest«, erklärte sie. »Er hat Nelio und mich belauscht und bot an, uns zu helfen, weil er schon anderen Schicksalsträgerinnen zur Freiheit verholfen hat.«

Wer's glaubt. War sie vollkommen irre? Wie konnte sie einem Wildfremden trauen? »Komm mal kurz mit«, zischte ich ihr entgegen und rief den Männern ein »Wir müssen nur kurz für kleine Mädchen, entschuldigt uns kurz« zu.

Als ich mit Layla tiefer in den Wald stapfte, weit außerhalb der Hörweite von Chester und Nelio, umfasste ich ihre Schultern.

Sie seufzte, bevor ich überhaupt loslegen konnte. »Schon gut, Sóley, du findest meine Entscheidung dumm und unüberlegt.«

»Äh, ja. Mehr als das. Ich traue diesem Chester nicht. Nachher führt er uns in eine Falle.«

»Was für eine Falle? Er riskiert seine Stellung und sein Leben, indem er uns hilft. Was denkst du, welche Strafe ihn erwartet, wenn rauskommt, dass er der Schicksalsträgerin zur Flucht verholfen hat?«

Ich leckte mir über die Lippen. »Keine Ahnung. Ich durchschaue den Plan noch nicht, aber König Minhêlon Tríton könnte das inszeniert haben.«

»Wozu? Um dich zu töten, weil es dem Dämonengott nicht gelungen ist? Haha, witzig. Nein, Sóley. Das ergibt keinen Sinn. Beide werden uns auch nur ein Stück begleiten. So lange, bis wir die nächste Kleinstadt, Devenor, erreicht haben.«

Auf dem Weg dorthin würde ich Chester an keiner Raststelle aus den Augen lassen und ihn genaustens studieren. Sicher war es unlogisch, mein Leben zu retten, damit mich der König danach hinrichten konnte. Aber es war genauso unlogisch, dass ein Soldat seinen Kodex verletzte und die Befehle des Königs missachtete, um einer fremden Frau, die dem Tod geweiht war, zu helfen.

So oder so, ich würde herausfinden, was er vorhatte. Layla mochte ihn für vertrauenswürdig halten, ich tat es nicht.

»Nur bis nach Devenor«, stimmte ich ihr zu. »Danach ziehen wir allein weiter.« Und würden uns so lange verstecken, bis wir zurück zu unseren Familien konnten. Während ich wusste, welche Gefahren im Wald und den umliegenden Landstrichen lauerten, hielt Layla es für eine aufregende Reise, um mehr von der Welt zu sehen. Mehr als einmal hatte ich sie davon schwärmen gehört, wie schön es wäre, Theston zu verlassen und in fremde Regionen, Städte, Königreiche zu reisen. Mehr von der Welt zu sehen. Es zog sie in die Ferne. Die meisten waren glücklich mit ihrem bescheidenen Leben. Die meisten traten zwei oder drei Tagesreisen an, um ihre Waren in die Nachbardörfer zu liefern, sahen aber ansonsten nichts von der Welt. Die meisten wurden in diesem Dorf geboren und starben auch hier. Viel zu groß war die Angst, dass die Geschichten der Seher über die verfluchten Wälder stimmen könnten.

»Ja, nur bis Devenor, versprochen. Und vertraue mir! Ich würde nicht jeden Mann in unsere Pläne einweihen.«

Ach nein? Gestern war sie ziemlich betrunken. Irgendwie konnte ich es immer noch nicht glauben, dass sie Chester überhaupt von unserem Vorhaben erzählt hatte. Selbst wenn er einen Teil davon sowieso schon beim Lauschen erfahren hatte, aber sie hätte ihn nicht komplett einweihen dürfen … Sie war doch sonst nicht so leichtgläubig.

Ein Räuspern erklang wenige Meter hinter uns. Sofort fuhr ich herum und entdeckte Chesters rot glänzende Rüstung schräg hinter mir zwischen dem Gebüsch. Er lehnte lässig mit der Schulter an einem Baumstamm.

»Können wir weiterziehen? Oder möchtet ihr euch noch ausführlicher über mich unterhalten?«

Er hatte uns belauscht? Schien eine dumme Angewohnheit zu sein. Aber mutig, dass er es zugab.

Misstrauisch zog ich die Augenbrauen zusammen. »Ich möchte nur abklären, mit wem ich es zu tun habe. Nichts gegen dich, Chester, aber ich vertraue dir nicht.«

»Etwas anderes habe ich auch nicht erwartet und es wäre auch töricht.«

Wirklich? Noch mehr Misstrauen breitete sich in meiner Magengegend aus.

»Ich werde dir gern beweisen, dass du mir vertrauen kannst, Sóley. Wie wäre es, wenn wir uns einander vorstellen?«

Das wäre ein Anfang, ja.

Um nicht unhöflich zu wirken, trat ich näher an ihn heran. Layla kicherte hinter mir, als wäre mein Verhalten witzig. Doch das war es überhaupt nicht. Ich wollte nur wissen, wer mir zur Flucht verholfen hatte. Leider würde sich erst mit der Zeit herausstellen, ob er wirklich vertrauenswürdig war. Das Risiko musste ich eingehen, ob es mir gefiel oder nicht.

Layla trat mit ihrer Laterne näher an uns heran. Es war eine kleine Öllampe, die wenig Licht spendete, aber doch genug, um in Chesters Gesicht blicken zu können. Wie es aussah, hatte Chester dunkelblondes Haar. Vom Tragen des Helms lag es zerwühlt auf seinem Kopf und dicke Strähnen hingen über seine markanten Brauen. Er besaß eine gerade Nase, ein ebenmäßiges Gesicht mit einem tiefen, aber bereits verheilten Schnitt von der Schläfe bis zur Wange. Es sah auf den ersten Blick nicht unheimlich aus, eher traurig. Doch seine geschwungenen, für einen jungen Mann wirklich schönen Lippen lenkten meine Blicke auf ihn. Aber sein interessanter Mund, sein markantes Kinn und der ausgeprägte Adamsapfel wurden von seinen vereinnahmend grünen Augen in den Schatten gestellt. Sie wirkten offen und doch unendlich verschlossen, ich konnte es nicht anders erklären. Irgendwie prallte ich an seinen Iriden ab. Als könnte ich nicht tiefer in sie eindringen und seine wahren Absichten lesen. Nun ja, das würde sich mit Sicherheit die nächsten Tage ändern, wenn ich ihn näher kennenlernte.

Er musste um die vier oder fünf Jahre älter sein als ich. Etwa vierundzwanzig. So alt wie mein Bruder Arwen. Die meisten Soldaten traten mit ihrem sechzehnten Lebensjahr in die Dienste des Königs ein. Erst nach dreijähriger Ausbildung waren sie bereit dafür, das Reich Wârdorá zu beschützen und den König wie auch seine Vertrauten während Reisen, Feierlichkeiten und Anlässen in benachbarten Königreichen zu begleiten. Das Training musste hart und anstrengend gewesen sein. Zudem waren die meisten Soldaten gebildete Männer, die vorausschauend und strategisch handelten. Schließlich war es ihre Aufgabe, das Leben des einfältigen jungen Königs mit den lüsternen Blicken zu schützen.

Chester klemmte sich den Drachenhelm unter den linken Arm, bevor er den metallenen Handschuh von seinen Fingern strich und mir seine Hand anbot. »Darf ich mich vorstellen? Ich bin Chester Déserph. Soldat im siebten Jahr, geboren in Nestraja und seit heute vermutlich dem Tode geweiht, weil ich dir geholfen habe.«

Er versuchte einen neckischen Eindruck auf mich zu erwecken, um mein Vertrauen zu gewinnen. Niedlich. Aber zwecklos. Skeptisch kniff ich die Augen zusammen.

»Ich bin Sóley, Dorfbewohnerin von Theston und älteste Tochter der Familie Leotarx, was du sicher längst weißt, da du bei der Ziehung gestern höchstwahrscheinlich anwesend warst. Freut mich nicht wirklich, deine Bekanntschaft zu machen. Ich bin ehrlich.« Ein theatralisches Seufzen verließ seine Lippen. »Aber …«, fügte ich hinzu und umgriff seine stoffummantelte Hand. Er hatte nur den Panzerhandschuh abgenommen, nicht aber den aus rotem feinem Leinen, den ich noch nie bei einem Soldaten entdeckt hatte.

»Aber was?«, fragte er eindringlich und beugte sein schön geschnittenes Gesicht mit den zerwühlten dunkelblonden Strähnen näher zu meinem herab.

»Aber *irgendwie* verdanke ich dir mein Leben. Deswegen gebe ich dir eine Chance, mir zu beweisen, dass ich dir vertrauen kann.«

Er schnaubte belustigt. »Du gibst *mir* eine Chance? War es nicht Beweis genug, dass ich dir geholfen habe?«

Schon, trotzdem fühlte ich Unbehagen in seiner Nähe. Aber das spürte ich meistens bei fremden Personen, da diese für gewöhnlich mehr über mich wussten als ich über sie. Die Dorfbewohner hatten sich nicht gerade die Mühe gemacht, sich mit Informationen über mich zurückzuhalten. Für sie war ich die lesende, jagende, wilde hellblonde junge Frau, die mehr Zeit im Wald und auf ihrem alten Pferd verbrachte als mit Sticken, Nähen oder Kochen. Somit stach ich hervor. Ich wettete, jeder Dorfbewohner mit einer Tochter war heilfroh, dass das Los dieses Jahr auf mich gefallen war. Nicht auf ihre Vorzeigetöchter.

»Tut mir leid«, antwortete ich ruhig mit einem ehrlichen Blick.

»Das genügt mir nicht.«

Seine grünen Augen suchten meine, forschten in ihnen und versuchten herauszufinden, was der Grund für mein Misstrauen war. Der Grund war ganz simpel: Er war ein Soldat des Königs.

»Ich akzeptiere es.«

Er akzeptiert es? Er fragte nicht einmal, wieso?

»Danke«, erwiderte ich und ließ in dem Moment die Hand los, als Nelio zwischen die Bäume trat. Seine Schritte waren wackelig, sein Atem ging schwer und stoßweise. Es stand wirklich schlecht um ihn.

»Wo seid ihr?«, keuchte er.

Kaum dass ich Chesters Hand losgelassen hatte, lief ich auf Nelio zu, überwand die aufgewölbten Wurzeln und schob niedrige Zweige zur Seite. Bevor Nelios Beine nachgaben, duckte ich mich unter seinen Arm und legte ihn über meine Schultern, um ihn zu stützen. »Wir müssen nicht mehr weit gehen. Oder willst du lieber zurück ins Dorf und dich dort behandeln lassen?« Denn seine tiefen Kratzer sahen sehr schlimm aus. Er musste eine Menge Blut verloren und höllische Schmerzen haben.

»Nein ...«, brachte er hervor. »Ich schaffe es ... geht gleich ... wieder.«

Besorgt schaute ich zu ihm auf.

Sein dunkelbraunes Haar hing strähnig in sein schmal geschnittenes Gesicht mit den leicht ausgeprägten Wangenknochen. Er hielt den Kopf gesenkt. »Ich begleite euch. Ich hab es … Layla versprochen.«

Chester kam mit Layla auf uns zu. Er musterte Nelio eine Weile, für meinen Geschmack zu eingehend, als würde er ihm nicht über den Weg trauen.

»Am besten gehen wir weiter. An der ersten Station kann sich Nelio ausruhen und wir können uns um seine Verletzungen und auch um deine kümmern.« Chesters Stimme klang tief und selbstbewusst neben mir, als besäße er einen genauen Plan. Als wüsste er, was zu tun war.

Layla nickte, dann hielt sie die Laterne hoch und strahlte mit ihr in mein Gesicht. Das Licht war zwar nicht grell, trotzdem stach es kurz in meine Augen.

»Meine Güte, das hatte ich noch nicht gesehen. Sóley, du bist ja auch verletzt.«

Das wusste ich, trotzdem war mir keine Zeit geblieben, um mir die Kratzer genauer anzusehen. Außerdem war es nicht meine erste Wunde. Ich zog den Mantelteil von meiner Schulter näher an meinen Hals, damit sie die Verletzung nicht länger sehen konnte. »Es geht schon«, erklärte ich knapp.

Chester hob die rechte Braue. »Lass mich Nelio zu der Höhle führen«, bot er mir an.

Oh, wollte er mir gleich heute sein Vertrauen unter Beweis stellen?

»Ich schaffe das«, erwiderte ich, umfasste Nelios heiße Hand fester und drehte mich mit ihm um. »Geht voraus. Wir folgen euch.«

»Wie du meinst. Ich wollte nur höflich sein.« Chester wandte sich zu Layla. »Gehen wir, bevor weitere Dämonen ausgesandt werden, um die Suche nach der Auserwählten aufzunehmen.«

Was hatte er da gesagt? Es sollte weitere Dämonen geben? Woher wusste er das? Doch bevor ich ihn fragen konnte, lief er mit

Layla, die sich verängstigt umblickte, voran. Chester legte wirklich ein zügiges Tempo an den Tag, bei dem Layla schlecht mithalten konnte. Auch mir fiel es mit Nelio, den die Kräfte immer mehr verließen, schwer hinterherzukommen.

»Nelio«, flüsterte ich ihm zu, als wir einen kurzen Stopp einlegten. Gequält stöhnend lehnte er sich gegen einen Baum, während ich nach Luft rang und meine Schultern kreisen ließ. Das pochende Stechen verwandelte sich in ein beißendes Brennen. »Geht es noch?«

Er schluckte angestrengt und sah mich durch die dunklen Haarsträhnen an. In ihm tobte der Schmerz, das war kaum zu übersehen. Zwar sah ich nicht das komplette Ausmaß seiner Verletzungen, trotzdem mussten sie ihm höllisch zusetzen. Sein Blick flackerte und hin und wieder fielen ihm die Augenlider zu.

»Geht schon«, presste er angestrengt hervor. »Danke, dass du mir hilfst … mich nicht zurücklässt.«

»Nein, das würde ich niemals tun. Warum sollte ich? Du hast mir das Leben gerettet.«

Nachdem er sich einen Moment ausgeruht hatte, legte ich erneut seinen Arm über meine Schulter, und wir liefen weiter durch den dichten Wald. Laylas Laterne war weit vor uns zu sehen wie ein schwaches goldenes Schimmern. Ich umfasste Nelios Handgelenk fester, auch wenn sein Arm über meiner Schulter immer schwerer wurde. Zudem rieb der Stoff seines Ärmels im Gehen über die Kratzer auf meiner rechten Schulter.

»Wir haben es gleich geschafft. Ich glaube, sie wollen zu der Station, die ich vor Wochen eingerichtet habe«, erzählte ich. »Dort lagere ich Proviant, Felle, ein paar Münzen, sogar wichtige Heilkräuter, Salben und Tinkturen, mit denen ich dich behandeln kann.« Ich versuchte mich an einem Lächeln, als ich zu ihm blickte, doch er sah es nicht. Er hielt den Kopf wie auch die Augen gesenkt.

»Lass mich … zurück, Sóley.«

Er wisperte die Worte. »Nein. Das kann und werde ich nicht tun. Ich brauche dich, Nelio.« Er war mein langjähriger Freund. Ich kannte ihn und Layla so viele Jahre. Wir waren zusammen aufgewachsen, er war früher mit mir zur Jagd gegangen, bis es ihm seine Eltern verboten hatten.

Niemand wäre so mutig und entschlossen gewesen, mich von dem Kreuz zu befreien, wie er. Wenn ich ihn zurückließ, das wussten alle in der Gruppe, würden die Dorfbewohner seine Wunden als böses Zeichen deuten. Sie würden ihn einsperren und so lange im Auge behalten, bis sie ausschließen konnten, dass das Böse nicht zurückkehrte, um ihn sich zu holen. Denn wer einmal von einem Dämonenwesen angegriffen worden war, war gezeichnet. Ich wusste, Nelios Anblick würde die Dorfbewohner in regen Aufruhr versetzen. Der König würde ihn hinrichten, bevor ein Dämon sich den gezeichneten Menschen holte und dabei womöglich das gesamte Dorf vernichtete.

Genau diese Angst konnte ich in Nelios Gesicht erkennen, als er die Augenlider zittrig hob und hart schluckte.

Ich schenkte ihm ein aufmunterndes Lächeln. »Wir bekommen das wieder hin.« Ich hatte nur keine Ahnung, wie. Denn schließlich war ich selbst gezeichnet.

KAPITEL 7

DÄMONENGOTT DER VERDAMMNIS

Die Reiter passierten die Hallen der zerklüfteten schwarzen Ruine, als ich genervt den Blick gen Nachthimmel hob. Aber nicht, ohne mein Gesicht, das ich auf dem Handrücken abgestützt hatte, zu bewegen. Eisige Winde, gefolgt von finsteren Schattengeistern, schwirrten und kreischten zwischen den abgebrochenen Tempelsäulen umher wie ausgespuckte Seelen aus der Hölle.

Meine Legionen versammelten sich unter den Aberhunderten von tiefen Rissen gezeichneten Stufen, nachdem sie das Portal verlassen hatten. Sie glitten, begleitet von den eigenwilligen Schatten in ihren wehenden Gewändern, aus den Satteln, um mir ihren Gehorsam zu demonstrieren, und begaben sich auf die Knie.

Ich löste den Blick von ihnen und starrte auf die halb zerbrochenen, ehemals mächtigen Säulen, die im silbrigen Mondlicht in den Himmel ragten wie gefällte Baumstämme. Der Męmtis-Tempel, der der Dämonengöttin Męmtis gewidmet wurde und ehemals von Magie und Verdorbenheit nur so pulsiert hatte, war nur noch ein brüchiges Relikt aus einer längst vergessenen glorreichen Zeit.

Ich hatte die Tempelgebäude mehrere Jahrhunderte nicht mehr aufgesucht. Wieso auch? Sie hatten keinen Nutzen mehr. Nicht, nachdem die *Diejenigen*, deren Namen nicht laut ausgesprochen oder gedacht werden durfte, die neue Religion in Nösfera vorgaben. *Diejenigen* – Dämonen, die jedem magischen Wesen der Hölle huldigten, es anbeteten, bejubelten und dafür sorgten, dass alte Dämonengötter starben, verdrängt, entwürdigt und entmachtet wurden.

»Tretet vor!«, teilte ich meinen Lakaien gelangweilt mit und deutete eine ebenso gelangweilte Geste mit der linken Hand an. Das Portal, das hinter ihnen in einem schwach bläulichen Licht waberte, verschwand. »Was habt ihr mir für Neuigkeiten zu überbringen?«

Mein dritter Legionär, Àraz-Kar, erhob sich in einer fließenden Bewegung, trat an die unterste Stufe und legte die Hand über die Brust. »Sie ist geflohen, ehrenwerter Saċar.«

Meine Laune sank zunehmend. Langsam hob ich den Blick. »Geflohen?«, knurrte ich.

»Richtig, mein Saċar der Verdammnis. Eine Truppe Magieloser konnte das Opfer vom Kreuz befreien. Es gelang ihnen, in den Wald zu fliehen, bevor Tahire das Mädchen einholen konnten.«

»In welchen Wald?«, wollte ich wissen, und beim Klang meiner Stimme erzitterte der Boden. Es gab viele Wälder. Die meisten waren Dämonenwälder. Somit sollte es ein Leichtes sein, die Schicksalsträgerin einzufangen.

Keiner meiner Untergebenen hob den Kopf. Wie zu Statuen gebannt knieten sie hinter Àraz-Kar.

»In den Wald der Illionen. Ich habe die Verfolgung aufnehmen lassen, aber …«

Mit einer Handbewegung schnitt ich ihm das Wort ab. »Du willst mir sagen, dass sie in den Wald geflohen sind, der, geschützt von den uralten Naturvölkern, jeden Zutritt für Dämonen unmöglich macht?«

»Ŕaḥė«, stimmte er mir mit gesenktem Blick zu. Seine Finger knirschten unter dem Leder seiner Handschuhe, als er sie zur Faust

ballte. »Wir nähern uns ihnen, so weit es die Magielinien zulassen.«

Ich schnaubte abfällig. »Ihr nähert euch den Grenzen? Wie wollt ihr in Erfahrung bringen, in welchem Teil des gottverfluchten Waldes sie sich aufhalten?«, fragte ich erzürnt. »Wie willst du sie verfolgen lassen, wenn du kein Dämonenwesen in den Wald schicken kannst, Àraz-Kar? Dir ist es unmöglich, dieses Territorium zu betreten. Du hättest ihnen vor der Flucht den Weg abschneiden sollen.«

»Hätte ich getan, wenn nicht ein mächtiger Dämon in der Nähe gewesen wäre.«

Wie soll ich das verstehen?

»Er hat jeden unserer Angriffe gebannt«, fuhr Àraz-Kar fort.

Ein mächtiger Dämon befand sich in dem abgelegenen Dorf von Magielosen? Absurd! Einer, der den Wald der Illionen betreten konnte? Bei den halb toten Seelen, das war unmöglich!

Auf dem zerklüfteten Thron aus schwarzem Stein richtete ich mich auf, ordnete mein Haar mit einem lockeren Windzug und starrte mein Gegenüber mit einem konzentrierten Blick an. »Tritt vor, Legionär! Und ihr anderen, verschwindet!«, befahl ich meinen Lakaien. Als Àraz-Kar die Schatten überwand und einen Augenblick später vor mir stand, waren meine Lakaien verschwunden.

»Seit mehreren Jahrzehnten ist dieser Vorfall nicht eingetreten, mein lieber Àraz-Kar«, erklärte ich ihm mit bedrohlich ruhiger Stimme. »Keiner Auserwählten gelang es jemals, zu fliehen. Selbst wenn sie sich vom Kreuz befreien konnte, ließen sie die Tahire nicht laufen.« Im Gegenteil, sie hatten eine grausame Jagd eröffnet und ihre Opfer qualvoll leiden lassen, bevor sie sie mir überbrachten. Teilweise verstümmelt oder mit herausgerissener Zunge, da sie ihre Blutgier kaum hatten bezwingen können.

»Ich weiß, mein Saċar.«

Neben mir neigte er den Kopf, sodass sein sandblondes Haar nach vorn fiel, während sein Umhang hinter ihm im Nachtwind segelte und in Schatten zerfloss. »Eurem verhassten Rivalen muss es gelungen sein, einen Weg zu finden, um in die Wälder der Illionen eindringen zu können.«

»Du lügst!«, warf ich ihm vor. »Du suchst nach einer Ausrede, um dein Versagen zu rechtfertigen. Kein einflussreicher Dämon hat Zutritt zu den angrenzenden Wäldern der Dörfer. Keinen interessieren die kleinen Opfergaben. Wieso also sollte einer so töricht sein, in die Wälder des feindlich gesinnten Illionenvolks zu laufen?«

»Ich weiß es nicht, mein Saċar. Ich kann nur berichten, was ich erlebt habe. Was ich bezeugen kann, ist, dass die Schicksalsträgerin in Begleitung von drei Sterblichen reist. Somit muss er den Wald der Illionen betreten haben.«

»Du berichtest mir von einem mächtigen Dämon, weißt aber nicht, wo er hin ist?« Der blanke Zorn schwang unverkennbar in meiner Stimme mit.

Àraz-Kar streckte den Nacken, als würde eine dieser kolossalen Säulen auf seinen Schultern lasten.

Es folgte keine Antwort. Die Schicksalsträgerin hielt sich in feindlichem Gebiet auf, der angeblich mächtige Dämon, der die Flucht ermöglicht hatte, konnte nicht identifiziert werden. Wem wollte er diese diffuse Geschichte auftischen!? Ich war kurz davor, in seinem Geist die Antwort herauszufinden.

Àraz-Kars rechter Kiefermuskel zuckte, bevor er das Gesicht hob und ich reinen Stolz in seinen Augen erblickte. »Wir konnten nur die Aura seiner Existenz wahrnehmen, ihn jedoch nicht sehen. Gut möglich, dass er sich als Tier getarnt Zutritt zu den Wäldern verschafft hat oder er ein Abkommen …«

»Aus-ge-schlos-sen!«, unterbrach ich ihn wütend. »Die Illionen schließen keine Abkommen mit Dämonen. Erst recht nicht mit einem Höherrangigen! Sie sind vorsichtige, misstrauische, bösartige kleine Geschöpfe, mit denen man sich nicht anlegen sollte.« In seinem Gesicht konnte ich Missmut ablesen. Er hatte keine Antwort auf meine Fragen. Im Prinzip wusste er gar nichts, während uns die Zeit davonlief.

Die lähmende Schwäche und der unstillbare Hunger waren kaum mehr zu ertragen. Würden uns die Menschen ihre Opfer verweigern, ihren Teil der Vereinbarung nicht einhalten, dann würden wir sie uns holen. So viele, wie wir wollten. Gäbe es den Pakt nicht, den der verdammte Krieger Pethon vor Jahrzehnten erzwungen hatte. Aber so waren ich und mein Reich schon sehr lange auf rationierte Nahrung angewiesen. Lästig und absolut demütigend. Pethons Gebeine dürften längst zu Staub zerfallen sein und er noch jetzt über seine gelungene List feixen. Er war mutig gewesen, unbezwingbar, hatte die Weisheit und Erkenntnis besessen, nicht ohne mächtige Verbündete gegen mich anzutreten. Nun, da er tot war und die Menschen nicht in der Lage gewesen waren, den Pakt einzuhalten – da dieses Menschenmädchen geflohen war –, stand es mir offen, zu entscheiden, wie viele Lämmchen ich mir im Gegenzug holen würde. Pech für sie, Glück für mich. Ich würde mich nicht länger mit nur einer Seele besänftigen lassen. Ich wollte sie … alle! Aber allen voran das Mädchen, das mir vorenthalten wurde. Das so mutig gewesen war wegzurennen.

»Du wirst dich mit den Kriegern um den Wald positionieren, sucht jeden gottlosen Winkel, jede Todesschlucht, jeden verfluchten Stein nach der Auserwählten und ihren Begleitern ab. Wenn sie den Wald verlassen oder die magische Grenzlinie übertreten, schlagt zu und bringt sie mir!«

Meine Augen loderten. Ich konnte die gelbgoldenen Flammen meiner Iriden in Àraz-Kars niederträchtigen Pupillen erkennen.

Niemand brachte mich um meine Opfer! Selbst wenn das Dorf ein weiteres anbot, wollte ich die Menschenfrau, die entkommen war. Denn niemand entkam mir. Sollte einer der anderen verhassten Dämonenherrscher dahinterstecken, um mich zu schwächen, würde er dafür bezahlen. Denn er hatte sich nicht in meine Abkommen mit den Magielosen einzumischen. Sollte er sich seine verstoßenen Seelen woanders holen!

»Wie Ihr befehlt, mein Sacar. Ihr habt mein Wort. Ich werde sie finden und zu Euch bringen.« Àraz-Kar senkte ehrfürchtig den Kopf. Den Kopf, den ich ihn *heute noch* auf den Schultern tragen ließ.

Ehrerbietig schritt er rückwärts in die Dunkelheit, da er durch den Blutschwur spüren konnte, dass ich seine Existenz nicht länger ertrug. Vor mir wurde er von der Finsternis verschlungen, als ich kehlig stöhnend den Kopf in den Nacken legte und zum sichelförmigen Mond aufsah. Er prangte selten so wie jetzt in Form einer liegenden Wiege am umwölkten Nachthimmel.

Mir sprang bei diesem Anblick nur ein Herrscher ins Gedächtnis, der es wagen würde, sich einzumischen, wenn denn wirklich vorgefallen war, was mir mein Lakai berichtet hatte. Allerdings … Ich verzog die Mundwinkel und schnaubte abfällig. Die Vorstellung war zu absurd. Vom Fluch gefangen und ausgeweidet, war er nicht imstande, mir die Stirn zu bieten.

Kein einziges Mal war er mir in den letzten Jahrzehnten in die Quere gekommen, lebte zurückgezogen in seinem ehemals mächtigen Reich und dürfte über seine zunehmende Schwäche verzweifeln. Die Schatten flüsterten, er sei so geschwächt, dass nichts mehr von dem ehemals mächtigsten Dämonengott übrig war. Zu gern hätte ich ihn ein letztes Mal gesehen, um mir selbst ein Bild von seinem Verfall zu machen. Es wäre eine Genugtuung gewesen, ihm wie einem gebrechlichen Menschen beim Sterben zuzusehen.

Wenn stimmte, was mir die Schatten zugeflüstert hatten, war seine Macht längst gebrochen und er nicht einmal mehr in der Lage, die simpelste Magie zu wirken.

Was, wenn es ihm doch gelungen war, dem Fluch zu entkommen, oder er ihn in Zukunft brechen würde?

Die Unruhe trieb mich an – wie auch die zunehmende Neugier, mir selbst ein Bild von der Auserwählten zu machen. Denn wenn dieser Dämonengott dabei war, den Fluch zu brechen, war ich der Erste, der dies verhindern würde, damit er nicht wie vor Hunderten von Jahren aufsteigen und die Macht an sich reißen konnte.

Mit dem Daumen strich ich mir konzentriert über den Mund, bevor ich mich vom Thron erhob. So oder so. Zuerst mussten wir Sóley Leotarx ausfindig machen. Danach würde ich früh genug herausfinden, ob Àraz-Kar gelogen hatte oder nicht.

Ich schrieb eine Abfolge von Sigillen in die Luft, die rot lodernd aufglühten und danach die Luft zum Flackern brachten. Ein Portal öffnete sich, von dem aus ich mir einen Überblick über den Wald der Illionen verschaffen konnte. Zwar konnte ich ihn nicht ohne Weiteres betreten, dafür aber herausfinden, wo sich das mir versprochene Mädchen mit ihren Gehilfen aufhielt. Unter Umständen würde ich auch diesen einflussreichen Dämon in ihrer Nähe finden und in Erfahrung bringen, wie es ihm gelungen war, den Wald der Illionen zu betreten.

KAPITEL 8

CHESTER

Aus den Augenwinkeln starrte ich zu Sóley, die Nelios Verletzungen behandelte. Sie kniete vor der rauen Höhlenwand neben ihm, griff nach einem braunen Glasfläschchen, um den Inhalt auf ein sauberes Tuch zu träufeln und auf seinen Wunden zu verteilen. Ihr silberblondes Haar hing halb getrocknet in Strähnen über ihren Rücken. Es reichte ihr beinahe bis zur Hüfte. Ihr Umhang war zerrissen und von Regen, Blut und Farbe getränkt. Ich konnte es riechen. Die schwere metallische Note, die von ihr ausging.

Nelio, der sich oberkörperfrei nach hinten abstützte, verfolgte jede ihrer Berührungen und lächelte ihr hin und wieder zu. Es war kaum zu übersehen, wie sehr sie ihm gefiel. Wenn er nicht diese Schmerzen hätte und nicht unter Fieber und dem zunehmenden Wahnsinn stehen würde, hätte er sie am liebsten an sich gezogen und ihre Berührungen noch mehr genossen.

Ihre Freundin Layla, die tiefer in der Höhle im Feuer stocherte, hatte an alles gedacht. In der Höhle befanden sich Schaffelle, getrocknetes Holz, Proviant für die nächsten Tage, sogar Salben und Kräuter, um leichte Krankheiten zu behandeln.

Das hätte ich der Quatschbase nicht zugetraut. Auf mich erweckte sie einen eher flatterhaften, leichtgläubigen Eindruck. Gestern

Nacht war es einfach gewesen, sie davon zu überzeugen, mich an der Rettung von Sóley zu beteiligen und ihr eine Flucht zu ermöglichen. Layla war verzweifelt genug gewesen, um jede Hilfe anzunehmen. Mit Nelio allein wäre es ihr niemals gelungen, die lästigen Tahire in Schach zu halten. Wobei es ziemlich bedauerlich war, dass Nelio nicht im Wald zerfleischt worden war. Es war mir ein Rätsel, wie es ihm gelingen konnte, den dämonischen Höllenhunden zu entkommen. Dazu war kein Magieloser in der Lage. Die meisten sahen sie nicht einmal, sondern spürten nur den Schaden, den sie zurückließen. Spürten die Schmerzen, die sie verursachten, und die Kälte, die ihre tödliche Aura verströmte. Anschließend waren die meisten für gewöhnlich tot. Es sei denn, Nelio hatte etwas anderes angefallen.

Sóley konnte sich alle Mühe der Welt geben. Mit gewöhnlicher Medizin würde sie Nelios Wunden nicht heilen können, ganz gleich welche Elixiere, Kräutersalben oder Tränke sie ihm verabreichte. Das galt jedoch auch für sie selbst. Obwohl sie die vier großen Kratzer unter dem dunklen Mantel verbarg, waren sie dennoch da. Ich konnte das vergiftete Blut riechen und die unreine Magie der Tahire auf der Zunge schmecken. Statt sich um ihre Wunden zu kümmern, versorgte sie die ihres Freundes.

Wie merkwürdig uneigennützig, dachte ich, als ich mein Langschwert vom Gürtel nahm und das schwere Wams vom Oberkörper hob. Beides lehnte ich neben mein ausgerolltes Fell gegen die Felswand, bevor ich die Schnallen der Arm- und Beinschützer löste, um die Rüstung abzulegen.

Wenn ich raten dürfte, überlebte der Junge keine drei Tage. Sóley hingegen konnte noch eine Woche schaffen, bevor sie von den Schatten und Träumen in den Wahnsinn getrieben wurde, sich irgendwann die Augen auskratzte und mit Schaum vor den Mund wie ein tollwütiges Tier nichts sehnlicher wünschte als den Tod.

Wieso auch immer Declario der irrsinnigen Annahme war, sie sei die Letzte ihrer Blutlinie … Ich sah es nicht. Sah es *immer noch nicht.* Vielleicht, weil sie nur eine Magielose war? Sie war eine junge Frau, die auf mich reifer und vorausschauender als andere in ihrem Alter wirkte, mehr aber auch nicht. Gut, sie war weniger naiv als diese Layla, hatte ein wachsames Auge, eine gute Beobachtungsgabe entwickelt, vor der ich mich in Acht nehmen sollte, und dieses widerwärtige Einfühlungsvermögen, das süß wie Honig auf der Zunge schmeckte.

Ich wandte meinen angewiderten Blick ab, schüttelte die Fellrolle aus und beschloss, mich auszuruhen. In meiner Brust dehnte sich wie in jeder Nacht dieser zerreißende Schmerz aus, der nur verstummte, wenn ich mein Elixier nahm und wie ein gewöhnlicher Mensch schlief.

»Willst du dich ausruhen, Chester?«, fragte mich Layla, kaum dass ich mich hingelegt und den Unterarm über das Gesicht gelegt hatte. Das Licht des Feuers und dessen Wärme waren unerträglich.

»Du kannst mich auch gern versorgen«, schlug ich grinsend vor, woraufhin Laylas braune Augen strahlten. Nahm sie meine Worte ernst? So töricht konnte man doch nicht sein.

»Wo tut es weh?«

»Überall«, hauchte ich und hob den rechten Mundwinkel. Als sich Layla neben mich auf den rauen Felsen kniete, entdeckte ich an der Höhlendecke ein auffälliges Schimmern wie bei einer Sonnenreflexion. Die Aura der Magie war unverkennbar. Sofort fiel mein Blick auf Nelio. Als hätte er gewusst, dass ich in seine Richtung schaute, während Sóley ihm den Oberkörper verband, kreuzten sich unsere Blicke. Wir mussten ihn loswerden. Was auch immer ihn aus dem Nebel entlassen hatte, Nelio war kein Mensch mehr.

Plötzlich schob eine Hand meine Tunika über den Bauch hoch. Was …!?

Ich griff schnell nach dem schmalen Handgelenk, bevor Finger meine Haut berühren konnten. »Was soll das werden?«

Layla kicherte amüsiert. »Bist du etwa kitzelig?«

Nein, kurz davor, ihr die Kehle durchzuschneiden, was meine wahren Absichten erkennen lassen würde.

»Ich habe gesehen, dass du vorhin mehrere Treffer von Sóley einstecken musstest. Sie hat einen ziemlich festen Schlag.«

Verwirrt starrte ich sie an. »Ich habe keine Schmerzen, Layla. Wirklich nicht. Mir geht es ausgezeichnet. Ich würde nur gern die Augen für einen Moment schließen.«

»Oh, in Ordnung. Ich wollte dir nicht zu nahe treten.«

Du hast ja keine Ahnung, wie nahe du mir bereits gekommen bist.

Sóley drehte das Gesicht zu uns und schaute auf meine Finger, die Laylas Hand fest umschlossen hielten. Sie blickte wieder skeptisch zu mir. Das Misstrauen mir gegenüber war kaum zu übersehen. Sofort gab ich Laylas Hand frei.

»Tust du nicht, Layla«, säuselte ich ihr zu, hob den Kopf und lächelte ihr freundlich entgegen. »Ich weiß deine Hilfsbereitschaft zu schätzen.«

Ich schaute in ihre karamellbraunen Augen, deren Lider sich unmerklich senkten. Laylas braunes welliges Haar fiel über ihre Schultern, während ihre schüchternen Blicke zu meinen Lippen huschten.

»Gern, Chester. Falls du etwas brauchst, frag mich. Dank Sóley, die mehrere Verpflegungspakete in diesem Wald versteckt hat, fehlt es uns an nichts.«

Ah, das bedeutete, nicht sie hatte die Station eingerichtet, sondern Sóley? Und das setzte voraus, dass Sóley ihre Flucht bereits länger geplant hatte. Woher hatte sie gewusst, dass sie dieses Jahr als Schicksalsträgerin gezogen werden würde? Besaß sie das innere Auge? Fragend schaute ich zu Sóley, die uns nicht länger beobachtete.

»Sehr freundlich. Ich komme darauf zurück, falls ich es für angebracht halte.«

Laylas dunkle Brauen zogen sich zusammen. »Du musst nicht so förmlich reden.«

Verflucht. Sie hatte recht. »In Anwesenheit einer so schönen Frau sollte ich meine Manieren nicht verbergen, oder, Layla?«, flirtete ich mit ihr. Wenn ich ihre Freundin komplett für mich gewann, wäre es sicher ein Leichtes, Sóley ebenfalls von mir zu überzeugen.

»Es gibt nicht viele Männer im Dorf, die so mit Frauen reden. Man merkt sofort, dass du an einem anderen Ort aufgewachsen bist, wo Bildung und Etikette wichtig sind. Kannst du mir etwas mehr über dich und deine Familie erzählen?«, fragte sie mich, bevor sie sich daranmachte, ihre Schafsfelle, die sie vor die Feuerstelle gelegt hatte, näher an meine zu ziehen.

So hatte das nicht enden sollen. »Sicher doch«, antwortete ich, rollte mich in meiner roten Leinenhose und losen Tunika in derselben Farbe zur Seite und stützte den Kopf auf. Plötzlich verzog ich das Gesicht. Wieder dieser Stich, der sich tief in mein verdorbenes Herz grub. Ich sollte bald das Elixier nehmen, bevor ich den Schmerz nicht mehr ertrug.

Sanft lächelte ich Layla entgegen, die sich ebenfalls auf die Seite gerollt und meine schmerzverzerrte Grimasse nicht bemerkt hatte.

»Ich komme aus der Nähe der Hauptstadt Katalysía, genauer aus der drittgrößten Stadt dieses Königreichs namens Nastraja. Dort wuchs ich zusammen mit sechs Brüdern in einem Stadthaus auf.«

»Sechs Brüder?«, unterbrach sie mich, während Sóley wenige Meter hinter ihr Nelio half, ein frisches Hemd überzustreifen. »Wenn sie alle so gut aussehen wie du, sind sie sicher schon vergeben.«

Ich schnaubte amüsiert. »Teilweise. Sie mögen vielleicht ein schönes Äußeres haben, aber sie halten wenig von der Liebe, Layla. Ihnen sind ihr Erfolg und Werdegang wichtiger als Gefühle.«

»Aus diesem Grund bist du Soldat geworden? Um ebenfalls aufzusteigen, Anerkennung zu erhalten und dem König zu dienen?«

Layla machte es mir wirklich leicht, meine Geschichte glaubhaft zu erzählen. Sie hing mir förmlich an den Lippen, während ich unauffällig mitverfolgte, wie Sóley nah am Feuer Felle auslegte und Nelio dazu bewegte, sich zur Ruhe zu begeben. Wie zu erwarten, zögerte er. Feuer mochten Wesen der Hölle nun mal nicht.

»Mir genügt der Platz am Höhleneingang, Sóley. Nimm du den an der Feuerstelle, um dich zu trocknen. Deine Kleider sind ... noch klamm.«

Leicht grinsend kniff ich die Augen zusammen.

Was bist du? Denn wenn ich es weiß, wäre es leichter, deinem armseligen Leben ein Ende zu bereiten, falls du mir in die Quere kommen solltest.

»Bist du sicher?«, erkundigte sich Sóley. »Dir steht der Schweiß auf der Stirn, und du zitterst am gesamten Körper, als würdest du frieren.«

Als sich Nelio zu mir umwandte, erkannte ich den hin und her zuckenden Schatten in seinem Augenweiß. Es war nur ein flüchtiges Flackern, kaum wahrnehmbar, was wohl keinem Menschen aufgefallen wäre. Mir hingegen schon. Das konnte spannend werden. Denn ich wollte zu gern in Erfahrung bringen, was dieser Dämon vorhatte. War er ein Lakai von Ṯeklan Nodir Scăr? Wollte er seine rechtmäßige Beute so lange beschützen, bis er sie seinem Fürsten übergab, um einen Rang aufzusteigen? Dumm nur, dass er den falschen Körper gewählt hatte. Nelios Hülle war dermaßen von den Tahiren geschwächt worden, dass er sich recht schnell einen neuen Wirt suchen musste. Somit müsste er bei null beginnen, um

Sóleys Vertrauen zu gewinnen und sie über die Grenzen des Waldes zu bringen. Falls er es denn überlebte. Wenn Nelio starb, war seine gottlose Seele der uralten Magie der Illionen ausgesetzt. Ohne einen menschlichen Körper hatte er keine Chance, seine armselige Existenz fortzuführen. Vielleicht musste ich nichts unternehmen, um ihn loszuwerden, sondern nur Geduld haben. So lange warten, bis die Zeit den Rest erledigte.

»Ist es nicht ein trauriges, unerfülltes Leben, wenn man nur nach Erfolg strebt?«, fragte mich Layla unvermittelt.

Mein Blick wanderte zu ihr. »Ist es das?«, stellte ich ihr die Gegenfrage. In meinen Augen war es das nicht, da ein Sohn der Dunkelheit nicht existierte, um nach der Liebe zu suchen.

Layla schob ihre Hand unter das eingerollte Schaffell unter ihrem Kopf, holte tief Luft und schüttelte den Kopf. »Ja. Niemand will allein bleiben. Falsch, niemand *sollte* allein bleiben. Jeder Mensch sucht doch nach einem Partner, mit dem er glücklich werden kann. Was bringt es einem Menschen, Macht und Einfluss allein zu erreichen? Gemeinsam kann man so viel mehr bewirken.« So etwas konnte nur ein Mensch behaupten.

Ich senkte den Blick. »Würdest du dir denn so etwas wünschen?«

»Einen Mann, mit dem ich alles gemeinsam erleben, teilen und glücklich werden könnte? Ja. Das wünscht sich wohl jede Frau. Selbst Sóley.«

Als Sóley ihren Namen hörte, schaute sie von Nelio auf, den sie unter Fellen beinahe begraben hatte. Er zitterte nicht, weil ihm kalt war, sondern weil sein Körper von innen heraus zerfressen wurde. Sie schien überhaupt keine Ahnung zu haben. Nicht einmal zu spüren, was vor sich ging. Allmählich zweifelte ich ernsthaft an Declarios Worten. Wenn ich absolut unnötig an diesem Ort war, würde er sich dafür verantworten müssen. Sicherlich freute sich schon sein dämonisches Herz, wenn ihm die Schatten davon erzählten.

Aber etwas musste an den Erzählungen dran sein. Falls nicht, würde ich meine Zeit vergeuden, und Sóley war nichts weiter als ein gewöhnliches Opfer, das ich Nodir gestohlen hatte. Wie bedauerlich.

Falls Declario aber doch recht behielt, hatte ich meine einzige Chance wahrgenommen. So oder so, ich musste mich gedulden.

»Wo sind deine sechs Brüder jetzt?«, wollte Sóley wissen, die sich am Feuer den Mantel von den Schultern gestreift hatte und damit begann, ihr Haar durchzukämmen. Ihr wachsamer Blick fiel in meine Richtung.

»In alle Winde zerstreut«, antwortete ich ihr.

Layla hielt bereits die Augen geschlossen, weil sie eingeschlafen sein musste. Wie es aussah, war sie längere Reisen und Fußmärsche nicht gewohnt.

Nelio verhielt sich ebenso still. Sein Körper brauchte Schlaf.

»Das bedeutet?«, hakte Sóley mit einem wissbegierigen Blick nach.

Langsam erhob ich mich von den Fellen und lehnte die Schulter gegen die kühle Felswand an, bevor ich mir durchs Haar strich. »Es bedeutet, dass ich sie sehr lange nicht mehr gesehen habe und jeder von ihnen seinen eigenen Weg geht.«

»Woher willst du dann wissen, ob sie nicht ihre Liebe gefunden haben, wenn du sie so lange nicht gesehen hast? Es sind keine Jungen mehr, so, wie du über sie sprichst.«

Cleveres Mädchen. »Du hast recht«, antwortete ich. »Wir schreiben uns hin und wieder und halten uns so auf dem neuesten Stand. Ich würde es wissen, wenn einer seine Traumfrau gefunden hätte.« Ich schenkte ihr ein anzügliches Lächeln, dem sie auswich. Wenn es mir möglich gewesen wäre, hätte ich mich erhoben, um näher an die Feuerstelle heranzutreten. Aber da dies illionischer Boden war, war das Element Feuer in diesem Wald mit ihrer Magie getränkt. Und ich würde einen Teufel tun, ihre Macht auf die Probe zu stellen.

»Warum bist du zu einem Soldaten des Königs geworden, standest über sieben Jahre im Dienste des Königreichs Wârdorás, wenn du gestern Nacht beschlossen hast, alles hinter dir zu lassen? Und das für eine Frau, die du überhaupt nicht kanntest?«

»Du hast sehr viele Fragen«, stellte ich fest und strich mir nachdenklich übers Kinn.

»Bei denen dir plötzlich die Antworten ausgehen? Oder suchst du nach glaubhaften Lügen?«

»Ich lüge nicht, niemals«, verließen die Worte beinahe zornig meine Lippen.

»Das soll ich dir glauben?«

Sie runzelte ihre kleine, niedliche Nase. Dabei trat ein Leuchten, als hätte sie mich bei der ersten Lüge ertappt, in ihre azurblauen Augen. »Glaub es oder glaub es nicht, Sóley. Jede meiner Antworten entspricht der Wahrheit.« Jedoch blieb es mir überlassen, inwieweit ich ihre Fragen vollständig beantwortete.

»Dann bin ich sehr gespannt, warum du desertiert bist.«

»Nicht nur wegen dir«, antwortete ich wahrheitsgemäß. »Mit der Zeit sah ich, dass ich dem falschen Mann meinen Schutz angeboten habe. Der junge König taugt nichts, wenn du mich fragst. Er ist leicht lenkbar, unerfahren und geht sehr lasterhaften Dingen nach. Was sich für einen König nicht gehört. Findest du nicht?«

Sóley öffnete ihre beeindruckend schönen Lippen. Zum ersten Mal konnte ich sie eingehend und von Nahem betrachten. Das helle, ebenmäßige Gesicht mit den auffällig wasserblauen Augen, den dunklen schwungvollen Wimpern und den vollen Lippen. Auch wenn ihr Gesicht zart gezeichnet war, traten in ihm hin und wieder kämpferische, etwas scharfe Züge zum Vorschein. Allein wenn sie die Augen verdrehte, zur Decke aufblickte, wenn sie meiner Antwort keinen Glauben schenkte oder misstrauisch seufzte, entdeckte ich diese gefährlichen Züge an ihr.

Ihre Mundwinkel zuckten verhalten. »Welche lasterhaften Dinge meinst du, Chester? Standest du dem König so nah, um das zu wissen?«

»Ich begleite ihn schon eine Weile, Sóley. Da sieht man vieles. Er ist seiner Position nicht würdig. Nicht so, wie es von einem Menschenkönig erwartet wird.« Erneut spürte ich das Glimmen tief zwischen den Rippen im verborgensten Inneren meines Seins. Es brannte, loderte, fraß sich tiefer in mich.

Unauffällig hob ich die behandschuhte Hand zu meinem Brustbein, was Sóley nicht entging.

»Was erwartest du von einem Menschenkönig?«, fragte sie neugierig und legte den Kopf schief. Mittlerweile war ihr Haar getrocknet. Glatt und nur an den unteren Spitzen zu sanften Wellen eingedreht schwang sie es über ihre Schulter nach vorn. Sie verdeckte die Kratzspuren. Sie wollte sie vor mir verbergen. Trotzdem roch ich das säuerliche Gift. Auch bei ihr würde sich in unmittelbarer Zeit zeigen, wie sie darauf reagierte.

»Was ich von ihm erwarte?«, hakte ich nach und streckte das rechte Bein aus, während ich mich auf dem Knie des anderen Beins mit dem Arm abstützte. »Das, was alle erwarten. Dass er sein Volk beschützt? Dass er es nicht an Dämonen verfüttert, um nachts ruhig schlafen zu können? Dass er sich mit den Ahnen auseinandersetzt, die wesentlich ruhmreicher und mutiger in die Geschichte eingegangen sind als er?«

Nun schien ich Sóleys Interesse geweckt zu haben. Sie zog ihre ausdrucksstarken Augenbrauen über dem Nasenrücken zusammen. »Woher weißt du so viel über Dämonen und die Könige, die vor König Minhêlon regiert haben?« Auf den Knien strich sie ihren Rock zurecht. Der Saum war dreckverschmutzt und immer noch feucht. Ihr Mantel hing ausgebreitet über einem aufgestellten Stock nahe der Feuerstelle, damit er trocknete. Auch wenn sie sich weder Schmerzen noch die Kälte, die ihr zusetzten, anmerken ließ, entging mir die Gänsehaut auf ihren Unterarmen nicht.

»Weil ich sehr viel sehe und lese«, antwortete ich ehrlich.

»Du hast freien Zugang zu Büchern?«

»Ja.«

»Dann kannst *du* mir sagen, ob Magielose Dämonen oder dämonische Geschöpfe sehen können?«

Konnte sie das etwa? Jetzt wurde es spannend. Interessiert runzelte ich die Stirn, bevor ich den Blick senkte, um nicht zu offensichtlich in ihren Augen zu forschen. »Nein. Für gewöhnlich sehen Menschen keine dämonischen Wesen, es sei denn …«

»Wie konnte der Krieger … dann den Pakt mit dem Dämonengott schließen und seine Legionen zurücktreiben, wenn er sie nicht sehen konnte?«, schien sie sich beinahe selbst zu fragen.

Vorsichtig schaute ich zu ihr auf. Sie war in Gedanken vertieft. »Es sei denn …«, fuhr ich ungehalten fort, was sie mit einem mürrischen Gesichtsausdruck quittierte, »dieser Mensch besitzt eine Gabe oder das Mântas-Auge.«

»Wie die Seher in unserem Dorf?«

»Wie sie, ja«, gab ich zurück. Doch für gewöhnlich waren Seher männlichen Geschlechts. Zudem in einem fortgeschrittenen Alter, bevor sich ihre Gabe offenbarte. Es gab jedoch auch Hexen, die in der Lage waren, Dämonen zu rufen. Meistens traten verzweifelte Sterbliche an sie heran, wenn sie Kontakt zur dunklen Magie suchten. Alle anderen Magielosen waren nicht in der Lage, Dämonen zu sehen. Sie spürten einen eisigen Windhauch, entdeckten unheimliche Bewegungen aus dem Augenwinkel, sahen im Glas oder Spiegel eine ruckartige Bewegung … Mehr hingegen nahmen Sterbliche nie von übernatürlichen Wesen wahr. »Oder …«

Sóley richtete sich auf, da ihre Gesichtszüge kurzzeitig verwirrt und besorgt zugleich wirkten.

»... der Mensch hat dämonischen Boden betreten. Dann könnte er sie ebenfalls sehen, zumindest die niederen Geschöpfe der Nacht, die dumm genug sind, sich zu zeigen.«

»Hört sich an, als hättest du schon viele von ihnen gesichtet«, stellte sie gespielt beiläufig fest und griff neben sich in ihre Ledertasche, um einen Kamm hervorzuholen.

Ich hatte so ziemlich jede abartige Kreatur, die die Hölle ausgespuckt hat, angetroffen. »Hast du welche gesehen, Sóley? Ansonsten würdest du mir diese Fragen nicht stellen.«

Sie zog den Kamm durch ihr beinahe getrocknetes Haar, schaute zu den immer schmächtiger werdenden Flammenzungen und holte tief Luft. »Ja, habe ich.«

»Wie sahen sie aus?«, wollte ich wissen.

Nun besaß sie meine ungeteilte Aufmerksamkeit und der Schmerz in meiner Brust drang in den Hintergrund.

Sóley schaute sich in der großen Steinhöhle um, bevor sie beschloss, die Feuerstelle zu verlassen und näher an mich heranzutreten. »Ich will die anderen nicht beunruhigen, falls sie die Unterhaltung hören.«

»Sie schlafen längst«, versicherte ich ihr.

»Bist du dir sicher?«, hakte sie mit einem skeptischen Blick nach.

»Absolut sicher. Aber ich mache keinen Hehl daraus, dass ich es sehr schmeichelhaft finde, wenn du mir Gesellschaft leistest.«

Feindselig funkelte sie mir entgegen wie eine Katze, der ich auf den Schwanz getreten war. »Glaub nicht, dass dies ein Vertrauensvorschuss ist. Ich weiß nur nicht, wem ich sonst davon erzählen kann und wer mehr darüber weiß. Die Seher konnten mir nicht weiterhelfen, da ich gleich darauf am Kreuz festgebunden wurde.«

»Vertrau dich mir gern an«, neckte ich sie. »Ich habe immer eine Schwäche für wissbegierige Frauen und stets eine Geschichte zum Fürchten parat.« Ich konnte mein Grinsen kaum verbergen, als ich sie schnauben hörte.

»Ich sollte es mir anders überlegen, als dir selbstverliebtem Idioten davon zu erzählen. Hinterher lachst du mich aus, hältst mich für geisteskrank oder sonderbar – genauso wie die anderen Dorfbewohner.«

»Das tue ich bereits jetzt, Sóley«, erwiderte ich knapp. »Du kannst nichts mehr äußern, was meine Meinung über dich ändern könnte.«

Unvermittelt hielt sie einen Dolch in der Hand, den sie gegen meine Kehle drückte. Äußerst interessant. Es wäre bedauerlich, wenn sie diesen Körper verletzen würde. »Wenn du mich tötest, wirst du nicht erfahren, was ich zu erzählen habe. Das sollte dir klar sein.«

»Aber wenn ich dich töte, müsste ich nicht mehr dein arrogantes Verhalten ertragen.«

»Gib zu, etwas reizt dich an mir.«

»Nicht im Geringsten«, brachte sie mit zusammengebissenen Zähnen, die im gedämpften Schein des Feuers hell strahlten, hervor.

Dabei kam sie mir sehr nahe. Ich zuckte nicht einmal mit der Wimper, als sie mir die Klinge fester gegen den Hals drückte. Sie hingegen zögerte. Vermutlich hatte sie noch nie einen Menschen getötet. Das würde ich mir zunutze machen.

»Dann versuche ich mich zurückzuhalten. Wie denkst du darüber?«, schlug ich vor.

»Wieso hast du keine Angst, wenn ich dir die Klinge an den Hals halte?«

»Weil ich Soldat bin? Ich habe schon mehr als einmal Klingen auf der Haut gespürt.« Ich deutete auf meine Schläfe, auf der sich eine hässliche Narbe abzeichnete. Sie folgte meinem Finger und geriet ins Stocken. Schließlich nahm sie das Messer von mir, hielt es weiterhin in ihrer zarten Hand und nahm in anderthalb Metern Abstand gegenüber an Laylas Füßen Platz.

»Ich muss dir nicht verheimlichen, dass ich am liebsten will, dass du gehst.«

»Nein, musst du nicht.« Aber das würde ich nicht tun. Nicht, bevor ich meine Antworten hatte. »Ich werde dich sicher nicht lange belästigen oder eure Reise aufhalten. Wir haben denselben Weg. Du willst in die nächstgelegene Stadt, ich ebenfalls. Danach gehen wir getrennte Wege.« Und ich hoffte, ich hatte meine kostbare Zeit nicht verschwendet.

»Gut. Denn du bist mir unheimlich.«

Ja, das sagte man mir öfter nach. »Nicht absichtlich«, versicherte ich ihr, schaute ihr gespielt reuevoll entgegen und griff mir in den Nacken.

»Du musst doch wissen, wie du auf andere wirkst.«

Das wusste ich sehr wohl. Es war nur keine Leichtigkeit, sich in ein niederes Wesen einzufühlen, das schwach und rücksichtsvoll handelte und ohne jeden Funken Magie existierte.

»Welche Wesen hast du gesehen, Sóley? Du wolltest sie mir beschreiben.«

Sicher würde sie mir jeden Moment von Schattenkreaturen wie den Råfkor oder den Minëes erzählen. Niedere verfressene dämonische Quälgeister, die in den Baumkronen lebten und ihr Unwesen trieben wie tollwütige Eichhörnchen oder fauchende Kleinbären – die Menschen mit Fallobst bewarfen oder sie bissen.

»Als ich gestern jagen war, sah ich zuerst ein gewaltiges pechschwarzes Wesen mit einem Adlerkopf. Es besaß Flügel wie die eines Drachen, mit einer Spannweite von geschätzt sieben Metern, und einen peitschenden, mit Schuppen übersäten Schwanz.«

Nun kniff ich konzentriert die Augen zusammen, um mir nicht mein Entsetzen anmerken zu lassen. Sie hatte ein Kÿrath gesehen? Einen Totenfresser des Vierten Reiches?

»Um das Wesen herum waberte ein gespenstischer Schatten, aus dem kurz danach eine Menschengestalt aufstieg. Ein Mann, oder eher … ein Krieger. So richtig kann ich es nicht sagen. Er besaß einen wehenden Umhang, und eine Schlange kroch sein Bein hoch. Diese Gestalt sprach in einer fremden, einer zischenden Sprache, während schwarzer Regen aus dem Himmel fiel.«

Mein Körper spannte sich an.

»Hast du solche Dämonen auch schon mal gesehen?«, fragte sie unschuldig.

Ich schwieg, da ich ansonsten die Wahrheit hätte sagen müssen. Sie waren so nah. Wussten sie von meiner Mission? Zudem war nun offensichtlich, dass sich Declario nicht getäuscht hatte. Sie war es. Sóley war die, nach der ich suchte.

»Chester?« Sie stieß mich zaghaft an der Schulter an, woraufhin ich zischend herumfuhr. Schreckhaft wich sie zurück. »Oh, Entschuldigung. Ich wollte …«

»Schon gut. Ich war … in Gedanken.« Ich täuschte mit einem knappen Lächeln über meine Reaktion hinweg. »Haben dich die dämonischen Wesen … gesehen?«

Sie schüttelte den Kopf und zog gedankenverloren weiterhin den Kamm durch ihr langes Haar. »Nein, zuerst nicht.«

»*Zuerst* nicht?«, hakte ich nach. Warum saß sie noch vor mir, wenn sie sie bemerkt und gewusst hatten, wer sie war?

»Du siehst so geschockt aus, Chester. *Sollten* sie mich nicht sehen?«

»Doch, sollten sie durchaus. Aber sie hätten dir keine Beachtung geschenkt, wenn du nicht ihre Aufmerksamkeit geweckt hättest. Wo genau haben sie dich gesehen?«

Sóley leckte sich über die Lippen, während sie den Kamm auf ihrem Rock ablegte und damit begann, ihr Haar in drei Strähnen aufzuteilen. »Dieses Getier mit den Flügeln hat mich nicht bemerkt, auch nicht dieser dunkle Ritter. Als ich am Festplatz ankam, entdeckte ich die Schatten, die sich frei unter den feiernden Menschen bewegten. Ich sah wieder diese Kreaturen mit den Flügeln, den Pranken, den Schnäbeln. Dieses Mal hatte dieser Krieger bemerkt, dass ich *sie* beobachtete und nicht die Menschen.«

»Er hat beobachtet, dass du sie gesehen hast?«, wollte ich wissen und hob die rechte Braue.

»Ich denke schon, ja. Daraufhin machte er etwas Verrücktes.« Wäre es so verrückt gewesen, wie sie sagte, würde sie nicht vor mir sitzen. »Er hielt die Zeit an und prüfte mit sonderbarem blauem Licht, wer oder was ich bin.« Sie blinzelte mehrmals und schaute, während sie sprach, unentwegt auf den Holzkamm zwischen ihren Fingern, als könnte sie meinen Blick nicht aushalten. Als wäre es ihr unangenehm, mir davon zu erzählen.

Ich krampfte unbemerkt die Finger der linken Hand um einen Stein neben mir. »Und was geschah dann?« Unmöglich, dass Lakaien des Vierten Reiches sie *vor mir* ausfindig hatten machen können. Das würde bedeuten, sie waren ihr auf den Fersen. Nicht nur Nodir suchte nach ihr, um sein billiges Opfer einzufordern, da er nie auf seine Beute verzichtete, sondern auch Malcan hatte seine gierigen Finger nach ihr ausgestreckt und Boten ausgesandt. Konnte das sein? Aber hätte sein Lakai sie gefunden, wäre sie niemals am Kreuz festgebunden worden und säße jetzt erst recht nicht neben mir.

»Er sagte etwas wie …« Sóley biss sich auf die Unterlippe, zupfte ihren Umhang zurecht und hob dann ihr Gesicht. »›… einfacher Diener, vom untersten Rang, mit einem armseligen Fünkchen Magie in sich, was hast du unter den Sterblichen zu suchen?‹«

Gebannt und innerlich besänftigt zugleich atmete ich die angestaute Luft aus, als ich ihre Worte hörte. Der Lakai des Vierten Reichs hatte sie nicht erkannt, obwohl sie sich direkt vor seiner Nase befunden hatte.

Was für ein untalentierter Narr. Malcan würde ihn in die Höllen verbannen, sobald er davon erfuhr. Darauf freute ich mich schon jetzt.

»Chester?«, riss mich Sóley aus meinen Gedanken.

Ich hatte die letzten Augenblicke an ihr vorbei zum immer kleiner werdenden Feuer gestarrt. Über uns nahm ich weiterhin die fremde Präsenz von Magie wahr. Jemand beobachtete uns. Aber dieser Jemand konnte unmöglich das Gespräch belauschen. Solange Sóley nicht schlief, konnte ich nichts gegen den Beobachter ausrichten.

»Merkwürdig«, antwortete ich nach einer Pause, in der ich vorgab nachzudenken. Ich leckte mir über die Lippen, bevor ich in ihr wirklich schön geschnittenes, unschuldiges Gesicht blickte. Wenn man genauer hinsah, erkannte man die Ähnlichkeiten. Ihre Eckzähne waren etwas spitzer als die normaler Sterblicher, ihr Herz schlug wesentlich langsamer und unter ihren Pupillen lag eine schwarze, kaum erkennbare Sichel. Sie fiel mir erst jetzt auf, als das Feuer endlich niedergebrannt war.

»Merkwürdig?«, wiederholte sie. »Du bist so still geworden. Ich dachte, du könntest mir erklären, was ich gesehen habe. Wahrscheinlich war es eine dumme Idee. Tut mir leid, dich genervt zu haben, wenn du kein Interesse daran hast.« Sie wirkte sichtlich beleidigt und erhob sich aus ihrer knienden Haltung. Mir entging ihr unsicheres Aufstehen nicht. Kurz schwankte sie nach rechts, als sie zur Tasche ging und daraus eine goldene Nadel holte, sich ihr geflochtenes Haar um den Kopf wickelte und es feststeckte.

Wenn sie wirklich die war, nach der ich suchte, dürften ihr die Kratzer nichts ausmachen. Was, wenn das magielose Land schuld daran war, dass sie sich nicht richtig hatte entwickeln können? Was, wenn die magielose Erde über die Jahre hinweg verhindert hatte, dass sie zu ihrer wahren Existenz finden konnte? Das würde bedeuten, sie war eine gewöhnliche Sterbliche. Noch. Und könnte unter Umständen wie eine getötet werden und sterben, noch bevor ein Fünkchen Magie in ihr entfacht worden wäre.

»Warte einen Moment, Sóley!«, hielt ich sie auf und wollte mich ebenfalls erheben, um sie am Gehen zu hindern. Das war mein Moment, ihr entgegenzukommen.

»Ich habe eine Vermutung, warum du die Dämonen sehen kannst.«

Sofort drehte sie sich zu mir um. Dabei hielt sie die Stelle, an der sie der Tahir verwundet hatte, umfasst. »Welche Vermutung hast du, Chester? Es wäre wirklich leichter, wenn ich dir nicht alles aus der Nase ziehen müsste.«

»Es ist nicht gerade einfach, alles zuzuordnen, was du mir erzählt hast«, erklärte ich ihr, was nicht gelogen war. »Soweit ich es verstehen kann, bist du einem Lakaien des Vierten Reiches, dem Reich des Todes, begegnet. Das war die Gestalt, die äußerlich einem Menschen sehr ähnlich ist. Er befehligt die geflügelten Dämonengeschöpfe, die Todesfresser, die man auch als Kyrath bezeichnet. Es sind uralte Wesen, die sich nur dem Willen eines übergeordneten Geschöpfs, in dem Fall des Lakaien, beugen.«

Ich schluckte hart, da erneut dieses bestialische Brennen meine Brust durchflutete. Bei den verlorenen Seelen, ich musste schlafen, bevor mich der Schmerz überwältigte und ich meine wahre Natur nicht länger verbergen konnte.

Trotzdem wollte ich erzählen, was ich wusste. Nicht nur, damit sie mir vertraute, sondern um sie vor dem, was ihr unmittelbar bevorstand, zu warnen. Früher oder später würden weitere Lakaien kommen und nach ihr suchen. Aus diesem Grund war es das Klügste, sich weiterhin in den Wäldern der Illionen aufzuhalten. Auf diesem Boden würden sie uns nicht so schnell ausfindig machen und erst recht keinen Kampf heraufbeschwören können. So dumm war keiner der Dämonengötter.

»Woher weißt du so viel darüber, Chester?« Etwas wie Misstrauen schlich sich erneut in ihren Gesichtsausdruck.

»Wie ich schon sagte, weil ich unter anderem sehr viel lese.«

Sie zog die Augenbrauen zusammen, dann nickte sie. »Warum sah ich diese Wesen erst jetzt?«

Das wüsste ich auch gern. Aber ich hegte eine Vermutung. »Weil du möglicherweise eine Wandlung durchmachst. So richtig kann ich es dir auch nicht sagen. Wir sollten morgen weiterreden. Gerade ist ein ungünstiger Moment und wir sollten uns ausruhen. Morgen steht uns ein anstrengender Tag bevor.«

Sóley näherte sich mir wieder, als ich mich auf das Fell zurückgesetzt hatte. »Ich möchte aber nicht bis morgen warten.«

»Dann darfst du dich gern zwischen deine Freundin und mich legen, und ich erzähle dir mehr und beantworte dir jede Frage, liebe Sóley.« Galant deutete ich auf die freie Stelle zwischen Layla und mir und grinste schief. Es war kaum Platz für eine dritte Person, es sei denn, Sóley würde sich eng an mich schmiegen. Genau diesen Gedanken las ich in ihrem Gesicht.

»Du Wüstling. Ich lege mich nicht zwischen euch.«

»Es war ein nett gemeintes Angebot.«

»Es war eine Einladung, damit du dich an mich ranmachen kannst.«

»Warum nicht Nützliches mit etwas Vergnüglichem verbinden?«

»Weil es ...«, sie knurrte und unterbrach ihren Satz, »... verboten ist.«

Wenn sie wüsste, was alles verboten war und trotzdem für Unterhaltung sorgte.

»Deine Entscheidung. Du kannst es dir jederzeit anders überlegen. So lange werde ich es mir neben deiner Freundin bequem machen.« Der Länge nach streckte ich mich auf den Fellen aus und umfasste die Phiole auf meiner Brust. Wenn Sóley eingeschlafen war, konnte ich das Elixier endlich trinken und würde für wenige Stunden von den Qualen des Fluches befreit. Das Brennen dehnte sich mittlerweile bis über meine Arme aus und erreichte meine Hände, als würde heiße Lava durch meine Adern strömen und ich von innen heraus verbrennen.

Ich lauschte in die Dunkelheit und hielt die Augen geschlossen. Unvermittelt spürte ich Sóleys Aura über mir.

»Hast du es dir anders überlegt, meine liebe Sóley?«

»Woher weißt du …?«

»Du schnaufst wie ein Pferd.«

»Ich habe keinen Ton von mir gegeben, Chester«, flüsterte sie, um die anderen nicht zu wecken.

Langsam öffnete ich die Augen. Wie zu erwarten, beugte sich Sóley über mein Gesicht. Ich musste nur die lose Strähne ihres hellblonden Haars ergreifen und sie zu mir herabziehen, schon hätte ich gespürt, wie weit ihre Entwicklung war. Es hätte mich jedoch verraten. Somit musste ich sie auf Abstand halten, selbst wenn sie auf meine Angebote eingehen sollte.

»Trotzdem habe ich dich gehört. Für eine angeblich gute Jägerin scheint dir wirklich noch die Übung zu fehlen.«

»Ich bin eine gute Jägerin«, gab sie zurück.

»Nichts anderes habe ich gesagt.« Das war sie wirklich, zumindest danach, was mir berichtet worden war, und unter den Umständen, was in der Welt der Magielosen als gut bezeichnet wurde. »Möchtest du mir beim Schlafen zusehen oder dich doch zu mir legen? Du machst mich etwas nervös mit deiner Anwesenheit direkt über mir«, klärte ich sie auf.

Sie kniff die Augen zusammen. »Mache ich das?«

»Ein wenig«, gab ich zu. »Ist das deine Art, dich an Männer ranzupirschen? Erst einen Rückzieher machen und danach …« Unerwartet legte sie ihre Hand auf meinen Mund und hielt mich vom Sprechen ab. Haut berührte Haut. Eine kühle, unfassbar starke Aura floss durch meinen Körper, sodass ich die Augen aufriss. Sie hielt meine Reaktion vermutlich für einen Schrecken.

»Ich mache mich nie an Männer heran. So bin ich nicht, Chester. Ich wollte nur meine Fragen beantwortet bekommen und dich nicht bedrängen.« Die Todeskälte, die von ihr ausging, umschloss wie ein Balsam den glühenden Riss tief in meinem Sein. Sie schien davon nichts mitzubekommen. Als sie ihre Hand von meinem Mund hob, umschloss ich ihr Gelenk. Am liebsten wollte ich mehr, sie noch tiefer spüren, es wiederholen und die noch versiegelte Magie nutzen.

»Schon klar, dass du mich nicht bedrängen wolltest. Du hast nur meinen Mund zugehalten, damit ich nicht mehr um Hilfe rufen kann, als du über mich herfallen wolltest. Du hast verdorbenere Absichten, als ich dachte«, amüsierte ich mich. Sofort zog sie sich von mir zurück. »Du bist ja krank.«

Ja, das war ich. Schon sehr lange. Aber in keinem Moment wie diesem hatte ich mich so lebendig gefühlt.

Nachdem Sóley brav zu ihren Fellen an das noch schwach glimmende Feuer zurückging, griff ich nach dem Anhänger unter dem Hemd, öffnete die Phiole der Priesterinnen und trank einen Tropfen von dem Gift. Einem Gift, das mir nicht bloß die Schmerzen nahm, sondern mich für wenige Stunden komplett zu einem Sterblichen werden ließ. Den Preis musste ich zahlen, da ich ansonsten von den Höllenqualen zerrissen worden wäre. Langsam verteilte sich das bitter schmeckende Konzentrat auf meiner Zunge, bis es seine Wirkung entfaltete. Das Brennen, das zum Abend hin am schlimmsten wurde, wurde eingedämmt. Es war noch da, aber aushaltbar. Zugleich dehnte sich eine lähmende Müdigkeit in meinem Kopf aus und ließ meine Arme und Beine schwer werden. Ich schloss die Augen und wusste, dass ich sie erst wieder öffnen würde, wenn die ersten Sonnenstrahlen in die Höhle fielen.

KAPITEL 9

SÓLEY

Ich machte die halbe Nacht kein Auge zu. Alle um mich herum schienen tief und fest zu schlafen, während in meinem Kopf Tausende Gedanken tobten. Ich hatte das Ritual überlebt. Es kam mir immer noch wie ein Traum vor. Ohne Laylas und Nelios Hilfe – und zugegeben der von Chester – hätte ich es nicht geschafft. Mich hielten nicht nur die Gedanken wach, dass ich noch lebte, sondern auch, wie es meiner Familie erging. Würde sie nach mir suchen? Oder war ich für sie verloren? Ahnten die Dorfbewohner etwas von meiner Flucht, und waren sie in diesem Augenblick dabei, die Wälder nach mir abzusuchen, um mich zum Kreuz zurückzuzerren und erneut dem Dämonengott zum Fraß anzubieten?

So oder so musste ich wachsam bleiben. Zwar war ich mir nicht sicher, welches Wesen mir gestern im schwarzen Teufelsnebel so nah gewesen war, aber um den Dämonengott persönlich hatte es sich vermutlich nicht gehandelt. Wenn nicht die Dorfbewohner nach mir suchten, dann ganz bestimmt er, weil ich ihm entkommen war.

Ich betete zu den Heiligen, dass er seinen geballten Zorn nicht auf das Dorf niedergehen ließ und sich jede Seele holte, die er antraf. Denn wenn man es genau betrachtete, hatte das Dorf seinen Teil des Paktes nicht eingehalten. Ich hatte sie womöglich alle in

Gefahr gebracht. Und dieses Wissen lastete schwer auf mir. Ich würde es mir niemals verzeihen, wenn wegen mir das gesamte Dorf ausgelöscht werden würde. Aber was hatte ich für eine Wahl? Mich fressen zu lassen war keine Option. Wenn ich am Leben war, konnte ich wenigstens versuchen, einen Weg zu finden, damit die Rituale ein Ende fanden. Damit die Magielosen nicht länger Opfer darbieten mussten, um den Zorn der Dämonen zu besänftigen. Es könnte ein hoffnungsloses Unterfangen sein – aber hatte in den letzten Jahrzehnten überhaupt ein Mensch versucht, den Pakt aufzuheben? Natürlich hatte der Krieger Pethon den Magielosen einen großen Gefallen getan, indem er den Pakt eingegangen war und Menschen nicht jeden Tag befürchten mussten, von Dämonen heimgesucht und angegriffen zu werden. Trotzdem musste es doch einen Weg geben, damit überhaupt kein Dämon mehr einen Menschen angriff. War diese Vorstellung utopisch?

Eine innere Stimme verriet mir, dass meine Vorstellung von einer friedlichen Koexistenz eine Illusion war. Dämonen brauchten uns Menschen, damit sie nicht an Macht verloren. Sie ernährten sich, wenn ich Martis' Erzählungen glauben konnte, von unseren Seelen, unseren Herzen, unseren Ängsten und unserem Blut. Ohne die Menschen würden sie schwächer werden. Bevor dies geschah, fanden die Dämonengötter sicher Mittel und Wege, um die Magielosen zu bezwingen, mit ihnen Pakte zu schließen oder sie zu überfallen. Denn wenn es stimmte, was ich gelesen hatte, war ihre Gier unersättlich.

Vorerst konnte ich nicht viel ausrichten. Aber ich schwor mir, dass ich nicht zögern würde, sollte ich irgendwann dazu in der Lage sein, die Gesetze zu ändern. Bis dahin würde ich Wissen sammeln und mehr über die Dämonen herausfinden.

Chester wusste erstaunlich viel über sie. Das konnte ich mir zunutze machen. Es bestand zwar die Möglichkeit, dass er mich eiskalt belog, aber warum sollte er das tun? Zudem ergaben seine Erzählungen Sinn, wobei er bewusst einigen Fragen von mir ausgewichen war. Ich würde ihn erneut befragen, aber weiterhin auf Abstand halten. Er sollte nicht glauben, dass ich ihm vertraute, bloß weil er sein Wissen mit mir teilte.

Jedoch beschäftigte mich eine Frage sehr: Woher wusste Chester so viel über die Dämonen? Mit Sicherheit wurden Soldaten des Königs über die magische Welt unterrichtet. Schließlich mussten erfahrene Soldaten wissen, mit wem sie kämpften und wie dieser Feind zu besiegen war.

Als ich mir mitten in der Nacht noch mal ein Herz gefasst hatte und Chester eine Frage stellen wollte, war dieser nicht mehr zu wecken gewesen. Für einen wachsamen Soldaten hatte er wie ein Stein geschlafen. Vermutlich hätte ich ihn nicht einmal mit einem Kübel Eiswasser aus der Traumwelt zerren können.

Am Rande der Höhle wartete ich auf die ersten Sonnenstrahlen, die sich vorsichtig durch das Blattwerk, die silbrigen Buchenstämme und den friedlichen Morgennebel tasteten. Nelio erwachte keuchend, nachdem die ersten Vögel mit ihrem Gesang eingesetzt hatten. Es lag eine so vollkommen unschuldige Schönheit in diesem Wald, die mich kurzzeitig all meine Sorgen vergessen ließ. Am liebsten würde ich noch eine Nacht in der Höhle, die ich vor etwa einem Jahr entdeckt hatte, bleiben. Aber wir hatten keine Zeit, um die Idylle zu genießen.

Als ich mich zu meiner Tasche begab, in der sich Wechselkleidung befand, Nüsse, eine Flasche, ein Klappmesser sowie ein Dolch, sah ich Layla, die sich schlaftrunken die Augen rieb. Die Tasche geschultert, ging ich auf sie zu, begab mich in die Knie und strich ihr über die Wange. »Guten Morgen, Layla. Du hast die erste Nacht in der Wildnis überlebt. War gar nicht so übel, wie du gedacht hast, was?«

»Ähm …« Sie gähnte hinter vorgehaltener Hand. »Ja, war nicht übel, besonders nicht … Oh.«

Sie schaute zur anderen Seite, wo ein auf dem Rücken liegender Chester wie ein Toter schlief. Er lag da wie in Stein gemeißelt, die Lippen nur zu einem winzigen Spalt geöffnet, die Hände fest um seinen Schwertgriff auf der Brust verschränkt. Irgendwie unheimlich.

»Lag er die gesamte Nacht neben mir?«

Nun ja, nicht in dieser Totenhaltung. Aber ja, er hatte die gesamte Nacht neben ihr gelegen. Hatte sie das vergessen? »Ja, du hast dich gestern mächtig an ihn rangeworfen. Aber keine Sorge, ich habe aufgepasst, dass er sich nicht an dir vergeht, während du schläfst.« Ich warf Chester einen amüsierten Blick zu.

»Einwände hätte ich nicht wirklich gehabt.«

»Sag nicht, du findest ihn toll. Du kennst ihn doch gar nicht.«

»Ich weiß, aber er hat uns geholfen und die ganze Nacht beschützend neben mir gelegen. Er hält sein Schwert umfasst, um uns im Notfall verteidigen zu können.«

Wenn sie wüsste. Er war nicht einmal in der Lage, sich selbst zu verteidigen. Ich hatte ihn mehrmals heute Morgen angestoßen, um ihn zu wecken. Er war nicht aufgewacht und hatte nicht einmal geblinzelt. Layla war leicht zu beeindrucken. Ein gutes Aussehen, ein paar Komplimente und ein bisschen Aufmerksamkeit, schon überschlug sich ihr Herz. Sie war bereits mit drei jungen Männern im Dorf zusammen gewesen und hatte wesentlich mehr Erfahrung als ich. Allerdings sollte sie bei einem Soldaten, der fahnenflüchtig war, vorsichtig sein. Auch wenn es ihm gelang, Laylas Herz zu erweichen, würde ich dafür sorgen, dass sie es nicht vorschnell an ihn verlor.

»Du kannst ihn gern ungestört bewundern. Ich gehe zum Fluss, um mich zu waschen.«

Ein Seufzen verließ ihre vollen Lippen. »Ich komme später nach.«

Ich verdrehte lächelnd die Augen, erhob mich und sah nach Nelio. Er hatte offensichtlich immer noch hohes Fieber.

Neben ihm ging ich in die Hocke, hob vorsichtig seinen Kopf und flößte ihm den letzten Rest des Wassers aus meiner Flasche ein.

»Ich werde dir frisches Wasser vom Fluss mitbringen. Versuch noch etwas zu schlafen«, beruhigte ich ihn und strich ihm die verklebten Strähnen aus der Stirn.

Nelio ging es nicht wesentlich besser als letzte Nacht. Er litt unendliche Qualen. Wie es aussah, halfen meine Heilmittel, die ich für den Notfall in der Höhle deponiert hatte, kaum bis gar nicht. Mir musste etwas einfallen, damit er sich wieder erholte. Und zwar dringend. Es fragte sich nur, wie wir die Distanz hinter uns lassen wollten, wenn wir einen schwer verletzten Nelio transportieren mussten. Ihn zurückzulassen kam nicht infrage. Ich konnte ihn nicht seinem Schicksal übergeben. Jedoch würde er unser Tempo ausbremsen. Um die nächste Station bis heute Abend zu erreichen, durften wir nur eine kleine Pause einlegen. Ansonsten mussten wir unter freiem Himmel übernachten.

Behutsam legte ich Nelios Kopf zurück auf die Fellrolle und lächelte ihm aufmunternd zu. »Wir bekommen dich wieder auf die Beine.«

Als ich mich erheben wollte, umfasste er meine Hand. »Du kannst … mich auch … hierlassen …«, begann er wieder damit.

»Nein«, antwortete ich, bevor er weitersprechen konnte. »Wir suchen das nächste Dorf auf. Es liegt nicht weit entfernt. Dort werden dir Heiler helfen. Du hast mein Wort.«

Aus den Augenwinkeln bemerkte ich, dass der schlafende Prinz erwacht war und hochfuhr.

»Endlich auferstanden von den Toten?«, richtete ich meine Worte belustigt an Chester, da Layla ihn nicht länger mit ihren Blicken verschlang, sondern sich daranmachte, das Feuer neu zu entzünden. Sofort hob sie das Gesicht von dem kleinen Kessel, in dem sie Haferbrei vorbereitete. Wüsste ich es nicht besser, hätte ich geglaubt, sie stünde unter einem Liebeszauber.

»Guten Morgen, Chester. Hast du gut geschlafen?«, fragte sie ihn.

»Guten Morgen, Layla.« Statt sie anzusehen, fixierte er mich.

Diese Blicke gingen mir, obwohl ich es nicht wahrhaben wollte, unter die Haut. Irgendwas umgab Chester, was jedes Mal ein Gefühl wie knisternden Zorn in mir entfachte. Jedoch eine Art Zorn, der nicht schmerzte, sondern mich aufstachelte.

Ich drehte mich um und lief los, stieg eine bewachsene Senke hinab. Diesen Teil des Waldes kannte ich sehr gut. Gestern Nacht hatte ich mich nicht waschen wollen, da es nicht nur stockdunkel gewesen war, sondern mir die Angst viel zu sehr in den Knochen gesessen hatte, von Soldaten des Königs erwischt zu werden. Spätestens nach Chesters Dämonenerzählungen hatte ich sämtlichen Mut verloren, allein zum Fluss aufzubrechen.

Am steinigen Ufer angekommen, ging ich langsam in die Knie und öffnete die drei goldenen Köpfe des schwarzen Mantels. Ich wollte mir ansehen, wie tief die Kratzer waren, die auf der Haut immer noch wie frische Schnitte brannten.

Nachdem ich den Mantel abgelegt hatte, hob ich die Hände zum klaren Flusswasser und verscheuchte kleine Forellen, die sich in der Sonne aufgehalten hatten.

Das kühle Wasser tat unglaublich gut. Ich rieb mit den Händen über die roten Linien auf meinen Unterarmen, um die letzten Reste der Bemalung abzuspülen. Danach hob ich das Wasser mit beiden Händen zu meinem Gesicht und betrachtete anschließend meine

Verletzungen. Vorsichtig schob ich den Träger des Kleides über den Arm. Dabei konnte ich nur einen Teil der Kratzer sehen. Mit den Fingern tastete ich über die stark verschorften empfindlichen Spuren, die diese Kreatur zurückgelassen hatte.

Es kam mir vor, als würde das Blut unter der Verletzung pulsieren. Sobald ich die Stelle berührte, brannte sie höllisch.

Verflucht! Ich schien genau dieselben Wunden davongetragen zu haben wie Nelio. Auch wenn er mit heftigem Fieber darauf reagierte, fühlte ich bloß hin und wieder diesen schleichenden Schwindel.

Wenn wir das nächste Dorf erreichen würden und Heiler uns ein Gegenmittel gaben, würde bei mir sicher kein Fieber ausbrechen. Zumindest hoffte ich das.

Ich wusch mich weiter und öffnete mein Haar, das nach Regen, Schlamm und der stinkenden Blutfarbe roch. Danach schaute ich mich in allen Richtungen um und lauschte angestrengt. Außer dem lebhaften Vogelgesang über mir und dem Flussrauschen hörte ich keine auffälligen Geräusche. Ich war weit genug von der Höhle oder dem nächsten Pfad entfernt, um nicht gesehen zu werden. Somit beschloss ich, das lange rote Kleid auszuziehen. Nur noch in Unterwäsche, stieg ich in das scheußlich kalte Wasser. Sofort wurde mein Körper von Gänsehaut überzogen.

»Ach, hier bist du, kleine Jägerin. Ich hatte mir schon Sorgen gemacht, du wärst weitergezogen, weil dir meine Anwesenheit lästig ist.«

Was zum Teufel hatte *er* hier zu suchen? Rasch warf ich einen Blick über die Schulter. Das Wasser reichte mir zwar bis zur Hüfte, dennoch war es kristallklar. In seiner allmächtigen Herrlichkeit stand Chester neben dem Felsen, auf dem meine Kleidung lag. Er zog sich ohne Vorwarnung das rote Hemd, das er unter der Rüstung getragen hatte, über den Kopf.

»Hat es dir plötzlich die Sprache verschlagen?«

»Was soll das werden?«, frage ich perplex.

»Wonach sieht es denn aus?«

Er legte das Hemd achtlos auf meinem Kleiderberg ab, fuhr sich durch sein sandblondes dichtes Haar und richtete sich auf. Wie erstarrt blieb ich stehen und musterte vielleicht einen Moment zu lange seine ausgeprägten Bauch- und Brustmuskeln und seine sonnengebräunte Haut, die daher rührte, dass Soldaten die meiste Zeit im Freien trainierten. Natürlich ohne Rüstung. Seine Oberarme waren muskulös, sehnig und verrieten, dass er ein brillanter Krieger war, der sehr gut im Training stand.

Als er begann, die Hände zu der tief sitzenden Hose, die nur mit einem Stoffband zugehalten wurde, zu heben, fuhr ich nach vorn herum.

»Such dir einen anderen Platz. Der Flusslauf ist an mehreren Stellen flach genug und sandig«, erklärte ich ihm mit schnell schlagendem Herzen. Ich wusste nicht, was meinen Puls mehr zum Rasen brachte, seine plötzliche Anwesenheit oder die Unverfrorenheit, sich direkt vor meinen Augen zu entblößen. Kannte er keine Scham?

»Na, na. Auf einmal so schüchtern, Sóley?«, hörte ich hinter mir und griff im selben Moment nach einem Stein, der auf einem erhöhten Felsen zu meiner Linken lag. Sollte er sich aufdringlich verhalten, würde ich ihn angreifen. Auf Layla mochte er eine hypnotisierende Wirkung haben, auf mich eine eher schockierende.

»Bin ich nicht, Prinz Arroganz. Ich bin mit Brüdern aufgewachsen, allerdings …«

»Dann sollte es kein Problem sein, wenn ich mich nicht weiter als nötig von der Höhle entfernen will. Schließlich bin ich der einzige fähige Mann, der euch Frauen zur Seite stehen kann.«

»Und *das* soll mich beruhigen?«, hakte ich zitternd vor Kälte nach und lief über das sandige Bachbett zum nächstgelegenen

Strauch, der mir Deckung bot. Doch statt Anstalten zu machen und mir zu folgen, trat er ins plätschernde Wasser und bog in die andere Richtung ab.

»Sollte es, ja.«

»Du hast geschlafen wie ein Toter. Wenn uns heute Nacht Dämonen angegriffen hätten, lägst du vermutlich, das Schwert immer noch in den Händen, in der Höhle. Oder wärst von ihnen gefressen worden.«

»Das hätte dich sicher gefreut, nicht wahr?«, fragte er zynisch lachend.

Ich schob einen Zweig herunter, um zu sehen, wie weit entfernt er im Flusslauf stand. Mittlerweile klapperte ich mit den Zähnen. Es war so verdammt kalt. Wenn ich weiterhin hier herumstand und mich nicht wusch, würde ich mir eine Erkältung einfangen. Hinter den saftig grünen Blättern sah ich ihn mit dem breiten Rücken eines Kriegers zu mir gewandt. Mehrere hellere Narben zeichneten sich über seinen Schultern ab. Es waren alte, wulstige Striemen, die möglicherweise von Peitschenhieben zeugten.

Rasch ließ ich den Zweig los.

»Ob du es glaubst oder nicht, ich habe ein Herz.«

Chester schnaubte belustigt, was in ein Lachen überging. »Das glaube ich dir aufs Wort. Es wird nur zum Problem, wenn du damit dein Leben gefährdest. So wie bei Nelio. Dir sollte klar sein, dass deine Großherzigkeit deinen Tod bedeuten könnte.«

»Ich lasse ihn nicht zurück.«

»Wieso hatte ich nur angenommen, dich umstimmen zu können?«

Das fragte ich mich auch. »Wenn du auch ein großes Herz besitzt«, begann ich und rieb hastig mit den Händen über meinen Bauch, um die Blutranken abzuwaschen. »Könntest du dich freiwillig dazu bereit erklären, Nelio zum Dorf zurückzubringen.«

»Bin ich ein Narr? Dem Hauptmann dürfte mein Fehlen mittlerweile aufgefallen sein, Sóley.«

Das Plätschern im Fluss wurde lauter, während ich über meine Haut rubbelte. Diese verteufelte Farbe wollte einfach nicht abgehen.

»Schon, aber wie wäre es …?«

»Nimm die hier.«

Schreckhaft fuhr ich hoch und verlor den Stein im Wasser, als Chesters Stimme unvermittelt vor mir erklang. Eilig bedeckte ich mit den Händen meine Brüste, während er mir ein Stück Seife entgegenhielt. Einen Moment reagierte keiner von uns beiden. Würde ich zu der Seife greifen, würde ich einen Teil meines Körpers entblößen, den er niemals zu Gesicht bekommen sollte.

Herausfordernd hob er die Brauen.

»Du bist schamlos.«

»Nein, ich wollte nur hilfsbereit sein. Nimm die Seife oder nicht. So, wie es aussieht, wirst du die stinkende Bemalung nicht ohne sie loswerden. Ich könnte mich dazu bereit erklären, dir beim Waschen …«

»Auf gar keinen Fall!«, äußerte ich mit geweiteten Augen. Vor ihm hockte ich mich tiefer ins Wasser, schob die linke Hand über meine Brüste und schnappte mir die Seife aus seiner Hand. Erst jetzt fiel mir auf, dass er Handschuhe trug. Wie merkwürdig. Hatte er eine Krankheit oder wollte er einen Ehering verstecken?

Chester verfolgte mit einem halb irritierten und halb belustigten Gesichtsausdruck, wie ich ihm das Stück Seife abnahm. »Du hättest mich auch nett bitten können, mich umzudrehen.«

Hätte er die Bitte wirklich respektvoll befolgt? Wohl kaum. Er hatte sich nicht einmal eine andere Stelle am Bachufer suchen wollen, obwohl ich ihn darum gebeten hatte. Trotzdem hatte er recht.

»Du wirkst so unglaublich verstört in meiner Anwesenheit. Mache ich dich etwa nervös?« Die Frage hatte er mir bereits gestern Nacht in der Höhle gestellt.

»Kein bisschen, nur wütend«, brachte ich mit funkelndem Blick hervor. Er hob unmerklich das Kinn, wobei seine Augen von meinem Gesicht glitten und zu meiner rechten Schulter wanderten.

»Du bist so voller Leidenschaft. Ich denke, die Reise wird mir lange im Gedächtnis bleiben. Ich habe noch nie eine so eigenwillige Frau getroffen.«

Weil ihm ansonsten jede Frau um den Hals fiel und sein Charme jedes weibliche Knie erweichen ließ? Ganz sicher nicht.

Um ehrlich zu sein, kannte ich mich wenig mit Männern aus und hatte keine Vorstellung, wie andere Frauen auf solch eine unerwartete Begegnung reagieren würden. Wenn ich an Layla dachte, würde sie sicherlich anders handeln. Sich bei ihm bedanken, da er ihr ein Stück Seife angeboten hatte. Ich schluckte hart unter seinen forschenden Blicken, die ich beinahe wie Berührungen auf der Haut spürte.

»Tut mir leid, dass ich dir den Reisespaß vermiese, Chester«, brachte ich schließlich hervor. »Das ist keine Vergnügungsfahrt, falls es dir nicht aufgefallen ist.«

»Ist mir aufgefallen«, erwiderte er beiläufig. »Würdest du mir erlauben …?« Das Grün seiner Augen wurde intensiver.

»Nein«, kam ich ihm zuvor. »Egal was ich dir erlauben soll, die Antwort lautet Nein.«

Einerseits faszinierte mich seine selbstsichere Art, andererseits war sie bedrängend, auch wenn er keine niederen Absichten zu hegen schien.

»Wie du möchtest. Das respektiere ich.«

Tatsächlich?

Er wandte sich um. »Du solltest dich beeilen, bevor ich dich vor dem Ertrinken retten muss, wenn dein Körper von der Kälte bewegungsunfähig geworden ist.«

»Würde dir sicher gefallen«, antwortete ich mit einem provokanten Lächeln. »Weil du mich dann nackt sehen könntest.«

»Welch bösartige Gedanken du hegst. Beeindruckend.« Sichtlich amüsiert schritt er durchs Wasser, während ich mich langsam aufrichtete.

Im Eiltempo wusch ich mich mit dem Stück Seife, das sich in meiner Hand zur Hälfte aufgelöst hatte. Trotzdem half sie erstaunlicherweise, die roten Bemalungen loszuwerden. Als ich fertig war, zog ich wieder die Zweige zurück. Mittlerweile stand Chester in einer schmal geschnittenen dunklen Leinenhose am dicht bewachsenen Ufer und schob die Hände durch ein langärmeliges Hemd.

»Du kannst aus deinem Versteck kommen. Ich werde in einem angemessenen Abstand, selbstverständlich ohne zu gucken, auf dich warten.«

»Du musst nicht auf mich warten«, rief ich aus dem Gebüsch. Ich sah ihn zu den Baumkronen aufblicken, die Augen schließen und tief durchatmen.

»Es wäre mir ein Bedürfnis.«

»Layla ist sicher mit dem Essen fertig. Du kannst ihr behilflich sein.«

»Wie du möchtest.«

Ernsthaft? Er hörte auf mich?

Als ich den Strauch umrundet hatte, fehlte von Chester jede Spur. Kaum zu glauben, dass er dieses Mal getan hatte, was ich ihm gesagt hatte. Warum nur schlich sich der Zweifel ein, dass dies nicht von langer Dauer war?

Ich stieg durchgefroren bis auf die Knochen und heftig schlotternd aus dem Bach, tauschte rasch die triefnasse Unterhose gegen eine frische und zog mir ein dunkelblaues Hemd über. Danach schlüpfte ich in eine braune schmal geschnittene Hose. Mit dem Kleid würde ich ganz sicher nicht durch die Wälder reisen. Es war nicht nur hinderlich, sondern würde Chester vermutlich weiterhin auf dumme Gedanken bringen.

Als ich fertig war, band ich mir den Gürtel um, an dem ich das Messer befestigte, und kämmte mein feuchtes Haar durch. Anschließend rollte ich meine Hosenbeine hoch, schlüpfte in die Stiefel, die mein Bruder vor zwei Jahren für mich hatte anfertigen lassen, und verstaute den Dolch griffbereit im Schaft. Die Kleidung sah weniger weiblich aus, dafür war sie äußerst praktisch und trug sich sehr angenehm. Das Hemd wie auch die Hose gehörten meinem Bruder, der beides von unserer Mutter für mich hatte abändern lassen und mir zum achtzehnten Geburtstag geschenkt hatte. Es war das schönste Geschenk gewesen, das er mir hatte machen können, auch wenn es meine Schwestern anfangs anders gesehen hatten.

Fertig umgezogen schulterte ich die Ledertasche und schloss im Gehen die obersten Bänder des Hemdes, damit Chester mich nicht mit seinen Blicken auszog. Ich hatte nichts Feminines mehr an mir, somit konnte er anderen Frauen seine Aufwartung machen und ich blieb verschont.

Kurz bevor ich die Höhle erreicht hatte, kam mir ein Gedanke. Ein Gedanke, wie wir Nelio zur nächsten Siedlung transportieren konnten, ohne ihn abwechselnd tragen zu müssen. Wobei ich mir ziemlich sicher war, dass Chester ihn keinen Meter weit getragen hätte.

Statt die Höhle aufzusuchen, schritt ich an ihr vorbei und erklomm den felsigen, von dichtem Moos und Gräsern bewachsenen Hügel. Auf dem höchsten Punkt angekommen, hob ich die Finger zwischen die Lippen und gab einen lauten Pfiff von mir. Ich war mir nicht sicher, ob er mich aus dieser Entfernung hören konnte.

Falls doch, würde er auf sich aufmerksam machen, wiehern oder mit den Hufen scharren, bis ihn meine Schwestern hörten und freiließen. Er folgte immer meinen Pfiffen. Wirklich immer.

KAPITEL 10

SÓLEY

»Ich denke, ich kann das nicht«, äußerte Layla beklommen, als sie kaum mehr Schritt halten konnte. Sie wirkte erschöpft, war lange Wanderungen nicht gewohnt.

»Es ist ganz einfach«, erklärte ich ihr. »Ich helfe dir in den Sattel zu steigen. Du wirst nicht herunterfallen.«

Layla schaute zu Ophram, dem sie die Hand vor die Nüstern hielt, um zu testen, ob er sie biss. Er schnüffelte an ihrer Hand, bevor er prustete. Schreckhaft wich Layla in ihrem weißen Leinenkleid, dessen Saum von der Wanderung von Staub und Erde verschmutzt war, zurück. Nelio hing schief und nach vorn gesunken auf Ophram, und Layla sollte ihn halten, damit er nicht vom Pferd fiel.

»Gut. Ich versuche es. Aber ihr lacht mich nicht aus.« Layla schaute von mir zu Chester, der sich in den letzten Stunden erstaunlich ruhig verhalten hatte. Die Phasen zwischen »in Gedanken vertieft« und »wachsam im dichten Wald umherblickend« wechselten sehr häufig bei ihm. Manchmal glaubte ich, er sah Dinge, die ich nicht erkannte. Es umgab ihn eine besondere Aura. Etwas Gefährliches und zugleich Vertrautes. Ich konnte es nicht beschreiben, da mir dieses Gefühl immer wieder wie Sand durch die Finger glitt.

»Niemand lacht hier«, versicherte Chester. »Ganz besonders nicht unsere Sóley, die, seit wie gestartet sind, nicht ein Mal ein Schmunzeln aufgesetzt hat.«

Ich ignorierte ihn, trat neben Layla und deutete ihr an, den linken Fuß in den Steigbügel zu schieben, nachdem ich Nelios Fuß aus dem Bügel genommen hatte.

»Du hältst dich am besten kurz an Nelio fest und schwingst das rechte Bein über Ophrams Rücken auf die andere Seite. Könntest du ihr drüben helfen, Chester?«

»Aber sicher doch, Sóley, wenn du mich so freundlich bittest.«

Das war keine Bitte gewesen, sondern eine Frage.

Seine Worte trieften vor Sarkasmus. Verhielt er sich jeder Frau gegenüber so, die nicht sofort seinem Charme verfiel?

»Einverstanden. Kann losgehen.« Layla nickte, bevor sie sich vom Waldboden abstieß und ich ihr Schwung gab. Chester sorgte dafür, dass sie nicht über Ophrams Rücken auf seiner Seite herunterpurzelte.

»Meine Güte, ist das hoch«, stieß sie erschrocken aus.

Ich lachte – so auch Chester. Es war das erste Lachen, das ich von ihm hörte. Ein natürliches, nicht aufgesetztes Lachen.

»Halt dich an Nelio fest«, erklärte ich ihr und reichte anschließend Wasser nach oben. »Trink noch etwas, Nelio.«

»Ihr braucht auch noch Wasser«, erklärte er. »Ich habe schon zu viel getrunken, und dafür, dass ihr …«

»Bitte …« Wenn er nicht trank, würde er nicht bis zum Abend durchhalten.

Schließlich gab er nach, während Chester an Ophrams Kopf trat und dessen Stirn tätschelte. Kaum dass Nelio die Flasche abgesetzt hatte und mir reichen wollte, begann Ophram nervös über den laubbedeckten Waldboden zu tänzeln. Er wich Chesters Hand aus, obwohl der beruhigend auf ihn einsprach. »Schon gut, mein Junge.«

Was geschah hier? Ophram wurde nie nervös. Nie, wenn ich in seiner Nähe war. »Ich glaube, du machst ihm Angst.« Da waren wir schon zu zweit.

Sofort hob Chester das attraktive Gesicht, als hätte er meinen Gedanken gehört.

»Du hast vermutlich recht.« Wieder glomm das funkelnde Grün seiner Iriden auf. »Gut, dass ich nicht auf seinen Rücken gestiegen bin. Wie sitzt es sich dort oben, Prinzessin Layla?«, richtete er die Frage an meine Freundin und schirmte mit der rechten behandschuhten Hand die Sonne vom Gesicht ab.

»Mittlerweile sehr angenehm, Prinz Chester.«

Mir wurde flau im Magen, als ich ihre Flirterei mitverfolgte.

»Wunderbar. Dir soll es an nichts fehlen.«

Layla lächelte. »Keine Sorge, ich bin rundum glücklich mit dir als Beschützer an meiner Seite.«

Gleich kam der Moment, in dem sich mein Magen hob.

Ich griff nach Ophrams Halfter, sprach beruhigend auf ihn ein und verstaute anschließend die Flasche in meiner Tasche, damit wir unseren Weg fortsetzen konnten.

Während des gesamten Fußmarschs lauschte ich den Gesprächen zwischen Chester und Layla. Layla schien sich prächtig zu amüsieren, während sich in mir Unbehagen wie Gift ausbreitete. Beide scherzten, lachten und schienen ihre wahre Freude miteinander zu haben. Wäre unser nächster Halt keine alte Ruine gewesen, sondern ein Gasthaus, hätten sie sich vermutlich heute Nacht ein Zimmer geteilt. Sobald ich mit Layla unter vier Augen war, musste ich mit ihr über Chester reden. Sie durfte ihm nicht blind vertrauen und unbedarft über alles plaudern, was ihr durch den Kopf ging. Zwar hatten über die Jahre hinweg nur wenige Scharlatane unser Dorf besucht, trotzdem gab es Männer, die die Leichtgläubigkeit einer Frau ausnutzten.

In Gedanken vertieft und voller Vorfreude auf meinen zweiten Bogen, der in der Ruine auf mich wartete, ließen wir Stunde um Stunde hinter uns. Wir folgten einem schmalen Pfad, der uns an Bächen und steil bewachsenen Felshängen vorbeiführte. Immer wieder kümmerte ich mich um Nelio. Ihm ging es mit jeder Stunde schlechter. Mit besorgtem Gesichtsausdruck sah ich zu ihm auf, als Chester eine abenteuerliche Geschichte von seinen Seereisen erzählte, über die Layla laut lachte.

Die See … Das Meer kannte ich bloß aus Büchern. Es lag unvorstellbar weit entfernt. Magielose brauchten Wochen, um es an der westlichsten Grenze von Wârdorá zu erreichen. Ob Chester wirklich so weit herumgekommen war? Und das in seinem jungen Alter? Schließlich berichtete er davon, dass er sich knapp ein Jahr auf einer Fregatte aufgehalten habe, die hin und wieder von Seeräubern überfallen, von Monster angegriffen und von Sirenen auf Irrwege geleitet worden sei. Ganz sicher war alles erstunken und erlogen. Seine Erzählung zielte mit Sicherheit darauf ab, Layla zu beeindrucken. Dabei hatte er bereits ihr Vertrauen gewonnen, und das bereitete mir üble Magenschmerzen.

Während der ersten und einzigen Rast blieb ich bei Nelio, während Chester und Layla eine Decke ausbreiteten und sich auf die Suche nach Wasser begaben.

»Wie geht es dir, Nelio?«, erkundigte ich mich.

Nelio hob unter Anstrengung die Augenlider. Was ich hinter ihnen sah, machte mir Angst. Unter seinen Augen lagen mittlerweile dunkle Schatten. Seine Haut wirkte wächsern. Beinahe fahl und bleich wie die eines Toten. Doch das Schwarz, das in seine Augen trat, ließ mich kurz die Luft anhalten. Es konnte auch Einbildung sein. Trotzdem sah ich düstere Schatten. Seine Iris wirkte schmaler als zuvor.

Den anderen schien Nelios Veränderung kaum aufzufallen, aber mir entging nicht, wie sein Körper zunehmend schwächer wurde und sich veränderte. Die Chancen standen nicht gut. Mit viel Glück erreichten wir Heliam morgen Abend.

Während der Pause aß ich ein paar Bissen meines getrockneten Brotes, sorgte mich aber die meiste Zeit um meinen Freund. Als Chester und Layla kurz darauf aus dem Wald traten, setzten wir die Reise fort.

Kurz nach Einbruch der Dämmerung erreichten wir das zweite Lager. Eine verlassene Ruine, die bereits zu großen Teilen von der Natur zurückerobert worden war. Trotzdem würde sie uns vor scharfen Winden und einem starken Regenfall Schutz bieten.

»Du bist wirklich eine vorbildhafte Reiterin, Layla«, lobte Chester meine Freundin, bevor er sie aus dem Sattel hob. Ich stieg in den Steigbügel, um Nelios Hüfte zu umfassen. »Nelio, wach auf. Du musst absteigen.«

Er reagierte nicht. Reglos hing er über Ophrams Hals gebeugt.

»Soll ich zusehen oder darf ich dir zur Hand gehen?«, fragte mich Chester höflich, der kaum erschöpft wirkte, obwohl wir über dreißig Meilen zurückgelegt hatten.

»Wenn du schon fragst, hilf mir bitte, ihn herunterzuheben.«

»Auf deine Verantwortung«, murmelte er konzentriert.

Was hatte das jetzt zu bedeuten? Ich konnte Nelio nicht über Nacht auf Ophram sitzen lassen. Mein Pferd brauchte ebenfalls Ruhe, musste trinken und grasen.

Ich machte Chester Platz, der Nelio überhaupt nicht grob aus dem Sattel hob, wie erwartet, sondern ziemlich behutsam. Das ließ mich mehrmals blinzeln. Ich dachte, Chester hege irgendeine Abneigung gegen Nelio.

Schreckhaft fuhr mein Freund hoch und wand sich in Chesters Händen. »Nein, nein. Es brennt … Lasst mich los … Ich will nicht … Diese Schreie … Sie sollen aufhören!«, flehte Nelio, während er scheinbar blind in alle Richtungen starrte und Geister um sich herum zu sehen glaubte.

»Bleib ruhig! Wir sind im Lager angekommen. Du bist eingeschlafen«, sprach Chester auf ihn ein.

Keuchend schaute Nelio mit aufgerissenen Augen zu Chester und nickte, als er seine Worte verstand. Er schien zu sich zu kommen.

»Na los. Layla wird bereits die Felle für dich ausgebreitet haben, dann kannst du dich ausruhen.« Chester besaß ja doch eine einfühlsame Seite, was ich überhaupt nicht erwartet hatte. Er half Nelio, der am ganzen Körper zitterte, ins Innere der Ruine. Layla stand am Eingang, lugte mehrmals in die zerfallene Vorhalle, als erwartete sie, von einem Meer aus Fledermäusen empfangen zu werden.

»Ich traue mich nicht, allein reinzugehen«, ließ sie Chester wissen.

Ich musste lächeln.

»Sag nicht, du fürchtest dich in der Dunkelheit, Prinzessin?«

Mein Lächeln erstarb. Wieder schmiss er sich an sie heran.

Ich wandte mich Ophram zu, streichelte beruhigend über seine Stirn und griff nach seinem Halfter. »Hast du gut gemacht, alter Junge. Du hast dir eine Pause verdient.«

Ich griff nach Ophrams Zügel, um ihn zu einer Tränke aus Stein nahe einem Brunnen zu führen. Die verlassene Ruine wurde von einer zerfallenen Steinmauer und einem Meer aus Efeuranken geschützt. Bereits bei meinem ersten Besuch hatte ich herausgefunden, dass der Brunnen nicht versiegt und das Wasser genießbar war.

Während Chester Nelio über die wenigen Stufen hinweg ins Innere der Ruine half und von Layla nichts mehr zu sehen war, griff ich nach dem hölzernen Gefäß, das am Rand des Brunnens stand. Ich ließ es über die Kette hinunter.

Obwohl ich längere Wanderungen gewohnt war, setzte mir die Verletzung ziemlich zu. Selbst das Hochziehen des Wassers kostete mich immens viel Kraft. Zwar ließ ich mir nichts anmerken, trotzdem traten die Schwindelanfälle immer häufiger auf. Kurzzeitig war mir komplett schwarz vor Augen geworden, und Chester hatte mich während des Fußmarschs zweimal gefragt, ob alles in Ordnung sei. Ich musste ebenso die nächste Siedlung erreichen wie Nelio, denn mir kroch die Angst durch den Körper, dass mit mir dasselbe geschehen könnte wie mit ihm.

Kaum dass ich das gefüllte Gefäß in der Tränke ausgeschüttet hatte, durchbrach ein gellender Schrei die Stille.

Erschrocken schaute ich mich in alle Richtungen um und griff instinktiv zu dem Dolch in meinem Stiefelschaft. Hatte Layla geschrien, weil sie in der Ruine auf nistende Ratten oder brütende Vögel gestoßen war? Oder hatte diesen Schrei eine andere Person ausgestoßen? Aber hier war niemand Fremdes. Chester traute ich einen so hohen Schrei nicht zu, und Nelio war für mich nicht in der Verfassung, so viel Kraft aufzubringen.

Ich lauschte in die Dunkelheit, die allmählich immer dichter wurde. Über mir funkelten die Sterne, während ein mäßiger Wind das Laub der Bäume zum Rauschen brachte. Die Ruine war von dichtem Wald umgeben. Falls der Schrei aus der Senke gekommen war, würde ich niemals erfahren, wer ihn ausgestoßen hatte. Einerseits wollte ich nachsehen, andererseits riet mir eine Stimme, mich schnellstens zu den anderen zu begeben. Als etwas Zeit verstrichen war und ich die angestaute Luft ausgestoßen hatte, glaubte ich schon, mir den Schrei eingebildet zu haben. Gut möglich, dass die Kurbel des Seilzuges diesen Laut erzeugt hatte oder ein Raubvogel, ein Windzug oder ein altes Türscharnier in der Ruine.

Gerade als ich glaubte, geträumt zu haben, drang wieder dieser durch Mark und Bein gehende Schrei an meine Ohren. Ohne lange zu überlegen, lief ich, den Dolch fest umfasst, in das alte Gemäuer. Auf meinem Weg blickte ich mehrmals über die Schulter.

Auch wenn ich mich sonst vor wenigen Dingen fürchtete, kroch die lähmende Angst wie eine kalte Hand über meinen Rücken.

»Layla? Chester?«, flüsterte ich in der Vorhalle der Ruine. Das Kuppeldach war zur Hälfte eingefallen. Weiter hinten jedoch war es stabil und bot Schutz vor dem Wetter. Ich sah mehrere Meter entfernt ein Leuchten, roch verbranntes Holz und den süßen Duft von Haferbrei mit Honig.

Wachsam schritt ich über die zersprungenen Steinplatten tiefer ins Innere.

»Da bist du ja!«, hörte ich Chester, ohne ihn zu sehen. »Wir dachten schon, du wärst mit deinem Pferd abgehauen.«

»Das würde ich niemals tu…« Eine Hand legte sich unerwartet um meinen Mund und riss mich zurück. Wieder erklang dieser Schrei. Verflucht nah an meinem rechten Ohr. Als ich mehrere Meter aus der Vorhalle zurückgeschleift wurde, riss ich den Dolch hoch und schlug heftig gegen den Arm desjenigen, der mich festhielt. Es erklang ein kehliges Röcheln. Im selben Moment wurde ich freigelassen. Rasch drehte ich mich um, um meinen Angreifer zu sehen. Und mir verschlug es die Sprache. Vor mir stand eine gewaltige Gestalt mit ledrigen Flügeln, Klauen so groß wie meine Hand und einer Statur, die einem Skelett sehr ähnlich war. Ein Geschöpf, das nur der Hölle entsprungen sein konnte. Es bestand hauptsächlich aus Haut und verkohlten Knochen. Zwischen seinen Rippen glomm ein orangefarbenes Licht, das dieselbe Farbe hatte wie seine Augen. Wobei: Augen hatte es keine. Es sah aus, als würden orangefarbene Kristalle in seinen Augenhöhlen strahlen.

Was bei den Göttern war das für eine Kreatur?

Es senkte den Kopf, da es mich um knapp einen Meter überragte, fletschte die rasiermesserscharfen, fauligen Zähne, bevor mir sein Atem aus Tod und Verwesung in die Nase stieg. Ich wich einen halben Schritt zurück, als das Wesen einen weiteren lang anhaltenden Schrei ausstieß. Meine Trommelfelle drohten jeden Moment zu reißen. Vor Schmerz kniff ich die Augen zusammen und hob schützend die Unterarme vors Gesicht, um dem gewaltigen Atem, der einem Windstoß gleichkam, zu trotzen. Am Rande meines Sichtfeldes erkannte ich in der Dunkelheit weitere orange glühende Augenpaare. Sie befanden sich in den Ecken, lauerten hinter den Säulen, hockten sogar an der Decke. Mindestens sechs Geschöpfe der Nacht umgaben mich und waren bereit zum Angriff.

Verdammt! Und was jetzt?

Ehe ich den Dolch zum Angriff hochreißen konnte, raste eine dunkle Klinge rechts von mir durch die Luft und zerteilte die Kreatur vor mir in zwei Hälften. Ein blau loderndes Flammenmeer stieg wie eine Wand vor mir auf, bevor sich die Knochen der Kreatur auf einen Haufen stapelten und danach zu Staub und Asche zerfielen.

»Geh zurück zu Nelio und Layla, Sóley!«, befahl mir Chester.

»Aber … Was sind das für Wesen?«

»Geh schon! Mit dem Dolch kannst du wenig ausrichten.«

»Es sind zu viele. Du hast gegen sie alle keine Chance. Ich bin eine gute Jägerin.«

»Das hier ist etwas anderes«, erklärte er mir, umfasste sein Schwert mit beiden Händen und riss es hoch, als er über den Arm zu mir blickte. »Du bist dieses Mal die Gejagte. *Sie* sind die Jäger. Und vertraue mir, wenn ich dir sage, dass sie weitaus tödlicher sind, als du es dir in deinen Albträumen vorstellen kannst. Beweg dich schon!«

Hinter mir hörte ich Layla schreien. Sah sie die Kreaturen ebenfalls?

»Ich …« Er hatte meine Frage nicht beantwortet. Was waren das für Wesen?

»Kannst du mir den Gefallen tun und auf mich hören?« Chesters Gesichtsausdruck wurde unnachgiebig, beinahe hart. Er schien zu wissen, was er tat.

»Nur wenn du dich nicht töten lässt.«

»Keine Sorge, so leicht wirst du mich nicht los. Da müssen schon mehr als eine Handvoll Larphien aus ihren Löchern kriechen, um mich zu vernichten.« Er zwinkerte mir, begleitet von einem schiefen Grinsen, zu, bevor er ausholte und das nächste knöcherne Wesen angriff.

Larphien. Vernichten. Ohne ihn länger aufzuhalten, drehte ich mich um und rannte zu Layla und Nelio, die um ein Feuer saßen. Wobei Layla dicht gedrängt neben Nelio an der Wand hockte und wie Espenlaub zitterte.

»Geht es dir gut, Sóley? Wo ist Chester? Gerade noch hat er mir geholfen, Nelio hinzulegen, plötzlich war er fort. Was waren das für Schreie?«

Wie sollte ich ihr von den Kreaturen erzählen, wenn ich selbst nicht wusste, was sie waren?

»Er … Es ist alles in Ordnung«, entschied ich mich, als ich im nächsten Wimpernschlag eine Skeletthand durch die Wand hinter ihr ragen sah. Mir stockte der Atem. Layla sah sie nicht.

»Was? Warum schaust du so?« Layla folgte meinen Blicken, bevor sie lauthals schrie. Die Skeletthand tastete blind nach ihr, griff in ihr offenes Haar und riss sie zurück an die Wand. Ohne lange zu zögern, erwachte ich aus meiner Starre, rannte auf Layla zu und hob meinen Dolch in die Luft. Ihr Schrei wurde noch lauter. Ich sah die Todesangst in ihren Augen. Mit einem Hieb trennte ich die Hand vom Unterarm. Jedoch rechnete ich nicht damit, dass die Hand weiterlebte. Sie fiel zu Boden, bewegte sich auf den Skelettfingern Richtung Feuer und sprang schreckhaft zurück. Sie mied die Flammen. Im selben Moment beobachtete ich aus den Augenwinkeln, wie dem Unterarm ein neues Handgelenk inklusive Hand wuchs. Verflucht! Was für teuflische Mächte waren hier am Werk? Wieso gelang es Chester, mit einem Schwerthieb ein riesiges Wesen aus Knochen in Staub und Asche zu verwandeln, während ich eine Hand abtrennte, die weiterlief?

»Schnell!«, rief ich Layla zu. »Steh auf.«

Sie sprang hoch, als im selben Moment die Hand auf sie zusprang, sich um ihre Kehle legte und sie mit voller Wucht gegen die Wand stieß.

»Was … was ist das? Irgendwas …«, krächzte sie.

Ich musste etwas tun. Nur was?

Ich trennte die Hände von den Unterarmen und zerrte wie wild an den Fingern, die ihre Kehle umfassten. Diese konnte ich nicht mit der Klinge zerschneiden, wenn ich Layla nicht verletzen wollte.

»Beim geheiligten Boden …«, brachte ich über die Lippen. Immer mehr Hände und Arme sprossen wie Äste aus der Mauer. Nelio, der die gesamte Zeit wie in Trance an der Wand gelehnt hatte, riss mit einem Mal den Kopf zurück und gab ein kehliges Knurren von sich. Vor mir fiel Laylas Kopf auf die Brust.

Was? Nein! Was geschieht hier?

Panisch zog ich an den Fingern um Laylas Hals. »Wach auf!«, rief ich.

Sie kniff ihre Augen zusammen, hob ihre Hände zu mir. Doch sie erreichten mich nicht. Weitere Skelettfinger rissen sie zurück und schienen sie aus einem Meer aus Knochen, Sehnen und toter Haut zu begraben.

Sie bekam keine Luft mehr. »Nein, nein, Layla. Ich rette dich …« Verzweifelt zerrte ich an den Fingerknochen um ihren Hals und wehrte weitere Hände ab. Eine streifte meine verletzte Schulter. Ein höllischer Schmerz durchfuhr meinen Körper und ich brüllte, schrie, tobte … Ein gewaltiger Sturm dehnte sich wie ein

Orkan in meinem Brustkorb aus. Alles wurde durch eine unheilvolle tiefschwarze Dunkelheit erstickt.

So schnell, wie der Sturm aufgezogen war, ebbte er auch wieder ab. Ich keuchte angestrengt und kämpfte gegen die schwarzen Ränder um mein Sichtfeld an. Was hatten diese Kreaturen gerade ausgelöst? War das … Magie gewesen? Eine finstere Macht?

Ganz gleich, was es gewesen war: Die Skeletthände waren verschwunden und ich zog Layla an mich. Stolpernd landete ich mit ihr auf dem Rücken und schlug mit dem Kopf ungebremst auf dem harten Boden auf. Ein Schmerz explodierte unter meiner Schädeldecke. Doch er war lange nicht so intensiv und gewaltig wie der, der vor wenigen Augenblicken in meiner Schulter getobt hatte und plötzlich verstummt war.

»Layla!«, stöhnte ich ihren Namen. Besorgt umfasste ich ihr Gesicht. Sie hielt die Augen geschlossen und bewegte sich nicht. Eilig tastete ich nach ihrem Puls. Ihr Herz schlug noch, trotzdem war sie bewusstlos. Was jedoch angesichts dessen, was gerade passiert war, vermutlich seine Richtigkeit hatte.

Sorgsam rollte ich Layla von mir, kniete mich neben sie und rüttelte an ihr. Allerdings bekam ich sie nicht wach und stellte in dem Moment meine Versuche, sie zu wecken, ein, als ich Chester an einer Säule lehnen sah. Er hob sein Schwert mit einer fließenden Bewegung, steckte es zurück in die Scheide und blinzelte. Wie lange stand er schon dort? Er musste etwas damit zu tun gehabt haben, dass die Skeletthände verschwunden waren.

»Wie hast du das gemacht?«, fragte ich ihn etwas zu schroff. Ich wollte Antworten. Angefangen von der Tatsache, dass er mit seinem Schwert anscheinend alle Geschöpfe, die er Larphien nannte, in Aschehaufen verwandeln konnte, bis hin zu dem schwarzen Sturm.

»Ich würde gern unsere nette Unterhaltung von gestern Nacht fortführen, bei der du all deine Fragen, die dir auf der Seele brennen, loswerden kannst, wenn du zuvor einen Blick auf deinen Freund werfen würdest.«

Richtig. Ich hatte Nelio vollkommen aus den Augen verloren. Auf den Fersen drehte ich mich zur Feuerstelle. Nelio hockte, die Hände in sein Haar vergraben, an der Wand, knurrte, fauchte und schien mit sich selbst zu ringen. Während Chester nur zusah, erhob ich mich, um nach ihm zu sehen. Noch bevor ich Nelio mit den Worten »Was fehlt dir?« erreichen konnte, packte mich Chesters Hand an der Schulter und hielt mich zurück.

»Es ist zu spät, Sóley. Nähere dich ihm nicht, wenn dein Herz dort bleiben soll, wo es hingehört.«

Warum verdammt sprach er immer in Rätseln?! Ich wollte mich aus seinem Griff losreißen, doch er packte fester zu, ohne dass es ihn Kraft kostete.

»Ich sagte, nähere dich ihm nicht. Sprechen wir dieselbe Sprache?« Er redete wieder in fließendem Sarkasmus, während vor uns ein Mensch Höllenqualen litt.

»Anscheinend nicht, Chester. Ich will ihm helfen.«

»Jede Hilfe kommt zu spät. Ich hätte es schon gestern Nacht beenden sollen, um ihm diese Tortur zu ersparen.«

Welche Tortur? »Was geschieht mit ihm?«

»Der Wahnsinn zerfrisst seinen Geist. Das Fieber erobert seinen Körper. Die dunkle Macht holt sich sein Herz«, flüsterte mir Chester ins Ohr.

Sein Atem war zwar warm, trotzdem strich er wie ein unheilvoller Luftzug über meine Wange. Weiterhin kämpfte ich gegen seinen unnachgiebigen Griff an, während Nelio die Zähne fletschte, röchelte und den Kopf nach hinten riss. Seine Zähne waren nicht mehr weiß, sondern pechschwarz. Die Haut in seinem Gesicht bekam Risse, schälte sich wie in Fetzen von seinem Schädel. Sein Oberkörper drehte und krampfte sich so unnatürlich hin und her, als würde ein anderes Wesen in ihm wohnen und aus ihm herausbrechen wollen.

Augenblicklich stellte ich meine letzten Versuche, mich von Chester zu befreien, ein, als Nelios Gesicht, oder das, was von ihm übrig war, zu mir starrte. Funkelnde orangerote Augen brannten sich tief in meine Seele.

Nein! Das darf nicht sein. Sein Körper war einem Skelett gewichen. Nelio war zu einer Larphie geworden.

»Aber wie …?«, keuchte ich.

»Die Klauen der Tahire tragen Gift. Wird ein Sterblicher von ihnen gekratzt, verwandelt er sich unweigerlich innerhalb von zwei Menschentagen in eine Larphie, die Vorstufe eines Tahirs. Wie gesagt, Sóley, wir unterhalten uns später, zuvor sollte seine Existenz beendet werden, bevor er weitere Menschen vergiftet.«

Plötzlich war der starke Griff nicht mehr auf meiner linken Schulter zu spüren. Wie ein Blitz schoss Chester an mir vorbei, hob seine Klinge und war im Begriff, Nelio zu töten.

»Nein!«, schrie ich, und kurz ging ein Ruck durch Chesters Körper.

Er drehte das Gesicht zu mir. In dem Moment griff Nelio an und riss Chester mit einem kräftigen Sprung von den Füßen.

Wie eine Bestie begrub Nelio Chester unter sich, bevor er mit seinem gewaltigen Fang, wie ihn nur ein Wolf besaß, nach seinem Hals schnappte. Chester hatte sein Schwert in dem Moment, als er fiel, verloren. Es lag über eine Armlänge von ihm entfernt.

»Sóley!«, rief er mich. »Wach auf! Ihm ist nicht … mehr … zu helfen.«

»Er kann zurückverwandelt werden.«

»Nein. Seine Seele ist … verloren. Für immer. Es gibt«, rasch drehte sich Chester zur Seite und wich haarscharf Nelios Bissen aus, »keine Heilung. Reich mir das Schwert!«

Ich ging in die Knie, um den Griff der Klinge zu umfassen. Ungeahnt schwappte eine gewaltige und elektrisierende Energie von der Waffe auf mich über. Es fühlte sich an, als hätte die Klinge ein Eigenleben. Eine Energie, wie sie Feuer oder Wasser besaß.

»Sóley! Beeil dich bitte!« Mittlerweile drückte Chester mit beiden Händen Nelios Kiefer auseinander, um ihn davon abzuhalten, ihn zu zerfleischen. Knochen krachten, danach hörte ich ein grelles Heulen. Hatte Chester ihm … den Unterkiefer herausgebrochen? Blut sickerte Chesters Unterarme entlang, bevor ich mir ein Herz fasste, hinter Nelio trat, mich murmelnd bei den Heiligen entschuldigte und mit der Klinge ausholte.

»Verzeih mir!«, wisperte ich, dann raste ein blauer Lichtstreif auf meinen ehemals besten Freund zu, und etwas in mir zerbrach. Mit einmal Mal trat wieder diese Dunkelheit vor mein Sichtfeld, doch sie lichtete sich nicht, sondern riss mich in einen tiefschwarzen Abgrund.

Ich wusste nicht, ob es an dem Schwert lag oder daran, dass ich mich womöglich jeden Moment in eine Larphie verwandeln würde. Aber egal, wie sehr ich gegen diese kühle, allumfassende Dunkelheit ankämpfte, ich konnte mich nicht aus ihr befreien. Wollte ich das überhaupt?

KAPITEL 11

DÄMONENGOTT DER NACHTSCHATTEN

»War mein Abkommen nicht eindeutig!?«, fauchte ich aufgebracht. »Ihr sorgt dafür, dass jedes dämonische Wesen die Wälder meidet, und Ihr erhaltet das Element Feuer.«

Mein Blick fiel auf Chester, der zusammengesunken neben dem gefleckten Gaul am Brunnen saß. Dieser Soldat würde keine Woche am Leben bleiben, wenn dämonische Kreaturen in Landstrichen aufkreuzten, zu denen sie eigentlich keinen Zutritt hatten. Ich brauchte diesen Menschen und das unversehrt.

Die Illionen starrten mich mit zornigen Augen an. Ihre spitz zulaufenden Ohren waren mit Goldschmuck verziert, ihre Gewänder aus erhabenen hellen Stoffen, die in der Nachtluft wehten.

»Wenn Ihr einen Infizierten unsere Wälder passieren lasst, müsst Ihr Euch nicht wundern, wenn sich die Larphien ihr Eigentum zurückholen«, antwortete mir die Königin in einer weichen, zugleich bestimmenden Singsang-Stimme.

Lächerlich! Mit welch anmaßendem Ton sprach sie mit mir. Meine Augen loderten vor Zorn. »Eure Banne taugen nichts. Eure Mächte versiegen, wenn sie nicht einmal niedere Geschöpfe wie Larphien abwehren können. Wie wollt Ihr wesentlich mächtigere Wesen, Krieger, Lakaien aufhalten? Ihr haltet so viel von euch, zählt zu den stolzesten Völkern der Magiereichen und seid nicht imstande, Eure Banne zu stärken.«

Wieso nur hatte ich angenommen, diese Wälder könnten Schutz bieten!? Illionen, die ihre Kräfte aus der Natur schöpften, machten es sich zur Aufgabe, Magielose vor denen, die Zauber wirken konnten, zu beschützen. Wenn ihr lächerlicher Schutz darin bestand, nur niedere Ungeheuer zurückzuhalten, waren sie für mich nutzlos.

In der linken Hand ließ ich das Element Feuer auflodern. Ihre Augen waren wie gebannt darauf gerichtet. Ich würde es ihnen so lange verwehren, bis sie ihren Teil der Abmachung eingehalten hatten. Es sah nicht so aus, als würde das jemals eintreffen. Ich schloss die Finger um die tanzenden Flammen, bereit, sie wieder in mich aufzunehmen.

»Ich beende unser Abkommen, Königin Eząra. Mit sofortiger Wirkung.« Mit einer Drehung wandte ich mich zu meinen Lakaien um, die nur darauf warteten, angreifen zu dürfen. Allerdings rechnete ich mit dem Fünkchen Stolz, das die Illionen in sich trugen. Sie würden sicher nicht als Verlierer in die Annalen eingehen wollen. Ihre Götter nahmen schließlich alles wahr, besonders ihre Vergehen, Schwächen und Laster, von denen sie angeblich keine besaßen. Das sah ich in diesem Augenblick allerdings anders.

»Saċar, bleibt!« Sie fauchte leise. »Bitte!«

Abrupt hielt ich inne und grinste diabolisch in mich hinein. Meine Augen richteten sich auf Zŷlan und Mę̂destor, meine engsten Vertrauten. Ich drehte mich um und beobachtete, wie die zierliche Königin der Illionen von ihrem hellen Pferd abstieg und über den Platz vor der Ruine drei Schritte auf mich zukam.

»Es war ein Fehlglaube, Euch auf die Probe stellen zu wollen. Wir wollten überprüfen, ob die Gerüchte, die um Euch kursieren, der Wahrheit entsprechen.«

Gekränkt blickte ich aus den Augenwinkeln zur Seite. »Es wird sehr viel über mich gesprochen«, antwortete ich gelangweilt. »Zweifelt niemals meine Macht an. Erst recht nicht meinen Einfluss.« In mir sammelte sich viel Zorn an, der den Boden zum Beben brachte. Hinter mir hörte ich die Illionen leise in ihrer Sprache wispern.

»Wenn Ihr jedoch weiterhin Zweifel habt«, mit einer fließenden Drehung wandte ich mich zu ihnen um und schenkte der Königin einen grimmigen Blick, »können wir diese hier und jetzt aus dem Weg räumen.«

Ich würde jedes Quäntchen Magie aufbringen, um sie vom Gegenteil zu überzeugen. Onegra, Spione der Herrscher, mochten Gerüchte streuen, Saĉare, die Herrscher Nŏsferas, Zweifel säen und lasterhafte Seelen diese über alle Landesgrenzen hinaustragen, *ich* würde nicht als schwacher Herrscher in die Höllen einfahren.

Feindselig blickte ich der Königin in ihrem zarten, beinahe durchscheinenden Gewand, gewoben aus Spinnenfäden, entgegen. Hinter ihr reihten sich mehr als zwei Dutzend Kriegerinnen und Krieger auf ihren Pferden aneinander, bereit, ihre Königin mit dem Leben zu beschützen. Die Speere in den Händen fest umklammert, die Bögen gespannt, warteten sie darauf, dass ich ihre Königin angriff, um ein Exempel zu statuieren. Ich wäre ein Narr gewesen, hätte ich mir die Illionen zu Feinden gemacht, so, wie es meine Brüder getan hatten.

Zwar hielt ich das Volk nicht gerade für einen würdigen Gegner, trotzdem besaß es Macht, weitreichende Gebiete und zog seine Energien aus den Elementen Erde, Wasser und Luft. Einzig das Element Feuer befand sich nicht in ihrem Besitz. Jeder wusste, dass sie seit Jahrhunderten Mittel und Wege suchten, um es sich zu eigen zu machen.

In ihren Tempeln – tief verborgen in den Wäldern –, die bisher nur die wenigsten zu Gesicht bekommen hatten, beteten sie ihre

Elemente und Götter an. Sie waren für gewöhnlich ein friedfertiges Volk. Trotzdem waren unter ihnen brillante Krieger und kluge Köpfe.

Mein Blick fiel auf einen Mann mit muskulösem Oberkörper. Sein silbernes langes Haar wehte um die kantigen Gesichtszüge. Illionen weigerten sich zu morden, wenn sie nicht dazu gezwungen waren. So wie vor über dreihundert Jahren. Damals hatten sich meine Brüder einen Spaß erlaubt. Sie hatten die zu der Zeit herrschenden Illionenvölker dazu gebracht, sich zu bekriegen, indem sie ihnen das Kostbarste wegnahmen: ihre Töchter. Die Illionenvölker hatten sich untereinander verdächtigt, die Kinder ihrer Oberhäupter gestohlen zu haben. Diese Lügen waren ihnen von verkleideten Dämonengöttern eingeflüstert worden. Kurz darauf waren entsetzliche Kriege ausgebrochen – unter Völkern, die zuvor friedlich nebeneinanderhergelebt hatten.

Seitdem verabscheuten die Illionen die Dämonengötter für ihre frevelhafte Tat. Zu Recht. Es war ein unnötiges Gemetzel gewesen, das nur darauf abgezielt hatte, die Völker zu dezimieren. Seit dem Vorfall hatten sich die letzten Illionen tiefer in die Wälder zurückgezogen und über die Jahrhunderte von den Verlusten erholt. Sie tüftelten bis heute daran, mächtige Schutzbanne zu weben. Und darin waren sie über die Jahrzehnte immer besser geworden. Sie machten sich die Elemente zunutze. Während meine Brüder sie weiterhin als niederes Volk ansahen, das sie jederzeit erneut gegeneinander ausspielen konnten, war ich anderer Meinung. Die Illionen waren mächtig, eigneten sich Magie einer völlig anderen Sphäre an. Sie respektierten das Leben, beschützten die Magielosen, ehrten die Erde. Dennoch würden sie ihr heiligstes Gebot, eine Existenz nicht grundlos zu vernichten, rasch hintanstellen, wenn ich meine Macht an ihrer anmutigen Königin Eząra Delhara Mąhlåra demonstrierte. Mit dem Gesicht eines zwölfjährigen Kindes und Wimpern aus Schmetterlingsflügeln gesegnet, besaß sie den bösartigen Blick einer Viper. In einem blassen Grün funkelten mir ihre Iriden entgegen.

»Ihr müsst Eure Macht nicht unter Beweis stellen. Übergebt mir das Element Feuer, und wir schützen Euch in unseren Wäldern. Weder eine dämonische Seele noch ein Fluch teuflischer Herkunft, keine Geister, Himmelsreiter oder Schattenflüsterer werden Euch aufspüren und Eure Reise stören können. Die Larphien wurden vom Infizierten gerufen, um ihn zu holen. Das wisst Ihr besser als ich. Ihr hättet die Wandlung aufhalten und dem Sterblichen einen raschen Tod schenken sollen. Stattdessen habt Ihr ihn in unsere Wälder geführt, wie auch Eure Lakaien und die zukünftige Sačarin des siebten Reiches. Wir ließen Euch gewähren und haben den Larphien Zutritt erlaubt, um den Jungen zu holen.«

Richtig, weil sie ja keine Sterblichen töteten. Und was dann? Hätten sie die Larphien mit dem frisch verwandelten Mann des Märchenwaldes verwiesen?

»Wir haben nicht gegen das Abkommen verstoßen, sondern Ihr habt einen Verseuchten angeschleppt. Wir haben sichergestellt, dass die Ordnung eingehalten wird.« Interessante Sicht auf die Dinge, fuhr es mir durch den Kopf. Für keinen Augenblick trennte ich den Blickkontakt zu der Königin, die mich auf eine ihr würdige Art belehrte.

»Wenn herauskommt, dass sich Larphien in das Reich der Illionen Zutritt verschaffen konnten, werden die Dämonengötter nicht lange zögern und die Schutzbanne angreifen. Das Risiko sollte Euch bewusst gewesen sein, als Ihr die Larphien in Eure Wälder gelassen habt.«

»Sollen sie es versuchen!«, antwortete die Königin mit scharfer Zunge und erhobenem Kinn. »Es wird ihnen nicht gelingen. Keinem von ihnen. Nicht einmal einem Eurer Brüder.«

Sie war von ihren Worten überzeugt. Für mich erweckte sie nicht den Anschein, dass sie mich hinterging. Illionen logen nicht. Sie ließen höchstens Details aus. Eine Lüge auszusprechen war eine Sünde, die sie nicht mit ihren Prinzipien vereinbaren konnten.

Ich wägte innerlich ab, wobei meine Entscheidung bereits gefallen war. »Ihr wollt selbst die Magie von Dämonen abwehren?«, hakte ich interessiert nach und hob die rechte Braue.

Entschlossen nickte die Königin und presste ihre geschwungenen Lippen zusammen.

Das Versprechen könnte mir nützlich sein, da ich seit gestern Nacht die Existenz eines anderen Saċars gespürt hatte. Das Wabern in der Höhle war keine Einbildung gewesen. Jemand beobachtete ihn. In diesem Augenblick fand das Treffen mit Königin Eząra im Verborgenen statt. Selbst ein mächtiger Dämonenfürst oder seine verteufelten Spione hätten die Unterhaltung nicht belauschen können.

»Mir genügt ein Nicken nicht. Ich will Euer Versprechen hören, Königin Eząra. Nur auf diesem Weg besiegele ich das Abkommen. Um Euch einen Vertrauensvorschuss zu gewähren, erhaltet Ihr eine Hälfte des Elements Feuer. Ihr bekommt die zweite Hälfte, sobald meine Lakaien und ich unbeschadet durch Euer Land gezogen sind. Erst dann erfülle ich meine Restschuld.« Ich war nicht so einfältig und würde ihr das ganze Element überlassen, nachdem sie heute Nacht ihren Teil der Vereinbarung nicht eingehalten hatte; immerhin waren Larphien in ihren Wald eingedrungen. Und das bloß, weil sie meine Macht infrage gestellt und geglaubt hatte, es mit einem geschwächten Saċar zu tun zu haben.

Die Königin machte noch einen Schritt auf mich zu, legte den Kopf in den Nacken, um zu mir aufzusehen, und schob ihre Hand auf ihre Brust.

»Hiermit verspreche ich, Eząra Delhara Mąhlåra, die achtzehnte

Königin des Naturvolkes Illioniens, Wächterin des Elements Wasser, meinen Teil einzuhalten. Die Grenzen zu verschärfen, sodass der Zutritt jeder Kreatur dämonischer Herkunft unmöglich gemacht wird. Dass jeder Fluch, der über die Lippen einer unreinen Seele kommt, in Gedanken formuliert oder mit Magie gewirkt wurde, an unseren Grenzen seine Wirkung verliert. Sollte mein Versprechen aus Gründen, die nur unsere Götter kennen, versagen, trete ich als Königin nach dreihundertzweiundneunzig Jahren zurück.«

Sehr gewagt.

Für sie stand viel auf dem Spiel. Unmerklich kniff ich die Augen zusammen. Das war ein mehr als fairer Handel angesichts dessen, dass das Reinelement in seiner Naturform nur noch zweimal auf Erden existierte.

Sie streckte mir ihre mit schimmernden Sternen übersäte Kinderhand entgegen. Ich wägte kurz ab und lauschte den Gedanken meiner Lakaien. Sie hielten das verbesserte Abkommen für sehr lukrativ. Ich hingegen hatte noch etwas, was wir detaillierter festlegen sollten.

»Auf die Dauer der Unendlichkeit, Königin Ezạra.« Es konnte nicht schaden, wenn ich sie mir zur Verbündeten bis in die Ewigkeit machte.

Sie holte scharf Luft. Durch die Reihen ihrer Begleiter ging ein Raunen. Ein Zögern huschte über ihr unschuldiges Gesicht. Ihre Wächter auf den Pferden wurden unruhig.

»Ihr könnt versichert sein, dass ich immer zu meinem Wort stehe«, fuhr ich fort. »Sollte durch eine höhere, mir bisher unbekannte Macht Euer Volk angegriffen werden, werde ich Euch beistehen. Sollte ein Illione sein Reich verlassen müssen und in Gefahr geraten, werden meine Lakaien ihm Schutz anbieten. Dieses Abkommen soll nicht nur getroffen werden, um die Saċarin nach Nõsfera zu geleiten, sondern längerfristig bestehen.« Bisher waren Illionen keine länger wirkenden Abkommen eingegangen. Es wäre ein Triumph, sie an meiner Seite zu wissen, falls die Welt in den Abgrund gerissen wurde.

Die Königin senkte ihr Gesicht, schlug ihre Wimpern nieder und holte tief Luft. Als sie ihre Augen öffnete, fuhren spitze Dornen aus ihren Wimpern hervor.

Ah, nun zeigst du mir deine wahre, deine tödliche Seite.

»Ich gehe das Abkommen ein. Dafür will ich die Saċarin sehen. Ich will mich selbst davon überzeugen, dass Ihr die Wahrheit sprecht und mich nicht täuscht.«

Sofort flammte in mir ein tiefer Zorn auf. Nein! Ich wollte niemanden an die Saċarin heranlassen, wollte nicht einmal, dass andere Dämonengötter von ihrer Existenz erfuhren. Ich hatte nur die Illionen eingeweiht, da Sóleys Mächte kaum zu verbergen waren. Da unser Pakt vorsah, dass ihre Gebiete von keinem fremden Dämon bereist werden durften, hatte ich ehrlich sein und ihnen von Sóley erzählen müssen. Ansonsten würden die Bannsprüche der Illionen Sóley ebenso mit einschließen wie ungebetene Dämonenwesen. Selbst Eząra wusste ganz genau, dass Sóley nicht meiner Blutlinie entstammte. Somit musste sie ihren Bann nicht bloß für meine Linie und Lakaien anpassen.

»Nein«, brachte ich kühl hervor. Die Brauen der Königin zogen sich verärgert in die Stirn. »Ihr habt uns die letzten Stunden beschattet und die Halbsterbliche gesehen. Aus dieser Distanz könnt Ihr sie weiter beobachten. Ich lasse kein Wesen, nicht einmal Euch, auch wenn Ihr das friedfertigste Volk unter den Monden seid, näher an sie heran.«

Etwas erstaunt schaute Eząra zu mir auf, bevor sie den Handrücken an die Lippen hob und kindlich kicherte. »Nach dem, was wir bisher beobachten konnten, mag sie Euch nicht sonderlich, Saċar der Nachtschattenkrieger.«

»Sie soll mich auch nicht mögen!«, erwiderte ich zornig, während im selben Moment ein Teil Magie in mir versiegte. Die blau lodernden Flammen, die die Ruine umgaben, sanken allmählich in sich zusammen.

»Nehmt Ihr nun das Abkommen an oder schlagt Ihr es aus?«, erkundigte ich mich, als sie ihr Kichern eingestellt hatte und nicht länger an mir und meinen Lakaien vorbei ins Innere der Ruine spähte.

»Wir werden die Saċarin kennenlernen. Seid Euch gewiss.«

»Sie lief ihr ganzes Leben lang durch Eure Wälder«, antwortete ich. »Ihr hattet Hunderte Male die Möglichkeit, sie kennenzulernen.« *Aber du warst so unfassbar blind, dass du nicht gewusst hast, wer in deinen Wäldern jagen geht.*

Es war nicht meine Sache, sie zu belehren, aber ihre offenkundige Unwissenheit konnte ich kaum unerwähnt lassen.

Die Nasenflügel der Königin zitterten unmerklich. »Es war unachtsam von uns, das gebe ich zu. Aber wir wussten nichts von ihrer Existenz. Das siebte Reich existiert nicht mehr. Wenn Ihr uns den Umgang nach ihrer Wandlung nicht verwehrt, stimme ich zu.«

Raffiniertes kleines Biest. »Sehr vorausschauend«, erwiderte ich und umfasste ihre zarte Kinderhand, um den Handel zu besiegeln. »Einverstanden. Nach ihrer Wandlung dürft Ihr sie kennenlernen. Verstoßt Ihr gegen dieses Nebenabkommen, werdet Ihr die zweite Hälfte des Elementes niemals erhalten. Dafür werde ich sorgen.« Die Königin senkte mit einem freudlosen Lächeln den Blick. »Zudem werdet Ihr keiner sterblichen noch unsterblichen Seele jemals von ihrer Existenz erzählen. Dies bleibt unser streng gehütetes Geheimnis.«

Ez̧ara schienen meine Bedingungen nicht wirklich zu gefallen. »Dafür werdet Ihr der Saċarin nicht schaden«, legte sie fest.

Die Sache ging sie nichts an.

»Dann wäre ich mit dem Abkommen einverstanden«, endete sie.

»Wieso sollte ich ihr schaden?«, brachte ich hervor. »Ich bringe sie nur nach Hause.«

»Weil es kein Geheimnis ist, dass Ihr ihre Eltern ermordet habt. Eigentlich auch ihr einziges Kind, das ihr in der Ruine bewacht wie einen Juwel. Ich halte mich aus den Angelegenheiten Nõsferas heraus. Es ist mir gleichgültig, ob sich Eure Reiche bekriegen, aber Sóley wuchs in unseren Wäldern, auf geheiligtem Boden auf. Ich sehe mich dazu verpflichtet, zu sichern, dass Ihr sie nicht für Eure Zwecke missbraucht. Schließlich ist sie ein Mensch. Und wie alle Menschen werden wir sie beschützen.«

Sóley war nie ein Mensch gewesen und würde zukünftig erst recht keiner sein. Da lag die Königin absolut daneben. Aber bevor sich die Verhandlung noch auf Hunderte Jahre ausdehnte, die mir nicht zur Verfügung standen, stimmte ich zu. Es konnte nicht schaden, wenn sie Sóley als ihr Mündel ansah, das beschützt werden musste.

»Einverstanden, König Eząra. Ihr habt das Wort einer der ältesten Seele dieser Welt.«

Dornenranken schossen aus dem Boden, wanden sich um unsere Hände und stachen in unsere Haut, um mein schwarzes mit ihrem silbrigen Blut zu vermischen. Das Blut tropfte auf die Steinplatten zwischen unsere Füße. Damit war der Pakt besiegelt. Für alle Ewigkeiten waren wir Verbündete, bis einer seinen Teil der Abmachung brach.

Nachdem die Ranken sich in den Boden zurückgezogen hatten, drehte ich meine behandschuhte Hand und beschwor das Element Feuer hervor. Flammen loderten über den rot glühenden wabernden Lavastein.

Eząra betrachtete voller Begeisterung das Juwel, das in den Tiefen der Jotâuris-Berge gefunden worden war. Diese Berge gehörten nicht zu ihrem Territorium, aus diesem Grund wären sie niemals ohne Hilfe an das Naturelement herangekommen.

In der linken Hand beschwor ich einen Dolch, um den rot flammenden Stein zu teilen. Die andere Hälfte würde ich Sóley überlassen. Es konnte nicht schaden, wenn sie im Besitz eines solch mächtigen Elements war.

Ehrfürchtig empfing Königin Eząra das Element mit ihren übereinandergelegten Händen. Einer ihrer Krieger stand neben ihr und ließ die Erde zu unseren Füßen erzittern. Der Boden brach auf, verschob die Steinplatten und gab reine Erde frei. Langsam ließ Eząra das Halbelement in den Boden sinken, um es ihrer Erde zu schenken.

Ich trat zurück und verfolgte, wie eine junge Frau hervortrat, über dem sich schließenden Boden einen Kreis in der Luft zog und das Elementzeichen Feuer schrieb. Flammen erhoben sich aus der Erde und folgten dem Schriftzug der Illionin. Der Beweis, dass ich sie nicht getäuscht hatte. Ich hörte ihre Begleiter begeisterte Worte wispern.

Eząra hob ihren Blick, in dem pure Ehrfurcht stand. Sie faltete die Hände vor der Kinderbrust und verneigte sich. Ich tat es ihr nach. »Ich habe mich gefreut, den Handel eingegangen zu sein. Ich danke Euch, dass ihr achtzehn Jahre lang für die Sicherheit der Saċarin gesorgt habt, ungeachtet dessen, dass Ihr nicht wusstet, wer sie ist.« Denn ihre Aufgabe, die Sterblichen zu beschützen, war mit Sicherheit keine leichte. Trotzdem war es ihnen bis auf Ausnahmen über die Jahrhunderte hinweg gelungen, Magielose vor den Flüchen, Angriffen und Täuschungen dämonischer Wesen zu schützen. So gut, dass Sterbliche während ihrer kurzen Lebensdauer teilweise kein einziges Mal auf unsereins trafen.

KAPITEL 12

SÓLEY

Von Unruhe erfüllt öffnete ich die Augen. Das Erste, was ich sah, war der Staub, der in den hellen Sonnenstrahlen über mir tanzte. Die Sonne drang durch die Risse der Decke und fiel auf mein Gesicht, was bedeutete, dass ein neuer Tag angebrochen war und … ich lebte. Aber wie?

Das Letzte, woran ich mich erinnern konnte, war diese allmächtige Dunkelheit. Mein Körper hatte versagt und mein Bewusstsein mich im Stich gelassen, nachdem ich mit der blauen Klinge die Larphie in zwei Hälften geteilt hatte. Nein, nachdem ich Nelio ermordet hatte.

Sofort verkrampfte sich mein Magen. Hatte ich alles bloß geträumt und Nelio sich in keine grauenhafte Kreatur verwandelt?

Ich hob den Kopf. Vor mir entdeckte ich die erloschene Feuerstelle, dahinter lag Layla in Felle eingerollt und schien sorglos zu schlafen. An der gegenüberliegenden Wand thronten bloß noch verwehte Aschehaufen.

Ich ließ die Hand sinken. Sie landete auf etwas Weichem wie Stoff, nicht auf Fell oder Stein, wie ich es vermutet hätte. Sofort drehte ich das Gesicht nach rechts. Meine Augen weiteten sich.

Neben mir schlief Chester.

»Aua«, murmelte er, da meine Hand nur wenige Zentimeter über seinem Gürtel aufgekommen war. Rasch zog ich meine Hand weg, als hätte ich mich an seinem Körper verbrannt. »Könntest du aufhören, so herumzuzappeln, wenn jemand neben dir schläft?«

»Niemand hat gesagt, dass du dich zu mir legen sollst. Was machst du hier?« Ich rutschte von ihm weg und richtete mich auf.

Chester kniff das rechte Auge zusammen, während er das linke öffnete. »Schlafen natürlich. Ich hatte den Eindruck, als wolltest du nicht allein neben dem Feuer liegen.«

»Ich war … Wann bin ich eingeschlafen? Was ist in den letzten Stunden passiert?«

Ich konnte mich nicht daran erinnern, meine Felle neben dem Feuer ausgerollt und mich schlafen gelegt zu haben. Das machte mir zugegebenermaßen Angst. In meinen Erinnerungen tauchte bloß ein gähnend schwarzes Loch auf.

Lag es an der Verletzung auf meiner Schulter? Ich litt noch immer unter kurzzeitigen Schwindelanfällen.

»Du hast mir mein Leben gerettet, wofür ich dir unendlich dankbar bin«, brachte Chester noch verschlafen hervor. »Danach bist du einfach umgekippt … wie eine Statue umgefallen. Du warst nicht mehr wach zu bekommen.«

Ist das wahr? Skeptisch blinzelte ich und strich mir eine Strähne aus dem Gesicht.

»Und da ich dich nicht dort drüben an der Wand in einer verdrehten, wirklich unbequemen Position liegen lassen wollte, habe ich mich dazu entschieden, deine Felle auszubreiten und dich neben das Feuer zu bugsieren. Ein ›Danke, Chester!‹ würde sicher mein Herz erwärmen.«

Dieser Sprücheklopfer! Besaß er überhaupt ein Herz? Trotzdem … hatte er vermutlich recht. »Danke, Chester, aber das wäre wirklich nicht nötig gewesen.«

Ein Grinsen breitete sich plötzlich auf seinen Lippen aus. Was amüsierte ihn so sehr?

»Weiß ich doch, kleines Kätzchen. Ich habe es trotzdem getan, weil ich ein großes Herz habe.«

Er nimmt mich doch auf den Arm. »Das du nicht mehr hättest, wenn ich dich gestern nicht gerettet hätte«, erwiderte ich lächelnd.

Er schnaubte spöttisch. »Ich wollte nur sehen, wie weit du bereit bist zu gehen.«

Lüge. Nelio hatte ihn unter sich begraben, mit seinen scharfen Zähnen nach ihm geschnappt und seine Klauen in seine Arme und Schultern gebohrt. Chester war ihm komplett ausgeliefert gewesen.

»Du kannst gern zugeben, dass du ohne mich tot wärst. Es ist keine Schande, wenn eine Frau einem Mann zu Hilfe eilt.«

Erneut schnaubte er, während ich den Stoff des dunkelblauen Hemdes auf meiner Schulter zur Seite schob. Die Kratzer waren immer noch da. Schwarz verschorft und heiß pulsierend. Trotzdem hatte ich kein Fieber.

»Da, wo ich herkomme, Sóley, ist es keine Schande. Frauen werden nur in deinem Land als schwach angesehen.«

Immer wieder fiel mir auf, dass er manche Dinge anders formulierte. Als käme er nicht aus dem Reich der Magielosen. Ich schaute aus den Augenwinkeln skeptisch in seine Richtung.

Als ich mich erheben wollte, griff er mit seiner behandschuhten Hand nach meinem Unterarm und zog mich in einer kräftigen, aber nicht groben Bewegung zu sich. »Wie fühlst du dich?«

Ohne ihm etwas entgegensetzen zu können, landete ich auf ihm. Schnell stützte ich die Hände über seinen Schultern ab. Er griff in meinen Nacken und schaute mir tief in die Augen.

»Gut. Dass du dir Sorgen um mich machst, ist mir neu.« Ich zog die Brauen zusammen und versank im Grün seiner Iriden. »Normalerweise drehen sich deine Gedanken doch bloß um dich selbst.«

»Wohl war. Ich wollte mich ausnahmsweise in Höflichkeit versuchen. Wie es aussieht, scheint es dir auch nicht zu gefallen. Es ist verdammt schwer, dich irgendwie zu beeindrucken, weißt du das?«

»Du musst mich nicht beeindrucken.« Seine Hand lag immer noch warm in meinem Nacken, und irgendwie hatte ich nicht das Bedürfnis, mich aus seinem lockeren Griff zu befreien, obwohl ich nicht auf ihm liegen sollte. »Ich dachte, Layla wäre deine Herzdame? Nach dem, was ich bisher gesehen habe, versteht ihr euch ausgezeichnet.«

»Ah«, keuchte er mit einem Blitzen in den Augen. »Ist da etwas Eifersucht im Spiel? Keine Sorge, in meinem Herzen ist Platz für zwei Damen.«

Entsetzt öffnete ich den Mund und holte mit der rechten Hand aus. Ihn traf meine Ohrfeige so unvermittelt, dass sein Gesicht zur Seite flog. »Widerling! Was hast du für unanständige Gedanken.« Sofort richtete ich mich auf, während er sich über den Kiefer rieb.

»So viel Feuer habe ich lange nicht mehr gespürt.«

Gespürt? »Ich kann das gern wiederholen. Es wird sicher bald eine weitere Gelegenheit geben. Dir scheinen wirklich die Manieren zu fehlen.«

»Ich gebe zu, bei einer so interessanten Frau ist es schwer, sich an gute Umgangsformen zu halten.«

»Du bist solch ein Lügner.« Ich begann neben ihm die Felle einzurollen. Wenn wir die Siedlung Heliam erreichen wollen, sollten wir langsam packen, essen und aufbrechen.«

»Merke dir eines, Sóley.« Chester zog sich in den Sitz, strich sich durch sein zerwühltes dunkelblondes Haar und musterte mich eingehend. »Ich belüge dich nicht. Selbst wenn ich es könnte, würde ich nicht versuchen, dir eine Lüge aufzutischen.«

»Hält dich ein Ehrenkodex davon ab, zu lügen?«, hakte ich nach.

»Nicht wirklich. Nein. Es gibt keinen Ehrenkodex, den ich einhalten muss. Eigentlich muss ich überhaupt keinen Regeln folgen. Ich stehe nicht mehr im Dienste des Königs.«

Nachdem ich meine Felle eingerollt hatte, band ich sie mit einem Strick zusammen. »Was hast du vor, wenn wir die nächste Siedlung erreicht haben? Wirst du dich nach einer Arbeit umsehen?«

Er rieb sich nachdenklich übers Kinn, löste seinen Blick von mir und holte geräuschvoll Luft. »Wahrscheinlich. Oder ich begleite dich noch ein Stück. Es kann nicht schaden, wenn wir noch ein paar mehr Meilen Abstand von deinem Dorf bekommen. Der König wird bereits Soldaten nach dir ausgesandt haben. Möglicherweise wirst du sogar in den umliegenden Dörfern und Siedlungen gesucht. Wie ich ganz sicher auch. Somit wäre es nicht verkehrt, wenn wir uns in abgelegenen Ortschaften aufhalten würden.«

Er hatte recht. Wenn der König wirklich nach uns suchte, und das tat er mit Sicherheit, dann würde er uns in den angrenzenden Ortschaften vermuten. Magielose konnten zwar für ein paar Wochen im Wald leben, trotzdem brauchten sie irgendwann Lebensmittel, Waffen, Decken – alles Dinge, die man im Wald nicht zwingend fand.

»Was hast du eigentlich als freie Magielose geplant? Du musst dir doch Gedanken darüber gemacht haben, wie es weitergeht, falls du fliehst oder das Dorf verlässt?«, wollte Chester wissen und hob seine Felle vom Boden. Er klopfte sie aus, ohne mich aus den Augen zu lassen.

»Um ehrlich zu sein, bin ich immer davon ausgegangen, dass der Name meiner Schwestern oder Freundin«, ich schaute über die Schulter zu Layla, die immer noch schlief, »gezogen werden würde. Dann hätte ich mich ein Jahr lang mit ihnen versteckt und wäre nach Hause zurückgekehrt. Aber gerade sieht es so aus, als könnte ich nie mehr heimkehren. Ich habe keinen Plan. Ich weiß nicht, wie es weitergehen soll. Zuerst sollten wir, wie du sagst, weiterreisen. So weit, dass uns der König und seine Soldaten nicht mehr finden können. Am besten gehen wir ab der nächsten Ortschaft getrennte Wege.«

Ein Schatten flackerte über Chesters Gesicht. »Willst du das wirklich? Du kannst mit deiner Freundin weiterziehen, ich werde dich nicht umstimmen. Aber nach gestern Nacht sollte ich dir bewiesen haben, *wie* nützlich ich euch sein kann. Während du dafür gesorgt hast, dass Larphien die Gliedmaßen nachwuchsen wie Echsenschwänze, habe ich sie vernichtet. Wenn du auf weitere Höllenwesen triffst, wird es bestimmt nicht so glimpflich für dich ausgehen.«

Er hatte recht. Mal wieder. Er wusste viel mehr über die Welt als ich und war wesentlich erfahrener. Auch wenn ich mit seinen charmant-aufdringlichen Anmachsprüchen nichts anfangen konnte.

»Besäße ich solch ein Schwert, wie du es hast«, ich deutete auf seinen Gürtel, an dem seine Waffe festgebunden war, »hätte ich die Larphien auch erledigen können.«

Chester hob den rechten Mundwinkel. »Zu dumm, dass es von dieser Art Schwert nur noch sehr wenige gibt. Außerdem gehören sie nicht in die Hände eines Unwürdigen. Man muss den Umgang mit dieser Waffe erlernen, ansonsten katapultiert sie einen für mehrere Stunden in eine Ohnmacht. Wie du am eigenen Leib erfahren hast.« Er grinste und ich entdeckte zum ersten Mal ein Grübchen auf seiner rechten Wange. »Und dann wärst du eine leichte Beute, wenn der Feind in der Überzahl ist – so wie gestern Nacht.«

Verflucht! Er hat schon wieder recht.

»Du kannst natürlich dein Glück versuchen und dich mit deiner Freundin in einer Stadt aufhalten, in der wenige Dämonenwesen ihr Unwesen treiben. Stattdessen werden euch aber Soldaten des Königs früher oder später aufspüren. So oder so, es wird nicht leicht, am Leben zu bleiben, kleine Sóley. Besonders nicht mit einer Freundin, die sich schon vor einer Fledermaus erschreckt und die Götter beim Anblick einer Spinne um Schutz anruft.«

Tief holte ich Luft, biss die Zähne aufeinander und senkte den Blick. Chester war mir unheimlich. Er verströmte etwas Überlegenes, Mächtiges, etwas Unantastbares und Geheimnisvolles. Trotzdem hatte er mir und Layla das Leben gerettet. Bereits zum zweiten Mal. Ihn als Begleiter auszuwählen wäre nicht verkehrt, könnte sich aber ebenso als ein folgenschwerer Fehler herausstellen. Was, wenn er Pläne verfolgte, in die er mich nicht einweihen wollte? Wenn er es sich anders überlegte und mich an den König auslieferte?

»Ich denke darüber nach. Auch wenn du mir gestern wieder das Leben gerettet hast, vertraue ich dir nicht.« Andere hätten es sicher getan, so wie Layla.

»Etwas anderes habe ich von einer vorsichtigen Person wie dir auch nicht erwartet. Es genügt mir, wenn du darüber nachdenkst, Sóley.« Er machte nicht einmal Anstalten, mich davon zu überzeugen, uns zu begleiten, wo er sich doch sonst gern aufdrängte.

Noch etwas schwerfällig griff er nach seinen zwei Fellrollen, klemmte sie sich unter die Arme und verließ die Ruine. Ich folgte ihm, um frisches Wasser zu holen und nach Ophram zu sehen.

»Wird Nelios Seele Frieden finden?«, fragte ich ihn, als ich auf seinen athletischen Oberkörper und die langen Beine sah. Abrupt blieb er stehen und presste ein »Unwahrscheinlich« hervor.

»Wieso?«

»Weil dämonische Wesen nun mal nicht von singenden Engelschören im Paradies begrüßt werden. Darum.«

»Aber Nelio war ein Mensch.«

Chester drehte sich seufzend zu mir um. »Das war er, seit er gekratzt wurde, nicht mehr, Sóley. Seine Seele wich mit jedem Meter, den wir zurückgelegt haben, aus seinem Körper. Larphien besitzen keine Seele, nur den reinen Willen, zu fressen und zu töten.«

Mir jagte ein Schauder über den Rücken. »Wo sind sie hergekommen?«

»Die Larphien?«

Ich nickte.

»Sie sind uns gefolgt.« Chester legte den Kopf schief. »Sobald ein Infizierter die Wandlung fast beendet hat, kommen diese Bastarde aus ihren Löchern gekrochen. Bete für Nelio, Sóley, aber er war längst verloren, als er aus dem schwarzen Nebel zurückgekehrt war.«

Mein Herz wurde schwer, als ich die Worte hörte. »Wieso hast du mir nicht eher davon erzählt? Du hättest mir sagen müssen, dass wir die Wandlung nicht aufhalten können.«

»Weil ich nicht allwissend bin, wie du vielleicht vermutest. Ich war mir nicht sicher, welche Kreatur ihn und dich gekratzt hat. Es hätten auch Spuren eines Gestaltwandlers oder anderer dämonischen Wesen sein können. Ob du es glaubst oder nicht, die meisten Dämonengeschöpfe besitzen Klauen und zählen nicht zur Sorte ›Niedlich und harmlos‹.«

Gerade war mir nicht nach Scherzen, da ich einen Freund verloren hatte. Nein, ihn sogar selbst getötet hatte. Wie sollte ich mir das jemals verzeihen? Bisher hatte ich noch nie einen Menschen getötet. Das Gefühl war ein völlig anderes, als ein Tier zu erlegen, damit meine Familie immer zu essen hatte. Das Gefühl war … grauenvoll.

Aber was mir noch mehr Sorgen bereitete, war meine Verletzung. Ich war ebenfalls gekratzt worden. Würde ich mich letztendlich auch in eine Larphie verwandeln? So wollte ich nicht enden. Auf gar keinen Fall! Nicht als bluthungrige, Menschen tötende Kreatur, die ihre Seele verloren hatte.

Beginnt bereits der Prozess, bei dem ich meine Seele abgeben muss? Habe ich aus diesem Grund kaum gezögert und Nelio in zwei Hälften geteilt?

Chester sah mich mit seiner versteinerten Miene unverwandt

an, als wüsste er ganz genau, was in mir vorging. Das Sonnenlicht beschien seine rechte Gesichtshälfte. Er wirkte am Tag genauso unheimlich und atemberaubend wie in der Nacht.

»Dann wird heute Nacht dasselbe mit mir passieren, nicht wahr? Ich wurde auch gekratzt. Du hast es selbst gesehen. Ich werde mich in eine Larphie verwandeln, töten, Blut trinken, meine Seele verlieren. Wenn es so weit ist, dann … dann solltest du mich …«

»Es wird nicht dazu kommen, Sóley«, unterbrach er mich mit einem selbstsicheren Klang in der Stimme und zusammengezogenen Augenbrauen.

Woher wollte er das wissen?

Mit einem Mal verblasste Chesters Lächeln und es trat so etwas wie Mitgefühl in seine Züge. Er überwand mit zwei Schritten die Distanz zwischen uns, ließ die Fellrollen neben seinen braunen Wildlederstiefeln auf den staubigen Boden fallen und legte die Hände auf meine Schultern. »Du wirst dich nicht verwandeln«, sprach er eindringlich. »Nicht jeden Magielosen ereilt dasselbe Schicksal, wenn er von Tahiren gekratzt wurde.«

»Woher willst du das wissen?« *Wieso hat sich Nelio verwandelt, aber bei mir soll es anders sein?* Ich entdeckte ein feines Zucken am Ende von Chesters linker Braue.

»Weil ich es eben weiß. Du hast keine Anzeichen einer Wandlung. Deine Augen sind immer noch menschlich und wunderschön.«

Er forschte eine Weile in meinem Gesicht, als sähe er darin etwas, das ihn faszinierte. Erst jetzt fiel mir auf, dass er das öfter tat. Als würde er in meinen Augen meine Seele ergründen wollen, falls sie sich überhaupt noch in meinem Körper befand.

»Du hast kein Fieber, halluzinierst nicht, schläfst nicht pausenlos und auch so machst du auf mich einen vollauf gesunden Eindruck. Mit Ausnahme deiner frechen Zunge und deiner Abneigung gegen mich.« Er grinste schief.

Dieses Mal erreichte er, dass ich schmunzelte. »Die wirst du wohl aushalten müssen, wenn wir noch eine Weile zusammen reisen.« Nun war ich diejenige, die in seinen Augen forschte. Sie waren lebendig grün, doch irgendeine Spiegelung sorgte dafür, dass ich ein rötliches Glimmen tief verborgen in seiner Iris entdeckte. Ich wollte eine dunkelblonde Haarsträhne aus seiner Stirn streichen, was überhaupt nicht meine Art war, als er zurücktrat.

»Ich glaube, Layla wird gerade wach.« Obwohl er kein einziges Mal an mir vorbeigeschaut hatte, wusste er das? Ich drehte mich zur Feuerstelle um, bevor ich Layla ausgiebig gähnen hörte. Als ich mich wieder zur Vorhalle drehte, war Chester verschwunden.

KAPITEL 13

SÓLEY

»Ich will unbedingt ein Bett. Ein großes, weiches Bett mit Daunendecke und flauschig weichen Kissen, die herrlich nach Lavendel duften. Am besten in einem Haus, in dem keine Larphien an der Tür anklopfen«, plapperte Layla, als wir endlich die Dorfmauern erreicht hatten. Vor uns durchbrach eine gewundene Hauptstraße, die von mehreren Häusern mit Reetdächern gesäumt wurde, die sanfte Hügellandschaft. Die Straße führte über den Fluss auf einen großen, bunt beleuchteten Platz. Im Zentrum, der Senke der Siedlung, erhoben sich zwei, drei oder sogar vierstöckige Gebäude mit farbigen Fassaden in die Höhe. Etwas weiter von der Stadtmitte entfernt lagen, zwischen Feldern und Wiesen versteckt, Bauernhöfe. Es musste die Siedlung Heliam sein, die westlich von unserem Heimatdorf lag.

Als wir aus dem Wald traten, hörte ich das Blöken von Schafen, das Läuten von Kuhglocken und, wenn ich mich sehr anstrengte, Musik. Jeden Moment würde die Dämmerung einsetzen. In den Fenstern der Häuser, Ställe und Höfe, die von hier aus zu sehen waren, brannte sogar schon Licht.

Ich blieb einen Moment stehen, um den Anblick der Siedlung in mich aufzusaugen. Das Gefühl von Sicherheit durchströmte meinen

Körper. An diesem Ort waren keine Dämonen zu vermuten. Hoffentlich. Regelmäßig holte ich tief Luft, sog den Duft der feuchten Wiesen und des erdigen Waldes ein und schloss die Augen.

Auch wenn ich mich vielleicht nicht in ein Monstrum verwandeln würde, so setzte mir die Verletzung doch mehr zu als gedacht. Wie lange würde es brauchen, bis die Wunde verheilt war?

Chester umrundete Ophram, der immer noch eine Abneigung gegen ihn hegte, und trat auf mich zu. »Alles in Ordnung?«

Die gesamte Reise über hatte ich die Zähne zusammengebissen, mehrmals gelächelt und mich in die Unterhaltung zwischen Chester und Layla eingebracht. Er dürfte nicht wissen, wie es mir ging.

Ich holte unauffällig Luft, setzte ein breites Lächeln auf und klopfte ihm auf die Schulter. »Mir geht es ausgezeichnet, Chester. Mach dir um mich keine Sorgen. Ich kann es wie Layla kaum erwarten, bis wir irgendwo untergekommen sind.«

Skeptisch, da er anscheinend meine Lüge durchschaute, kniff er die Augen zusammen. Er griff nach meinem Handgelenk und zog mich etwas zu sich. »Du sagst mir, wenn es dir nicht gut geht, oder?«

Ich schluckte hart. »Sicher. Ich weihe dich in meine körperliche Verfassung ein, Prinz Chester«, zog ich ihn mit dem Titel auf, den Layla ihm gegeben hatte.

»Wollen wir eine Rast einlegen oder direkt nach Heliam gehen? So, wie es aussieht, wird heute Abend ein Fest gefeiert. Ich höre laute Musik und im Zentrum steht ein geschmückter Baum«, rief uns Layla von Ophrams Rücken aus zu.

»Ein Fest?«, fragte ich lächelnd und überspielte meinen Zustand. »Hört sich aufregend an.« Auch wenn mir alles andere als nach Feiern zumute war. »Darf ich?« Ich schaute von Chesters Gesicht zu meinem Handgelenk, das er immer noch umfasst hielt.

»Du musst nichts vor mir verheimlichen«, bohrte er weiter, ließ aber mein Handgelenk los. Der Wind blies sandfarbene Haarsträhnen über seine Stirn, als er auf mich herabblickte.

»Das tue ich nicht, Chester.«

Im Dorf angekommen, hielt er neben mir den Griff seines Schwertes locker umfasst und blickte sich in alle Richtungen um. Das Dorf war voller Leben. Wir schritten eine Gasse, die sich an bunten Hausfassaden vorbeischlängelte, entlang. Die Fachwerkhäuser waren teilweise aufwendig bemalt, sie hatten rote, blaue oder grüne Fensterläden. Überall blühten und wuchsen Pflanzen in Töpfen auf Fensterbrettern oder in Kübeln vor den Haustüren. Kinder rannten lachend an uns vorbei und zogen eine Wolke aus Seifenblasen nach sich. Und dann war da die Musik einer Kapelle, der wir uns immer weiter näherten.

Wir mussten nicht lange suchen, um am Marktplatz, auf dem Stände alle möglichen Waren anboten und Lampions die Überdachungen erhellten, eine Unterkunft zu finden. Layla hatte ihr Erspartes mitgenommen und ich das Geld, das ich auf dem Wochenmarkt für die erjagte Beute eingenommen hatte.

Aber ich staunte nicht schlecht, als Chester aus seinem Stiefelschaft ein Säckchen Rotmünzen hervorzog. Rotmünzen hatte ich in meinem Leben noch nicht oft gesehen. Alles, was ich erspart hatte, waren Silberschillinge und Kupferkreuzer. Der König schien seine Soldaten wirklich gut zu bezahlen.

Wir bezogen kurz darauf im dritten Stockwerk eines einladenden Gasthauses unsere Zimmer. Ich teilte mir eines mit Layla, Chester nahm ein eigenes. Ich war wirklich verwundert darüber, dass er uns nicht das unmoralische Angebot unterbreitet hatte, ein Zimmer zu dritt zu beziehen.

Während Layla unterwegs zum Waschbereich unserer Unterkunft war, um sich und ihre Kleidung zu reinigen, wurde ich mein staubiges und vom Kampf gegen die Larphien zerrissenes und verschmutztes Hemd los. Ich umrundete das frisch bezogene Bett und trat auf den Spiegel der Anrichte aus Eichenholz zu. Dort befand sich eine kleine Waschschüssel, die *ich* benutzen würde, um mein Gesicht und die Wunde zu reinigen.

Durch das geöffnete Sprossenfenster, das zum Innenhof der Pension führte, hörte ich Layla lachen und sich mit einer Magd unterhalten. »Das ist so freundlich von dir«, drang ihre Stimme zu mir hoch. »Die Seife riecht ja wunderbar. Was ist das für ein Duft?«

Erleichtert darüber, dass es ihr so weit gut ging, begann ich mein Haar zu öffnen, es zu kämmen und mich zu waschen. Während Layla ein Kleid besaß, um heute Abend am Fest teilzunehmen, würde ich in meiner Jagdkleidung die Festwiese aufsuchen. Ich wollte nur einen kurzen Abstecher dorthin machen und mich danach hinlegen. Das Kleid, das ich als Auserwählte am Kreuz getragen hatte, würde ich ganz sicher nicht reinigen, sondern umgehend entsorgen.

Als ich gerade dabei war, meine heiß pochende schwarze Wunde mit klarem Wasser abzutupfen, klopfte es an der Tür. »Layla, Sóley, seid ihr da?«

Verdammt, Chester!

»Ich bin da«, rief ich und wollte »Layla ist ...« nachschieben, schon war er in dem kleinen Raum, während ich nur in Unterwäsche vor der Anrichte stand.

Bei allem, was mir heilig ist! »Verschwinde, du Tölpel! Ich habe nicht gesagt, dass du eintreten darfst!«

»Zur siebten Hölle. Konntest du nicht einfach sagen ...«, raunte er, blieb hinter der Tür stehen und hielt sie einen Spaltbreit geöffnet, »dass du dich wäschst?«

»Ich sagte ja nicht, dass du reinkommen dürftest. Nur dass ich da sei.«

Ein Knurren erklang und danach hörte ich ein raues Räuspern. »Wie lange brauchst du ungefähr?«

»Keine Ahnung. So lange, wie ich eben brauche. Du musst nicht vor meiner Tür stehen. Layla ist unten und dürfte bereits fertig umgezogen im Innenhof auf dich warten.«

»Ich werde vor der Tür bleiben.«

Hat er mir überhaupt zugehört? »Nein. Das wirst du nicht tun. Wir sind nicht in den Wäldern, wo du auf mich aufpassen musst.«

»Das nicht, aber ...«

»Aber?« Gab es ein Schlüsselloch und er spannte wieder?

Rasch hob ich das Hemd vor meinen Oberkörper und huschte zur Tür. Er hielt sie immer noch angelehnt, trotzdem gab es kein Schloss, sondern einen Riegel, der vorgeschoben werden konnte. Mit einem Stoß schloss ich die Holztür, hörte ihn fluchen und schob den Metallriegel vor.

»Guck nicht wieder.«

»Glaub mir, ich habe mehr ...« Sein Satz brach ab. »Schon gut. Ich warte trotzdem.«

»*Glaub mir, ich habe mehr ...* was?«, fragte ich neugierig. »Mehr nackte Frauen im Leben gesehen, als ich mir vorstellen kann?«

»Das hast jetzt du gesagt, Kätzchen. Obwohl, wenn ich ehrlich bin, hätte mein Satz so geendet. Kannst du Gedanken lesen?«

War das jetzt ironisch gemeint?

»Nein, bei den Heiligen, Gott sei Dank nicht. Ich will nicht wissen, was sich in deinem kaputten Kopf so abspielt.«

Einen Moment trat Stille ein. Ich presste mein Ohr gegen das dunkle Holz der Tür und hätte schwören können, ihn durchatmen zu hören.

»Es könnte dir gefallen, was mir so alles durch den Kopf geht, Sóley. Wir wissen beide, wie attraktiv du mich findest.«

Laut ließ ich die Faust gegen die Tür krachen, ehe ich realisieren konnte, was ich getan hatte. »Im Leben nicht. Ich habe nicht einmal eine Sekunde daran gedacht, wie wunderschön du bist.«

»Wunderschön? Das übertrifft in meinen Augen sogar attraktiv.«

Muss er mir jedes Wort im Mund umdrehen?

»Außerdem beweist mir dein impulsiver Wutausbruch, dass ich ins Schwarze getroffen habe. Ich liebe willensstarke Frauen.«

Meine Wangen glühten. Wieder wallte dieser unbegründete und so tiefgehende Zorn in mir auf. Es war merkwürdig, aber seit gestern Nacht spürte ich jedes Gefühl zehnmal stärker. Die Trauer, den Zorn, die Hilflosigkeit, die Ängste, die Freude. Alle Emotionen gingen so tief, schmerzhaft tief, wenn ich ihnen freien Lauf ließ.

Ohne mich selbst kontrollieren zu können, bewegte ich mich auf die Tür zu und erwischte mich rechtzeitig dabei, wie ich die Faust erneut hob. Das Gefühl der alles überragenden Wut durchflutete meinen Körper. Die Wut tobte so sehr in mir, dass mein Körper zitterte. Dabei war das Gefühl so unbegründet.

»Stolpere bitte nicht, wenn du die Tür öffnest. Ich möchte nicht dafür verantwortlich sein, wenn dein bildhübsches Gesicht Blessuren erhält«, setzte er nach. Danach hörte ich seine schweren Schritte auf dem knarzenden Dielenboden, als er sich auf die Treppe, die sich am Ende des Flures befand, zubewegte.

Er fand mein Gesicht bildhübsch? Und … wieso sollte ich stolpern? Wie konnte eine Person in nur wenigen Augenblicken für so viel Verwirrung sorgen? Abrupt flaute die Wut ab. Das war ebenso neu. So unerwartet mich die Gefühle überwältigten, so schnell verpufften sie auch.

Ich zog das nussbraune Hemd über den Kopf, das mir über den Po reichte, und schob danach den Riegel zur Seite. Vorsichtig spähte ich durch den Spalt. Von dem Soldaten war nichts zu sehen. Mehrmals blickte ich den Flur entlang, bis ich auf dem Schuhabtreter etwas in dunkelblaues Papier eingewickelt liegen sah. Langsam öffnete ich, ging in die Hocke und holte das Päckchen ins Zimmer. Danach verschloss ich die Tür wieder und machte mich daran, das

Papier zu öffnen. Darunter verbarg sich ein dunkelblaues knielanges Kleid mit schmaler Taille, einem weiten Rock und weiß besticktem Saum. Er hatte mir ein Kleid gebracht?

Ich legte es auf der Bettdecke ab, bevor ich flache Stoffschuhe im Papier versteckt entdeckte.

Gut, damit hatte ich nicht gerechnet und es überhaupt nicht erwartet. Mein Herz schlug schneller, da mir noch nie ein Mann ein solches Geschenk gemacht hatte. Trotzdem würde ich es nicht anziehen. Es würde bedeuten, dass mich Chesters Geste beeindruckte. Das tat sie. Sehr sogar. Aber ich wollte es ihn nicht wissen lassen.

Etwas wie Enttäuschung oder Kränkung lag später in Chesters Gesicht, als er mich betrachtete. Auch wenn er über dieses Gefühl hinwegtäuschte, konnte ich in seinen Blicken in meine Richtung ablesen, dass ich ihn verletzt hatte.

Und gerade, als wir auf dem Festplatz eingetroffen waren, bereute ich meinen Entschluss, das Kleid nicht angezogen zu haben. Denn eine glückliche, feiernde Menschenmenge empfing uns. Unter einer großen Birke – farbige Bänder flatterten im Wind – tanzten ausgelassen mehrere junge Pärchen. Auf Holzbänken saßen, tranken und aßen Familien zusammen. Ein großes Ferkel wurde über einem offenen Feuer gebraten, während der süße Duft von Wein und der herbe von Bier in der Luft lagen. Das Orchester spielte heitere Musik, die zum Tanzen animierte.

Ich fühlte mich etwas fehl am Platz, denn Layla hatte sich herausgeputzt, trug ein rot geblümtes Kleid, eine Schleife in ihrem kastanienbraunen perfekt frisierten Haar, das sie zu einem Pferdeschwanz hochgebunden hatte, und strahlte über das gesamte Gesicht. So wie alle auf diesem Fest.

»Kommt, lasst uns zuerst etwas trinken.« Sie griff nach Chesters Hand. Selbst er trug saubere, festliche Kleidung, eine dunkelblaue

Tunika mit einer silbernen Doppelknopfreihe, mit offenem Stehkragen und schmal geschnittener Hose. Sein Schwert hing nicht wie die letzten Stunden an seinem Gürtel über der Tunika, dafür trug er schwarz polierte Stiefel mit je zwei Schnallen, die sehr teuer aussahen. Wann hatten die beiden sich neu einkleiden lassen?

Chester drehte sich flüchtig zu mir, bevor er sich von Layla in die Menschenmenge zerren ließ. Unauffällig roch ich am Kragen des kargen schlichten Hemdes, das mir zwei Nummern zu groß war. Es müffelte etwas.

Ich sollte zurückgehen. Das hier war … so schön. *Zu* schön. Mit meiner einfachen bäuerlichen Kleidung stach ich unter den Feiernden hervor, was mir nicht gefiel.

Als ich mich dazu entschloss zu gehen und mich umwandte, stand ein Mann mit dunkelrotem Haar vor mir. »Hoppla, fast hättest du mich erwischt«, sagte er belustigt lachend. Seine Augen glänzten im Schein des großen Feuers.

»Tut mir leid, ich habe dich nicht gesehen.« Ich wollte einen Schritt zur Seite gehen, als er genau in dieselbe Richtung trat. Ich konnte mir mein peinliches Lächeln nicht verkneifen und wich nach rechts aus. Er tat es mir gleich, sodass ich das Gesicht senkte und leise »Wie peinlich!« fluchte.

»Wir scheinen irgendwie in dieselbe Richtung zu wollen«, bemerkte er immer noch lachend. »Gut, geh du nach rechts, ich nach links.«

»Dann würden wir beide wieder …« Und genau so kam es. Wieder wichen wir zur selben Seite aus. Er lachte amüsiert und mit so einem Leuchten im Gesicht, dass es mich unweigerlich ansteckte.

»Ich glaube, so wird das nichts und wir werden bis morgen früh auf demselben Fleck stehen«, antwortete er. »Nicht dass ich dir unbedingt ausweichen will.« Nun zuckten meine Brauen und ich musterte ihn genauer. Er trug ein weißes an den Ärmeln hochgekrempeltes Hemd, eine schwarze Leinenhose und das rotbraune Haar leicht zerwühlt, aber nicht komplett durcheinandergebracht. Es stand ihm wunderbar so strubbelig, verlieh ihm etwas Unperfektes, so, wie ich mich gerade zwischen den Menschen fühlte. Sein Blick war unergründlich warm, intensiv … vertraut.

»Am besten, ich bleibe stehen und du gehst an mir vorbei«, schlug ich schmunzelnd vor.

»Oder …« Er leckte sich über die geschwungenen Lippen. Wieder leuchteten seine braunen Augen. »Du verrätst mir deinen Namen. Du bist neu hier, richtig? Ich habe dein Gesicht noch nie gesehen. Du wärst mir aufgefallen.« Wirklich? Ja, sicher wegen meiner fremdartigen Haarfarbe. Instinktiv wollte ich zu einer losen Haarsträhne, die mir ins Gesicht fiel, greifen, da seine Augen auf ihr ruhten. Auf halbem Weg ertappte ich mich dabei, was ich vorhatte, und stoppte meine Bewegung.

»Ja«, erwiderte ich und streckte ihm danach die Hand entgegen. Eine wohlige Wärme breitete sich in meinem Brustkorb aus, als er meine Hand mit seinen wirklich auffallend langgliedrigen, gepflegten Fingern umschloss. »Wir sind heute angekommen und werden ein paar Nächte in diesem Dorf bleiben. Wie es aussieht, sind wir am richtigen Abend eingetroffen«, stellte ich fest.

»Wer ist *wir*?«

»*Wir* sind zu dritt. Meine Freundin und … ein Mitreisender.« Ich wusste nicht, wie ich Chester bezeichnen sollte. »Die beiden erkunden gerade die Festwiese.«

»Ah«, er hob interessiert die Brauen. »Wieso bist du nicht bei ihnen?«

Ich presste die Lippen zusammen, zuckte mit den Schultern und deutete an mir hinab. »Ich wollte mich gerade erst umziehen gehen.«

Anscheinend störte ihn meine Kleidung nicht im Geringsten.

Unter seinen Blicken, die an mir hinabglitten, fühlte ich mich plötzlich doch unbehaglich.

»Ein Kleid würde dir sicher hervorragend stehen«, machte er mir ein Kompliment. »Du hast eine besondere Haarfarbe.«

»Danke«, gab ich etwas zögerlich zurück. »Vielleicht begegnen wir uns später noch mal.«

»Um unseren ›Tanz‹ unter dem Festbaum fortzusetzen?«, schlug er mit diesem weichen, beinahe ebenso zurückhaltenden Lächeln vor.

Ich holte tief Luft, da sich mein Herzschlag bei der Vorstellung beschleunigte, und nickte schnell. »Sehr gern.«

Bevor wir uns weiter anlächelten, ohne dass einer einen Ton hervorbrachte, entschied ich mich, an ihm vorüberzugehen. »Ich warte unter dem Baum auf dich. Jetzt hast du mir deinen Namen gar nicht verraten«, rief er mir zu und hob die Hand zum Gruß.

»Du mir deinen auch nicht«, sagte ich lachend, als ich zurückblickte. Aber das würde er später ganz sicher nachholen.

KAPITEL 14

CHESTER

»Ich sage es dir ungern, aber deine Sóley amüsiert sich mit einem fremden Magielosen«, flüsterte mir eine rauchige Stimme ins Ohr. *»Ḩareȟef-zę İełgăr! Überzeug dich selbst.«*

»Und dann sah ich das Blütenfeld und war hin und weg«, erzählte Layla weiter, die bereits ihr drittes Glas Wein getrunken hatte. »Überall Kornblüten, so weit das Auge reichte. Es war ein blaues Blütenmeer.«

Ich nickte unmerklich, bevor ich mich auf der Bank umwandte, um zwischen den Menschen Sóley auszumachen. Sie hatte sich noch vor wenigen Augenblicken in der Nähe des Baumes befunden. Allerdings konnten meine Augen sie jetzt nicht mehr zwischen den sich wiegenden Paaren ausmachen.

»Suchst du einen Ort, damit wir ungestört sind?«, fragte mich Layla mit einem verträumten Blick und legte ihre Hand auf meinen Unterarm. Sie war mir komplett verfallen, wie die meisten Frauen in meinem Umfeld. Ich merkte zunehmend, wie ich unter Beobachtung stand, sich immer mehr Frauen an unseren Tisch drängten, mir beinahe auf den Schoß krochen. Nur eine Frau war nirgends zu sehen und entzog sich meiner Ausstrahlung – und das immer und immer wieder!

Höchstwahrscheinlich ging ich die Sache falsch an. Vollkommen falsch, wenn sie nicht einmal diesen Abend mit mir verbringen wollte, sondern sich einem Wildfremden anschloss. Einem Kerl, mit dem sie höchstens ein paar Sätze ausgetauscht haben konnte. Was hatte dieser Bastard, was ich nicht hatte?

Ich war es, der ihr geholfen hatte, vom Kreuz zu entkommen. Ich hatte die Tahire in der Dunkelheit zurückgehalten, während Nelio beinahe von der Leiter gestürzt wäre, als er Sóley losband. Ich hätte Nelios Tritt ins Leere nicht verhindern müssen. Trotzdem hatte ich es getan, damit er sich nicht das Genick brach. Ich hatte die Larphien in den Ruinen abgewehrt und Sóleys Sturz aufgefangen, als sie von der Macht meines Schwertes überwältigt wurde. Ich hatte dafür gesorgt, dass wir den richtigen Weg in dieses Dorf einschlugen, auch wenn sie eine andere Richtung vermutet hatte und wir uns eine Stunde über ihre mangelhaften Orientierungsfähigkeiten gestritten hatten. Wir waren dank mir vor Einbruch der Nacht in dieser Siedlung eingetroffen. *Habe ich ein »Danke« oder ein »Du hattest doch recht« erhalten? Nein! Mitnichten!*

Ich bemühte mich wirklich, um nur ein winziges Fünkchen Vertrauen zu gewinnen, mehr wollte ich nicht, aber sie rannte blind in eine völlig andere Richtung, warf sich einem Fremden an den Hals und verweigerte meine Aufmerksamkeiten. Sollte es mir nicht egal sein, wenn sie sich mit einem Magielosen amüsierte? Schließlich konnte ich über meine Enttäuschung, dass sie das Kleid, das ich für sie besorgt hatte, nicht trug, kaum hinwegsehen. Ich hatte Schuldgefühle oder Reue von ihr erwartet, aber da war ... nichts!

Ich hatte ihre Eifersucht schüren wollen, indem ich mich mit ihrer Freundin zurückzog, aber wie es aussah, war ihr das komplett gleichgültig. Es nagte an meinem Stolz, dass sie einfach durch mich hindurchsah, als wäre ich ein lästiges Staubkorn, das zwar existierte, das sie aber loswerden wollte. Ich war so kurz davor, alles auf eine Karte zu setzen. Mich zurückzuziehen und sie ihrem Schicksal zu überlassen. Sollten sich Ţeklan und Ṃalcăn, die Herrscher des vierten und zehnten Reichs, ihrer annehmen und sie von ihren Lakaien aufgreifen und einsperren lassen. Etwas anderes hatte sie in meinen Augen nicht verdient.

»Du solltest so nicht denken!«, ermahnte mich die Stimme meines engsten Vertrauten. *»Sie ist jung und unerfahren. Wenn du mich fragst, kann uns ihr Misstrauen von Nutzen sein.«*

Wie sollte es mir von Nutzen sein, wenn sie es ständig *mir gegenüber an* den Tag legte!

Unauffällig zog ich scharf die Luft ein, während mich die sterblichen Frauen beinahe mit ihren Blicken auszogen.

»Behaltet sie im Auge. Ich werde ihr nicht folgen«, entschied ich mich, Declario in Gedanken mitzuteilen. *»Sie wird wissen, was sie tut.«* Sie war schließlich kein Kleinkind mehr, das schutzlos im Reich der Magielosen herumirrte. Irgendwann würde sie mich brauchen, und falls nicht … Tja, dann würde ich darüber hinwegkommen und sie aus der Ferne bewachen müssen.

»Wie du befiehlst, auch wenn …«

»Widersprich mir nicht, Declario!«

Es reichte schon, dass Sóley das ständig tat.

»Hallo, Chester? Alles in Ordnung mit dir? Willst du das Fest auch mal kurz verlassen?« Layla wedelte mit ihrer freien Hand, da ihre andere ja meine Finger umschloss, vor meinen Augen hin und her.

»Ja, es kann nicht schaden, wenn wir uns eine kurze Auszeit von dem Treiben gönnen«, entgegnete ich. Ihre Wangen wirkten erhitzt, während ich in ihren Gedanken genau lesen konnte, *wie sehr* sie hoffte, dass ich den nächsten Schritt machte.

»Wir müssen auch nicht gehen, wenn du bleiben willst, Prinz Chester.«

»Keine Sorge, Prinzessin Layla, ich richte mich voll und ganz nach Euren Wünschen. Ich sehe Euch an, dass Euch die Musik zu laut ist und Ihr etwas Ruhe sucht.«

Sie lächelte wie die gleißende Sonne über der Ägäis. »Du weißt wirklich jedes Mal, was ich mir wünsche. Du bist sehr aufmerksam.«

Ich wüsste auch gern, was sich Sóley wünschte. Aber ich konnte ihre Gedanken kaum lesen. Bloß sehr selten, nicht wie bei anderen Sterblichen. Genau deswegen war sie ein Mysterium für mich. Keine Ahnung, was in ihrem Kopf vorging. Ich musste mir nie die Mühe machen, andere Wesen zu studieren, weil ich immer wusste, wonach sie gierten, welche Wünsche sie verfolgten, was sie besitzen wollten.

»Du solltest deinen Zorn zurückhalten, die Kleine stehen lassen und nach Sóley schauen«, riet mir Declario, den ich mit einer unbemerkten Handbewegung vertrieb.

»Überlass das mir! Triff besser Vorsorgemaßnahmen für die nächste Mondeinigung in drei Tagen«, wies ich ihn an.

Layla schmiegte sich dichter an meine Seite wie eine gefügige Katze, hielt meinen linken Arm fest umfasst und schaute verträumt zu mir auf.

»Danke für das Kompliment. Ich bin nur bei Menschen aufmerksam, die mir etwas bedeuten«, antwortete ich, weil sie es hören wollte. Jeder Mensch wollte hören, dass er etwas Besonderes war. Einzigartig und begehrenswert.

In Gedanken woanders führte ich Layla von der Festwiese fort zu den angrenzenden Weiden. Am Holzzaun, der aus mehreren dicken Querbalken errichtet wurde, blieb ich stehen, griff nach ihrer Mitte und hob sie auf den obersten Stamm. Kichernd und leicht überrascht legte sie ihre Hände auf meine Schultern. Ihre Blicke glitten über mein Gesicht.

»Ich mag dich, Chester. Ohne dich wären wir sicher nicht heil in diesem Dorf angekommen. Ich weiß zu schätzen, was du für uns getan hast.«

Zumindest eine.

Ich schnaubte etwas niedergeschlagen. Das Brennen zwischen meinen Rippen glomm auf und der Fluch würde bald seine volle Wirkung entfalten. Immer nachts, wenn meine Macht am stärksten war, wurde sie gebannt.

Ich blieb vor Layla stehen, die bereitwillig die Knie auseinanderschob und darauf wartete, dass ich mich zwischen ihre Beine stellte.

»Freut mich außerordentlich, dass du es zu schätzen weißt. Sóley scheint ihren eigenen Kopf zu haben und mir nicht zu vertrauen.«

Layla legte nachdenklich den Kopf schief. »Sóley ist anders als viele Frauen. Sie hat einen Dickkopf und vertraut selten fremden Menschen. So war sie schon immer. Sie macht sehr oft ihr eigenes Ding. Manchmal war sie tagelang in den Wäldern unterwegs, während ihre Familie, die sie aufzog, krank vor Sorge um sie war. Sie liebt ihre Familie mehr als alles auf dieser Welt, aber noch mehr ihre Freiheit, die Natur und die Jagd. Andere Menschen denken falsch über sie, halten sie für eigenwillig, verrückt, sonderbar. Aber das ist sie nicht. Sie ist der stärkste, mitfühlendste und freundlichste Mensch, den ich kenne. Sie setzt sich immer für andere ein, anstatt an sich zu denken. Sie ist nur deshalb so vorsichtig, weil sie schlimme Erfahrungen sammeln musste.«

Welche? Aufmerksam hörte ich ihr zu. Meinetwegen hätte sie noch viel mehr über Sóley erzählen können.

»Sie wird dich irgendwann mögen, Chester. Es dauert bloß etwas. Gib ihr Zeit, dich kennenzulernen.« Entschuldigend, als würde sie das Verhalten ihrer Freundin nicht immer nachvollziehen können, zuckte sie die Schultern. »Dafür vertraue ich dir«, wisperte sie etwas verlegen. Sie lächelte verliebt, als sie mit ihren Augen in meinen ertrank.

Laylas Augenlider senkten sich, und ich wusste, dass sie jeden Moment auf einen Kuss wartete. Er würde sie verschlingen, sie mir vollends gefügig machen. Ihr alles nehmen. Jedoch erschien mir der Weg nicht richtig. Sóley war nicht eifersüchtig. Somit war ich gerade auf dem komplett falschen Weg.

»Sage ich doch«, stimmte mir Declario in einem rechthaberischen Ton ungebeten zu.

»Ňesđa-rã! Zur Hölle! Verschwinde!«

Und er tat es. Ich verdichtete die mentale Mauer, sperrte ihn aus und nahm seine Aura nicht länger wahr.

Layla kam mir mit leicht geöffneten Lippen entgegen. Sicher dachte Sóley wie ein Mensch. Ein Mann, der sich vor aller Augen mit seiner Freundin vergnügte, war in ihren Augen bestimmt unten durch und tabu.

Auch wenn es mich Überwindung kostete, Layla nicht zu verführen und mich irgendwie abzulenken, senkte ich keuchend das Gesicht und strich mein Haar zurück. Im selben Moment hörte ich in der Ferne einen markerschütternden Schrei. Ich hätte diese Stimme unter Abermillionen wiedererkannt.

Sóley!

Sofort waren meine Sinne geschärft.

»Warte hier!«, befahl ich Layla.

Noch bevor sie sich rühren konnte, verschwand ich inmitten der Nacht.

Wenn das ein übler Scherz meiner Lakaien war, würde ich sie zehn Jahre an den Höllenpforten auspeitschen und die Höllenhunde den Rest erledigen lassen.

KAPITEL 15

SÓLEY

So lange Zeit hatte ich mich nicht mehr so losgelöst und frei gefühlt. Lange nicht mehr diese beflügelnde Schwerelosigkeit und süß schmeckende Freude empfunden.

Mit einem Tonbecher in der Hand folgte ich Lesander durch die tanzende Menge. Meine Wangen glühten vom fruchtigen Wein, mein Puls rannte vor Aufregung und ich empfand kein Zupfen von Schmerz.

Der Tanz mit Lesander war so befreiend gewesen und ließ die Lichter um mich herum zu einem goldenen Farbenmeer verschmelzen.

Schwer atmend nahm ich einen Schluck von dem schweren Wein. Er war versetzt mit einem Hauch von Heidelbeeren und süßen Gewürzen. Mit jedem Schluck wollte ich mehr, da er kaum meinen inneren Durst stillte.

»In dir steckt eine brillante Tänzerin, wenn man bedenkt, dass ich dir zweimal auf die Füße getreten bin und du nicht einmal mit der Wimper gezuckt hast«, merkte Lesander breit lachend an, sodass er seine strahlend weißen Zähne entblößte.

Peinlich berührt griff ich mir an den Nacken. »Du musst nicht lügen. Ich bin eine grauenhafte Tänzerin. Ich halte mich nie an den Takt und tanze direkt drauflos.«

»Vielleicht gefiel es mir deswegen. Die anderen haben uns die gesamte Zeit schräg angeschaut.«

Sein amüsiertes Lachen steckte mich an. Ich nahm einen weiteren Schluck, als Lesander abrupt innehielt und mir unerwartet seine Hand anbot. Ich schaute auf seine schlanken, gepflegten Finger.

Die Hände eines Adeligen, schoss mir der Gedanke durch den Kopf. Würde ich zögern und nicht nach seiner Hand greifen, wäre das sicher uns beiden unangenehm. Ihn umgab nichts Rätselhaftes, Sündhaftes, Unreines oder Unheimliches. Er wirkte auf mich zweifellos ehrlich, bodenständig und besaß denselben Humor wie ich – im Gegensatz zu einem anderen Mann, der ständig mit unangebrachten, anzüglichen Bemerkungen um sich warf und nicht bemerkte, wie oft er anderen damit auf die Füße trat.

»Ich will dir etwas zeigen, Sóley. Willst du es sehen?« Der Klang seiner Stimme war gesenkt, seidig und zugleich angenehm tief. Gänsehaut breitete sich wie elektrisierende Magie vom Nacken bis zu meinen Unterarmen aus.

Das wäre das erste Mal, dass ich die Hand eines Mannes hielt. Ich schluckte die Beklemmung herunter, gab mir einen Ruck und nickte. Entschlossen griff ich nach seiner Hand, woraufhin sich sein Brustkorb erleichtert senkte und er die angestaute Luft ausstieß. Er schien ebenso nervös zu sein wie ich. Und das beruhigte mich.

In dem dunkelblauen Kleid aus feiner Seide, weißem Stickgarn und Perlen, so silbern funkelnd wie der Morgentau, folgte ich Lesander durch die blühenden Gräser. Sie reichten uns bis zu den Knien. Ihre schweren Rispen kitzelten mich und umschmeichelten meine Beine. Mein Haar fiel mir offen, so wie ich es selten trug, über den Rücken. Es wurde von einem lauen Windstoß erfasst, sodass Strähnen kurzzeitig mein Sichtfeld versperrten.

Lesander schritt auf einen abgelegeneren, weniger beleuchteten

Abschnitt der Wiese zu. Sein Daumen strich über meine Fingerknöchel. So eine zarte, unschuldige und zugleich intensive Berührung hatte ich bisher nie verspürt.

Bloß wenige Meter entfernt entdeckte ich schemenhaft alte Obstbäume, die kurzzeitig wie Monster in der Dunkelheit wirkten. Kurz dachte ich an die Larphien. Am breiten Ast eines ausladenden Apfelbaums schwang eine Schaukel, vom Wind sanft angestoßen, hin und her.

Lesanders Finger schoben sich zärtlich zwischen meine. Sie verflochten sich so fest mit meiner Hand, dass ich glaubte, nie wieder den Halt in dieser Welt verlieren zu können.

»Es ist ein geheimer Ort, den ich früher oft als Kind aufgesucht habe. Gleich dort oben befindet sich ein Baumhaus.« Er deutete auf eine andere Baumkrone. »Es ist halb verfallen. Aber die Schaukel existiert noch.«

Als wir vor ihr ankamen, drehte sich Lesander vor mich und löste sanft seine Finger aus meinen. Kurz keimte etwas wie Enttäuschung in mir auf, die recht schnell abebbte und in Erregung überging, als er über meine linke Wange strich und eine Hand um meine Mitte legte. Geduldig wartete er, ob ich mich seinen Berührungen entziehen würde. Sein herbstrotes Haar wirkte abseits des Lichts mitternachtsschwarz. Trotzdem atmete ich seinen samtigen Duft ein, der mich an Wildleder und Baumharz erinnerte. Erst jetzt fiel mir auf, das Chester nie nach etwas roch. Wer vermutlich ein Herz aus Stein und solch einen aalglatten Charakter besaß, konnte schlichtweg nicht nach Blüten oder Wald duften. Warum nur dachte ich so über ihn? Das war überhaupt nicht meine Art.

»Sie ist toll. Ich besaß früher auch eine Schaukel im Garten meiner Familie. Sie war …« Ich stoppte, da er mich erneut mit seinen Berührungen ablenkte.

Zärtlich strichen seine Fingerkuppen von meiner Wange zu meinem rechten Mundwinkel. »Habe ich dir heute Abend schon gesagt, wie wunderschön du aussiehst?«

Ich schluckte hart und schüttelte unmerklich den Kopf. Seine Worte waren wie ein leises Flüstern, ein unter die Haut gehendes Knistern.

Aufgeregt, da dies mein erster Kuss werden würde, rieb ich mir über die Lippen. Alles in mir drehte sich. »Nein«, hauchte ich. »Aber ich freue mich, dass ich dir gefalle.«

»Mehr als das«, hauchte er.

Anmutig senkte er sein Gesicht zu meinem herab. Uns trennten nur noch wenige Millimeter. Sein Atem strich warm über meinen Mund. Erneut gab ich mir einen Ruck, um ihn ebenfalls zu berühren. Zaghaft schob ich meine Hände über seine Schultern, überwand die winzige Distanz zwischen uns und hob mich an ihm in den Stoffschuhen auf die Zehenspitzen.

»Dieses Kleid steht dir ganz besonders gut, Sóley.«

Dieses Kleid?

Er konnte nicht wissen, dass es ein Geschenk war, nicht wirklich mir gehörte. Deswegen glitt unweigerlich Chesters Gesicht durch meine Gedanken.

Noch bevor Lesanders geschwungene, wunderschöne Lippen meine trafen, knisterte ein heißer Funke auf meinem Gesicht. Es war dasselbe statische Summen, wie ich es vor der Zeremonie im Wald wahrgenommen hatte. Eine bleierne Schwere dehnte sich in meinem Magen aus, und plötzlich glaubte ich, dass mich etwas von innen heraus zerriss. Etwas trieb seine Krallen und Zähne in meine Eingeweide, was zu solch einer intensiven Schmerzwelle führte, dass meine rechte Hand von Lesanders Schulter hinabglitt und ich meinen Bauch umfasste. Obwohl ich gegen den Schmerz ankommen wollte, schrie ich unter den Höllenqualen auf. *Es tut so weh! Was zur Hölle passiert hier?!*

»Was hast du?«, fragte mich Lesander. Sofort schoss mir die bittere Vorstellung durch den Kopf, jeden Moment als Larphie vor ihm zu stehen. Als Monster, das ihn zerfleischte. Nelios Wandlung war so rasant geschehen. Dasselbe Schicksal würde mich ereilen. Genauso musste sich Nelio gefühlt haben. Innerlich zerrissen, von Schmerz zerfressen und mit einem sengenden Feuer in der Brust.

»Ich ... weiß ... nicht«, presste ich gequält hervor. »In mir brennt alles ... Es tut s...so ... weh.« Und gerade wünschte ich mir, auch wenn es absurd klang, Chester wäre hier. Er hätte gewusst, was los war, während Lesander hilflos meine Hüfte umfasst hielt und mich besorgt ansah.

»Ich bringe dich zu einem Heiler.«

»Nicht nötig!«, hörte ich ihn, bevor ich ihn sah. Chester trat an Lesanders Seite. »Mach Platz, ich kümmere mich um sie.«

»Wer ist das, Sóley?«, wollte Lesander wissen, nachdem sich Chester zwischen uns gedrängt hatte.

»Ihr Freu...«, beantwortet Chester seine Frage, bevor ich ihm das Wort abschnitt.

»Der Mitreisende«, presste ich hervor und sah eine Flut aus Zorn über Chesters Gesicht fegen.

»Ihr Freund!«, korrigierte Chester mich mit dem scharfen Tonfall eines Befehlshabers. »Schließ die Augen, Sóley!«

Vehement schüttelte ich den Kopf, während ich die Zähne zusammenbiss. »Was ist das ... Chester? Verwand...?

»Nein, nicht so, wie du denkst.«

Woher wusste er, was ich hatte sagen wollen?

Doch ich konnte meine Frage nicht loswerden, als eine weitere, noch überwältigendere Schmerzwelle wie ein Orkan durch meinen Körper tobte und ich die Augen zusammenkniff. In dem Moment wurde ich hochgehoben. Meine Beine hätten ohnehin jeden Augenblick ihren Dienst versagt.

»Geh zurück zum Fest, Junge. Du kannst ihr nicht helfen. Sie ist bei mir in guten Händen.«

Auch wenn ich Höllenschmerzen litt, boxte ich gegen Chesters Brust. »Sprich nicht so mit ihm«, zischte ich wimmernd.

Chester schnaubte herablassend, was ihm etwas Boshaftes verlieh. Jedoch nichts, was mich abschreckte.

»Er wird es verkraften. Dir hingegen steht eine fürchterliche Nacht bevor, Liebes. Ich sage es ungern, aber die Kratzer haben ihren Dienst schneller erwiesen als erwartet.«

»Dann werde ich …?«

»Wie oft soll ich es noch sagen?«

Warum reagierte er plötzlich so arrogant und herrisch? So hatte ich ihn bisher kein einziges Mal erlebt. Sicherlich konnte er zynisch, anzüglich oder kühl wirken, aber nicht dermaßen befehlsgewohnt.

»Nein, du wirst nicht zu einer Larphie, du wirst viel mehr. Etwas Schöneres, Mächtigeres.«

Er sprach in Rätseln.

»Aber das wird dauern. Das Gift, das die Kratzer freisetzen, entfaltet deine dunkle Seele. Das muss sie, da dein Körper ansonsten stirbt. Und eigennützig, wie dunkle Seelen nun mal sind, wird sie das nicht zulassen. Deswegen hast du diese Schmerzen. Dein Dämon erwacht, Sóley, und du kannst nichts tun als ihn gewähren lassen.«

Was sagt er da? Unmöglich. In mir erwacht kein Dämon. Ich bin eine Magielose. »Du lügst!« Ich klang unheimlich.

Statt sich zu wehren, lachte er nur belustigt. »Wir wissen beide, dass ich nicht lüge. Nicht bei dir, meine hübsche Sóley.«

Gemächlich schritt er, als würde ich nichts wiegen, die Gasse zwischen den bunt bemalten Fachwerkhäusern entlang. Menschen zogen wie schemenhafte Gestalten an uns vorüber, die doch hören mussten, dass ich vor Schmerz wimmerte, heulte und schrie. Zumindest mussten sie Chesters zerrissene Kleidung sehen, die roten Striemen, die … Ich zog meine Hand zurück. Sie verheilten bereits.

In der Unterkunft angekommen, trug er mich in sein Zimmer. Sein Raum war um einiges komfortabler eingerichtet, besaß ein größeres Bett, sogar eine gusseiserne Wanne und zwei Fenstergauben. Auf dem unberührten Bett legte er mich ab, während ich mich vor Schmerzen krümmte. Eisern kniff ich die Augen zusammen, als Chester nach meinen Handgelenken griff. Und ehe ich reagieren konnte, lagen sie in Fesseln.

Er besitzt die Unverfrorenheit, meine Gelenke an den gedrechselten Bettpfosten zu fixieren?

»Was, bei der Ausgeburt der Hölle, soll …?« Ich drückte das Rückgrat durch, als ein erneutes Brennen meine Sinne verschlang.

»Es ist eine Vorkehrung, die ich bedauerlicherweise treffen muss, Sóley. Anders kann ich dich nicht davon abhalten, dich selbst oder Magielose zu verletzen. Fürs Erste dürften die Seile helfen, damit du nicht auf blöde Ideen kommst und mein Zimmer verwüstest. Aufräumen gehört nicht zu meinen Stärken. Wären wir woanders, würde ich sagen: Tob dich aus, Liebes! Aber da wir uns in der zivilisierten Menschenwelt befinden, sollten wir uns der Regeln bewusst sein und uns unauffällig verhalten.«

Er redete so viel, trotzdem sog mein Verstand, der bloß noch Instinkten folgte, kaum ein Wort auf. Was geschah hier? Warum wirkte er kaum überrascht, was mit mir passierte? So viele Fragen lagen mir auf der Zunge, von denen ich ihm keine stellen konnte, da ich beinahe ununterbrochen knurrte, schrie und gegen die Schmerzen in meinem Inneren ankämpfte.

Verbissen kniff ich die Augen zusammen. Als ich blinzelte und mein Verstand kurz die Oberhand gewann, entdeckte ich Chester auf einem Stuhl, den er ans Bett gezogen hatte. Sein dunkelblondes

Haar war zerwühlt von meinen Attacken, seine Iriden loderten wie die Nordlichter, die ich an eisigen Winternächten am Himmelszelt sah. Es schreckte mich nicht ab, im Gegenteil. Das tief verborgene Glimmen in seinen geweiteten Pupillen zog mich magisch an.

Nach vorn zu mir gebeugt stützte er sich auf den Ellenbogen ab. Die Tunika hing bloß noch in Fetzen an seinem von Muskeln und Sehnen geprägten Oberkörper. Der goldene Schein einer Öllampe tauchte sein scharf und zugleich aristokratisch geschnittenes Gesicht in einen Goldton.

»Lass die Wandlung zu, ansonsten wird dich der Schmerz zerreißen. Kämpfe nicht gegen ihn an, du wirst den Kampf ohnehin verlieren«, prophezeite er mir, als wüsste er, wovon er sprach.

»Das tu ich nicht!«, fauchte ich bösartig. »Ich will nicht zum Dämon werden!«, brachte ich zähnefletschend hervor. Ich würde der Kreatur, die in mir an die Oberfläche drang, alles entgegensetzen, was ich aufbieten konnte.

Beeindruckt hob er die rechte Braue. »Der Mensch ist schwach, der Dämon unbesiegbar. Wie, glaubst du, wird dieser Kampf ausgehen?«

»Was bist du?«, fragte ich knurrend. Woher wusste er so viel über mich … über die Wandlung … über die Geschöpfe der Nacht … über all das, was in der magielosen Welt unter dem Mantel des Schweigens gehalten wurde? Er war wie ein wandelndes Lexikon.

»Das weißt du doch längst«, raunte er, während er die Augen zusammenkniff.

Ich ahnte es. Eigentlich hegte ich die Vermutung seit der ersten Nacht in der Höhle. Er wusste zu viel über Dämonen. Kein König würde seine Soldaten mit so viel Wissen füttern. Erst recht kein so geblendeter, schwacher König.

»Ein … Dämon?«

Er lächelte knapp, ohne zu antworten.

»Gerade geht es nicht um mich, sondern um dich. Sei froh, dass ich nicht zugelassen habe, dass du deinen Schönling zerfetzt. Ich hätte nur warten und zuschauen müssen, wie du ein Blutbad anrichtest«, hörte ich ihn sagen, obwohl sich Chesters Lippen nicht bewegten. Hatte ich ihn gerade in meinem Kopf gehört?

Sofort beugte er sich mit einer unergründlichen Neugier im Gesicht über mich. »Du bist erstaunlich, weißt du das?«

Von da an hörte ich keine Stimme mehr. Kühl strich er über meine Stirn, während ich die Fingernägel in die festen Seile vergrub und bis zur Besinnungslosigkeit gegen das mit Fangzähnen und Klauen ausgestattete Wesen in mir ankämpfte. Schweiß brach aus meinen Poren, während mit jeder Sekunde, die verstrich, mein Sichtfeld mehr und mehr ein tiefes, düsteres Tintenschwarz annahm.

Es fühlte sich an, als würden sich Klauen um mein Herz schließen, es vergiften, in Besitz nehmen und jedes bisschen Menschlichkeit austreiben. Trotzdem rang ich mit dem Monstrum in mir und würde ihm nicht das Feld überlassen.

Blind vor Schmerz zerrte ich an den Fesseln. Ich unternahm sogar den Versuch, mit den Zähnen nach den Seilen zu schnappen.

Lauernd wie ein Raubtier beobachtete Chester meinen Kampf, ohne einzuschreiten, ohne ein Wort zu sprechen, ohne eine Gefühlsregung. Da war nur das mächtige tief vergrabene Glimmen in seinen Iriden, zu dem sich etwas in mir hingezogen fühlte – zu seiner Macht, begierig, wie ein Wolf dem Schaf auf den Fersen war, um es zu reißen.

Obwohl sicher erst Minuten vergangen waren, in denen ich bereit war zu kapitulieren, erhob sich Chester. Wie in kurzen Zeitsprüngen umrundete er das Fußende des Bettes. Gerade hatte er auf der linken Seite gestanden, nun stand er auf der rechten und griff nach dem breiten Träger meines Kleides. Schweißperlen rollten über mich hinweg, bevor er den Stoff zerriss.

Was hatte er vor?

Seine behandschuhten Finger strichen über meine Halsseite, tasteten über meinen Kiefer, hinab zu der Kuhle zwischen meiner Schulter und dem Halsansatz. Jede Berührung war so intensiv und weckte eine kaum zu bändigende Gier. Ich wollte um jeden Preis, dass er weitermachte. Etwas ging von seinen Berührungen aus, das das Brennen kurzzeitig verstummen ließ. Der Dämon in mir fletschte nur noch die Zähne, aber rammte sie nicht mehr in meine Eingeweide. Er summte und schien Chesters Finger auf mir zu genießen.

Einen Wimpernschlag später gewann mein Verstand wieder die Oberhand. »Fass mich nicht an!«

»Wir wissen beide, dass du dir nichts sehnlicher wünschst.« Sein Lächeln war nicht von Arroganz gezeichnet, sondern entsprang verheißungsvollen Albträumen.

»Du täuschst dich … Chester!«

»Soll ich dich losbinden und es dir beweisen?« Während seine dunkle Stimme in mein Ohr drang, schob er den Stoff zur Seite. Seine lodernden Augen wanderten von meinem Gesicht zu der Stelle, an der mich der Tahir gezeichnet hatte.

»Ja«, antwortete ich erneut erfüllt von Gier. Gier nach ihm, was ich mir nicht erklären konnte. In mir beugte sich der Dämon Chesters Einfluss, trotzdem wartete er lauernd auf den Augenblick, um auf ihn loszugehen, ihn anzuspringen und Magie zu kosten. Solche Emotionen hatte ich bisher kein einziges Mal verspürt. Nicht ich übernahm die Kontrolle über mein Verlangen und meinen Willen, sondern das Wesen in mir.

»Genug!«, schrie ich, um es zum Verstummen zu bringen. Es sollte sich zurückhalten.

Chester zischte belustigt. »Wolltest du mich erschrecken oder deinen Dämon erziehen? Glaub mir, wenn ich dir sage, dass ein

Dämon keinen Befehlen Folge leisten wird. So funktioniert das nicht. Ganz im Gegenteil.«

Als hätte er vorausgesehen, was passieren würde, brach aus mir eine doppelt so heftige Welle aus niederen Gelüsten, Hunger und Lechzen nach Macht hervor.

Meine Schreie waren so laut, dass meine Stimmbänder beinahe rissen, mein Hals brannte und es in meiner Lunge stach.

Nach Minuten der Höllenqualen drehte ich mein tränengetränktes Gesicht zu Chester. »Lass es aufhören …«, bettelte ich ihn mit brüchiger Stimme an. »Du weißt sicher, wie. Tu etwas. Bitte!«

Abwägend hielt er meinem Blick stand, strich sich über das Kinn und fluchte zu sich selbst. »Lass es mich nicht bereuen.«

Als der überwältigende Schmerz erneut über mich brandete, strich er den Handschuh seiner rechten Hand ab. Meine Tränen versperrten mir das Sichtfeld, sodass ich das funkelnde Gold und Schwarz nicht genau identifizieren konnte. Im nächsten Moment, als ich glaubte, mir die Zunge abbeißen zu müssen, durchflutete mich eine reine fließende Energie, die wie Sand durch meinen Körper rieselte. Die Zeit schien stillzustehen. Mein Oberkörper bäumte sich ihm entgegen. Bevor ich realisierte, dass ich meine Hände frei bewegen konnte, griff ich nach seinem Unterarm, um seine Hand fester auf mich zu pressen. Egal was er unternahm, es half. Das Monster in mir verstummte, schien beinahe zu schnurren wie eine Katze und legte die Waffen nieder.

»Wie machst du das?«

»Ich kann ihn nicht die gesamte Nacht beruhigen, auch wenn ich nichts lieber tun würde.« Neben mir schob er sein Knie auf die Matratze, stieg auf mich und hielt weiterhin die Hand auf meine Schulter gepresst. Ich hob und senkte schnell den Brustkorb. Ohne mich sein Gewicht spüren zu lassen, war er über mir, hielt seine Augen auf mich gerichtet und dann auf meine Hände, die … nicht länger seinen Oberarm umfassten, sondern auf Wanderschaft gingen.

»Ich kann nichts …«

»Ich weiß«, versicherte er mir. »Das nehme ich gern in Kauf, dafür, dass du nicht länger mein Gehör malträtierst.«

»Bastard!«, zischte ich, als ich meine Finger von seiner Brust hob.

»Vielen Dank für das Kompliment. Wenn du mich bereits beschimpfen kannst, scheint es dir ja besser zu gehen.«

»Was ist, wenn du deine Hand von mir nimmst?«

»Dann wird er wieder brüllen. Unter Umständen schlimmer als zuvor. Dein Dämon ist jung, unberechenbar und unglaublich machthungrig. Er ist der stärkste, den ich je angetroffen habe, dabei zeigt er nicht einmal den Bruchteil seines Potenzials.«

Er sprach voller Bewunderung über das Etwas in mir. »Er soll verschwinden.«

»Das wird nicht geschehen. Du solltest dich mit ihm arrangieren. Ihr solltet euch kennenlernen, statt euch zu bekriegen. Denn ab sofort wird keiner ohne den anderen überleben. Stirbt dein Körper, stirbt dein Dämon. Schwächst oder blockierst du deinen Dämon oder hungerst ihn aus, stirbt unweigerlich dein Körper. Du bestehst fortan aus zwei Hälften. Die eine kann nicht ohne die andere sein. Einfache Spielregel.«

Wenn stimmte, was er sagte, könnte ich fortan das Leben, das ich bisher geführt hatte, nicht mehr zurückhaben. Hatte er mir das sagen wollen? »Es gibt Dämonenaustreibungen«, hauchte ich.

»Zwecklos«, verwarf er entschieden einen Gedanken.

»Weiße Magie von Hexen …«

»Die gibt es, allerdings hat sie ihren Preis. Einen, der dir nicht gefallen würde.«

»Welchen?«

»Ein Menschenopfer. Denk nicht mal daran.«

»Nicht daran denken?«, ging ich ihn an, und wieder glitten, ohne es bemerkt zu haben, meine Hände unter den zerfetzten Stoff seiner Tunika. »Ich will kein Dämon werden.«

»Du bist längst einer, Sóley. Schon seit deiner Geburt. Da deine Eltern Dämonen waren. Du kannst deiner Herkunft und deinem Sein nicht entkommen, es sei denn, du wählst den Tod. Und selbst das erweist sich als äußerst kompliziert, da du mit jedem Tag deine Sterblichkeit mehr und mehr verlierst und dein Körper die Wandlung eines unsterblichen Wesens beschreitet. Eines Wesens, das, wenn es die sieben Etappen der Wandlung abgeschlossen hat, vermutlich eines der mächtigsten ganz Nôsferas wird.«

Auch wenn ich aufmerksam jedes seiner Worte verfolgte, konnte ich doch nichts dagegen unternehmen, wie meine Finger die letzten Knöpfe, die den Stoff seiner Tunika zusammenhielten, öffneten. Er bedachte meine Berührungen mit einem süffisanten Heben der Brauen. Ihm schien es nichts auszumachen.

»Warum tue ich das, Chester?«

»Mich ausziehen?«

Ich nickte.

»Weil dein Dämon mehr von mir will. Die komplette Vereinigung.«

Meine Augen weiteten sich, als mir bewusst wurde, wovon er sprach.

»Das wirst du nicht zulassen.«

»Wieso sollte ich ihn davon abhalten? Nenne mir einen Grund, warum ich es unterbinden sollte?«

Ich strich den Stoff auseinander, bevor meine Hände die Schnalle seines Gürtels umfasst hielten. Egal wie sehr ich mich widersetzte, meine Hände folgten nicht mehr meinem Willen. »Weil es falsch ist. Weil es nicht von mir ausgeht und ich mich auf einen Mann einlassen wollte, der mir gefällt.«

Auf einmal verdüsterte sich sein Gesichtsausdruck und nahm eine boshafte Maske an. »Etwa dieser Lesander? Ich bin neugierig, Sóley. Was wäre über den Kuss hinaus geschehen? Hättest du dich von ihm auf die Schaukel setzen lassen oder wärst auf seinen Schoß geklettert, bis er dich in der Hand gehabt hätte?«

Feindselig kniff ich die Augen zusammen. »Ich wäre nicht weiter gegangen.«

»Belüge dich nicht! Selbst dein Dämon ist cleverer als du und wäre eingeschritten, bevor du törichterweise einen Fehler begangen hättest.«

»Vor welchem Fehler hätte er mich bewahren sollen? Ich denke nicht, dass ein Kuss schrecklicher ist als ein Monster, das in mir wütet.«

Augenblicklich drang ein kehliges Knurren in meinen Kopf. Chester lachte. »Du solltest ihn nicht beleidigen. Sie sind leicht reizbar, zügellos, unbändig, schnell gekränkt und äußerst nachtragend. Um zu deiner Aussage zurückzukommen: Sicher wäre der Kuss mit diesem magielosen Fremden, der unter deiner Würde ist, ein Vergehen gewesen. Jeder Kuss zieht Energie. Magielose spüren es nicht, deuten es als Hochgefühl und Liebesbeweis, bevor sie in ein emotionales Loch fallen. Dämonen hingegen nähren sich von jeder Berührung, ganz besonders den intensiven. Wenn sich dein Dämon nicht brüskiert hätte, hättest du unter Umständen deinem Lesander geschadet. Im schlimmsten Fall hättest du ihn getötet und ihm die Seele geraubt, ehe du überhaupt begriffen hättest, was du getan hast.«

»Er ist nicht *mein* Lesander«, korrigierte ich ihn. »Erzähl doch nicht solch einen Blödsinn. Kein Mensch ist jemals von einem Kuss gestorben.«

»Weil Dämonen nun mal keine Menschen küssen, oder hast du jemals von einer glücklichen Verbindung zwischen einem Sterblichen und einem Dämon gehört?«

»Nein, weil … kein Mensch so dumm ist, sich auf Dämonen einzulassen und ihnen seine Seele zu schenken.«

Ein hefiger Hieb zwischen meine Rippen folgte, was Chester nicht entging. Er quittierte es mit einem schiefen Grinsen. »Könntest du aufhören, mich und deinen Dämon ständig zu beleidigen? Das ist unhöflich und respektlos. Zudem dumm, da ich nicht die gesamte Nacht auf dir sitzen kann, um ihn zu besänftigen. Er wird es dir doppelt und dreifach heimzahlen, sobald er die Möglichkeit dazu hat.«

Vermutlich hatte Chester recht. Gerade spürte ich keine übermächtigen Gefühle, tobten keine Schmerzen in meiner Mitte und mein Verstand war weitestgehend frei von niederen Instinkten. Sobald er die Hand löste, würde sich das allerdings ändern.

Während wir uns unterhielten, hatte ich seinen linken Arm aus dem zerrissenen Ärmel befreit, sogar den obersten Knopf seiner Hose geöffnet. Ganz gleich, wie sehr es mir widerstrebte, es gelang mir nicht, meine Finger von ihm zu lösen. Und je länger sie über seine warme, samtige Haut strichen, desto weniger wollte ich, dass sie sich mir widersetzten. Es fühlte sich aufregend an, ihm so nah zu sein. Als ich in mich hineinhorchte, stieß ich auf keinen Grund, weshalb ich die Berührungen einstellen sollte. Denn mit jeder Sekunde, die verstrich, wuchs in mir eine unbekannte Lust an. Ein Verlangen, das so übermächtig wurde wie Magie, der ich mich nicht entziehen konnte … wollte.

Anhand seiner Blicke, die unaufhörlich auf mir ruhten, wusste ich, dass ihm mein Verlangen nicht entging. Und das war mir nicht nur unangenehm, weil es unangebracht, sondern weil es schlicht falsch war. Ich stand schließlich unter dem Einfluss meines Dämons und folgte nicht mehr den Anweisungen meines Verstandes. Mein Körper erbebte unter ihm, als er ein Stück über meine Hüfte rutschte.

»Binde mich wieder fest«, entschied ich.

»Dazu müsste ich meine Hand von dir nehmen und mich deinen Fingern entziehen. Gerade bin ich unentschlossen, ob ich nicht abwarten will, wohin das führt.«

Entsetzt starrte ich ihm entgegen. »Du hast das eiskalt geplant.« Es war keine Frage, sondern eine Feststellung.

»Möglicherweise. Ich bin ehrlich zu dir.« Das Grün seiner Iriden wurde noch reiner, das Rot seiner Pupillen hungriger. »Ich sorge nicht nur dafür, dass sich dein Dämon beruhigt, sondern gleichzeitig, dass er mir einen Teil seiner Macht schenkt.«

»Du beraubst meinen Dämon seiner Energie?« Keine Ahnung, wie ich die Kontrolle kurzzeitig zurückgewonnen hatte, aber ich hob die rechte Hand und wollte ihn an der Schulter wegdrücken. Meine Hand gehorchte mir jedoch nicht, umfasste nur seine harte Schulter und zog ihn noch mehr zu mir herunter. *Nein!*

»Gerade noch wolltest du ihn loswerden, jetzt willst du ihn beschützen?«, raunte er vor meinem Gesicht. »Kannst du dich entscheiden?«

»Nicht beschützen. Aber du ziehst gerade Energie aus *mir.*«

»Was für uns beide von Vorteil ist. Ich könnte dir unter anderen Umständen deine Wandlung wesentlich unangenehmer gestalten als in diesem Augenblick. Sobald ich mich von dir löse, wirst du leiden. Und das, bis die Sonne über den Dächern von Heliam aufgeht.«

Bedeutete, wir würden die restlichen Stunden bis zum Morgengrauen in dieser Stellung verharren? Ich drehte das Gesicht zu seiner Hand, die meine Verletzung bedeckte. Tintenschwarze Risse und feine Adern zogen sich wie mäandernde Flüsse über meine Schulter bis zu meinem Schlüsselbein. Die Verletzung wuchs.

Gequält durchatmend ließ ich den Kopf in das Kissen sinken.

»Ich könnte mir wesentlich unangenehmere Situationen vorstellen, Sóley. Vielleicht versuchst du etwas zu schlafen.«

»Werden meine Hände dann aufhören, dich zu berühren?«

»Nein, aber du würdest es nicht merken.« Der Schalk schwang in seiner Stimme mit.

»Ein Scherz, oder?«

»Ein Dämon schläft wenig bis nie. Wenn sich der Körper ausruht, übernimmt er den Schutz, schließlich soll seine Hülle nicht beschädigt oder im schlimmsten und zugleich unwahrscheinlichsten Fall vernichtet werden.«

»Wieso hast du dann die letzten Nächte wie ein Stein geschlafen? Ich habe dich mehrfach wecken wollen, aber du lagst da wie tot.«

Ein tödliches Schweigen trat zwischen uns. Seine Augen ruhten auf seiner Hand, die kühl wie Balsam auf mir lag. Wenn er wirklich die Macht meines Dämons aus mir sog, merkte ich es so gut wie gar nicht. Unter seiner Handfläche war sogar das Pulsieren der Verletzung erloschen.

»Das ist etwas anderes. Ich habe Schlafprobleme und musste etwas einnehmen, um meinen Körper und Dämon zu beruhigen.«

»Eher ins Koma zu versetzen. Das hätte ich auch gern. Kannst du mir etwas davon verabreichen?«

»Nein!«, grollte er mit einer kehligen Stimme. »Du hast keine Ahnung, wonach du verlangst.«

Als ich merkte, zu forsch gefragt zu haben, holte ich flach Luft. »Tut mir leid, ich wollte dir nicht zu na…«

»Schon gut. Ich bin nicht nachtragend. Du sprichst aus Unwissenheit. Schließ die Augen und ruh dich aus!«

Während meine Hände frei waren und ich ihn und womöglich mich unserer Kleidung entledigte? Verbissen schüttelte ich den Kopf.

»Du hast Angst, du könntest Dinge zulassen, die bisher nur in deinem Kopf existiert haben?«, hakte er interessiert nach und beugte sich mit nacktem, in goldenes Licht getränktem Oberkörper zu mir herab. Instinktiv schob ich mich näher an ihn heran, auch wenn ich am liebsten von den Kissen verschluckt worden wäre. Wie von selbst tasteten meine Hände über seinen Rücken, zogen ihn fester an mich, während ich mein Becken an ihn presste. Dass sein Verlangen ebenso groß war, konnte ich unweigerlich spüren.

»Unter anderen Umständen würde ich das hier nicht tun, das weißt du.«

»Nein, weiß ich nicht, weil ich nie so richtig im Bilde bin, was sich in deinem Kopf abspielt. Gut möglich, dass du dich bloß als züchtige, stolze und aufrichtige Frau gibst, während du ganz andere Gedanken verbirgst.«

Er zog mich wieder auf. Und je mehr er mich auf diese missliche Lage, die gerade zwischen uns bestand, aufmerksam machte, desto mehr förderte er dieses tiefe, unbändige Verlangen in mir zutage. Das wusste er zu genau.

Ich leckte mir über die Lippen und versuchte mich an einem Lächeln, das er nicht durchschauen konnte. »Wie ich schon sagte, ich würde mich sicher nicht an dich heranwerfen, wenn mein Dämon die Kontrolle nicht übernommen hätte.«

»Und was ist, wenn ich dir sage, dass dein Dämon deinen tief verborgenen Wünschen und Sehnsüchten folgt? Säße ein anderer Mann auf dir, den du nur halb so begehrenswert fändest, würdest du ihn nicht unsittlich berühren.«

Er musste lügen. Skeptisch zog ich die Augenbrauen zusammen. Ich konnte kein verräterisches Zucken am Ende seiner Braue entdecken, das öfter auftrat, sobald er sich einen Scherz auf meine Kosten erlaubte.

»Wenn es dich beruhigt, teilweise weiß ein Dämon mehr über unsere Wünsche und Sehnsüchte als der menschliche Verstand. Dir muss es nicht unangenehm sein, dass dein Verlangen nach mir erst jetzt ans Licht kommt.«

Ist er verrückt?

»Könnte ich dich treten, würde ich es verdammt gern tun«, zischte ich, woraufhin er amüsiert lachte, sodass sich seine schönen Zähne entblößten.

»Na gut.« Ich sammelte mich, während sich ein verräterisches Pochen in meinem Becken eingenistet hatte und meine Finger über Chesters Nacken strichen. Kurz beobachtete ich, wie er unter der Berührung erzitterte und sie dennoch genoss.

»Na gut, was?«, fragte er rau.

»Erzähl mir von den Etappen der Wandlung. Wie gehen sie vonstatten? Und die wichtigste Frage überhaupt, warum verwandele ich mich? Seit wann lebt dieser Dämon in mir?«

»So viele Fragen«, raunte er sichtlich gebannt von meinen Berührungen und meinem Becken, das sich an ihm rieb. Er beugte sich mir tiefer entgegen, vergrub sein Gesicht an meiner Halsbeuge und antwortete: »Du bist eine Dämonengeborene. Dort, wo Dämonen leben, wächst der dämonische Teil zeitgleich mit dem Körper. Die Etappen der Wandlung dehnen sich über viele Jahre aus. Sie beginnt mit der ersten Phase, der Erweckung. Diese vollzieht sich nach der Geburt des Säuglings und wechselt in die Phase der Entfaltung, die in die dritte Phase, die Verbindung, übergeht.«

»Zu schnell … Kannst du mir sagen, was bei der …« Ein heißes Keuchen kam über meine Lippen, als seine freie Hand über meine Wange strich und meinen Mund erreichte. Da er an dieser Hand einen dunkelblauen Handschuh trug, fühlte sich diese Berührung wesentlich menschlicher an. »… Entfaltung geschieht?«

»Im Prinzip das, was das Wort sagt. Der Dämon entfaltet sich in deinem Körper, bis er sich mit ihm verbindet, er Besitz von ihm nimmt.« Er hob seine behandschuhte Hand an seinen Mund, biss in die Fingerkuppen des Stoffs und zog ihn von den Fingern.

»Nein«, keuchte ich.

Das würde ich nicht überleben.

»Keine Sorge, wir gehen nicht zur vierten Phase über – der Vereinigung mit einem anderen Dämon.«

»Was?«, keuchte ich entsetzt, als er in mein Ohr lachte.

»Nur wenn der Schritt der Vereinigung abgeschlossen wurde, kann die fünfte Phase, die Manifestation, einsetzen.«

Nun legte sich seine Hand um mein Kinn, schob es vorsichtig zurück und setzte eine Welle aus unbändiger Lust in mir frei. Seine Lippen strichen über meine Wange, während mein Herz raste.

»Was geschieht bei der Vereinigung?«

Als hätte er sich auch nicht länger im Griff, verließ keine Antwort seinen Mund. Stattdessen glitten seine Lippen über meinen Mundwinkel. Wir standen kurz vor einem ersten Kuss. Einem Kuss, den ich vor kurzer Zeit mit Lesander hatte teilen wollen. Bei ihm hatte ich kaum gezögert, warum bei Chester? Weil er ein Dämon war? Weil ich zu einem wurde? Weil ich Angst hatte, der Dämon würde den Kuss wollen und nicht ich? So war es nicht. In mir loderte die tiefgehende Neugier, wie es wohl wäre, Chester zu küssen. Noch intensiver zu spüren als ohnehin schon. Und da war diese Sekunde vollkommener Klarheit, die mir offenbarte, dass ich es wirklich wollte. Ich, Sóley, und nicht das teuflische Etwas in mir.

Meine linke Hand griff in sein Haar, woraufhin er ein schwaches Raunen ausstieß, während ich mit der anderen Hand seine Hüfte hielt. Seine Lippen verharrten über meinen, als sich seine Augen in meine gruben und meine tiefsten Sehnsüchte und Wünsche in mir lasen. Er wusste längst vor mir, wie weit ich gehen wollte.

Aus diesem Grund kämpfte ich nicht länger um meine Zurückhaltung, sondern legte meine Lippen auf seine.

Was dann geschah, war überwältigend.

KAPITEL 16

SÓLEY

Zu Beginn rücksichtsvoll, beinahe erkundend strichen seine Lippen über meine, bis ich den Mund öffnete und ihn gewähren ließ. Im nächsten Augenblick wurde ich von einer Welle aus unstillbarer Begierde, einer seidigen Dunkelheit und übermächtigen Gefühlen durchflutet. Auch wenn ich bisher keinen Mann geküsst hatte und er den Kuss führte, schien ich genau zu wissen, was ich wollte.

Zugleich spürte ich, wie etwas in mir zupfte, als würde ein Teil von mir herausgerissen werden. Die Seele, sprang der Gedanke durch meinen Kopf. Bevor sich die Sorge ausbreiten konnte, meiner Seele beraubt zu werden, schlangen sich kräftige Ranken in mir um den Teil, der sich zu Chester hingezogen fühlte.

»Dein Dämon ist mächtig«, raunte er dicht vor meinen Lippen und schaute mir tief in die Augen.

»Hast du versucht, meine Seele zu stehlen?«

»Nicht absichtlich. Wenn ich einen Menschen geküsst hätte, wäre seine Seele mein. Dein Dämon verhindert den Raub.«

»Weil er sie zum Überleben braucht und alles unternehmen wird, um sie sich nicht entreißen zu lassen.«

Ein überwältigendes Grinsen spannte sich auf seinen Lippen. »Du lernst schnell. Ganz genau deswegen«, zärtlich biss er in meine Unterlippe und gab sie wieder frei, »musst du keine Angst haben, dass ich dir mit dem Kuss die Seele raube.«

Erleichtert holte ich Luft. Doch nicht lange, schon lagen seine Lippen erneut besitzergreifend auf meinen. Sofort entfachte er dieses unbeschreibliche Feuer in meinem Brustkorb. Es schmerzte nicht. Es fühlte sich rein, unbändig und so kräftig an. Tiefer und tiefer ließ ich mich auf den Kuss ein, umfasste sein Haar fester, drängte meinen Körper näher an ihn und folgte dem inneren Verlangen, während er mir den Weg zeigte – mich in eine düstere, lasterhafte Welt mitnahm.

»Du glaubst nicht«, hauchte er vor meinem Mund und verharrte keuchend einen Moment, »wie lange ich das schon tun wollte.«

Ein Lächeln legte sich auf meine Lippen. »Auch wenn ich eine Anfängerin bin?«

»Ganz besonders aus diesem Grund. Du bist noch herrlich rein. Wir arbeiten an der Perfektion, keine Sorge. Dafür bleibt dir alle Zeit der Welt.« Und bevor ich etwas erwidern konnte, trafen seine Lippen erneut meine. Dieses Mal mit solch einem Verlangen und Hunger, dass mir schwindelig wurde. Er schmeckte nach der puren Sünde, der reinen Dunkelheit und verbotenen Nacht.

Ich griff um seinen Rücken herum und spürte unter den Fingerspitzen, wie seine Macht mit jedem Herzschlag erwachte und sich in ihm eine wesentlich ältere, noch unbändigere Kreatur bewegte.

Stürmisch umkreisten sich unsere Zungen, wie bei einem Spiel, bei dem jeder von uns beiden gewinnen wollte. Er hielt mein Gesicht achtsam umfasst, als wäre es kostbar, und senkte sein Becken, um mich noch mehr spüren zu lassen, wie weit er gehen würde.

Ein Schauder rieselte prickelnd mein Rückgrat hinab. Um uns herum wurde das Zimmer von einer rauchigen Finsternis erstickt. Die Tischlampe war erloschen, auch wenn sie Petroleum für weitere Stunden besaß.

»Ich …«, keuchte ich abgehackt vor seinen Lippen, denen ich mich einfach nicht entziehen konnte. »Ich … warte …«

Ein Blinzeln, schon hob er das Gesicht, während ich meine Hände von ihm nahm und mich daranmachte, die Knöpfe auf der Vorderseite des Kleides zu öffnen. Als er mich dabei beobachtete, entstand eine Falte über seinem geraden Nasenrücken und er griff nach meiner rechten Hand über dem halb aufgeknöpften Kleid.

»So gern ich weiter gehen will, das hier ist weder der richtige Ort noch der passende Zeitpunkt. Es war nicht meine Absicht, heute Nacht mit dir zu schlafen.«

In mir dehnte sich ein eiskalter Sturm aus, der jedes Verlangen, das er zuvor in mir entfacht hatte, ausblies. »Aber …«

»Bezieh es nicht auf dich, Sóley. Es ist eine Entscheidung, die ich wirklich nicht leichtfertig treffe. Wir sind bereits heute weiter gegangen, als wir es hätten tun sollen.«

Das hörte sich so an, als würde er es bereuen, mich geküsst zu haben.

Etwas wie Enttäuschung grub sich in mein bereits vom Dämon zerschnittenes Herz. »Dann wolltest du es nicht?«

»Doch. Ich will es. So sehr. Aber es gibt Angelegenheiten, die mich daran hindern.«

Welche Angelegenheiten? Ich verstand gar nichts mehr. Chester richtete sich geschmeidig über mir auf, schluckte hart und versuchte, absolut untypisch für ihn, mir mit seinen Blicken auszuweichen. Unerwartet verkroch sich die Finsternis, verschwand durch die Ritzen des Zimmers, und die Flamme, die während des Kusses erloschen war, flackerte fröhlich in der Lampe auf dem Nachttisch.

»Von welchen Angelegenheiten sprichst du?«

»Es wird einen anderen Tag geben, um sie dir zu erklären …« Er richtete sich auf, riss den Stoff der Tunika mühelos von seinem rechten Arm und warf ihn zu Boden. »Du solltest dich ausruhen. Schlaf etwas. Du wirst deine Kräfte brauchen.«

Ohne meine Schulter loszulassen, stieg er von mir runter. Die Wärme, die zuvor über mir geschwebt, mich beinahe eingehüllt hatte, war verschwunden. Unvermittelt kniete er sich neben mich auf das zerwühlte Bett.

»Wie soll ich schlafen, wenn du jeden Moment deine Hand von mir löst?«

»Das werde ich nicht tun. Ich wache diese Nacht über dich, ohne dich unsittlich zu berühren.« Der Schalk trat in sein Gesicht, bevor meine Augen, gefangen von seinen, immer schwerer wurden. *Wie macht er das?*

»Aber …?«, brachte ich träge hervor. Auch wenn ich gegen die aufkommende Müdigkeit ankommen wollte, gelang es mir nicht. Ich wollte ihm noch so viele Fragen stellen. Es fehlten noch die letzten drei Etappen der Wandlung, die er mir hatte nahebringen wollen. Ich hatte nicht erfahren, wieso mein Dämon erst jetzt erwacht war. Wieso nicht viel früher? Und dann war da die wichtigste Frage überhaupt: Warum war er hier? Wieso hatte er anscheinend vor mir gewusst, was mit mir geschehen würde? Denn unsere Begegnung war mit Sicherheit kein Zufall.

Die vielen Fragen wurden von der berauschenden Finsternis davongetragen, bis sich eine friedliche Leere in meinem Kopf ausdehnte und ich einschlief.

* * *

Das Sonnenlicht stach mir in die Augen, als ich einen winzigen Moment die Lider öffnete. Rasch schloss ich sie wieder. Ich tastete blind über das Laken vor meinem Gesicht, schob die Hand unter das Kissen und stieß auf etwas Warmes, Samtiges. Als ich die Augen öffnete, entdeckte ich Chester neben mir, der wie schon die Tage zuvor tief und fest schlief. Er wirkte wie eine uralte Statue, aus Marmor gemeißelt.

Schlagartig kehrten alle Erinnerungen an gestern Nacht zurück. Der Schmerz, der mich innerlich zerrissen hatte, mein Körper, der sich unter Qualen gewunden hatte, das Monstrum, das in mir erwacht war und seine Krallen ausgefahren hatte, und der überwältigende Kuss, der … der … Meine Augen ruhten auf Chesters geschlossenen Lippen. Diese wunderschönen Lippen hatten bis vor wenigen Stunden auf meinen gelegen.

Die Hände locker über den Unterbauch gefaltet, schmiegte er sich oberkörperfrei ins Laken. Auf seiner Brust ruhte eine Kette, an der eine blau schimmernde Phiole hing. Dieser Anhänger war mir schon damals in der Höhle aufgefallen. Am Morgen, als ich Nelio versorgt und Chester wie ein Bär geschlafen hatte.

Zaghaft streckte ich die Finger nach dem Schmuckstück aus. Es war in Gold gefasst und trug mehrere eingravierte Symbole. Sie sahen fremdländisch aus – kryptisch. Bevor meine Finger die Phiole streifen konnten, hielt mich eine schwarz überschattete Hand davon ab. Eine Hand, die über mich hinweg zu meinem Handgelenk griff.

Erschrocken fuhr ich herum, bereit, denjenigen abzuwehren. Denn mir war der vorgeschobene Riegel der Tür nicht entgangen.

Allerdings wurde meine Abwehr ausgebremst, und das mit einem Griff um meine rechte Schulter. Der Schulter, die die Kratzer trug.

»Du darfst die Kette nicht anfassen, Kind.« Die Stimme erfüllte gedämpft und harsch den Raum.

Als ich aufsah, entdeckte ich einen schwarzen hochgewachsenen Krieger mit einem Bogen über der Schulter. Die Sehne spannte sich über die lederartige Jacke, die ihm bis zu den Ellenbogen reichte. Mehrere silberne Schnallen und Ösen hielten die Kleidung straff über seiner breiten Brust zusammen. An seinem schief liegenden Gürtel stach mir ein Schwert, sogar andere fremdartige Klingen und Waffen, die ich nie zuvor gesehen hatte, ins Auge. Wie auch Chester trug er Handschuhe. Seine waren schwarz – wie alles an ihm. Wie sogar sein Haar, das am Oberkopf zurückgebunden war. Ein seltsames Zeichen thronte in einem reinen Tintenschwarz unter seinem rechten Auge, seine Gesichtszüge wirkten mordlüstern. Das Rot seiner Iriden glühte verdorbener und vernichtender als die Lava der Hölle.

»Wer bist du?«

»›Wer seid Ihr?‹ wäre die korrekte Anrede, Kind.«

Kind? Wieso nannte er mich *Kind*? Erst jetzt huschte mein Blick zu meiner Schulter, die er umfasste. »Wer seid Ihr?«, brachte ich mit einem leicht genervten Unterton hervor. Obwohl ich Angst zeigen sollte wie jede Frau, in deren Zimmer ein fremder bis auf die Zähne bewaffneter Mann stand, hatte ich keine.

»Das wird dir Chester früh genug sagen.«

»Und was macht Ihr hier? Könntest du mich loslassen, verdammt?«

Ich griff nach seinem Handgelenk, das überzogen war mit einem Netz aus Rauten und Symbolen, aber mein Griff richtete nichts aus.

»Ihr«, korrigierte er mich erneut. »Ich bin hier, um die Aufgabe zu Ende zu bringen, zu der Chester nicht mehr imstande war. Regt sich der Dämon in dir?« Etwas wie reine Neugierde loderte in seinen todbringenden Augen.

»Nein … ich weiß nicht …«

»Wie, du weißt es nicht. Ja oder nein?«

Verdammt, ich war gerade erst aufgewacht. Mir fehlte nichts. Wenn ich in mich hineinhorchte, nahm ich kein Fauchen, kein Knurren oder Rumoren wahr. Das Einzige, was rumorte, war mein hungriger Magen, was diesem Krieger nicht entging und was er mit einer hochgezogenen Braue kommentierte.

»Nein«, gab ich zurück.

»Gut.« Langsam löste er zuerst die Hand um mein Gelenk, danach von meiner Schulter. Dabei studierte er mich eingehend mit seinen schneidenden Blicken. Als er keine Anzeichen von Schmerz in meinem Gesicht ablesen konnte, richtete er sich auf. »Du solltest essen gehen, Kind.«

»Nenn mich nicht Kind. Ich bin keines mehr.«

»Für mich schon ... *Kind.* Solange du dir meine Anrede nicht merkst, wirst du auch eines bleiben.« Ein Anflug von Hochmut legte sich wie düstere Schatten unter seine Augen.

»Seid *Ihr*«, betonte ich deutlich, sodass ihm nicht entgehen dürfte, dass ich mich an seine formale Anrede hielt, »ein Freund von Chester?«

Der Fremde starrte mich mit eiskalter Miene an, grinste verwegen und wandte sich anschließend von mir ab.

»Steh auf, kämm dein Vogelnest und schnapp dir Schuhe, wir treiben Nahrung auf.«

»Hallo?«, rief ich ihm nach, als er auf dem Weg zur Tür war. »Ich habe dich etwas gefragt.« Ehe ich meinen Fehler bemerkte, stöhnte er gequält.

»Wenn Chester dir alles erklärt, ist das seine Sache. Ich bin nicht dazu da, dir Antworten zu geben. Meine Aufgabe ist es, dich so lange im Auge zu behalten, bis mein«, er zögerte kurz, »Freund aufwacht.«

»Ich brauche keinen Aufpasser.«

»Ich sehe das etwas anders, *Kind.* Jetzt beeil dich!«

Vor der Tür angekommen, verschränkte er die Arme vor der Brust. Sein Gesichtsausdruck war unerbittlich und unergründlich zugleich.

»Was, wenn ich es nicht tue?«

»Dann bleiben wir hier, bis du verhungerst. Deine Wandlung ist kräftezehrend. Wärst du vernünftig, würdest du jetzt essen, solange dich dein Quälgeist lässt. In wenigen Stunden wirst du dir wünschen, auf mich gehört zu haben.«

Ich sog scharf die Luft ein. Mir war wirklich schwindelig vor Hunger. Außerdem knurrte mein Magen erneut und ein Anflug von Übelkeit dehnte sich in mir aus. Er hatte recht – wenn ich nicht aß, würde ich heute Nacht schlappmachen. Gerade war das Monstrum in mir still, aber wenn Chesters Worte stimmten, würde es mich heute Nacht wieder durch die Hölle schicken. Allerdings brauchte ich keinen Bewacher. Ob er nun Chesters Freund war oder nicht, ich traute ihm nicht. Aber würde ich ihn abschütteln können?

Mein Blick fiel auf Chester, der sich nicht rührte. »Was fehlt ihm?«, wollte ich wissen.

»Darüber schweigt jeder. Und das solltest du auch tun.«

Warum schwieg jeder darüber? Ein solch tiefer Schlaf war kein Grund, sich Sorgen zu machen, oder doch? Ich hatte eine andere Antwort erwartet wie: *Dämonen haben nun mal einen festen Schlaf.* Jedoch hätte sich diese Antwort nicht mit der von Chester gestern Nacht gedeckt. Er hatte mir erzählt, dass Dämonen selten bis nie schliefen. So, wie Chester aussah, ruhte nicht nur sein Körper, sondern auch sein Dämon.

»Wann wird er aufwachen?«

Nun neigte der Fremde den Kopf und schaute besorgt zu Chester. »Da du ihm wichtige Stunden gestohlen hast, vermutlich am frühen Abend.«

»Ich habe ihm keine Stunden gestohlen. Er wollte wach bleiben.«

»Weil du ansonsten, von deinen Gefühlen und deinem ungezähmten Dämon geleitet, Menschen angegriffen hättest. Wäre es nach mir gegangen, hätten Fesseln und ein Knebel genügt.«

Wie freundlich!

»Du hättest die Wandlung allein durchgestanden. Eine Woche eingesperrt und du wärst wie neu geboren gewesen.«

Er hätte mich eingesperrt und diesen Höllenqualen ausgesetzt, bis es vorbei gewesen wäre? Es war anscheinend besser, jede Kommunikation mit ihm einzustellen. Alles, was seinen Mund verließ, war zynisch, boshaft und grausam.

Stillschweigend erhob ich mich aus dem Bett, obwohl ich am liebsten gewartet hätte, bis Chester erwachte. Ich schob im Gehen die obersten Knöpfe des Kleides durch die Löcher. Zwei Knöpfe fehlten und waren herausgerissen, sodass der Ausschnitt einen Anblick auf den Ansatz meiner Brüste bot. Am besten, ich zog mich später um. Ganz bestimmt nicht vor ihm. Außerdem befand sich meine Wechselkleidung drei Zimmer weiter.

»Ich werde zu meiner Freundin gehen«, ließ ich diesen bedrohlichen Krieger wissen, der mir die Tür nicht aufhielt, sondern großspurig das Zimmer verließ und über den Gang marschierte.

Seine schweren Stiefel gaben einen ächzenden Ton von sich. Er musste ja mächtig unter der dicken Lederkluft schwitzen. Denn auch die Hose bestand aus schimmerndem Leder und schmiegte sich um seine langen Beine. Als er weiterlief, bog ich in unser Zimmer ab.

Die Tür ließ sich mühelos öffnen. Wie es aussah, hatte Layla sie nicht verriegelt. Wie leichtsinnig! Jeder hätte das Zimmer betreten können, ohne dass sie es bemerkt hätte.

Erleichtert atmete ich durch, als ich sie schlafend mit zerwühltem Haar im Bett vorfand. Bei den Heiligen, ihr ging es gut.

»Sie schläft ihren Rausch aus«, drang eine Stimme unerwartet in mein Ohr. Schreckhaft fuhr ich zusammen. Es folgte ein Lachen. »Ich hielt es für das Klügste, sie seit gestern Nacht ebenfalls im Auge zu behalten.«

Er hatte auf sie aufgepasst?

»Ich bin nicht die Amme, du hast recht, sondern das Kindermädchen.«

»Wie witzig du sein kannst.«

»Ihr. Sein. Könnt!«, knurrte er.

War er doch blauen Blutes, dass er auf dieser Anrede bestand? Zumindest verschaffte er mir ein mulmiges Gefühl. »Verzeihung«, antwortete ich. »Mein Kamm befindet sich in diesem Zimmer. Bevor wir essen gehen, möchte ich mein Haar hochbinden.«

Ohne mich zu ihm umzudrehen, setzte ich zwei Schritte nach vorn und schloss die Tür hinter mir. Mein Herz hämmerte so laut, was vermutlich über das Klacken des Metallriegels der Tür hinweg zu hören war. Endlich. Ich hatte ihn abgehängt.

Anders als erwartet klopfte er nicht gegen die Tür oder rief mich zurück. Schnell ging ich auf Layla zu, um mich zu vergewissern, ob es ihr gut ging. In mir tobten die Gedanken. Ich wusste nicht, wie die nächsten Schritte aussahen – was das Klügste war. Ob ich in diesem Zimmer mit Layla warten sollte, bis Chester wach wurde, oder ob wir die Gelegenheit nutzen sollten, um weiterzuziehen. Keine Ahnung, was für ein unheilvoller Krieger vor der Tür stand, aber er wirkt wie das Böse schlechthin, ohne sich die Mühe zu geben, es zu verbergen. Sobald er fort war, mussten wir das Weite suchen.

Ich beschloss, Layla vorerst nichts von meiner Wandlung zu erzählen. Es würde sie zutiefst verunsichern. Es hatte schon genügt, dass sie Nelios Verwandlung zum Teil mitverfolgt hatte und von Larphien angegriffen worden war. Sie war nicht für diese neue, grausame Welt geschaffen. In diesem Moment wäre es mir lieber gewesen, sie hätte mich nicht begleitet. Wie auch Nelio, dann wäre er noch am Leben. Mit jedem Tag, so kam es mir vor, zog sich ein noch dunklerer Ring wie eine unüberwindbare Barriere um uns.

Ich hockte mich im Bett neben Layla und strich ihr über die Wange. Im Zimmer fand ich keine Anzeichen eines Kampfes. Entweder hatte dieser Krieger sie tatsächlich unbeschadet ins Zimmer gebracht oder sie hatte es nach dem Fest allein aufgesucht. So oder so, es ging ihr gut. Zumindest äußerlich.

Erneut grummelte mein Magen auffallend laut.

»Wann bist du fertig?«, dröhnte die tiefe Stimme hinter der Tür.

Er wartete immer noch? »Ich brauche noch etwas Zeit. Geh ruhig vor.« Wo auch immer er essen wollte.

»Nein.«

Dann versauere vor der Tür, ich werde das Zimmer nicht verlassen.

Vorsichtig zog ich die Bettdecke über Laylas Körper zurecht, bevor ich zur Anrichte ging, die unterste Schublade so lautlos wie möglich aufzog und dahinter den Boden abtastete. Bevor ich mich gestern Nacht umgezogen hatte, hatte ich meinen Dolch in der Anrichte versteckt. Mein Bogen lehnte hinter dem Vorhang.

Als ich das Heft des Dolches ertastete, zog ich die Waffe hervor. Im selben Moment nahm ich eine schemenhafte Silhouette im rechten Augenwinkel wahr. Der Krieger lehnte an der Wand und starrte mit vor der Brust verschränkten Armen, die sich unter dem Leder anspannten, und seinen rot glühenden Augen auf mich herab.

»Hattest du vor, dein Haar zu kürzen, oder hast du den Dolch mit dem Kamm verwechselt?«

Langsam stieß ich die angehaltene Luft aus. Wie war es ihm gelungen, das Zimmer zu betreten? Ich hatte die Tür verriegelt. »Wie bist du … seid *Ihr*«, korrigierte ich mich im Flüsterton, »in das Zimmer gekommen?«

»Hier ist dein Kamm.« Er griff, ohne mir die Frage zu beantworten, auf der Anrichte neben der Waschschale nach dem Holzkamm und reichte ihn mir.

Er hatte meine Lüge eiskalt aufgedeckt. »Kannst du vor der Tür warten?«, wisperte ich.

»Nein.« Er lehnte den Hinterkopf gegen die Wand, wandte das Gesicht zur Decke, besah mich aber aus einem hinterhältigen Seitenblick mit der Warnung darin, keine Spielchen zu spielen.

Er war ein Dämon, das war so sicher wie das Amen in der Kirche. Er war unnachgiebig, wild und mächtig, und ich hatte keine Ahnung, wie ich ihn loswerden sollte. Denn was, wenn er nur darauf gewartet hatte, dass Chester weggedämmert war, um mich zu entführen? Hätte er mich dann nicht einfach mitnehmen oder töten können, als ich schlief?

Trotzdem: Es musste noch mehr Dämonen als Chester und ihn geben, die keine guten Absichten hegten. Welche, die auf der Suche nach mir waren, da ich nicht dem Dämonengott geopfert worden war. Was war mit dem Dämon, der mich während der Zeremonie angegriffen hatte? Die Zeit angehalten und mich mit schwarzen Ranken gefesselt hatte. Er hatte mich als Dämon mit wenig Magie und niederem Rang betitelt. War ich solch ein niederer Dämon? Falls ja, würde es bedeuten, es gab wesentlich mächtigere von ihnen. Wobei Chester gestern mehrfach betont hatte, *wie* mächtig mein Dämon sei. Was sollte ich denn nun glauben?

»Du siehst mit deinen Gedanken schwer beschäftigt aus, Kind«, riss er mich aus meiner Überlegung.

Ihm brauchte ich meine Fragen nicht zu stellen, er hatte mir klar zu verstehen gegeben, keine zu beantworten.

»Nenn mich nicht Kind«, zischte ich.

»Du bist aber eines.«

In mir fegte blanker Zorn all die unausgesprochenen Fragen und

Gedanken fort. Wieder brach eine heftige Gefühlswelle in mir aus, bei der ich am liebsten auf ihn losgegangen wäre und auf ihn eingehackt hätte. Rücksichtslos, roh, unbeherrscht wie ein wildes Tier.

Aus den Augenwinkeln schaute ich zu Layla. Wäre sie nicht hier gewesen, hätte ich nicht gewusst, ob ich mich hätte zurückhalten können.

»Du würdest mich gern vernichten, was?«, provozierte er mich weiter mit diesem herausfordernden Gesichtsausdruck, den ich ihm am liebsten vom Gesicht gekratzt hätte.

Ich umschloss das Heft der Klinge fester – so fest, dass meine Hand schwitzig wurde. Mittlerweile lag mein Kamm wieder vor mir auf der Anrichte. Es kostete mich Selbstbeherrschung, nicht auf diesen Kerl loszugehen.

Diese Emotionen … sie waren übermächtig … kaum zu bändigen. Ich kniff die Augen zusammen und wandte mich leise knurrend von ihm ab.

»Hast du plötzlich das Sprechen verlernt, Kind?«

Nun genügte es! In einem rekordverdächtigen Tempo wandte ich mich um und holte blitzschnell mit der Klinge aus. Meine Hand raste so rasch nach vorn, dass ich nur flüchtig das Silber der Klinge aufblitzen sah.

Wie einzelne Windböen zog sich der schwarze Krieger zurück. Gerade noch hatte er einen Meter *vor* mir gestanden, jetzt befand er sich anderthalb Meter entfernt. Es war keine große Distanz, die er zurückgelegt hatte. Aber er befand sich außerhalb meiner Reichweite. Glaubte er. Erst als ein schwarzes Rinnsal über die Wange des Kriegers lief, wusste ich, dass ich ihn getroffen hatte. Und das, obwohl er mir ausgewichen war.

Mit einem ungläubigen Gesichtsausdruck, der so gar nicht zu seiner eisernen Miene passen wollte, griff er sich an die Wange. Als er die behandschuhte Hand vor sein Gesicht hob, konnte er kaum glauben, das dunkel glänzende Nass auf den Fingerkuppen zu entdecken. Mittlerweile schloss sich der feine Schnitt auf seiner Wange. Zurück blieb eine dunkle Blutschliere. Tintenschwarz. Mein Blut war rot. Oder hatte es sich bereits verändert?

»Wie hast du das gemacht?«, wollte er wissen. Fassungslosigkeit trat in sein Gesicht, untermalt von Wut. Er machte einen Schritt auf mich zu. Layla nuschelte verwaschene Worte im Schlaf.

»Du bist langsamer, als ich dachte«, stellte ich fest und wich aus, bereit, ihn erneut anzugreifen, falls er mich bis aufs Blut reizte.

»Ich bin dir ausgewichen, trotzdem hast du mich erwischt. Ich würde mich nicht gerade als langsam einschätzen.«

»Weil du mich unterschätzt hast, Namenloser.«

Ich hatte keine Ahnung, warum ihn mein Angriff so sehr verblüffte. Ja, er war einen halben Meter ausgewichen, trotzdem zu langsam, um der Klinge zu entkommen.

»Offensichtlich. Das wird mir kein zweites Mal passieren. Wenn du deine Freundin nicht wecken willst, würde ich dir empfehlen, dich zu kämmen und mich nicht länger warten zu lassen oder zu täuschen. Das ist … unhöflich.«

Und plötzlich stieß er sich von der Wand ab, bog um die Ecke zur Zimmertür und war verschwunden. So richtig verschwunden. Denn als ich ebenfalls um die Ecke ging, entdeckte ich ihn nicht. Ich starrte bloß mit offenem Mund auf die Tür, an der der Riegel vorgeschoben war.

KAPITEL 17

SÓLEY

Mehrfach blickte ich mich um. Sah denn keiner der Bewohner, mit wem ich am Tisch saß? Eine so auffällige Lederkluft, wie er sie trug, musste doch Aufmerksamkeit unter den Bewohnern Heliams erregen.

Als ich ihm auf dem Weg zum Gasthaus weitere Fragen gestellt und keine Antworten erhalten hatte, beschloss ich, lieber zu schweigen, als mich mit ihm zu unterhalten. Wobei man die Konversation zwischen uns nicht als Unterhaltung bezeichnen konnte. Hauptsächlich bellte er Befehle wie ein General.

»Folge mir!« – »Lauf schneller!« – »Setz dich dorthin!« – »Such dir dein Essen aus!«

So war es die gesamte letzte halbe Stunde gewesen. Er zählte definitiv nicht zu den unterhaltsamen Zeitgenossen. Trotzdem war er nicht so böse, wie ich anfangs gedacht hatte. Er zwang mich zu nichts, packte mich nie grob an, stieß mich in keine Richtung, lachte mich nicht aus. Er war einfach nur eiskalt und trug eine ausdruckslose Miene zur Schau, hinter die er mich nicht eine Sekunde blicken ließ. Fein. Ich würde ebenfalls eine solche Maske aufsetzen.

Eine Bedienung stellte fünf Teller vor mir ab, so viele, dass ich glaubte, der Namenlose wollte eine halbe Armee durchfüttern. Ich begann langsam ein Stück Fleisch anzuschneiden.

»Iss weiter. Das genügt noch nicht«, machte er mich darauf aufmerksam, als ich von der vollbusigen brünetten Magd, die hinter dem Tresen Gläser spülte und ihn mit ihren Blicken auszog, zu ihm schaute.

Eher gelangweilt stocherte ich in den Bratkartoffeln herum. Ein Teller mit einer gebratenen Forelle und eine Schüssel mit heiß dampfendem Eintopf warteten noch auf mich.

Er übertrieb es etwas mit seiner bedrängenden Fürsorglichkeit.

»Da sind wir«, flötete eine weibliche Stimme, bevor ich den Kopf hob und Layla neben einer herbstblonden Frau stehen sah.

»Du hast ja richtig zugeschlagen«, stellte meine Freundin fest, die in einem moosgrünen Kleid und frisch geflochtenem Haar zu mir auf die Bank rutschte. »Können wir uns das überhaupt leisten?«, flüsterte sie mir ins Ohr.

Ich mir definitiv nicht. Aber der wortkarge Gastgeber lud mich ein. Wehe, er verschwand und ich musste zwei Wochen Teller spülen, weil er die Zeche prellte.

»Rutsch mal zur Seite«, bat die hübsche fremde Frau den Krieger. Sie schienen sich zu kennen.

Ohne zu murren, machte er ihr Platz.

Was wird das hier?

»Ich wurde eingeladen«, ließ ich Layla wissen, die hungrig auf die unangerührten Speisen schaute. »Bediene dich ruhig. Das Essen geht auf den Namenlosen.«

»Den Namenlosen?«, fragt mich die Frau verwirrt und schaute von mir zu dem Krieger, der unbeeindruckt die Schultern zuckte. Die Blicke der beiden kreuzten sich flüchtig, bevor sie mir ihre Hand entgegenstreckte.

»Ich bin Emilia und das hier ist«, sie besah ihn mit einem neckischen Blick, »Anatolis.« Er sah sie an, als hätte sie einen geistigen Schaden, weil sie mir seinen Namen verraten hatte.

»Hallo, Emilia.« Ich griff nach ihrer Hand und augenblicklich loderte durch die Verbindung unserer Berührung ein starkes Feuer. Sie zog scharf die Luft ein und kniff ihre großen, von dichten Wimpern umrahmten Augen zusammen. Eine Dämonin, dachte ich instinktiv.

»Beeindruckend«, keuchte sie und gab meine Hand frei, die sie einen Moment wie einen Juwel begutachtet hatte. Danach biss sie sich auf die Unterlippe und stieß Anatolis an. »Findest du nicht?«

»Ich finde, dass du ab jetzt übernehmen kannst, *Emilia*«, betonte er ihren Namen wie einen Fluch. »Ich muss einer Erledigung nachgehen.«

»Ich bin Layla«, stellte sich meine Freundin vor. »Du hast wirklich tolle blaue Augen. Aus welchem Land kommst du? Denn Menschen mit so blauen Augen und blondem Haar trifft man fast nie im Reich der Magielosen. Du siehst aus wie Sóleys Cousin.«

Was? Wie? Was hatte sie gesagt? Ich verschluckte mich beinahe an meinem Schluck Wasser.

Seine Augen funkelten teuflisch rot, nicht blau. Außerdem trug er pechschwarzes Haar, so schwarz wie seine Seele.

»Vielen Dank für das Kompliment, Layla. Freut mich, dich kennenzulernen. Ich komme aus dem Norden, dort sehen die meisten Menschen so aus wie ich.« Anatolis griff nach ihrer Hand und wirkte wesentlich freundlicher zu ihr als zu mir. Er belog sie eiskalt. Emilias Mundwinkel kräuselten sich. »Entschuldigt mich bitte, ich werde später wieder nach euch sehen. Zuvor sollte Sóley essen. Sie hat kaum etwas angerührt, Emilia.«

Ich warf ihm einen giftigen Blick zu, was er mit einem feinen Lächeln erwiderte.

»Er hat recht«, schloss sich Emilia an, stemmte die Ellenbogen auf den Tisch und nickte zu dem Teller vor mir. »Du musst mehr essen, sonst bist du in wenigen Tagen ausgemergelt.«

Layla starrte mich verdutzt an und blinzelte. »Du siehst gesund aus, oder fehlt dir etwas, Sóley? Bist du krank?«

Kurz versank ich im Veilchenblau von Emilias Iriden, die zu glitzern begannen. Wenn ich raten durfte, war sie ebenfalls eine Freundin von Chester. Hatte er beide gerufen, als er herausgefunden hatte, was mit mir passierte? Ich brauchte keine Aufpasser. Mir ging es ausgezeichnet. Selbst die Verletzung auf der Schulter brannte oder ziepte nicht mehr wie vor Tagen.

»Nein«, antwortete ich lächelnd. »Mir geht es prima. Mach dir keine Sorgen!«

Emilia hob die rechte Braue. »Trotzdem war eure Reise sicher anstrengend und kräftezehrend. Was möchtest du essen, Layla?«

»Also ...«, sie schaute fragend zu mir, »wenn Sóley die fünf Teller nicht schafft, helfe ich ihr gern.«

»Nein«, unterbrach Emilia sie entschieden. »Sóley sollte alles essen.« Schwang da Sorge oder Strenge in ihrer Stimme mit? Sie schaute mich fast herausfordernd an, als würde sie eine Strafe erwarten, wenn ich nicht alles aufaß. »Ich lade dich ein, Layla. Such dir aus, was du möchtest.«

»Das ist sehr großzügig von dir, aber ...« Layla schaute verunsichert zu mir. Sie spürte die Anspannung und dass etwas ganz und gar nicht stimmte. Diese Emilia mochte ja nach außen hin einen netten Eindruck erwecken, trotzdem war sie eine potenzielle Gefahr, wie auch dieser Krieger, der verschwunden war. »Ich werde mein Essen selbst be...«

Mit einem Mal verstummten die Geräusche um uns herum, die Menschen hielten in ihren Bewegungen inne, keiner rührte sich mehr, als wären sie in ihrem Tun gefangen. Laylas Satz brach mittendrin ab. Sie saß neben mir, den Mund zum Sprechen geöffnet, aber sie bewegte sich nicht.

Verblüfft schaute ich mich um, bis ich zu Emilia schielte, die den Kopf neigte.

»Ich weiß, wir kennen uns nicht und du willst Anatolis schon die gesamte Zeit loswerden, aber so funktioniert das nicht, Sóley. Wir haben es uns zur Aufgabe gemacht, dich zu bewachen. Du solltest auf unsere Anweisungen hören und nicht länger versuchen, uns als deine Feinde zu betrachten.«

Ah, jetzt zeigt sie ihre wahren Absichten.

Ich schnaubte. »Ich kenne euch überhaupt nicht. Von jetzt auf gleich steht ein Krieger neben mir und du erscheinst wie aus dem Nichts. Wie würdest du dich an meiner Stelle verhalten? Wer bist du überhaupt?«

Emilia lächelte sanft. »Eine Freundin von Chester. Ich wäre früher gekommen, wenn Anatolis nicht ganz in der Nähe gewesen wäre. Ich weiß, wie furchteinflößend und übellaunig er auf Fremde wirken kann. Nimm es ihm nicht übel, er meint es nur gut.«

»Er meint es nur gut? Er hat mich auf Schritt und Tritt verfolgt. Ihr bewacht mich nicht, sondern drängt euch auf. Wenn Chester meint, dass ich eure Hilfe brauche, stimmt das nicht. Ich komme gut allein zurecht«, gab ich ihr unmissverständlich zu verstehen.

Sie holte mit einem enttäuschten Gesichtsausdruck Luft, und mit einem Mal huschte etwas wie Bedauern über ihr helles, wunderschönes Gesicht. »In Ordnung. Wenn du das so siehst … Ich gehe, wenn du es wirklich möchtest.« Kurz flackerte ein winziger Funken Hoffnung in ihren Augen auf, ob ich es mir anders überlegte. Aber das wollte ich nicht. Mir war ihre Anwesenheit zu viel, auch wenn sie mir helfen wollten.

»Danke«, brachte ich hervor.

Kaum, dass das Wort *Danke* meine Lippen verlassen hatte, drangen die aufgeregten Wortfetzen der anderen Gäste an meine Ohren. Die Menschen um mich herum bewegten sich weiter, als hätte es die Unterhaltung zwischen Emilia und mir nie gegeben.

»Ich habe ganz vergessen, ein Kleid von der Schneiderin abzuholen«, täuschte Emilia vor und erhob sich vom Tisch. Layla schaute zu ihr auf. »… zahlen«, beendete sie den Satz, der von Emilia unterbrochen worden war.

»Es ist überhaupt kein Problem. Wir wollen dich nicht aufhalten«, erwiderte ich gespielt freundlich, woraufhin sich Besorgnis auf Emilias jungem Gesicht abzeichnete.

»Bis später vielleicht. Macht's gut, ihr beiden.«

War es wirklich so einfach, die zwei Dämonen loszuwerden?

»Die war etwas komisch«, rutschte es mir heraus.

»Ich fand sie ganz nett.«

Wenn du wüsstest, welch finsterer Kern sich in ihr verbarg. Dämonen waren *nicht* nett.

»Was möchtest du essen?« Ich bot Layla meine Speisen an.

Sie zog die Schüssel mit dem warmen Speckbohneneintopf zu sich, griff nach dem gerösteten Brot, tunkte es in den Eintopf und biss danach leise aufseufzend von ihm ab. »Köstlich. Der ist richtig gut. Wo bist du gestern gewesen, Sóley?«, brach sie nach einer Minute das Schweigen. »Du warst gestern einfach verschwunden. Ich habe dich überall auf dem Fest gesucht, als mich Chester auf einem Weidezaun hat sitzen lassen.«

Auf einem … Zaun?

»Ich habe gestern einen Mann kennengelernt«, begann ich. Und unweigerlich dachte ich an Lesander zurück, der so ganz anders als Chester war. »Lesander heißt er. Als ich gesehen habe, wie du dich mit Chester amüsiert hast, wollte ich nicht stören.«

Mir machte die Vorstellung etwas zu schaffen, dass Chester sich, bevor er mich zurück in die Unterkunft gebracht hatte, mit Layla vergnügt hatte. »Lesander? Wie sieht er aus? Was habt ihr gemacht, und vor allem, seht ihr euch wieder?«

So viele Fragen.

»Er sieht unglaublich toll aus und war sehr aufmerksam. Er wollte einen Moment mit mir allein sein, als ich heftige Magenschmerzen bekommen habe.«

»Vom Wein?«, hakte sie nach, bevor sie sich einen Löffel in den Mund schob.

»Vermutlich vom Wein, ja. Danach wollte ich mich hinlegen und bin zur Unterkunft zurückgegangen. Ich denke nicht, dass mich Lesander noch mal treffen will, nachdem ich voreilig das Fest verlassen habe.« Eigentlich sehr schade, da ich ihn für sehr sympathisch und aufrichtig gehalten und mich bei ihm wohlgefühlt hatte. »Wie verlief dein Abend?«

Interessiert hob ich die Brauen, bevor ich eine Gabel voll Bratkartoffeln aß.

»Anfangs sehr gut. Ich dachte wirklich, das mit Chester und mir würde …« Sie hielt kurz inne und wirkte bedrückt.

»Würde was?«

»Würde weitergehen an diesem Abend. Ich hatte gehofft, er würde mich küssen.«

Alles verkrampfte sich in mir, als sie mir davon erzählte.

»Wir haben das Fest verlassen, um allein zu sein. Als wir uns einen ruhigen Ort an der Weide gesucht hatten, hob er mich auf einen Zaun und …«

Erwartungsvoll hing ich ihr an den Lippen.

»Er war kurz davor, mich zu küssen, als er sich entschuldigte, und plötzlich war er weg. Ich habe bestimmt eine Stunde in der Dunkelheit an der Weide auf ihn gewartet, gefroren und gehofft, er würde jeden Moment wiederkommen. Aber er kam nicht.« Traurig schlug sie die Augen nieder und schniefte unauffällig.

Sie tat mir leid. »Was hast du danach gemacht?«, wollte ich wissen.

»Ich bin zum Fest zurückgegangen und habe ein Glas Wein getrunken, danach ...«, sie zog konzentriert die Augenbrauen zusammen, »erinnere ich mich an nicht viel. Irgendwann lief ich über die Gasse zur Unterkunft zurück. Ich hatte wohl ein Glas zu viel getrunken.«

Wahrscheinlich um sich Mut anzutrinken, weil Chester ihr Hoffnungen gemacht hatte. Selbst ich glaubte, er wäre an diesem Abend weiter gegangen, da er die gesamte Reise über unaufhörlich mit ihr geflirtet hatte. Einerseits tat es mir leid, wie sehr sie litt, andererseits war ich froh, dass er sie nicht geküsst hatte. Hätte er es gnadenlos in Kauf genommen, ihr mit dem Kuss einen Teil ihrer Seele zu rauben? Layla war ein Mensch. Pures Entsetzen breitete sich in meinem Brustkorb aus, als ich begriff, was er vorgehabt hatte. Wenn ich nicht geschrien hätte, wäre meine Freundin jetzt sicher tot. War dies Teil seines Plans gewesen? Layla loszuwerden, damit der Fokus auf mir liegen konnte? Was, wenn ... wenn ich keinen Dämon in mir trug, alles nur gelogen und vorgetäuscht war, er es mich glauben ließ, mich manipuliert oder, schlimmer noch, verflucht hatte, um mir näherzukommen? Um sich auf diese Weise als Retter und Beschützer ausgeben zu können und sich mein Vertrauen zu erschleichen?

Das wäre ... Mir schnürte es die Luft ab. Das wäre fatal. Dann hätte ich mich um ein Haar einem Dämon angeboten. Ich erinnere mich noch jetzt daran, wie meine Hände willenlos jeden Winkel seines Körpers erkundet hatten. Wie machtlos ich gewesen war, jetzt, da mir mein Körper nicht mehr gehörte. Er hatte mich willenlos und gefügig gemacht. Und damit ich nicht entkommen konnte, hatte er seinen Freund auf mich angesetzt.

Auch wenn ich mich gestern bei ihm aufgehoben und seltsamerweise beschützt gefühlt hatte, wusste ich nicht mehr, was ich über ihn denken sollte. Ich sollte ihm nicht zu vorschnell vertrauen. Er war schließlich ein Dämon. Eine Kreatur, die tötete, die niederen Instinkten folgte, die weder Moral noch Anstand besaß. Die nur Leid, Verderben, Krankheit und Tod über die Magielosen brachte. So, wie ich es immer in den Büchern gelesen hatte.

Etwas ging vor sich, von dem ich bisher keine Ahnung gehabt hatte. Aber ich würde es herausfinden. Der einzige Weg, um Antworten zu erhalten und eine zweite Sichtweise einzuholen, war, die Klosterbibliothek aufzusuchen. Was entsprach hier der Wahrheit, was war gelogen?

KAPITEL 18

SÓLEY

Es gab erstaunlich wenige Bücher über Dämonologie in diesem Dorf. Genauso wenig wie bei mir zu Hause. Ich las alles, was ich über dämonische Begegnungen in die Hände bekam, jedoch war ich am Ende kaum schlauer als vor dem Aufsuchen der Bibliothek. Hauptsächlich wurde von den Opferritualen geschrieben. Immer wieder wurde erwähnt, dass es die Aufgabe der Magielosen sei, den Zorn, den Hunger und die Gräueltaten der Dämonen zu besänftigen, indem man ihnen junge Frauen darbot. Hätte mir Martis nicht vor wenigen Jahren von dem Helden Pethon erzählt, hätte ich nichts von dem Pakt, den er nach einer siegreichen Schlacht mit den Dämonen abgeschlossen hatte, gewusst. Es fragte sich, mit welchem Dämon er diesen Vertrag eingegangen und wie es ihm gelungen war, ganz ohne dämonische Kräfte kaum besiegbare, unsterbliche Legionen in die Knie zu zwingen.

Warum wurde nicht darüber berichtet? Das würde der Königsfamilie helfen, sich in der heutigen Zeit gegen Dämonen zu wappnen, statt unschuldige Frauen zu opfern und damit Familien ihre Kinder zu rauben.

Wo befand sich das über die Jahrhunderte hinweg gesammelte Wissen über die Kreaturen der Nacht? In mir machte sich zunehmend die Vermutung breit, dass die Herrscherfamilie für die Verbannung dieser Bücher verantwortlich war, damit das Volk nichts darüber erfuhr. Aber wieso sollten sie in Unwissenheit bleiben? Das ergab keinen Sinn.

Als ich das zwanzigste Buch zuklappte, in dem eine dämonische Begegnung von vor zweihundert Jahren wie ein Märchen erzählt wurde, seufzte ich laut auf.

»Hast du gefunden, wonach du gesucht hast?« Layla blätterte in dem lasterhaften Tagebuch der Mätresse des ehemaligen Königs, von dem sie nun mit erröteten Wangen aufsah.

»Leider nein. Ich erfahre weder etwas über Larphien noch wird der Dämonengott Nodir beschrieben. Es wird nicht einmal etwas darüber erwähnt, welch angeblich mächtige Magie ein Dämon wirken kann, noch, wie sie erschaffen wurden.«

Meine Freundin, die es sich in einem royalblauen Sessel vor einem Fenster mit farbigem Bleiglas gemütlich gemacht und die nackten Füße auf einem Samthocker abgelegt hatte, klappte ihr Buch wieder zu.

»Wieso willst du so viel darüber wissen? Mir kommt es schlauer vor, nicht tiefer in die Thematik einzutauchen. Wir wussten bisher nur von den Schicksalsträgerinnen, der Auswahl, dem Ritual – und wir hatten bis auf die Zeiten rund um die Auswahl ein sorgenfreies Leben. Seit wir diese Reise angetreten haben, sind uns grauenhafte Dinge widerfahren. Du und Nelio wurdet verletzt. Wir wurden von diesen unsichtbaren schreienden Geistern, diesen Larphien, angegriffen, Nelio verschwand vor meinen Augen und ist jetzt …« Ihre Unterlippe bebte. Sie senkte den Blick auf die in Leder gebundenen Bücher. »Ich will damit sagen, je weniger wir über all das wissen, desto sorgenfreier leben wir. Denkst du nicht, Sóley?«

Nein, so dachte ich nicht darüber. Möglicherweise wäre es so gewesen, wenn nicht etwas in mir vorgegangen wäre, das ich nicht begriff. Aber es ging um mich, um meine Veränderung. Es ging um Chester, seine Erzählungen, seine seltsamen »Freunde«. Ob ich es wahrhaben wollte oder nicht, es gab kein Zurück in mein ehemals ruhiges, friedvolles Leben.

»Sóley?«

Ich hatte nicht bemerkt, wie Layla sich aus dem Sessel erhoben hatte. Plötzlich setzte sie sich zu mir an den langen Lesetisch und strich mir über den Arm.

»Warum beschäftigt dich das alles so sehr? Hast du Angst, wir könnten solchen Kreaturen erneut begegnen?«

»Nein, viel schlimmer.« Ohne das Gesicht zu heben, schaute ich zu ihr.

»Rede mit mir. Ich hab seit der Reise gemerkt, dass dich etwas beschäftigt. Zuerst glaubte ich, es läge an Chester. Dass du nicht mit ihm warmwerden würdest.«

Ich schnaubte amüsiert. »Daran lag es auch.« Es war besser, wenn sie davon erfuhr. Wenn sie *alles* erfuhr. Ich sollte ihr die Möglichkeit geben, sich selbst zu entscheiden, ob sie bei mir bleiben wollte oder nicht. Sie sollte wissen, wer Chester und wer seine Freunde waren.

»Woran noch?«

Warm strich ihre Hand über meinen nackten Oberarm und stoppte, als sie »Was sind das für Linien?« fragte.

Sofort blickte ich auf die Stelle, auf der ihre Hand ruhte. Die schwarzen Adern hatten sich von der Verletzung aus wie ein feines Netz ausgebreitet.

Layla schob den dunkelblauen breiten Träger des Kleides zurück, bis ihr der Atem stockte. »Wirst du … suchst du deshalb nach Heilung, um nicht so zu werden wie …«, sie schloss kurz die Augen, »Nelio?«

»Unter anderem, Layla. Irgendwas geschieht mit mir. Wenn ich

Chesters Worten glauben soll, dann verwandele ich mich in … in eine Kreatur der Nacht«, flüsterte ich ihr zu, als ein Klosterbruder mit dem Arm voller ledergebundener Bände an den Lesetischen vorbeiging. In dieser Bibliothek waren wir beinahe allein. Zwischen den hohen nussbraunen Regalen, die mehr mit Romanen, Tagebüchern und Abenteuergeschichten vollgestopft waren als mit wissenschaftlichen Texten, entdeckte ich zwei Menschen. Eine Frau mit einem Säugling auf dem Arm, die die Buchrücken in der Romanecke studierte, und einen Mann in staubiger Arbeitskleidung, der irgendwelche Bücher mit Gebäudezeichnungen weiter vorn an einem Tisch vor sich ausgebreitet hatte.

In Laylas Gesicht stand das pure Entsetzen. »Warum hast du mir nichts davon erzählt?«

»Weil ich selbst nicht wusste, was geschieht und … ob es stimmt.«

»Und Chester weiß es?«

Ich leckte mir über die Lippen, bevor ich das Gesicht zu ihr drehte, ihre Hand auf meinem Träger umfasste und nickte. »Er weiß sehr viel darüber. Zu viel, weil er selbst ein Dämon ist, Layla.«

Ihre haselnussfarbenen Augen wurden größer. Sie verzog ihr Gesicht, als hätte sie Schmerzen. »Unmöglich. Er ist ein Soldat des Königs. Er ist ein Magieloser … so wie wir beide.«

»Was wissen wir denn wirklich über ihn, hm? Gar nichts. Er könnte sich genauso gut als Soldat ausgegeben haben. Deswegen war ich von Anfang an misstrauisch. Wir haben zwei Jahre unseren Notfallplan bis ins Detail ausgearbeitet. Der Plan sah vor, dass wir zusammen mit Nelio fliehen, sollten unsere Namen oder die meiner Schwestern genannt werden. Es war nie vorgesehen, dass uns eine fremde Person begleitet. Das Risiko, dass uns diese Person verrät, war viel zu groß. Aus diesem Grund habe ich ihm von Anfang an nicht vertraut. Ich hatte in der ersten Nacht ein Gespräch mit ihm, als du und Nelio eingeschlafen wart. Chester wusste sehr viel über Dämonen, über die Gestalten, die ich am Tag der Zeremonie im Wald gesehen habe.« Ich beschloss, Layla in jedes Detail einzuweihen, weil ich einfach jemanden brauchte, mit dem ich darüber sprechen konnte. Zwar bestand die Möglichkeit, dass sie sich ab sofort von mir fernhalten wollte, trotzdem war sie noch immer meine Vertraute. Wir wussten, seit wir Kleinkinder waren, praktisch alles voneinander. Und ich wollte mich nicht von ihr entfernen.

Einen Moment wirkte sie sichtlich überrollt von den Informationen. Sie zweifelte sie nicht an, da sie wusste, wie selten ich sie belog oder mir einen Spaß erlaubte. Besonders nicht in solch ernsten Situationen wie diesen.

»Wenn Chester wirklich ein Dämon ist und weiß, was mit dir geschieht … dann … wusste er es bereits an dem Abend, als er mich am Stand meiner Familie in ein Gespräch verwickelt hat. Es war merkwürdig und ich wollte es dir erst später sagen, aber er hat mich irgendwie dazu gebracht, meine Arbeit liegen zu lassen, um sich mit mir am Waldrand zu unterhalten. Du weißt, wie beschäftigt ich an Festtagen bin und wie ungern ich mir den Ärger meines Vaters zuziehe, wenn er mich dabei erwischt, falls ich meinen Platz kurz verlasse.«

Ich nickte.

»Er hat mir an dem Abend irgendwie das Gefühl gegeben, ihm vertrauen zu können, ihn schon lange zu kennen. Ich war wie gebannt von ihm, wie auch von den zwei Personen heute Mittag im Gasthaus. Diese Frau … Emilia … Ich traf sie vor der Tür. Sie sprach mich an, weil sie wusste, wo du warst. Sie hatte etwas so Besonderes an sich, zu dem ich mich hingezogen fühlte. Geht es dir bei ihnen genauso?«

Ich strich mit dem Zeigefinger über die goldenen Lettern des obersten Einbandes. »Ganz und gar nicht. Ich sehe sie anders als du. Du hast den schwarzen Krieger, Anatolis, als blond und blauäugig bezeichnet und warst von seinem Aussehen hin und weg.«

»Er sah wirklich besonders aus … wie ein Engel.«

»Er ist alles, nur kein Engel. Seine Augen lodern rot wie die Hölle. Sein Haar ist so schwarz wie die Nacht und er trägt einen Bogen, mehrere Schwerter und noch andere Waffen bei sich. Somit bist du auf ein Trugbild hereingefallen – so wie alle Magielosen.«

Layla schüttelte sich kurz und Gänsehaut überzog ihre Unterarme. »Und du siehst, wie sie wirklich sind, weil du dich ebenfalls in einen … Dämon verwandelst.«

»Anscheinend ja.«

»Wieso? Warum?« Sie blinzelte ungläubig, bevor sie eine Haarsträhne hinter ihr Ohr schob.

»Das will ich herausfinden. Es hat etwas mit meiner Herkunft zu tun.« Mein Blick richtete sich auf die große Standuhr, die kurz vor vier Uhr anzeigte. »Meine leiblichen Eltern müssen laut Chesters Aussage Dämonen gewesen sein. Ich weiß allerdings nicht, wieso ich bei den Magielosen aufgewachsen bin, warum sie mich abgegeben haben und weshalb der Dämon in mir *jetzt* erwacht.«

Layla schenkte mir einen mitfühlenden Blick und griff nach meiner Hand. »Wir sollten verschwinden. Mit Ophram weiterziehen, so weit wir können.«

Wirklich? Das wollte sie noch immer? Ich hatte es in Betracht gezogen, war mir aber nicht sicher gewesen, ob sie es auch wollte. Aber war das klug? Würde es uns wirklich gelingen, uns der Macht der Dämonen zu entziehen?

Eine Weile schauten wir uns tief in die Augen. Wir konnten in einer Stunde aufbrechen. Dieser Anatolis hatte gesagt, dass Chester vor den frühen Abendstunden nicht aufwachte. Das bedeutete, wir hätten ein paar Stunden Vorsprung.

»Verlassen wir diesen Ort«, gab ich entschlossen mit einem Lächeln zurück. Ich würde alles dafür geben, sie nicht in Gefahr zu bringen. Wirklich alles. Und in der Anwesenheit der Dämonen war sie in Gefahr, schließlich war Chester gestern bereit gewesen, ihr mit einem Kuss die Seele zu rauben.

KAPITEL 19

SÓLEY

In einem schnellen Galopp trieb ich Ophram, der sich die letzten Stunden im Stall der Unterkunft ausgeruht hatte und sehr gut versorgt worden war, über die blühenden Wiesen und dichten Felder. Die Zügel fest umgriffen hielt ich Layla an mich gepresst. Ich spürte ihre Panik, vom Pferd zu fallen. Bisher war sie nicht einmal im Trab geritten, also ahnte ich, wie schlimm es für sie sein musste, so durchgeschüttelt zu werden.

»Geht es noch?«, fragte ich sie außer Atem.

»Ja, achte nicht auf mich.«

»Wenn dir übel wird, gib ein Zeichen.«

Verbissen umklammerte sie den Sattelriemen vor sich und nickte hektisch. Ihr Gesicht hatte einen grünlichen Farbton angenommen. »Ich schließe einfach die Augen.«

»Nein, du solltest dich auf die Umgebung konzentrieren, Layla, damit du im Notfall fliehen kannst.«

»Ich fliehe ganz bestimmt nicht ohne dich.«

Das sagte sie jetzt. Wenn die Nacht anbrach und sich meine Wandlung fortsetzen sollte, würde sie anders darüber denken. Wir hatten für mehrere Tage Proviant, Wechselkleidung und Schafsfelle eingepackt. Im Stall hatte ich zwei Metallketten gefunden, an denen schwere Schellen hingen, die vermutlich der Schmied benutzte, um bei den Pferden neue Hufeisen anzubringen.

Obwohl ich wenig davon hielt, ein Pferd anzuketten wie einen Hund, damit es nicht austrat, hatte ich nicht lange überlegt und die Ketten mitgenommen. Wenn wir eine passende Unterkunft oder im besten Fall ein Nachbardorf erreicht hätten, würde ich mich damit festbinden. So wie es Chester gestern Nacht mit mir getan hatte. In mir drang immer wieder der Zweifel an die Oberfläche, dass er mich manipuliert hatte. Mich hatte glauben lassen, einen Dämon in mir zu tragen, um sich mein Vertrauen zu erschleichen. Je tiefer sich die honiggelbe Sonne den weichen Wiesenhügeln näherte, desto mehr wollte ich an eine Lüge glauben. Kein einziges Mal hatte sich die Kreatur in mir geregt, seit ich neben Chester aufgewacht war. Somit hätte alles auch nur ein Albtraum gewesen sein können, eine Illusion, die er mir in den Kopf gepflanzt hatte. Genauso wie das Aussehen seiner sogenannten Freunde eine Täuschung gewesen sein könnte.

Mit jeder Meile, die wir galoppierend oder im lockeren Trab zurücklegten, sank die Sonne tiefer. Layla hielt sich tapfer und machte ihre Sache gut.

Als wir langsamer ritten, breitete sie eine Landkarte vor sich aus und tippte auf einen Punkt. »Hier liegt das Dorf Kouwen. Dort könnten wir die Nacht verbringen. Besser, als im Freien zu schlafen und womöglich wieder dunkle Kreaturen anzulocken.«

Darauf war auch ich nicht besonders scharf. Wenn wir uns beeilten, konnten wir die letzten drei Meilen vor dem Einsetzen der Dämmerung schaffen.

Schweiß rann mir das Rückgrat unter meinem Hemd hinab. Mittlerweile schmerzte meine Schulter zunehmend, während sich wieder ein leichter Schwindel in meinem Kopf ausbreitete. *Bitte, bitte nicht!*

»Wie geht es dir?«, erkundigte sich Layla. »Spürst du, wie der Dämon erwacht? Kaum zu glauben, dass ich dich das jemals fragen würde.« Sie schenkte mir einen entschuldigenden Blick über die Schulter. Ich musste über ihre Worte lachen, denn sie hatte recht. Wer von uns beiden hätte jemals gedacht, dass sie mich danach fragen würde, ob mein Dämon erwachte.

»Mir ist schwindelig und die Kratzer brennen wieder. Wir werden Kouwen vermutlich nicht vor Einbruch der Dämmerung erreichen.« In mir drehte sich mein innerer Kompass wie schon seit Beginn unserer Flucht. Früher hatte ich einen ausgezeichneten Orientierungssinn besessen und zielgenau sagen können, wann wir eine Grafschaft verließen und eine neue betreten würden, wo ein Wald endete und wie nah das nächste Dorf lag. Ein Blick auf eine Karte, und sie hatte sich in mein Gedächtnis gebrannt. Aber seit ich verletzt worden war, spielten nicht nur meine Gefühle verrückt, sondern auch meine Sinne. Mal sah ich mein Umfeld schärfer – so gestochen scharf, dass ich teilweise die Fahne auf einem Berggipfel erkannte. Dann trübte sich mein Sichtfeld wieder. Es wurde so schwammig, dass ich nicht einmal die Buchstaben auf einem Einband entziffern konnte. Deswegen war es wohl Glückssache, ob wir Kouwen noch heute erreichten oder nicht.

Jedoch ließ uns das Schicksal nicht vollkommen im Stich. Nach einer weiteren halben Stunde entdeckte ich inmitten eines Maisfeldes, auf dem das Gelbgold der Kolben zwischen den Blättern hervorblitzte, eine große Scheune. Das war besser als nichts. Besser, als im Freien zu übernachten.

»Wir werden uns dort umsehen. Sieht aus wie eine Scheune oder ein Hof.« Layla nickte, bevor sie ihren Rücken ein letztes Mal durchdrückte und ich Ophram antrieb.

Als wir an dem rot gestrichenen Holzgebäude ankamen, war kein Mensch zu sehen. Ein Seiteneingang war nicht abgeschlossen, sodass wir uns in Ruhe überall umsehen konnten. Im Inneren der Scheune lagerten viele Landwirtschaftsgeräte, die sich vom Rechen bis zum Drescher an den Wänden reihten. Weiter hinten und eine Etage über uns, die mit einer angestellten Leiter erreicht werden konnte, hatte man intensiv duftendes Heu aufgeschichtet. Es roch herrlich warm, würzig und vertraut. An mindestens zwei Deckenbalken hingen Laternen, die, wenn die Nacht hereinbrach, Licht spenden würden.

Während Layla auf einen hohen Heuberg zurannte, lief ich zum Schiebetor der Scheune, um es zu entriegeln. Jauchzend und mit viel Schwung sprang Layla in das frisch geerntete Grün.

»Das habe ich so lange nicht mehr gemacht!«

Ich schmunzelte in mich hinein, als ich eine Wasserpumpe bediente, aus der sich das kühle Nass in einem dicken Schwall in einen Holzeimer ergoss. Ich wusch mein Gesicht, danach meinen Nacken und bot anschließend Ophram frisches Wasser an. Er wirkte ziemlich erschöpft. Behutsam strich ich über seine schwarz-weiß gesträhnte Mähne, als er zufrieden trank.

»Hier würde ich es aushalten. Weißt du noch, als wir die Sommer früher in den Scheunen übernachtet haben und Martis uns Geschichten über die verfluchten Wälder erzählt hat?« Ich musste unweigerlich lächeln, als sie seine rätselhaften und teilweise unheimlichen Erzählungen erwähnte. Jedoch fiel mir in dem Moment ein, dass sich ein Fünkchen Wahrheit in den Geschichten befinden könnte. Vielleicht hatte uns Martis auf diesem Weg Wissen über fremde Kreaturen, die Drachengestalt annehmen konnten, mächtige Schwingen trugen, spitz zulaufende Ohren besaßen und in einer Welt wohnten, die kein Magieloser jemals zu Gesicht bekommen würde, vermitteln wollen. Das war doch nicht ausgeschlossen? Es gab sehr viel, was Martis uns Kindern vor dem Schlafengehen am Feuer erzählt hatte.

Ich band Ophram neben der Scheune fest, füllte den Eimer erneut mit frischem Wasser auf und ließ ihn grasen. Danach lockerte ich den Sattel, rieb seinen Rücken ab und lehnte mich gegen seinen Hals. Allmählich versank die Sonne in einem farbenfrohen Wolkenmeer aus Orange und Fliedertönen hinter den weichen Hügeln und machte einem purpurfarbenen Himmel Platz.

Im selben Moment raunte ein kehliges, abgründiges Knurren durch meinen Kopf. Ophram machte einen Schritt zur Seite, als hätte er es ebenfalls gehört. Es war kein Knurren, das vom Maisfeld oder von den Wiesen zu uns drang, sondern eines, das in meinem Inneren emporstieg.

Der Dämon erwachte. Es war keine Illusion gewesen, keine Lüge. Er würde jeden Moment hervorbrechen.

KAPITEL 20

CHESTER

Wütend fletschte ich die Zähne und wäre bereit gewesen, beiden die Köpfe abzuschlagen. »Wieso habt ihr sie gehen lassen?!«, wiederholte ich erneut.

Sie tauschten knappe Blicke aus. »Es ist ja nicht so, dass wir nicht wissen, wo sie ist. Wir sahen nur keine Notwendigkeit, sie zu verfolgen oder aufzuhalten. Du weißt, dass wir weder Magie noch Täuschung, weder Zwang noch Hinterlist aufwenden dürfen, wenn wir unser Ziel erreichen wollen. Deswegen haben wir gewartet, bis du aufwachst«, antwortete mir Sheriad mit eindringlicher, seidiger Stimme. »Du solltest dich erholen, das hatte für uns oberste Priorität. Du hast dich gestern verausgabt und dich nicht an die Anweisungen der Heilpriesterinnen gehalten.«

Ich kniff die Augen zusammen. »Ich habe jede Stunde Schlaf nachgeholt. Sóley ist gerade wichtiger als meine Verfassung. Ihr wisst beide genauso gut wie ich, dass sie in der Wandlung absolut unberechenbar ist und zudem selbst von Sterblichen vernichtet werden kann.« Die Wandlung war wohl der empfindlichste Prozess, den ein Dämon in seinem Sein durchschritt. Wenn Sterbliche sie als das erkannten, was sie war, würden sie ihren ungezähmten Dämon töten.

Adamas trat vor. »Wir bringen dich zu ihr.«

Ich blickte zu den Fenstern der Dachgauben. Mein innerer Dämon verriet mir, dass die Dämmerung zwei Stunden zurücklag.

»Sie war so umsichtig und hat einen Ort gewählt, an dem sich keine Menschen aufhalten«, meinte Adamas.

»Somit scheint sie klüger zu sein als ihr zwei.« Ich hasste es, die beiden so anzugehen, sie meinen Zorn spüren zu lassen, aber meine Anweisung war eindeutig gewesen, bevor mich der Schmerz überwältigt hatte: *Behaltet Sóley im Auge, passt auf sie auf, wenn ich es nicht tun kann.* Wahrscheinlich war meine Anweisung nicht präzise genug gewesen. Der Fehler würde mir kein zweites Mal unterlaufen.

Ich stieg aus dem Bett, ließ mir von Sheriad ein frisches Hemd reichen, das sie auf ihrer Hand mit Magie hervorbrachte, und verließ danach das Zimmer, in dem immer noch Sóleys Duft schwebte.

Vor der Unterkunft schloss ich die Augen, um all meine Sinne im Umkreis von fünfzig Meilen auszusenden. Sóley und ihre Freundin befanden sich nahe der Grenze. Eigentlich genau auf der Grenzlinie. Würden sie das Gebäude zu der einen Seite verlassen, würden sie die illionische Grenze überschreiten und Dämonen könnten sie aufspüren. Falls sie nicht schon an der Grenze auf sie lauerten.

Auch wenn ich über zehn Stunden wie ein Sterblicher geschlafen hatte, lähmten mich weiterhin Müdigkeit und Taubheit. Ich hatte die Energie, die ich Sóleys Dämon entzogen hatte, bereits aufgebraucht. So schnell, dass die Abgeschlagenheit jetzt mit voller Härte zuschlug.

Ich keuchte, als ich meine Sinne wieder zurückzog, um danach Adamas und Sheriad, die mir besorgniserregende Blicke zuwarfen, durch die Schattenwand zu folgen.

Hoffentlich würden wir Sóley nicht dabei erwischen, wie sie

ihrer Freundin das Herz herausriss. Das würde sie sich niemals verzeihen – ihrem Dämon niemals verzeihen. Und dies hätte zur Folge, dass sie ihr Schicksal niemals annehmen würde, obwohl sie es tun musste, um die Dämonenwelt vor dem Chaos zu bewahren.

Vor der Scheune angekommen, sammelte ich all meine Kräfte und schob das Tor auf. Ich hatte Sóleys Schreie bereits wenige Sekunden vor meiner Ankunft gehört. Ihr Dämon war so unbändig, so unfassbar mächtig, dass sie allein niemals in der Lage gewesen wäre, ihn zu bändigen.

Als ich die Scheune betrat, riss ich die Augen auf.

Bei den verfluchten Schluchten Ķalamenōns! Sóley kniete in Ketten gelegt auf dem harten Lehmboden. Die Arme seitlich ausgestreckt und der Körper ausgezehrt von der Energie, die ihr der Dämon entzog, schrie sie aus Leibeskräften und wand sich in den schweren Ketten. Ihre Augen waren von einem reinen Mitternachtsblau, während ihr hellblondes Haar selbst im spärlichen Schein der aufgestellten Kerzen gleißend hell erstrahlte.

Aus den Augenwinkeln nahm ich die verängstigte Präsenz einer Magielosen wahr. Layla. Sie hockte neben dem Eingang. Ihre Gedanken wechselten von *Ich kann sie nicht allein lassen* zu *Sie wird mich angreifen und töten, wenn ich nicht verschwinde.*

Erschrocken starrte sie zu mir auf, als sie mich entdeckte. Sie hauchte meinen Namen, sprang auf und griff nach einer Sichel.

»Was hast du mit ihr gemacht?!«, schrie sie mich panisch an. Sheriad hob die Hand und hielt Layla davon ab, die scharfe Sense auf mich niedersausen zu lassen.

»Bleib ihr fern, Dämon! Rühr sie nicht an!«, kreischte die Magielose.

Für so tollkühn und kämpferisch hatte ich sie nicht gehalten. Wie es aussah, hatte ich sie absolut unterschätzt. Gelangweilt besah ich sie mit einem schiefen Grinsen. »Scheint so, kleine Layla, als hättest du mit Sóley eine Therapiesitzung abgehalten.«

»Ich weiß ALLES!« In der unsichtbaren Blockade gefangen, die bloß ihre Arme einfror, schrie sie mich wütend an.

»Dann erspare ich mir weitere Erklärungen. Du hast Kenntnis darüber, dass ich ihre einzige Rettung bin?«

Layla schnaubte, riss an ihren Armen und wollte sich aus der Erstarrung befreien. »Bist du nicht!«

»Bis Mitternacht hat ihr Dämon sein volles Potenzial entfaltet. Glaube mir, du willst nicht mit deiner Freundin allein sein, wenn es so weit ist. Die Ketten werden sie auch nicht daran hindern, dir das Herz aus der Brust zu reißen.« Meine Antwort kam ohne jeden Spott über die Lippen. Es war die reine Wahrheit.

»Das würde sie niemals tun. Sie wird das Ding in sich besiegen und nicht zulassen, Magielose zu töten.«

Leider war das Gegenteil der Fall. Bis Sóley in der Lage war, ihren Dämon zu bezwingen, würden noch Tage vergehen, so lange eben, bis die Verbindung abgeschlossen war. In diesem Prozess, in dem sie sich befand, hatte sie keine Kontrolle über den Dämon. Sie würde, wenn die Nacht dem Tag gewichen war, das grauenhafte Ausmaß, zu dem ihr Dämon fähig war, vorfinden. Wahrscheinlich würde sie nicht nur Layla töten, sondern noch weitere Sterbliche in ihrer nahen Umgebung.

»Ihr wird es bald gelingen, den Dämon zu kontrollieren, Layla. Aber bis dahin wird sie weitere Nächte durch tiefes Leid gehen müssen. Es wäre klüger, wenn du dich während dieser Zeit nicht in ihrer Nähe aufhalten würdest.«

»Kannst du vergessen, teuflische, menschenfressende, skrupellose Ausgeburt der Hölle!«

Nett. Ihre Komplimente schmeichelten mir ungemein. Oder war das ein Versuch gewesen, mich ernsthaft zu beleidigen? Ohne sie weiter zu beachten, ging ich auf Sóley zu, die auf dem Boden kniete und die bereits blutigen Eisenfesseln fest umkrallte. Mit einem aufbegehrenden Schrei hob sie den Kopf.

»Wirklich bemerkenswert«, hörte ich Adamas neben Layla sagen.

»So etwas Schönes habe ich seit Hunderten von Jahren nicht mehr gesehen«, säuselte Sheriad sichtlich beeindruckt.

»Schönes?«, krächzte Layla, als sie Sheriads Worte hörte. »Sie leidet.«

»Für etwas, wofür es sich zu leiden lohnt, Layla«, erklärte Sheriad in einer beruhigenden Stimmlage. »Du wirst es bald erleben.«

Ich blieb vor Sóley stehen, die immer noch gegen den Dämon ankämpfte. Auch wenn der Kampf bereits entschieden war. Schwarze Tränen rollten über ihr Gesicht, während das reine Schwarz ihr Augenweiß verdrängt hatte und das Blau ihrer Iriden eine silbrig helle Mondsichel erahnen ließ.

Sie war wirklich eine wahre Nachfahrin der Silbermonddämonen. Ich ging vor ihr in die Knie und umfasste ihr Gesicht.

»*Lass es aufhören*«, hörte ich ihr Flehen tief in meinem Sein.

»Erst wenn du mir versprichst, niemals mehr meine Worte anzuzweifeln. Nichts, was die Dämonen und ihre Welt betrifft«, präzisierte ich meine Bedingung.

Einen Moment wich das Schwarz dem Augenweiß. »Ich ver… verspreche es … dir …«, keuchte sie abgehackt. »Bringt Lay… Layla … hier raus. Bringt sie … in Sicherheit!«

Ich drehte mich zu Sheriad um und nickte einmal. Laylas Erstarrung hob sich auf.

»Nein! Nein!«, protestierte Layla. »Ich bleibe. Ich verlasse dich nicht, Sóley! Wenn ihr mich raustragt, komme ich wieder. Dagegen könnt ihr nichts unternehmen.«

»Putzig, die Kleine«, merkte Adamas sichtlich amüsiert an.

Etwas wie seelischer Schmerz brannte in Sóleys Augen, als sie mitverfolgte, wie ihre Freundin sich gegen Sheriad wehrte, sich in ihren Griffen wand und nach ihr trat.

»Wir könnten dafür sorgen, dass sie hierbleibt und ihr nichts geschieht«, bot ich Sóley an. »Ich halte mein Wort immer.«

»Sag Ja, Sóley!«, schrie Layla. »Bitte. Ich will nicht gehen.«

Sóley schaute von ihrer Freundin zu mir, bevor das Schwarz in ihre Augen zurückkehrte. »Ja!«, keuchte sie, als anschließend ein markerschütternder Schrei ihren Mund verließ.

Um sie von den Qualen zu erlösen, griff ich nach den obersten Knöpfen ihres Hemdes, riss sie aus dem Stoff, wurde den rechten Handschuh los und schob meine Hand zu der gewaltig pulsierenden Fläche auf ihrer Schulter. Kaum berührte ich ihre Haut, fuhr mein sterbender Dämon die Krallen nach ihrem jungen und noch so lebendigen aus. Die Krallen ihres und meines Dämons verschränkten sich miteinander, was sie kaum wahrnahm. Aber für mich fühlte es sich an wie die reine Sünde. Die Erlösung, nach der ich mich schon so lange sehnte. Blinzelnd begegnete ich ihren wunderschönen Augen. Ihr angestrengter Atem wurde langsamer, ihre bis zum Zerbersten angespannten Arme lockerten sich in den Schellen und ihr tobender Geist beruhigte sich.

»Was macht er da?«, wollte Layla wissen.

»Das nennt man Machtteilung. Beide Dämonen bilden eine Verbindung, über die sich ihre Macht potenziert und verstärkt«, erklärte Adamas Layla. »Auf diesem Weg werden auch die Schmerzen geteilt oder die des anderen aufgehoben.«

»Das heißt, Chester nimmt ihren Schmerz und überträgt ihn auf sich?«

»In etwa. Ja. Da sein Dämon geübter ist, kann er Sóleys um einiges schneller beruhigen und das Gebrüll wegstecken.«

Aus den Augenwinkeln verfolgte ich, wie Sheriad sich auf einen Querbalken am Eingang setzte und uns beobachtete.

»Dafür erhält Chester einen Teil von Sóleys neuem Dämon, der unermesslich viel Energie besitzt.« Ein begieriges Funkeln trat in ihre Augen, während sie mich in Gedanken fragte, wie es sich anfühlte.

»Unbeschreiblich«, gab ich zurück und konzentrierte mich anschließend auf Sóley, deren schmerzhaft geschundene Handgelenke sich in den Eisenschellen bewegten.

»Verdammt! Ich würde dich am liebsten töten, weißt du das?«, sagte sie heiser.

»Weil wir dieses Mal unter Beobachtung stehen? Das war allein deine Entscheidung«, neckte ich sie. »Wärst du nicht geflüchtet, würden wir die Nacht zu zweit genießen.«

Ein niedliches Fauchen verließ ihre spröden, aufgerissenen Lippen, unter denen ihre spitzeren Eckzähne zum Vorschein kamen. Sie war so atemberaubend, so einzigartig, dass ich mich in diesem Augenblick fragte, wer hier schneller die Beherrschung über seinen Dämon verlieren würde. Ich oder sie?

»Geht es dir besser?«, vergewisserte ich mich bei ihr.

Sie nickte. »Viel besser. Danke, Chester.«

Diese Worte bewegten etwas in mir, sorgten für ein Gefühl, das ich so lange nicht mehr gespürt hatte. Das ich geglaubt hatte nie wieder empfinden zu können. Mein Dämon verband sich immer fester mit ihrem. Befände sich mein Sein nicht in diesem Körper, könnte ich die Verbindung länger aufrechterhalten, unkomplizierter und ohne sie berühren zu müssen. Andererseits wollte ich den Kontakt zu ihr.

»Alles wird gut«, raunte ich leise, als ich mit den Knien über dem harten Boden näher an sie heranrutschte.

»Wird Sóley diese Nacht nicht noch mal vor Schmerzen schreien und sich in ein Monster verwandeln?«, wollte Layla wissen und näherte sich. Neugierig betrachtete sie unsere Position.

»Nein«, antwortete ich ruhig. »Nicht, wenn ich es verhindern kann.«

»Dann musst du die gesamte Nacht in dieser Haltung knien?«

Es schien so, als hätte Layla jede Furcht vor Sheriad, Adamas und mir abgelegt. »Nicht unbedingt in dieser Position«, erklärte ich ihr. »Ich sollte nur meine Hand nicht von ihrer Verletzung lösen, die ihr eigener Dämon heilen will.«

Layla hob die Brauen, während sie ihre Freundin eingehend musterte und mit Blicken fragte, ob meine Nähe für sie in Ordnung war. Sóley nickte erschöpft und schaute hinter tränenverkrusteten Wimpern und zwischen losen Haarsträhnen matt lächelnd zu ihr auf.

»Ist in Ordnung, Layla«, wisperte sie geschwächt.

»Können wir ihr die Fesseln nicht abnehmen?«, schlug Layla vor.

»Das würde ich gern übernehmen«, entschied Adamas mit einem ruhelosen Gesichtsausdruck.

Ich wusste genau, was in ihm vorging. Ihm gefiel es nicht, dass wir uns so nah an der Grenze des benachbarten Reiches der wilden Lysianer befanden, mit denen wir kein Abkommen geschlossen hatten. Wenn ich raten dürfte, lauerte Nodir mit seinen Lakaien bereits ungeduldig an der Grenze auf uns.

»Ruh dich etwas aus, Layla«, sagte Sheriad einfühlsam und strich der jungen Frau über die Schulter. »Ich werde dir ein Lager einrichten und dir alles erklären, wenn du es möchtest.«

Um Sheriad machte ich mir keine Sorgen. Sie konnte sich den Menschen sehr gut anpassen, ihre Empfindungen und Denkweisen nachvollziehen. Hin und wieder besaß sie eine spitze Zunge, aber wenn es um Einfühlungsvermögen ging und um das Gewinnen von Vertrauen, war sie die perfekte Seele.

»Ich möchte bei Sóley bleiben«, erwiderte Layla mit schläfrigem Blick.

»Du kannst nichts für sie tun. Es ist am klügsten, wenn du schlafen gehst. Morgen früh ist deine Freundin wieder die Alte. Sóley möchte sicher, dass du dich ausruhst. Du hast sehr viel für sie getan.«

Sóley hatte mich unterdessen ununterbrochen mit ihren Augen fixiert. Wahrscheinlich sah ich grauenerregend aus, da mir keine Zeit geblieben war, mein Haar zu kämmen oder die Schatten aus meinem Gesicht zu verbannen.

»Sie hat recht«, beschloss Sóley. »Leg dich hin, Layla. Du hast genug getan. Gerade wünsche ich mir, dass du an dich denkst. Mir geht es gut, wirklich.«

Adamas berührte die Eisenschellen. Sie glühten rot auf, bevor sie mühelos aufsprangen. Kraftlos und von roten Malen gezeichnet fielen ihre Arme an Sóley hinab. Da sie nicht mehr von den Ketten gehalten wurde, kippte sie mir ein Stück entgegen.

Mit der freien Hand umfasste ich ihren Arm, um sie aufrecht zu halten. »Willst du auch schlafen?«, fragte ich Sóley, die zu ihrer Freundin schaute. Sie war besorgter um sie als um sich selbst.

Adamas Körper wurde von Schatten umwölkt und verschwand, um uns nicht länger zu stören. Layla sah ich dicht gefolgt von Sheriad die Leiter zur Etage über uns hochsteigen. »Er … er ist einfach verschwunden«, stellte sie verblüfft fest.

»Ja«, kicherte Sheriad. »So ist Adamas. Immer zwischen den Schatten unterwegs.«

»Du hast mich wirklich nicht mit einem Bann oder Fluch oder so was belegt?«, vergewisserte Layla sich zweimal bei Sheriad. »Weil … weil ich euch so sehe, wie … wie Sóley euch beschrieben hat.«

»Nein, keine Sorge. Du siehst uns nun in unserer wahren Gestalt.

Los, klettere weiter und nimm mir die Felle ab. Ich erkläre dir alles oben.« Als Layla durch die offene Luke geklettert war, reichte Sheriad ihr drei Fellrollen.

Ein Räuspern erklang vor mir. Sofort fuhr ich mit dem Gesicht zu Sóley herum.

»Nein«, beantwortete sie schließlich meine Frage, ob sie schlafen wollte. »Ich habe Fragen, Chester. Sehr viele.« Ihr Gesichtsausdruck war streng, was vermutlich daran lag, dass die Haut unter ihren Augen von Schatten umgeben war und ihre Wangenknochen schärfer als sonst hervorstachen. Ihr Dämon hatte ihr in nur zwei Stunden verdammt viel Energie entzogen.

»Gern doch. Ich beantworte dir alles, was du wissen willst. Es wäre allerdings großartig, wenn wir zuvor die Position wechseln könnten, da meine Knie allmählich schmerzen.«

»Meine auch«, gab sie schmunzelnd zurück.

Ich hatte sie bisher selten lächeln oder lachen gesehen. Eigentlich konnte ich die Momente an einer Hand abzählen. Ohne meine rechte Hand von ihr zu lösen, umfasste ich ihre Mitte mit der freien Hand fester und half ihr beim Aufstehen.

Unentschlossen, wohin wir gehen sollten, schaute sie sich um. Ihre Augen huschten über die scharfen Sensen, spitzen Hacken, Wagenräder und Beile, deren Metall im Laternenschein schimmerte. »Du hast doch nicht vor, mich zu töten?«, fragte ich lachend. Was ihr ohnehin nicht so einfach gelingen würde.

»Dazu müsste ich erst einmal an die Werkzeuge kommen. Wieso sollte ich das tun, wenn ich dich doch noch brauche?«, konterte sie mit gekräuselten Lippen.

Das Wort *brauche* ließ mich durchatmen. »Am besten, wir gehen ins Heu. Dort liegt es sich bequemer als auf dem Lehmboden.«

»Damit du wieder meine Hände genießen kannst, die unweigerlich von dir angezogen werden?«

Ich grinste schief. »Rate, wieso Adamas und Sheriad verschwunden sind.« Anzüglich zwinkerte ich ihr zu, während wir uns wie bei einem steifen Tanz zu den Heubergen bewegten. Es wirkte nicht einmal so albern, wie ich es mir in Gedanken ausgemalt hatte. Dort angekommen, begann sie nicht wie erwartet ihre Hände auf Erkundungstour zu schicken, sondern umfasste meine Schultern und trat mir hart gegen das linke Knie. Ich hatte ihre Attacke nicht kommen sehen. Bevor ich eingreifen und die Aufmerksamkeit meines Dämons auf den Sturz lenken konnte, lag ich rücklings im Heu, und sie stieg auf mich, als wäre ich ihre Beute. Ich konnte nicht anders, als begehrlich zu knurren. »Die Stellung ist anders als erwartet. Aber genauso interessant«, ließ ich sie wissen.

Mit teuflisch hungrigen Augen, die nicht mehr von reiner Schwärze getränkt waren, funkelte sie mir lächelnd entgegen und nahm auf meinem Schoß Platz. Auch wenn ihr Überfall etwas überraschend gekommen war, hob ich meine Hand keine Sekunde von ihren Verletzungen.

»Ich will nur sichergehen, dass ich während der *Befragung* die Kontrolle habe.«

»Ah«, gab ich zurück und runzelte die Stirn. Es wäre ein Leichtes für mich gewesen, sie mit einer Drehung von mir zu rollen. »Du scheinst zur Sorte ›Ich nehme mir alles‹ zu gehören. Gefällt mir. Dein Dämon ist offensichtlich tiefer als erwartet in deinen Geist vorgedrungen.« Denn, waren wir ehrlich, *so* würde Sóley als reiner Mensch niemals agieren. Sie stand komplett unter dem Einfluss ihres Dämons, und das erregte mich ungemein.

»Wann wird es mir gelingen, ihn vollkommen zu kontrollieren?«, startete sie ihre Befragung.

Ich legte den Kopf entspannt in das würzig duftende Heu, während ich ihr Gewicht auf mir genoss – und den Anblick, der mir ihr halb geöffnetes Hemd bot. Nur wenige Zentimeter unterhalb meiner Hand hob und senkte sich der Ansatz ihrer Brüste. Sanft umfasste ich ihre Hüfte und strich mit der Hand über ihren Oberschenkel.

»Du wirst unter Umständen Monate brauchen, um ihn zu kontrollieren«, beantwortete ich ihre Frage wahrheitsgemäß. »So genau kann das keiner vorhersagen. Dort, wo ich herkomme, entwickelt sich der Dämon eines Kindes innerhalb einer Zeitspanne von sieben Jahren. Talentierte Dämonenkinder beherrschen ihn bereits mit fünf, andere erst mit acht Menschenjahren. Das verhält sich ähnlich wie bei magielosen Kindern mit dem Erlernen des Laufens oder Sprechens. Manche können es schneller als andere.«

»Und wie verhält es sich bei Menschen, deren Dämon erst viel später erwacht?«

Ich schloss die Augen, um all ihre Macht, die in mich floss, zu genießen. Sie strich kühl, knisternd und glatt wie flüssiges Gold in mein Sein. »Erstens bist oder warst du nie ein Mensch«, sagte ich mit gesenkten Lidern. »Dir wurde der Dämon nicht eingepflanzt, er ist mit dir geboren worden, entstand schon im Bauch deiner Mutter. Und zweitens …« Ich öffnete die Augen, als sie auf meinem Becken wenige Zentimeter tiefer rutschte. Ein leises Stöhnen verließ meine Lippen. »Bisher kam dein Fall sehr selten vor. Ich erinnere mich an zwei, oder waren es doch drei? Wie dem auch sei, kein Dämon würde sein Neugeborenes im Reich der Magielosen aussetzen, wenn er nicht müsste. Das wäre, wie wenn ein Wolfsjunges in einer Schafsherde aufwachsen müsste. Absolut tödlich. Irgendwann würde der Wolf die Lämmer reißen, mit denen er groß geworden ist. Das liegt in seiner Natur. So, wie es in deiner Natur liegt, dich irgendwann an Menschen zu vergehen, solltest du den Umgang mit deinem Dämon nicht erlernen.«

Sie dachte nach, schaute zu den Holzbalken der großen Scheune auf und schob ihr Becken wieder ein Stück nach vorn. Ich holte geräuschvoll Luft. Wusste sie, was sie da tat, oder war das eine versehentliche Bewegung gewesen?

»Daran habe ich auch gedacht. Deswegen frage ich mich die ganze Zeit, wer meine Eltern waren und warum sie mich vor der Tür einer magielosen Familie abgelegt haben.«

Sie weiß davon? »Woran erinnerst du dich?«

Sie wandte ihr blasses Gesicht von den Balken, an denen Seilzüge befestigt waren und Schwalben in der Ecke nisteten, zu mir. Nun nahmen ihre Hände meine Schultern in Besitz und mit einer geschmeidigen Bewegung beugte sie sich zu mir hinab. Ein schwacher Hauch von Silbernelken und kühlem Mondstein verwirrte meinen Verstand. Die hellblonden Strähnen, die sich aus ihrem Haarkranz gelöst hatten, kitzelten auf meinem Gesicht.

»Nicht viel. Ich weiß nur das, was mir meine menschlichen Eltern erzählt haben. Dass ich in einer Dezembernacht in einem Weidenkorb mit der Bitte, mich zu beschützen wie ihr eigenes Kind, vor ihrer Tür abgelegt worden sei. Alles, was meinen nackten Körper wärmte, war ein schwarzes Seidentuch. Meine Eltern glaubten sehr lange, dass ich das Kind einer verstoßenen Frau war. Einer Frau, die das uneheliche Kind eines Adeligen austrug. Denn das Tuch war so kostbar, dass es sich kein normaler Magieloser leisten konnte. Mir war es nie wichtig zu erfahren, wo ich herkam.«

Ich umfasste ihre linke Haarsträhne und zog sie näher an mein Gesicht. Der lang vergessene Duft war unverwechselbar.

»Ich habe nie etwas vermisst«, fuhr sie fort.

»Das glaube ich dir sogar. Deine Zieheltern müssen dich sehr gut behandelt haben.«

»Das haben sie.«

Etwas wie Dankbarkeit und Warmherzigkeit glühte in ihr auf. Ich konnte das Gefühl wie geschmolzenen Zucker auf der Zunge schmecken.

»Sie haben mich in keinem Moment spüren lassen, nicht ihr eigenes Kind zu sein, trotzdem erzählten sie mir, als ich fünf Jahre alt war, dass sie nicht meine leiblichen Eltern seien. Sie wollten mich nicht belügen, als ich Fragen zu meinem Aussehen stellte. Meine Haarfarbe war anders als die meiner Eltern und Geschwister. Ich unterschied mich zu sehr von ihnen, sodass selbst im Dorf mit der Zeit Gerede aufkam. Aber …«

Sie leckte sich über die vollen blassrosa Lippen, auf denen sich die feinen Risse geschlossen hatten. Ihr Dämon war anscheinend bereits in der Lage, kleinere Wunden zu heilen, was sie nicht bemerkte, da sie in ihrer Erinnerung schwelgte. Viel zu sehr kreisten ihre Gedanken um das, was sie war und woher sie kam. Ihre Zieheltern waren sehr gut mit ihr umgegangen. Der Saċar der Mondgesegneten schien den Ort, an dem er sein einziges Kind vor den Augen aller Dämonen verstecken konnte, sorgfältig gewählt zu haben. Etwas anderes hatte ich auch nicht von ihm erwartet.

Anmutig saß sie auf mir wie eine Königin, bevor sie gedankenverloren blinzelte, danach in meine Augen blickte. »Hast *du* eine Ahnung, wer meine Eltern sind?«

Ich wusste, dass sie diese Frage früher oder später stellen würde, nur war ich nicht darauf vorbereitet, dass ich derjenige sein sollte, der ihr die Antwort beibringen musste.

»*Waren,* Sóley. Wer deine Eltern *waren.* Ja, ich kannte sie. Beide. Sie weilen nicht mehr unter den Dämonen. Ihr Sein wurde ausgelöscht … auf ewig. Oder, wie ihr Magielosen sagt, sie wurden … getötet.«

KAPITEL 21

SÓLEY

»Sie sind … tot?«, wiederholte ich, um seine Worte zu begreifen. Ein schwermütiges Seufzen verließ seine Lippen, während ich meine Fingernägel unbeabsichtigt tiefer in seine Schultern grub. Trotz der Jacke mit den dunkelblauen Stickereien und dem Stehkragen dürfte er meine Nägel auf seiner Haut spüren. Er lag unter mir wie ein gestürzter Prinz. Zum ersten Mal konnte ich Laylas Bezeichnung für ihn nachvollziehen. Das dunkelblonde Haar schimmerte golden im Kerzenschein, seine Kleidung war sehr nobel und schmiegte sich wie maßgeschneidert an seinen athletischen Oberkörper. Allein, wie er mich ansah – aus halb gesenkten Augenlidern mit dem feinen Zucken seiner Mundwinkel, die auf jede Bewegung von mir reagierten und ein Grübchen auf seiner rechten Wange offenbarten –, ließ mich kaum klar denken. Ich war nie leicht abzulenken gewesen. Aus diesem Grund musste es dem Verhalten meines Dämons geschuldet sein.

Wenn ich ehrlich war, war ich froh, dass er uns gefunden hatte. Wäre er nicht hier, würde ich Höllenqualen erleiden und hätte mich früher oder später aus meinem eisernen Gefängnis befreit und im schlimmsten Fall Layla angefallen wie ein ausgehungertes Tier. Denn seit die Nacht angebrochen war, nagte in mir dieser alles verzehrende Hunger. Er wurde jetzt von Chesters Dämon in den Hintergrund gedrängt, trotzdem nahm ich ihn im hintersten Winkel meines Geistes wahr.

Jedoch war der Strudel aus Verlangen, Neugier und Hunger einem ganz anderen Gefühl gewichen: einer unbekannten Traurigkeit. Meine Eltern waren tot, wenn Chester die Wahrheit sagte. Mittlerweile sollte ich begriffen haben, dass er mich bisher weder belogen noch manipuliert hatte, selbst wenn ich es mir gewünscht hätte – was meinen Dämon betraf. Aber nun … Ich wollte alles wissen, was *er* wusste. Wann würde ich jemals wieder die Gelegenheit haben, so viel über mich, meine Herkunft und die Welt der Dämonen zu erfahren wie jetzt?

»Ja, sie sind vor etwa siebzehn Jahren geschlagen worden. Ich vermute, deine Eltern wussten, dass dies eintreten würde, und haben dich deshalb aus Nõsfera gebracht und in dem abgelegenen Ort Theston versteckt. Sie wollten dich in Sicherheit bringen.«

»Vor wem?«, wollte ich wissen. »Wer hat sie getötet?« Je mehr Fragen er mir beantwortete, desto mehr neue bildeten sich in meinem Kopf.

»Darüber spricht man in Nõsfera nicht, Sóley. Ihre Namen werden nicht einmal in Gedanken benannt.«

Ihre? Somit waren mehrere am Tod meiner Eltern beteiligt gewesen? Ungläubig zog ich die Brauen zusammen. »Warum spricht man nicht darüber?«

»Weil man beim bloßen Aussprechen der Namen derer, die das Werk verrichtet haben, ihre Spione auf den Plan ruft. In Nõsfera sind Namen heilig und mächtig. Man nennt nur Blutvertrauten, den Dämonenwesen, mit denen man sein Blut austauscht, denen man bedingungslos vertraut, seinen wahren Namen.«

»Wieso?«

»Weil Flüche namengebunden meistens wesentlich mehr Macht

entfalten.« Der zuvor neckische oder anzügliche Gesichtsausdruck war harten, eindringlichen Zügen gewichen. »Diejenigen, die deine Eltern wie das gesamte Reich der Mondlinie vernichtet haben, kannten ihre Namen.«

Wie gebannt hing ich ihm an den Lippen.

»Es war einer ihrer engsten Verbündeten, der sie verraten hat. Sie ahnten Monate vor deiner Geburt, dass Informationen aus ihrem Reich nach außen getragen worden waren, aber sie fanden den Strippenzieher nicht. Höchstwahrscheinlich entschieden sie sich aus diesem Grund, dich aus Nõsfera zu schaffen, und übergaben dich nicht einmal den heiligen Tempeln der Gesegneten. Sie vertrauten, wie es aussieht, keiner dämonischen Seele mehr, dafür den Magielosen.« Er machte eine kurze Pause, als wäre die Vorstellung, Sterblichen zu vertrauen, abwegig. Nachdenklich schaute er zu dem immer noch geöffneten Schiebetor der Scheune. Sein Blick verlor sich in der Vergangenheit, als er in die ruhige Nacht hinausblickte.

»Wie es aussieht, ging der Plan deiner Eltern auf. Keiner hat jemals nach dir gesucht, da jeder glaubte, du seist noch im Leib deiner Mutter vernichtet worden, als sie vom Fluch zerrissen wurde. Dabei musste sie dich wenige Stunden oder Tage zuvor auf Erden gebracht haben.«

»Auf Erden?«

»Unsere Begriffe unterscheiden sich zum Teil von euren. Ich erkläre dir, was damit gemeint ist: Ein Kind auf die Welt bringen, es gebären, die Niederkunft …«

Ich nickte wissend und legte ihm die Hand auf den Mund.

Er gab ein heißes Raunen von sich, bevor etwas feucht über meine Handfläche leckte. Ich hielt die Luft an und mein Dämon schnurrte. Rasch zog ich meine Hand zurück und erntete ein tiefes amüsiertes Lachen.

»Wie herrlich beschämt du sein kannst.«

»Bin ich nicht. Nicht wirklich.«

»Ach? Ich erinnere mich an einen Moment im Bachlauf. Als ich mich nur waschen wollte, bist du verschwunden, als hätte ich die Jagd auf dich eröffnet.«

»Du hast mich mit gierigen Augen angestarrt. Jede Frau hätte sich versteckt, um nicht Opfer männlichen Begehrens zu werden.«

Nun drang ein lautes Lachen aus seiner Kehle, das seine geraden weißen Zähne entblößte. »Und ich dachte schon, du wolltest jede Sekunde über mich herfallen, so, wie du mich angestarrt hast. Glaub nicht, mir wären deine Blicke entgangen, als du dachtest, ich würde sie nicht bemerken.«

Hitze prickelte unter meinen Wangen. »Stimmt gar nicht. So was würde ich nie tun.«

Seine Brauen senkten sich grinsend. »Natürlich nicht. Ich habe mir die Blicke nur eingebildet.«

Unbewusst grub ich meine Nägel fester in seine Schulter, holte tief Luft und konzentrierte mich auf meine Fragen.

»Kam heraus, wer sie verraten hat? Wer meine Eltern vernichten ließ, meine ich?«

Ein Schatten flackerte über sein Gesicht. »Ja. Der Verräter ist ein Vertrauter der *Diejenigen*, die deinesgleichen bis auf den letzten Dämon auslöschen ließen.«

Ich weitete die Augen. Das bedeutete, es gab keinen meiner Art mehr? Keinen Dämon, der so war wie ich?

»Auch wenn jeder glaubt, du wärst nie geboren oder nach deiner Geburt getötet worden, weiß unter Umständen eine verteufelte Seele außer mir, dass es nicht so ist.«

»Einer von denen, die meine Eltern ermordet haben?«

»Höchst unwahrscheinlich. Wüssten die *Diejenigen* von deiner Existenz, da kannst du dir sicher sein, hätten sie die Welt der Magielosen nach dir abgesucht, jeden Stein umgedreht, Menschen gefoltert und gequält, um dich zu finden. Nein, sie wissen es nicht. Wer jedoch wissen könnte, dass du lebst, ist der Verräter deiner Eltern. Der Verräter deines Reiches. Der Verräter deines Volkes, Sóley.«

Plötzlich wurde mir eiskalt, als ich begriff, dass dieses Wesen Kenntnis von mir hatte. »Du meinst, er hat allein nach mir gesucht?«

»Ja, das meine ich, kluges Köpfchen.« Er schnippte mir gegen die Nase. »Er hätte sein Ansehen verloren, wenn er seine Vermutung, du könntest noch leben, laut geäußert hätte, ohne deine Existenz beweisen zu können.«

»Wer ist es?«

Chesters Körper spannte sich an. Jede Faser verhärtete sich, als er antwortete: »Einer, vor dem du dich am meisten fürchten musst. Ein Seelenfresser, der weder Skrupel noch Reue kennt, weder Regeln befolgt noch ein Herz besitzt. Er ist das reine Böse. Indem er über die Jahrhunderte hinweg, wie später herauskam, mehrere Dämonengötter betrogen, getäuscht und vernichtet hat, verlor er seine eigene Seele. Versteh mich nicht falsch, Dämonen sind von Natur aus gewalttätig, gierig und grausam, trotzdem befolgen sie einen Kodex, an den sich jeder zu halten hat. Dieser Verräter missachtet alles, die wenigsten Flüche haben eine Wirkung auf ihn. Es gibt beinahe nichts, was ihn aufhalten kann.«

Mit jedem Wort, das er über ihn verlor, verdüsterte sich seine Miene. Hass, Zorn und Wut vermischten sich in seinem Blick zu einem gewaltigen Gefühlssturm.

Und diese Kreatur ist auf der Suche nach *mir*?

Zischend holte ich Luft und nickte, als hätte ich seine Worte verstanden, auch wenn dem nicht so war. Ich konnte mir ein Wesen mit dem wahrhaftigen Bösen kaum ausmalen. Niklas war für mich ein verdorbener Charakter, der andere schikanierte, verletzte, demütigte. Der junge König war in meinen Augen zerfressen von Eitelkeit, Macht und Gier. *Das* war für mich böse. Aber wie musste jemand sein, der sich nicht einmal einer *einzigen* Regel verpflichtet sah?

»Bist du mir deswegen gefolgt? Um mich vor ihm zu finden? Wolltest du …?«

»Nein. Halte mich nicht für skrupelloser, als ich wirklich bin, Mondkätzchen.«

Mondkätzchen, das hörte sich besonders an.

»Ich habe deine Existenz erst vor wenigen Jahren wahrgenommen. Wie alle anderen wusste ich nicht, dass du überlebt hast, das schwöre ich dir auf die Macht meines dämonischen Seins.«

Nachdenklich musterte ich sein attraktives Gesicht, als er seine Hand von meinem Oberschenkel löste und sie sich auf die Brust legte. Ich verfolgte seinen Schwur.

»Wie hast du von mir erfahren?«, wollte ich wissen.

»Ich habe ebenfalls Mittel und Wege, um das, was außerhalb meines Einflussgebietes geschieht, im Auge zu behalten. Du bist während eines Ausflugs in die Wälder einem meiner Magiekreise sehr nahe gekommen. Im Gegensatz zu dem Dämon, der dich auf der Festwiese analysiert hat und dich als einen Dämon niederen Ranges einstufte, hatte ich eine andere Vermutung. Ich muss sagen, ich war wirklich überrascht, als mir Adamas von dir berichtet hat, und wollte mich selbst von deiner Existenz überzeugen.«

Das hörte sich an, als besäße er Einfluss. Als wäre er kein normaler Dämon, der durch die Wälder strich. Jedes Mal, wenn ich ihn mit Sheriad und Adamas beobachtet hatte, war mir aufgefallen, dass sie seinen Anweisungen folgten. Es war nie andersherum gewesen.

Skeptisch kniff ich die Augen zusammen, während er seine Hand von seiner Brust nahm und wieder auf meinen rechten Oberschenkel legte. Wer war er wirklich? Dass er kein gewöhnlicher Soldat des Königs war, wusste ich seit gestern Nacht. Allerdings hatte ich bisher nicht in Erfahrung bringen können, mit welchem Dämon ich es genau zu tun hatte.

»Wer bist du wirklich? Dein Name lautet nicht Chester, wenn stimmt, was du sagst, und kein Dämon seinen wahren Namen preisgibt.«

Ein Funkeln trat in seine smaragdgrünen Iriden. »Cleveres Mädchen. Du bist auf dem richtigen Weg. Chester ist nicht mein Name. Genauso wenig wie Sheriad oder Adamas die richtigen Namen meiner Gefährten sind.«

Meiner Gefährten. Da war es wieder. Mir war heute Mittag im Gasthaus aufgefallen, wie steif sich Sheriad als Emilia vorgestellt hatte. Als müsste sie sich kurz einen Namen ausdenken, der mich nicht misstrauisch werden ließ. Auch Adamas schien mit dem Namen, den sie ihm verpasst hatte, nicht sonderlich glücklich gewesen zu sein.

»Nenn mich weiterhin Chester, an den Namen habe ich mich gewöhnt. Ganz besonders, wenn er in den Momenten deine Lippen verlässt, wenn du sauer auf mich bist.«

Der pure Sarkasmus triefte aus seinen Worten und ich knurrte unzufrieden. »Wer bist du?«

Er grinste selbstgefällig, sodass er seine spitzen Eckzähne entblößte. Während zuvor seine Hand auf meinem Oberschenkel geruht hatte, hob er sie nun an mein Gesicht, umfasste mein Kinn und zog mich tiefer zu sich herab. Kurz glaubte ich, er wollte mich küssen. Doch er hob seinen Mund an mir vorbei nah an mein Ohr.

»Ich bin ein loyaler Diener Nõsferas und stamme aus dem Reich der todbringenden Nachtschattenkrieger.«

Seine Worte drangen kalt und Angst einflößend an mein Ohr, bevor seine warme Zunge zart über meine Haut leckte. Ein Schauder rieselte kitzelnd und doch seltsam beklemmend mein Rückgrat hinab.

Es gelang ihm immer wieder, mich mit verlockenden Berührungen vergessen zu lassen, was ich wollte. Kurz gab ich mich seinem warmen Atem hin. Spürte seine weichen Lippen meinen Hals entlangwandern und eine Spur aus Küssen bis zu der Kuhle zwischen Hals und Schulter hinterlassen. So etwas Intensives hatte ich bisher nie wahrgenommen. Wie hypnotisiert legte ich den Kopf in den Nacken, um seine Berührungen zu genießen.

Ob absichtlich oder nicht … Seine Hand war auf meiner verletzten Schulter tiefer gerutscht, während seine andere, noch behandschuhte Hand unter dem Hemd zu meiner Mitte gewandert war.

Mein Herz raste, während mein Verstand wie gelähmt war. Ich blinzelte der Scheunendecke entgegen. Das goldene Licht der Laternen tanzte über die Balken. Irgendwo über uns hörte ich das regelmäßige Atmen und einen weiteren Herzschlag. Zuerst glaubte ich, es sei das Pochen meines Herzens, das in den Ohren widerhallte und das Blut darin rauschen ließ. Doch je mehr ich mich auf das monotone tiefe Klopfen konzentrierte, desto sicherer war ich, dass es von einem anderen Magielosen stammte.

Layla.

War mein Gehör so gut geworden?

Chesters Finger glitten über meinen Bauch höher. Als sie am unteren Rand meiner Brüste angekommen waren, senkte ich das Gesicht und er stoppte seine Bewegung. Mein Blick fiel auf mein einladend geöffnetes Hemd.

Was? Nein! Seit wann stand es so weit offen, dass er die Ansätze meiner Brüste sehen konnte? Rasch griff ich nach seinem Handgelenk, das sich unter dem Stoff des Hemdes befand, und keuchte. »Layla schläft über uns«, flüsterte ich entrüstet.

»Und Sheriad ebenfalls«, ahmte er mein Flüstern nach. »Niemand hat gesagt, dass sie uns hören können.«

»Wieso sollten sie uns nicht hören?«, wisperte ich.

»Weil ich einen Bann um uns gelegt habe, süße Sóley. Demnach musst du dich nicht zurückhalten.«

Ich keuchte abgehackt. »Ich … mich kann niemand hören?«

Er schüttelte den Kopf. Schnell sah ich mich um. Ich konnte keine Veränderung wahrnehmen.

»Der Bann ist beinahe unsichtbar, du erkennst ihn, wenn du auf das Kerzenlicht achtest.«

Und er hatte recht. Der Schein der Kerze spiegelte sich schwach und beinahe gekrümmt in der Luft.

»Somit kann mich keiner um Hilfe schreien hören?«, stellte ich fest.

»Wieso solltest du in meiner Anwesenheit um Hilfe schreien müssen? Es sei denn …« Er stöhnte genervt. »Sag nicht, du hegst immer noch Misstrauen gegen mich.«

Natürlich tat ich das, wenn auch nicht so sehr wie zu Beginn. »Das sollte ich doch, schließlich bist du ein Nachtkrieger, und ein Todbringer noch dazu.«

»Ein todbringender Nachtschattenkrieger«, betonte er. »Hör mir richtig zu. Und nein, ich töte dich nicht. Warum sollte ich so dämlich sein? Wenn ich dich hätte vernichten wollen, hätte ich einfach neben deinem Kreuz stehen bleiben und zusehen können, wie Tahire den Rest erledigen. Ich hätte dich so viele Male, die du unachtsam warst, töten können, weil du immer noch sterblich bist. Selbst jetzt würde ein Griff um deinen Kopf reichen, um dir das Genick zu brechen und dich in die Abgründe der Hölle zu schicken.«

Mir jagte ein Schauder über den Rücken. Er sagte freiheraus, wozu er in der Lage war? »Warum hast du mich aufgesucht? Was willst du von mir?«

Chesters Mundwinkel verloren ihr Lächeln. »Ich wollte dich nie tot sehen, aus diesem Grund musste ich eingreifen, damit die Tahire dich nicht verspeisen. Als ich mitbekam, dass deine Freundin mit diesem unerfahrenen Burschen eine Flucht für dich plante, war ich daran interessiert, wie diese aussah. Mit Entsetzen musste ich feststellen, dass eure Flucht mit dem Tod geendet hätte. Somit beschloss ich, euch zu begleiten, um sicherzustellen, dass dich weder Soldaten des Königs noch Genossen meiner Art einfangen und töten würden.«

Jede seiner Antworten schien Sinn zu ergeben. Sie waren schlüssig, auch wenn sie noch mehr Fragen aufwarfen.

»Gut, das verstehe ich. Was ich jedoch nicht verstehe«, ich senkte mein Gesicht zu seinem herab und kniff die Augen zusammen, »warum willst du mich *nicht* tot sehen? Du kennst mich doch gar nicht.«

Nun trat etwas Dämonisches, sehr Machtgieriges in seine Iriden und das Rot glomm heiß hervor. »Weil du die Letzte deiner Art bist, wenn man den Seelenfresser nicht berücksichtigt. Weil du von Bedeutung bist, um Nõsfera von den Mördern deiner Eltern zu befreien. Weil deine Macht im Gegensatz zu denen der anderen Reiche Nõsferas ungebrochen ist. Du bist womöglich die einzige freie Dämonin hier, deren Fähigkeiten nicht eingeschränkt sind.«

Ich brauchte einen Moment, um seine Worte zu verarbeiten. »Die Macht aller anderen Dämonen in deinem Land ist gebrochen?«

Er nickte ein Mal zur Bestätigung.

»Auch deine?«

Erneut ein Nicken. Obwohl sie gebrochen war, konnte er trotzdem einen Bann wirken?

»Diejenigen, die deine Eltern und dein Volk vernichtet haben, haben auch andere Reiche angegriffen und jedes einzelne zu Fall gebracht, sie mit Abkommen an sich gebunden, sie teilweise dazu gezwungen, ihre Macht abzugeben, damit sie selbst als die wahren Herrschenden Nõsferas in die Annalen eingehen würden. Damit sie Nõsfera mit grausamen Absichten regieren konnten. Somit ist auch meine Macht nicht mehr die wie vor siebzehn Jahren. Ich habe bloß noch auf einen verschwindend geringen Teil meiner Magie Zugriff. Aber …« Er wich meinem Blick aus. »Mit den Jahren versiegt auch dieser Teil immer mehr, ohne dass ich etwas daran ändern kann. Deswegen bist du von Bedeutung.« Etwas wie Hoffnung keimte in seinem Gesicht auf, als er mich wieder ansah. »Ich wäre ein Narr, wenn ich dich vernichten würde. Dich, die wunderschöne Dämonin, von der ich gerade meine Energie beziehe.«

Meine Augen huschten zu seiner Hand, die auf meiner Verletzung ruhte. Richtig, er und auch Sheriad hatten erwähnt, dass diese Berührung eine Art Tauschgeschäft war. Sein Dämon besänftigte meinen. Dafür stahl sich seiner Energie von mir. Und das fühlte sich nicht schmerzhaft oder sonderbar an. Nur wie ein kühler Windhauch, der von meiner Schulter zu seiner Hand gesogen wurde.

»Mein Dämon kann dir nicht helfen, deine Macht komplett zurückzugewinnen?«

Er schüttelte träge den Kopf. Mittlerweile hatten sich getrocknete Gräser in sein Haar geschoben. »Nein. Nicht einmal, wenn sich hundert mächtige Dämonen zusammenschließen würden, könnte diese Energie den Fluch brechen.« Ein schmerzlicher Zug legte sich um seine Augen.

Und jetzt verstand ich, dass das Verschwinden seiner Macht sich nicht schmerzlos vollzog. Ich schaute auf die Wölbung unter seiner zugeknöpften Jacke. Aus diesem Grund trug er den Anhänger, schlief er wie ein Stein und nahm ein Elixier, um sein Leid zu mindern. Deshalb hatte mich heute Morgen Adamas daran gehindert, die Phiole anzufassen, weil der Inhalt vermutlich das letzte bisschen Hoffnung für Chester war, um den Tag schmerzfrei zu überstehen. Lag ich wirklich richtig mit meiner Vermutung?

»Auch wenn du mir meine gebrochene Macht nicht zurückgeben oder ihren Zerfall aufhalten kannst, nimmt mir deine Anwesenheit das Gefühl, sterblich zu sein.« Ein milder Zug umgab seine wunderschönen Augen. »Die Berührung erinnert mich daran, wie es vor Jahrzehnten war. Wie es sich angefühlt hat, vollkommen zu sein. Kannst du das verstehen?«

Ich presste die Lippen zusammen, da mich seine Worte sehr traurig machten, als würde ich in die Augen einer sterbenden Seele blicken. »Ja, ich verstehe dich.«

Ein schwaches Lächeln umspielte seine Lippen. »Es ist kurz vor Mitternacht. Ich beantworte dir morgen weitere Fragen, aber wenn ich heute Nacht nicht meine sieben Stunden Schlaf erhalte wie ein Mensch, wird sich der Zerfall beschleunigen.«

Ich nickte verstehend. »Ich kann wach bleiben und dafür sorgen, dass deine Hand nicht von mir rutscht.«

»Wohl eher nicht tiefer rutscht«, merkte er schief grinsend an.

»Gut durchschaut, Lüstling.«

»Nun gut, ich vertraue dir, dass du mir nicht den Gnadenstoß verpasst, wenn ich neben dir schlafe, oder ich morgen früh nackt aufwache, weil du dich nicht zurückhalten konntest.«

Stöhnend verdrehte ich die Augen. »Das würde ich niemals tun.«

»Weil dein Dämon noch nicht vollständig mit deinem Körper verbunden ist. Glaub mir, irgendwann werden auch deine niederen animalischen Gelüste geweckt, und ich bin gern zur Stelle, um sie zu befriedigen.«

Wumm!

Ich konnte nicht anders, als ihm eine Ohrfeige zu verpassen, die er mit einem leisen Lachen hinnahm.

»Ich habe das Temperament der Monddämonen so vermisst. Ihr seid so herrlich schnell aus der Fassung zu bringen.«

Sein Schmerz und diese dunkle Melancholie waren wie fortgeblasen, stattdessen lachte er befreit, und ich konnte nicht anders, als sein Lachen zu erwidern.

Nachdem er mit einer Hand den Anhänger der Kette unter der Jacke hervorgeholt hatte, öffnete er den Verschluss mit den Zähnen.

Neben ihm rollte ich mich in das weiche Heu und umfasste mit beiden Händen sein Handgelenk, damit seine Finger nicht von der Verletzung rutschten. Ich sah wortlos dabei zu, wie er sich einen Tropfen in den Mund träufelte. Gleich darauf veränderte sich etwas in seinem Blick, kaum dass das Elixier seine Zunge benetzt hatte. Er wurde trüber, und der kühle Sog, der von seiner Hand ausging, flaute ab.

»Du musst nur … bis zum Morgengrauen warten«, hauchte er schleppend in die Stille. »Danach … ruht dein Dämon und du kannst … schlafen. Adamas und Sheriad werden … bei … sein … die … Nacht …«

Während ich die gesamte Zeit Chesters scharf gezeichnetes Gesicht musterte und dabei zusah, wie seine Augen zufielen, senkte sich das goldene Schimmern in der Luft um uns herum. Der Bann war aufgehoben, sein Dämon wurde still. Seine Magie schwand.

Reglos lag er, das Gesicht leicht zu mir gewandt, im Heu, während ich ihn eingehend studierte. Ich hob die Finger meiner freien Hand zu seinem dunkelblonden Haar, in dem sich Schatten regten. Ich wusste nicht, wie es ihm gelungen war, mich innerhalb weniger Stunden komplett anders über ihn denken zu lassen. Wo vor Sonnenuntergang die Distanz zu ihm nicht groß genug hatte sein können, genoss ich die Nähe nun aus vollen Zügen. Auch wenn es vermutlich falsch war, schob ich mein Gesicht näher an seines, hauchte »Danke« vor seine Lippen und küsste seinen Mundwinkel.

KAPITEL 22

SÓLEY

Die Sonne strahlte warm auf meinem Gesicht, als ich zu Ophram ins Freie trat. Vor mir erstreckte sich das saftig goldgrüne Meer aus Maispflanzen, dahinter lagen weit entfernt tiefgrüne Wälder, die halb vom Nebel eingehüllt waren.

»Guten Morgen, Sóley. Wie ich die halbe Nacht beobachtet habe, hast du sehr gut geschlafen«, stellte Sheriad wie ein Geist neben mir stehend fest.

Ich fuhr mit einem Schrei zusammen.

»Hast du Schmerzen?«

»Bei den Heiligen, hast du mich erschreckt. Nein, ich habe … keine Schmerzen.« Tief durchatmend legte ich mir die Hand auf die Brust. Genau über die Stelle, an der die ersten schwarzen Aderspitzen zu meinem Herzen vorgedrungen waren.

»Oh, das wollte ich nicht«, entschuldigte sie sich mit einem mitfühlenden Gesichtsausdruck.

»Glaube ich dir. Trotzdem … Schleich dich bitte nie wieder so an.«

»Ich schleiche nicht, ich erscheine.« Sie nickte schief lächelnd, strich sich verlegen eine dunkelblonde Strähne hinter das Ohr und schob die Ärmel ihrer Bluse zurück. »Ist abgespeichert. Ich werde erst sprechen, wenn ich dich zuvor an der Schulter angetippt habe.«

Ich lief zu Ophram, um ihn zu begrüßen und über seine Stirn zu streicheln.

»Layla schläft noch«, wechselte Sheriad das Thema und folgte mir vom staubigen Weg zu dem kleinen Wiesenabschnitt neben der Scheune. »Hat sie immer einen so festen Schlaf?«

Ich nickte lächelnd, als ich die Pumpe betätigte und frisches Wasser über meine Hände in den Trog floss. Um die Reste der Müdigkeit zu vertreiben, wusch ich mir mein Gesicht. »Ja, Layla schläft nicht nur wie ein Stein, sondern auch sehr lange.«

»Dann könnte sie mit Chester wach werden, und wir sollten bis dahin ein Frühstück vorbereiten. Was hältst du davon?«

»Hast du nicht geschlafen?«, fragte ich sie, bis mir einfiel, dass Dämonen in der Regel nie bis selten schliefen.

»Bloß weil Chester wie ein Toter schläft, gilt das nicht auch für mich. Ich habe ab dem Moment, als du eingeschlafen bist, neben euch gekniet und seine Hand auf dich gedrückt. Zuvor hatte ich ein kurzes Nickerchen gehalten. Bloß für wenige Minuten.«

Sie hatte die ganze Nacht an meiner Seite gesessen und uns beobachtet? Das gefiel mir ganz und gar nicht.

»Zeit, zu essen. Was soll ich auftreiben? Kaninchen, Enten oder ein Schwein?«

Schwein? Hat sie mich das ernsthaft gefragt?

Soweit ich wusste, gab es weder einen Markt noch eine Siedlung in der Nähe. »Brot und Mais«, ich nickte zum Feld, »genügen. Daraus können wir mit dem Mehl in der Scheune Fladen …«

»Du brauchst tierische Nahrung. Von Getreide und Gemüse wirst du nicht satt.«

»Dann sollten wir jagen gehen, auch wenn ich Ophram noch schonen wollte.«

Als hätte er uns gehört, schnaubte er protestierend, bevor er trank.

»Jagen hört sich hervorragend an. Adamas Spezialgebiet. Du hast uns gehört, Krieger?«

Unvermittelt landete ein erlegter Hirsch mit nach oben verdrehten Augäpfeln und heraushängender Zunge, gefolgt von zwei Kaninchen mit gebrochenem Genick, zwischen Sheriads und meinen Füßen.

Ich wich zurück.

»Erledigt!«, rief eine männliche Stimme in unsere Richtung, während ich entsetzt auf das erbeutete Wild starrte.

»Wenn ihr mich nicht länger braucht, behalte ich die Grenze weiter im Auge.« Auf dem Dach der Scheune entdeckte ich Adamas' Statur, umwölkt von düsteren Schatten.

War das ihr Ernst? Ungläubig beäugte ich den gewaltigen toten Hirsch.

»Du siehst schockiert, nicht hungrig aus«, stellte Sheriad verdutzt fest, als wäre meine Reaktion absolut ungewöhnlich. Sie umfasste mein Kinn, um meinen Kopf anzuheben und mein Gesicht zu analysieren. Plötzlich fingen ihre violettblauen Augen Feuer, als ich in ihrer Miene mitverfolgen konnte, wie eine Idee in ihr reifte.

»Ah, wie unaufmerksam von mir. Jetzt fällt es mir wieder ein. Ihr Wesen vom Mondvolk habt Fisch dem Wild immer vorgezogen. Adamas!«, rief sie nach ihm. Schattenhaft zeichnete sich seine Gestalt erneut auf dem Dachfirst ab. »Bring uns bitte Fisch!«

»Nein!«, unterbrach ich sie lautstark. »Ihr könnt nicht die Tiere des halben Waldes vor meinen Füßen ablegen. Ich ...« Bei der Erdgöttin Zerade, wie sollte ich sie davon abhalten? Das war maßlos übertrieben. »Ich werde zuerst die Kaninchen häuten und über einem Feuer braten, einverstanden? Sollte ich danach noch Hunger haben, haben wir ja noch den Hirsch. Von dem ich über einen Monat essen könnte.«

»Das sagst du jetzt, Sóley. Unterschätze niemals den gesunden Appetit eines Dämons.«

»Bedeutet das, du isst mit?«

»Oh! Nein, nein, nein.« Sie schüttelte ihren Kopf, als wäre meine Frage vollkommen absurd. »Du bist zur Hälfte immer noch ein Mensch. Dein Dämon hat sich noch nicht mit deinem Körper verbunden, somit brauchst du menschliche Nahrung, wohingegen ich Seelen verspeise.« Sie sprach es aus, als wäre es das Natürlichste der Welt, und leckte sich über die vollen Lippen.

»S…Seelen ver…verspeist?«, wiederholte ich abgehackt.

»Ja, absolut richtig. Bei dir funktioniert das noch nicht, aber bald.«

Sie lächelte mit einer gewissen Vorfreude. Vor den Kaninchen ging sie in die Hocke, ließ ihre Finger kreisen und wirkte einen Zauber. Beide Kaninchen erhoben sich in die Luft, wurden von einem unsichtbaren Messer gehäutet und anschließend … ein Schnitt über den Bauch. Ich setzte eine entsetzte Miene auf, als aus dem nackten Nagetier Blut und Innereien auf den Sandboden klatschten.

»Ähm … wie werden … Dämonenkinder in Nōsfera ernährt?«

Sie schaute zu mir auf. »Sie trinken natürlich Blut.«

Klar, natürlich.

»Aber«, ihr Blick trübte sich und sie schaute nachdenklich zur Seite, »es ist lange her, dass Dämonenpaare Kinder auf Erden brachten.«

»Wieso? Können sie keine Kinder mehr zur Welt bringen?«

Sie schüttelte den Kopf, bevor ein blau funkelnder Lichtstreifen durch die Luft wirbelte und knisternde Flammen das Kaninchen über einem magischen Feuer garten, ganz ohne Holz. Beeindruckt ging ich ebenfalls in die Hocke, während Ophram laut prustete und die Mähne schüttelte.

»Seit die *Diejenigen* über Nõsfera herrschen, sind die Dämonen beinahe zeugungsunfähig. Es wurden seit fast zwei Jahrzehnten keine Nachkommen mehr geboren. Manche Dämonen versuchen auf anderen Wegen, sich zu vermehren.«

Ich runzelte die Stirn, als mir zeitgleich der Duft von gebratenem Fleisch in die Nase stieg und Sheriad das zweite Kaninchen vorbereitete.

»Es hat sicher etwas mit den Magielosen zu tun, richtig?« Mein Magen grummelte in dem Moment, als das ausgestreckte Kaninchen über den tanzenden Flammen ein sattes Goldbraun annahm. Sie lächelte bestätigend in ihrer Aussage, als sie meinen Magen hörte.

»Ja, aber das funktioniert nur bedingt. Menschenfrauen können Halbwesen gebären. Die Zeugung von Nachkommen mit magielosen Männern und Dämoninnen ist bisher nicht geglückt. Halbdämonen, die es lebend auf Erden geschafft haben, starben allerdings nach kurzer Zeit in Nõsfera, bevor der Dämon in ihnen sich mit dem Körper vereinigen konnte. Die sterbliche Hülle war zu zerbrechlich und der Dämon nicht willensstark genug, sondern kränklich und schwach. Außerdem starben die magielosen Mütter nach der Geburt ausnahmslos jedes Mal. So oder so …«, sie holte tief seufzend Luft, »können derzeit keine Dämonen gezeugt werden. Deswegen bist du seit sehr langer Zeit ein Wunderkind. Ein verloren geglaubtes Kind Nõsferas.« Mit einmal Mal strahlten ihre veilchenfarbenen Augen wie ein See an einem Frühlingsmorgen. »Aus diesem Grund wirst du verstehen, dass wir alles richtig machen müssen. Da du über Jahre hinweg nur magielose Nahrung gegessen hast, wirst du rohes Fleisch oder Blut noch nicht verdauen können. Dafür kannst du deine gewohnte Nahrung zu dir nehmen, musst aber mehr davon essen, bis dein Dämon bereit ist, andere, wertvollere Energie in Form von Blut oder Seelen aufzunehmen.«

Bei der Vorstellung presste ich die Lippen fest zusammen und grub die Fingernägel in den Stoff meiner Hose.

»Und wenn ich keine Seele essen will?« Ich müsste dazu Menschen töten. Und das kam überhaupt nicht infrage.

Sheriad griff nach dem fertig gebratenen, noch dampfenden Kaninchen, zog eine Keule ab und reichte sie mir.

»Wer sagt, dass du Menschenseelen jagen musst? Tierische tun es für den Anfang auch, oder die von verdorbenen Magielosen, die mehr Sünden begangen haben, als sie jemals in den Höllen verbüßen können. Die sind am delikatesten von allen.« Bei der Erwähnung leckte sie sich über die Schneidezähne. »Zudem musst du nicht täglich Seelen jagen. In Nõsfera gibt es niedere Dämonen, deren Aufgabe es ist, Seelen einzufangen. Falls du doch beschließen solltest, selbst welche zu erbeuten, genügt dies einmal die Woche … höchstens.«

Der herrliche Duft von gebratenem Fleisch stieg mir in die Nase. Auch wenn mein Dämon gerade schlief, tobte einer in meinem Magen und ließ mich, ohne zu zögern, von der Kaninchenkeule abbeißen.

Mit einem fröhlichen Gesichtsausdruck beobachtete Sheriad mich. Ich nahm auf dem Fleckchen Wiese neben ihr Platz und aß das erste Kaninchen beinahe vollständig auf. Dem folgte das zweite. Je mehr ich aß, desto intensiver glühten ihre Augen wie die einer Mutter, die ihr Kind umsorgte.

»Sehr gut. Man sieht sofort, wie das Leben, das dir der Dämon gestern Nacht gestohlen hat, in deinen Körper zurückkehrt.«

Ich verzog das Gesicht. Auch wenn ich bereits zwei Kaninchen gegessen hatte und früher von einer Keule satt gewesen wäre, war da immer noch dieser unbändige Hunger. Er wurde seltsamerweise mit jedem Bissen größer.

Als Sheriad mehrere Schüsseln und Teller voll beladen mit Hirschbraten und gerösteten Maiskolben zubereitet hatte, hörte ich hinter uns ein Gähnen. Ich schaute über die Schulter und entdeckte Layla, die mit Heuhalmen im Haar ins Freie trat.

»Was duftet hier so köstlich?«

»Wir füttern Sóleys Dämon, damit sie heute Abend möglicherweise mit der Phase der Entfaltung abschließen kann.«

Neugierig kam Layla näher. »Entfaltung?«

Richtig, Chester hatte nach der vierten Phase aufgehört und mir die letzten drei Abschnitte der Wandlung nicht erklärt.

»Ja. Sóleys Dämon muss mehrere Phasen meistern. Da wäre die Erweckung. Die fand vorgestern statt, dann die Entfaltung. Diese geht meistens auch ziemlich zügig vorbei. Danach findet die zweitwichtigste Phase statt, die Verbindung. Ihr Dämon verbindet sich mit ihrem Körper. Dieser wird dann unsterblich. Ihre Wunden verheilen schneller als bei Menschen, ihre Sinne schärfen sich und ihre Gefühlsebenen werden intensiver. Wenn sie diese Phase gemeistert hat, geht sie über in die Vereinigung. Dieser Abschnitt dauert für gewöhnlich eine Nacht.« Ein Blitzen trat in ihre Iriden. »Danach folgt die Manifestation, und dann, wenn sie die Kontrolle über ihren Dämon besitzt, findet die Teilung statt. Sie ist dann in der Lage, Magie zu wirken. Die letzte Phase ist die Vollendung. Diese wird mit einem Blutschwur mit einem anderen Dämon abgeschlossen. Meistens mit dem Dämon, der bei der Vereinigung beteiligt war.«

Jetzt konnte ich ihr nicht mehr ganz folgen. »Blutschwur?«

Sheriad nickte, während sie mir unauffällig einen Teller entgegenschob, auf dem sich eine riesige Portion Fleisch befand.

»Dämonen sind für gewöhnlich nicht als Einzelgänger geschaffen. Sie müssen Bündnisse mit anderen eingehen.«

»So, wie du eines mit Chester und Adamas eingegangen bist?«

»Richtig. In Nôsfera zeichnete man früher die Vollendung meistens mit einem Status aus. Wenn man die Verbindung und Vollendung mit einem sehr hochrangigen Dämon einging, stieg man umso höher auf und gewann an Ansehen. Demnach erhielten hochrangige alte Dämonen natürlich die meisten Anfragen.«

Layla biss von einem Maiskolben ab und nuschelte mit vollem Mund: »Konnte ein hochrangiger Dämon nicht alle Anfragen annehmen?«

Sheriad schaute missbilligend zu ihr. »Hätte er tun können, aber er suchte sich seine Gefährten und Verbündeten ganz genau aus. Nicht jeder ist als Gefährte geeignet. Den meisten Dämonen geht es um das Ansehen, nicht um den eigentlichen Blutschwur. Dieser verbindet allerdings den mächtigen Dämon mit dem Aufgestiegenen beinahe bis in die Unendlichkeit.«

Layla und ich tauschten Blicke aus. Ich hätte mir so sehr gewünscht, dass wir das Wissen schon viel früher in Büchern hätten nachlesen können. In Sheriads Augen wirkten wir sicher wie dumme Menschenkinder, die von Traditionen keine Ahnung hatten.

»Kann der Blutschwur wieder zurückgenommen werden?«, wollte ich wissen und Sheriad nahm im Schneidersitz mir gegenüber Platz.

»Unter besonderen Umständen ja. Dies geschieht sehr selten und geht mit einem Verlust von Macht einher. Manche Dämonen wurden nach der Aufhebung des Blutschwurs wahnsinnig. Wenn der Schwur gebrochen wurde, verlor nicht der hochrangige Dämon an Ansehen, sondern der Aufgestiegene. Kein mächtiger Dämon rührte erneut einen verlorenen Dämon an. Weil nicht nur die Macht des Gefallenen zum Teil verloren war, sondern auch sein Geist. Die meisten gefallenen Dämonen verfielen irgendwann dem Wahnsinn, weil ihnen die Macht des höherrangigen Dämons entzogen worden war. Das ist ähnlich wie bei Magielosen, die zu viel Wein trinken oder Opiate zu sich nehmen. Irgendwann kommen sie nicht mehr davon los, und ihr Geist gibt keine Ruhe, weil er immer mehr einfordert.«

Hörte sich unheimlich an. »Somit sollte man sich ganz genau überlegen, mit welchen mächtigen Dämon man einen Blutschwur eingeht?«, hakte ich nach.

Sheriad griff nach einem weiteren Stück Fleisch, dieses Mal gebratener Leber, und hielt es mir entgegen. »Ja, so ist es. Denn es gibt mächtige Herrscher, die andere Dämonen aufsteigen und dann fallen lassen, um sie absichtlich in den Wahnsinn zu treiben. Die Existenz dieser Dämonen ist unsagbar leidvoll und tragisch. Sie sind nur noch Sklaven ihrer Dämonen und fallen über jede Seele her wie Bestien.«

Laylas braune Augen waren kurz furchterfüllt, und ich wusste genau, woran sie dachte. An mich. Daran, wie ich gestern Nacht, komplett von meinem Dämon besessen, an den Ketten gerissen hatte.

»Keine Sorge, Sóley.« Sheriad musste in meinem Gesicht die Angst abgelesen haben, als ruhelose versklavte Seele zu enden. »Das wird dir nicht passieren.«

Woher wollte sie das wissen?

Bevor ich sie fragen konnte, trat Chester durch das aufgeschobene Scheunentor, gähnend und halb schwankend, als hätte er die letzte Nacht ein Fass Bier getrunken. Morgens wirkte er jedes Mal kurzzeitig wie gerädert. »Wie ich sehe, seid ihr schon beim dritten Gang?«

Neben Sheriad lag ein Hirsch, der bis zur Hälfte von Magieklingen filetiert wurde und dessen blanke Rippenbögen in der Sonne glänzten.

»Sehr beachtlich, dass du dieses Mal alles aufisst, was man dir vor die Nase setzt«, veräppelte mich Chester, kaum dass er bei mir angekommen war und über mein geflochtenes Haar strich.

»Adamas fängt nachher Fisch. Den haben die Monddämonen doch am meisten gemocht, richtig?«

Jetzt erklärte sich auch, dass sie nicht von gebratenem, gekochtem oder geräuchertem Fisch sprach, sondern von Fischseelen. Mir kam gleich der Hirsch hoch.

»Absolut richtig. Sie haben ganze Wale vertilgt.«

Laylas Mund klappte auf, während sich in mir die Vermutung breitmachte, dass wir gerade mächtig auf den Arm genommen wurden.

Neben mir nahm Chester im Schneidersitz Platz. »Wenn Sóley mit ihrem Frühstück fertig ist, und Layla natürlich auch, brechen wir auf. Mir sitzen die Krieger der Verdammnis zu sehr im Nacken.« Er drehte sich zur Scheune um, als könnte er etwas durch das Gebäude hindurch erkennen, was für uns andere verborgen blieb. »Außerdem wird es Zeit, dass Sóley ihre erste dämonische Waffe erhält.«

Sheriad schnaubte. »Sie ist noch nicht bereit, eine magische Klinge zu führen.«

»Sie hat mein Schwert knapp zwei Minuten gehalten. Immerhin länger als jeder andere Dämon. Länger als du, Sheriad.« Mit einem Funkeln in den Augen zwinkerte er ihr zu. »Somit denke ich, es ist an der Zeit. Je früher ihr Dämon sich mit den Magiesteinen vertraut macht, umso schneller erlernt sie deren Umgang. Oder willst du mir widersprechen, Sheriad?«, fragte er herausfordernd mit einem melodischen, aber messerscharfen Klang in der tiefen Stimme. Seine Gesichtszüge nahmen etwas Raubtierhaftes an.

Sie presste die Lippen zu einem schmalen Strich zusammen, und beide tauschten tiefe Blicke aus, als hätten sie sich etwas zu erzählen, was nicht mit laut ausgesprochenen Worten zu klären war.

»Na gut«, stieß sie geschlagen aus. »Verschwinden wir von hier und beschaffen Sóley eine Waffe.«

»Vielen Dank für deine Zustimmung«, erwiderte Chester ganz so, als hätte er ihre Zustimmung nicht wirklich gebraucht. Mit einem schiefen Grinsen hielt er mir ein Stück Fleisch hin. »Alles brav aufessen, Mondkätzchen!«

Ich grub die Zähne in das Fleisch und riss ein Stück ab. Teilweise kaute ich die Bissen nicht einmal richtig, und trotzdem fühlte sich mein Magen leer an, als könnte ich nicht genug herunterschlingen.

Ein zufriedenes Funkeln trat in Chesters scharfsinnigen Blick, als er mich beim Essen beobachtete. »Das machst du sehr gut«, lobte er mich.

KAPITEL 23

DÄMONENGOTT DER VERDAMMNIS

Ich rekelte mich in meiner Vollkommenheit auf dem Ast einer alten Eiche, in die einst ein Blitz eingeschlagen hatte. Es herrschte gähnende Langeweile, bis ein Hauch neben mir aufzog und ich Àraz-Kars neben Lôraz-Des Aura witterte. *Ħēştrą!* Endlich.

Wenn sie wieder mit unschönen Neuigkeiten zurückkamen, verlor ich das letzte Fünkchen Geduld. Meistens war auf meine Gefährten Verlass, aber in den letzten Tagen enttäuschten sie mich. Maßlos!

Die Vögel stiegen mit einem schrillen Aufschrei gen Himmel, als Àraz-Kar sich näherte. Gelangweilt betrachtete ich meine schwarzen Fingernägel.

»Mein Saċar«, richtete er seine Worte an mich, nachdem er sich aus seiner formvollendeten Verbeugung inmitten des funkelnden Rauchs erhoben hatte. »Ich bringe Neuigkeiten mit. Sie verlassen die Scheune und sind auf dem Weg in Richtung Norden.«

»Und wie wird uns das helfen, um dieses mondgesegnete Wesen zu uns zu locken? Die Wälder der Illionen reichen bis hoch in den Norden und grenzen bis an die Hauptstadt Katalysía. Also sag mir, inwieweit das eine gute Nachricht sein soll!«

»Ich sagte nicht, dass ich *gute* Neuigkeiten habe, mein Saċar.«

Stimmt, ich dachte zu optimistisch. Als ich ihn vor Stunden ausgesandt hatte, um diese gottverlassene Scheune auszuspionieren, riet ich ihm, mit guten Neuigkeiten zurückzukehren, wenn ihm sein Dämon etwas bedeutete. Offensichtlich war ihm sein Dämon nichts wert. Was für ein unfähiger Legionär!

Grollend vor Zorn ballte ich die Finger zur Faust. Ein geisterhafter Sturm zog auf und riss Blätter aus den Baumkronen, die umherwirbelten wie rastlose Geister.

»Ich habe mir eine Strategie überlegt, wie wir sie trennen können, sodass die Mondgesegnete die Magiegrenze übertreten wird.«

»Tatsächlich!«, gab ich wütend zurück. »Dir ist es schon die letzten Nächte nicht gelungen, sie von *Chester*, wie er sich derzeit nennt, zu trennen. Wieso sollte es dir heute gelingen, he?«

Ich hatte eine wesentlich ausgereiftere Idee, die ich umsetzen wollte. Auf das Feingefühl meiner Gefährten war einfach kein Verlass. Dann sollte ich es in die Hand nehmen, da ich sehr genau wusste, dass Chester morgen Abend einer ganz anderen Beschäftigung nachgehen würde. Einer, die nicht vorsah, sich die Mondgesegnete gefügig zu machen und ihr Vertrauen zu gewinnen, damit er sie für seine Zwecke missbrauchen konnte. Morgen Abend fand die Mondeinigung statt. Er wurde nach Nõsfera gerufen wie auch seine Gefährten. *Das ist meine Chance, die Mondgesegnete näher kennenzulernen.*

Als ich die Faust öffnete, tanzten knisternde Blitze über meiner Handfläche. Der Nagel meines Zeigefingers wuchs zu einer Klaue. Ohne zu zögern, strich ich den Ärmel der Jacke zurück, um ihn über einen der tintenschwarzen Dornenringe, von denen ich über hundert trug, zu schaben. Àraz-Kars Kehle entrann ein Keuchen.

»Mein Sačar, ich werde sie heute um Mitternacht zu Euch bringen. Ich schwöre es auf mein Sein. Durchtrennt nicht den Blutschwur. Ich habe Euch so viele Informationen über das Mädchen gegeben. Euch berichtet, dass sie die letzte Nachfahrin der Monddämonenlinie ist, Eu…«

Ein höfliches Lächeln umspielte meine Lippen, als ich ihm das Wort abschnitt. Ich genoss es, wenn sie mich anflehten, wenn so starken Kriegern, die vor keiner magischen Klinge zurückschreckten, die Knie schlotterten, wenn man ihnen ihre Macht entzog.

Er kam näher, doch ich hielt ihn mit einem Schild zurück. Geschmeidig richtete ich mich auf dem Ast auf, schwang den Umhang und neigte mit einem mitfühlenden Blick den Kopf. Mein Haar wurde von den wispernden Schatten aus der Stirn geweht. Mit der Kralle hob ich die Ranke von meiner Haut. Àraz-Kar griff sich instinktiv an den Hals. Dort, wo er das zuvor nicht sichtbare Band trug.

»Mein Saċar, ich werde meinen Fehler korrigieren. Mich mehr anstrengen … ich schwöre Euch …«

Lôraz-De, meine schönste Kriegerin, stand teilnahmslos in ihrer dunkelvioletten Uniform hinter ihrem Anführer. Trotzdem spürte ich etwas wie Furcht in ihrem Geist, als ich sie musterte. Instinktiv zuckte sie zusammen.

»Jaja, mein lieber Àraz-Kar. Du hättest deine Versprechen halten sollen, als ich dir noch die Möglichkeit dazu gegeben habe. Ich brauche dich und deine nutzlose Seele nicht mehr. Bettle einen anderen Saċar, Lord oder Würdenträger um ihre Macht an, aber vergeude nicht länger meine Zeit!« Vielleicht fand er eine nette Anstellung im Reich meines Bruders und würde dort den Mist der Höllenpferde entsorgen. Der Gedanke gefiel mir.

Das Band um seinen Hals manifestierte sich zu einem eisernen Geflecht aus Dornenranken, an dem sein Blut herabtropfte. Er umgriff das Band, wollte es zurück an den Hals pressen, als ich meines am Unterarm zerschnitt. Wie Glas zersprang die Verbindung und seine Gedanken und Gefühle verloren sich aus meinem Geist in die stille Unendlichkeit.

Schon viel angenehmer.

Vor Schmerz, innerer Leere und um seine Zugehörigkeit beraubt schrie er wie ein Tier auf, dessen Leib aufgeschlitzt wurde.

Es war jedes Mal ein Klang, der mein Sein mit Genugtuung erfüllte. Anders als die anderen Saċare war es mir gleichgültig, was aus diesen verlorenen Dämonen wurde. Mehrere meiner Lakaien umgaben Àraz-Kar und zwangen ihn in Ketten, um ihn an einer Flucht zu hindern.

»Lôraz-De, schneid ihm die Zunge heraus, blende seine Augen und versiegele seinen Geist, damit er nicht auf die absurde Idee kommt, mich an andere Reiche zu verraten«, befahl ich ihr in Gedanken, woraufhin sie zittrig Luft holte, sich tief verbeugte und mit einem rot glühenden Blick ihren Gehorsam zeigte. Sie zog eine gezackte Klinge und und ließ sie geübt durch die Luft wirbeln. Ein leuchtender dunkelvioletter Schnitt blitzte auf. Schon hörte ich, wie Fleisch durchtrennt wurde. Ein schwarzer Klumpen landete auf dem Waldboden. Àraz-Kars Zunge, der gleich darauf ein kehliger qualvoller Schrei folgte. Wie ein wildes Tier riss er an den Ketten. Schwarzes Blut quoll über seine Lippen. Die anderen sahen unbeteiligt zu, während ich mich an dem Anblick ergötzte.

Grelles Licht konzentrierte sich auf Lôraz-Des Klinge, woraufhin Àraz-Kars Augen sofort die Nebel der milchigen Finsternis annahmen. Sie wurden zu lichtleeren Tunneln ohne Glanz und Leben.

Ein Wispern ging durch die Baumkronen, da meine verdammten Söldner Zeuge der Aufhebung des Blutschwurs wurden. Zeugen waren mir stets willkommen, damit sie in die Erden hinaustrugen, dass ich nicht zu den gnädigen Saċaren gehörte, die ihren Untertanen unendlich viele Chancen einräumten, sondern mein Reich, auch wenn ich meiner Macht beraubt worden war, mit Angst und Schrecken regierte.

Nachdem sich Lôraz-De in Schatten aufgelöst hatte, sank ich zu Boden und kniff die Augen zusammen.

Auch wenn Chesters Späher hin und wieder in unsere Richtung starrte und seine Sinne nach mir ausstreckte, war ich nicht so dumm, mich zu zeigen. Wie es sich wohl für Chester anfühlen würde, wenn ich ihm seinen langjährigen Gefährten nahm? Es würde ihn weiter an den Rand der Verzweiflung treiben. Der Gedanke gefiel mir sehr.

Mein Bruder hielt immer noch das starke, nahezu unantastbare Bild des mächtigsten Kriegers seit Menschengedenken aufrecht, aber selbst ich spürte, wie seine Macht schwand. Mit jedem Tag ein bisschen mehr. Er war so gut wie sterblich. Es wäre mir eine Genugtuung, ihn vor den Augen der *Derjenigen* zu vernichten, um auf diesem Weg einen Teil meiner Macht zurückzugewinnen.

Mit dem Rücken lehnte ich mich gegen den Baum, bevor ich mit ihm in einem verdorbenen Lachen verschmolz.

KAPITEL 24

SÓLEY

»Wieso befinden sich die Blausteine in der magielosen Welt?«, fragte Layla, als sie wieder auf Ophram ritt, während ich auf einem Wallach und Chester auf einem schwarzen Monstrum von Pferd saß, das mit jedem Hufschlag den Weg mit einer schwarzen Materie ähnlich wie Pech taufte. Immer wenn ich mich umdrehte, versickerten die schwarzen Hufabdrücke gerade im Boden.

»Weil sie dort am wenigsten vermutet und von göttlich Gesegneten bewacht werden. An ihnen kommt kein Dämon ohne Weiteres vorbei«, erklärte er ihr.

In Laylas mit Sommersprossen übersätem Gesicht zeichneten sich mehr Fragen ab als zuvor. So wie in meinem vermutlich, als Chester meinen Blick auffing und schief grinste.

»Schon gut, ich erzähle euch die Kurzversion. Die Blausteine werden in einer Mine im Norden des Ketoya-Gebirges eures Königreiches geschürft. In einer Mine, die von Wesen bewacht wird, die Geistern sehr ähnlich sind, denn die blauen Steine senden unbearbeitet Energien in Form von Astrallichtern aus.«

Laylas Mund klappte auf. »Bei Geistern bin ich raus. Damit will ich nichts zu tun haben. Ich krieche in keine dunkle Mine und lasse mir Angst einjagen.«

Sie schüttelte sich bei der Vorstellung, sodass ich schmunzeln musste.

»Deswegen hält die Mine die meisten Sterblichen fern, weil sie sich vor den Geistern gruseln. Und mal nebenbei erwähnt, es sind keine harmlosen Gesellen. Sie sind wesentlich angsteinflößender als solche, die in Burgen mit Ketten rasseln.«

Layla zog die Schultern an den Körper und schüttelte den Kopf, bevor sie verängstigt zu mir blickte. »Geh da nicht hin, Sóley. Das hört sich unheimlich an.«

Nach einem netten Ausflug klang es wirklich nicht. Aber wenn stimmte, was Chester gesagt hatte, brauchte ich eine Waffe, um Dämonen verletzen oder vernichten zu können.

»Du kannst ja auf uns warten, Layla, bevor du starr vor Schreck für immer in den Minen festgehalten wirst.« Irgendwie schien Chester die Vorstellung zu belustigen. »Dabei sind die Minen nicht mal das Problem.«

»Sondern?«, erkundigte ich mich und schaute an Layla, die in der Mitte ritt, vorbei zu Chester. Er runzelte die Stirn. »Wie ich schon sagte, wird die Mine von Gesegneten bewacht. Ihr haltet sie für Mönche, Seher oder Wahrsager. In Wahrheit sind sie schlicht mit übernatürlichen Kräften gesegnet. Sie sind, wenn man es genau nimmt, Vermittler zwischen den Welten und stehen auf keiner Seite. Weder auf der der Magielosen noch auf der Seite der Dämonen. Sie richten das Schicksal und wachen über das Gleichgewicht der Welten. Sie musst du davon überzeugen, dass du würdig bist, eine Waffe aus Blaustein zu tragen, Sóley. Stell dir das nicht zu einfach vor.«

Hörte sich nach einer sehr großen Verantwortung an, die die Gesegneten zu schultern hatten. Augenblicklich musste ich an unsere Seher im Dorf denken. An Martis, der mit unbegrenztem Wissen ausgestattet war. Immer wenn ich vor einem Problem gestanden hatte, hatte ich ihn um Rat gefragt. Er hatte jedes Mal gewusst, was zu tun war. Und er konnte Dämonen sehen wie ich, wie ich vor dem Ritual herausgefunden hatte. Somit trafen Chesters Worte zu. Wenn die Gesegneten der Mine so wie Martis waren, gab es ganz bestimmt eine Möglichkeit, sie davon zu überzeugen, wie wichtig mir eine Waffe aus Blaustein war. Dass ich sie für Laylas und meinen Schutz brauchte, um uns zu verteidigen, und nicht, um wahllos zu töten.

* * *

Nach weiteren Stunden, in denen das Geröll des Weges in immer scharfkantigere Felsenabschnitte überging und ein eiskalter Wind über die karge Landschaft pfiff, lenkte Chester sein Pferd zu mir.

Ohne einen Ton zu sagen, schaute er in seiner überirdischen Schönheit zu mir herab und blieb mit seinen Augen länger auf meinem Gesicht hängen. »Die Monde sind sogar am Tag zu erkennen«, sprach er leise, fast so, als würde er es zu sich selbst sagen.

»Es fühlt sich seltsam an, wenn du mich so anstarrst.«

»Ich starre nicht, ich bewundere dich.«

»Das ist noch unheimlicher.«

»Sollte es nicht sein. Du bist etwas Besonderes, an dem ich mich nicht sattsehen kann. Das wird sich nie ändern, Sóley.«

Er gab offen zu, mich weiterhin anstarren zu wollen wie ein kostbares Juwel? Was sah er wirklich in mir? Den Menschen, der in einem abgeschiedenen Dorf groß geworden war? Die mutige Jägerin, die anders als andere Frauen des Königreichs in Wäldern umherstreifte? Oder diese fremde, noch nicht komplett entwickelte Dämonin?

Seine Hand umfasste meinen linken Unterarm. Er ließ die Finger von meinem hochgeschobenen Ärmel über meine Haut zu meiner Hand gleiten. Die zarte Berührung sorgte für ein kitzelndes Knistern, obwohl er Handschuhe trug.

»Wann werde ich Nõsfera besuchen können?«, wollte ich wissen, während ich beobachtete, was er mit seinen Fingern tat.

»Ginge es nach mir, nie«, brachte er leise über die Lippen.

Kurz wartete ich auf die Begründung seiner Antwort. Die kam jedoch nicht.

Es trat ein Schweigen zwischen uns, bis ich mich entschloss, ihn nach dem Grund zu fragen. »Wieso nicht?«

»Erstens, weil du Nõsfera erst betreten kannst, wenn deine Wandlung bis zur Manifestation, besser noch bis zur Teilung fortgeschritten ist. Um dich vor anderen Dämonen zu schützen, brauchst du den Zugriff auf deine Magie. Dein Körper muss bis dahin den Unsterblichkeitsgrad erreicht und deine Heilfähigkeit ausgebildet haben. Zuvor bist du ein leichtes Opfer.«

»Und du denkst nicht, dass du das verhindern kannst?«, neckte ich ihn, da er den Blick von unseren Händen gelöst hatte und zum gewundenen Weg vor uns schaute.

»Bedauerlicherweise nicht, nein. Nicht so, wie du den Schutz verdient hast«, fuhr er fort, und eine tiefe Machtlosigkeit, vermischt mit Zorn, trat in sein Gesicht.

Ich umfasste seine Hand, damit er nicht daran dachte. »Und was ist der zweite Punkt?«

»Richtig. Zweitens müssen wir deine Rückkehr planen. So planen, dass die *Diejenigen* nicht wissen, wer Nõsfera bereist und die Macht des Reichs der Mondgeborenen wiedererweckt.«

Ich weitete die Augen und löste meine Hand von seiner. »Du willst mir damit sagen, ich soll in das Reich meiner Eltern reisen und es wiederauferstehen lassen?«

»Was spricht dagegen, Sóley?«

»Sehr viel. Ich kenne das Reich nicht.«

»Du wirst es kennenlernen und wieder aus den Ruinen auferstehen lassen – mit der Macht, die dir sehr bald zur Verfügung steht.« Das Grün seiner Iriden funkelte entschlossen.

»Mit der *Macht*?«, wiederholte ich irritiert.

»Ja, mit der allumfassenden, ungebrochenen Macht, die dir deine Eltern mitgegeben haben. Damit werden die *Diejenigen* nicht einmal in ihren schlimmsten Albträumen rechnen.«

Sein schiefes Grinsen entblößte das Grübchen auf seiner rechten Wange sowie die ausgeprägten Eckzähne. »Du wirst das längst verlorene Reich mit Magie wiedererwecken, und dann, wenn sie glauben, sie könnten dich aufhalten, wirst du zuschlagen.«

Als hätte er einen Scherz gemacht, musste ich kichern. »Das klingt völlig absurd. Du musst zugeben, dass ich mit meiner Ein-Frau-Armee und vielleicht dir kaum etwas bewirken kann. Oder hast du vergessen, dass mein Volk …«, es hörte sich merkwürdig an, so über die Wesen meiner Blutlinie zu reden, »… ausgelöscht wurde?«

Chester besah mich mit diesem Lehrmeisterblick, als hätte ich etwas absolut Unkluges von mir gegeben. »Ein-Frau-Armee mit mir an deiner Seite? Das hört sich an, als gäben wir zwei ein ziemlich erbärmliches Bild in einer Schlacht ab. Diese Kränkung schmerzt zutiefst. Und lass dir gesagt sein, es geschieht nicht oft, dass mich ein Wesen derart kränken kann.« Schnaubend wandte er sich von mir ab.

»Wir könnten Adamas mitnehmen.«

»Nein, er fühlt sich auch schnell gekränkt. Für welche Schwächlinge hältst du uns?«

»Keine Ahnung. Du hast gesagt, dass deine Macht gebrochen wurde, somit habe ich geschlussfolgert …«

»Ich sei nicht mehr dazu in der Lage, ein Feuer zu entfachen? Autsch!«

»Das habe ich überhaupt nicht gesagt. Aber wenn diese *Diejenigen* so mächtig sind und mehrere Reiche unter ihnen stehen, wird es uns wohl, ob wir nun mächtig sind oder nicht, kaum gelingen, sie zu besiegen. Falls ich es denn will.« Denn für mich war Nõsfera ein fernes Land ... wie ein fremdes Reich in einem Märchen. Das Reich der Magielosen war meine Heimat, mein Zuhause, das, was ich kannte. Ich konnte zwar nicht darüber entscheiden, in was ich mich verwandelte, dafür aber durchaus, wo ich leben wollte. Sicher wollte ich Nõsfera irgendwann sehen und wissen, wie das Land der Dämonen aussah, allerdings kam mir nicht einmal in den Sinn, das Reich meiner Eltern, die ich überhaupt nicht kennengelernt hatte, zu regieren. Das klang vollkommen absurd. Absolut verrückt und wahnsinnig.

»Falls du es denn willst?«, raunte er herablassend. »Getrieben von deinen Rachegelüsten solltest du es dir zur Aufgabe machen, die aufzuspüren, zu richten und zu vernichten, die dir alles genommen haben!«

Und da war der Unterschied. Ich fühlte mich nicht so, als wäre mir etwas genommen worden. Das Einzige, worüber ich mir jeden Tag Sorgen machte, war das Wohl meiner Familie. Ob sie erfahren hatte, dass ich geflohen war, ob sie um mich trauerte oder ob sie der König, der von meiner Flucht erfahren hatte, bestraft hatte.

»Du warst dabei, als dieser Krieg stattfand, Chester, ich nicht. Aus diesem Grund muss ich mich an niemandem rächen.«

Er versteifte sich in seiner anmutigen Kleidung, die nicht für eine Reise gemacht war, und schaute dann zu Layla, die hin und wieder auf Ophram eindöste. Ihr Kopf sank in immer kürzeren Abständen auf ihre Brust. »Layla, kannst du deine Freundin nicht umstimmen?«

»Was? Entschuldigt, ich bin kurz …« Sie rieb sich mit der linken Hand die Augen, während Ophram mit ihr weitertrottete.

»Es war eine schwachsinnige Idee, anzunehmen, du könntest es nachvollziehen«, murmelte Chester gereizt und irgendwie … beleidigt.

War es nicht, hätte ich am liebsten geantwortet, aber er musste mich verstehen, ich hatte keinen Bezug zu Nõsfera oder dem Reich meiner Eltern. Bis vor wenigen Tagen hatte ich nichts von diesen Reichen, der Welt, den Wesen und den Auseinandersetzungen gewusst.

Weitere Stunden verstrichen, in denen wir kein Wort mehr wechselten. Chester schien in Gedanken vertieft, ohne den Blick nur ein Mal in meine Richtung zu heben. Er war eindeutig gekränkt. Aber da ich das Thema nicht erneut ansprechen wollte, sagte ich nichts, sondern hing meinen Gedanken nach.

Irgendwann, als sich eine Senke zwischen der Gebirgskette vor uns ausbreitete, formten sich Schatten zu einer schwarzen Gestalt und Adamas trat an den gefährlich hohen Abgrund. Von ihm lösten sich die Schatten als schwarze Krähen, die auf die Senke, in der ein Bergsee funkelte, zuflogen und darüber ihre Kreise zogen.

Wir hielten hinter ihm an. Chester schwang sich elegant aus dem Sattel und trat zu Adamas. Wie aus dem Nichts erschien Sheriad aus einer schwarzen Wolke.

»Ich denke, du solltest mit ihm reden, Sóley. Er scheint echt beleidigt zu sein«, flüsterte mir Layla zu.

»Wieso? Weil ich seinen Plan nicht verfolge? Das hier ist unser Zuhause, Layla.«

»Aber du wirst zu einer Dämonin. Glaubst du echt, du könntest für immer hierbleiben?«

Daran hatte ich noch gar nicht gedacht. Das würde bedeuten, ich müsste mich von Layla trennen, weil ihr sterblicher Körper in einer Welt der Dämonen nicht lange überleben würde. Auf keinen Fall.

»Ich weiß es nicht.« War es Dämonen verboten, sich für immer im Reich der Magielosen aufzuhalten? »Trotzdem werde ich in kein fremdes Land ziehen, in dem du womöglich mehr Angst als in diesen Minen haben wirst, die wir heute aufsuchen werden. Kommt nicht infrage.«

»Ich verstehe dich.« Layla zupfte an Ophrams Mähne und begann gleich darauf, einen Zopf aus drei Strähnen zu flechten. »Trotzdem hat niemand gesagt, dass du dich heute entscheiden musst. Egal welchen Weg du wählst, ich bleibe bei dir. Das weißt du?«

Mit einem dankbaren Lächeln griff ich nach ihrer linken Hand und drückte sie. »Das weiß ich. Aber ich würde dich niemals unnötig Gefahren aussetzen.«

Vor uns war ein Räuspern zu hören. Adamas verschränkte die Arme vor der schlangenhautartigen Lederjacke. »Wir können die Senke passieren. Es wird aber kein leichter Abstieg werden. Es sei denn, ihr traut euch zu, dass wir den Weg verkürzen.«

»Gibt es einen kürzeren Weg? Einen Tunnel?«, fragte Layla neugierig.

»Etwas in der Art.« Ein diabolisches Grinsen überschattete sein markantes Gesicht. »Wie entscheidet ihr euch?«

Ich ahnte, auf welchen kürzeren Weg er hinauswollte, während Layla so gar keine Vorstellung zu haben schien. »Wie viel Zeit würden wir einsparen?«

»Mindestens zwei Stunden«, gab Adamas zurück.

»Super, ich bin dabei, da mein Hintern schmerzt. Ich denke, Ophram hat auch eine Pause verdient.« Etwas unbeholfen schwang sie ihr linkes Bein über Ophrams Rücken und rutschte aus dem Sattel. Wackelig kam sie auf den Füßen auf.

Adamas und ich tauschten knappe Blicke aus. »Zeig ihr zuerst den Weg«, sagte ich schließlich und konnte mir ein Lächeln kaum verkneifen.

Erwartungsvoll schaute Layla zu mir. »Was meinst du damit? Ich dachte, wir gehen zusammen?«

Adamas nickte, umfasste Laylas Mitte und erhob sich in die Luft. Ein greller Schrei drang noch eine Weile aus der Senke zu uns empor. Manchmal liebte ich Laylas leichtgläubiges Wesen. Wie kam sie auf die Idee, Adamas würde uns einen Tunnel zeigen, wenn er sich auf magische Weise durch die Schatten bewegen konnte.

Noch bevor mein Lachen wie auch Laylas Todesschrei verstummten, trat Chester an mein Pferd.

»Du bist ziemlich durchtrieben«, merkte er an.

»Was meinst du?«, gab ich unschuldig lächelnd zurück. Layla hätte sich niemals von Adamas mitnehmen lassen, wenn er mich als Erste zum Seeufer gebracht hätte.

Ein anzügliches Raunen verließ Chesters Lippen, die sich zu einem diabolischen Lächeln verzogen. Galant bot er mir seine rechte Hand an, der ich auswich, um ohne seine Hilfe aus dem Sattel zu gleiten. »Wirst *du* mir jetzt die Abkürzung zum See zeigen?«

Sein Grinsen wurde breiter. »Wenn es dir unangenehm ist, in meiner Anwesenheit zu schreien, lasse ich das gern Adamas machen.«

»Wieso gehst du davon aus, ich würde schreien?«

»Keine Ahnung, weil es über fünfzehnhundert Meter in die Tiefe geht, möglicherweise?«

Oh.

Selbstsicher umrundete ich meinen Wallach, um vor Chester stehen zu bleiben und in sein schön geschnittenes Gesicht aufzublicken. »Das würde dich sicher meine Kränkung vergessen lassen, nicht wahr?«, provozierte ich ihn. Ich würde nicht schreien. So schnell war ich nicht einzuschüchtern.

»Möglicherweise«, erwiderte er und hob herausfordernd die rechte Augenbraue. »Sheriad, versorge bitte die Pferde und bring sie in die Höhle. Wenn du fertig bist, verrate mir, wie weit Sóleys Schreie zu hören waren.«

»Liebend gern, Chester«, antwortete sie mit einem honigsüßen Lächeln, als mich Chester im selben Moment nicht wie erwartet an der Hüfte packte, sondern auf die Arme hob.

Ein Keuchen verließ meine Lippen.

Ehe mein sterblicher Verstand begreifen konnte, was geschah, befand ich mich mit ihm in der Luft und wir rasten in einer unmenschlichen Geschwindigkeit an den tödlichen Felswänden und Vorsprüngen entlang in die Tiefe. Grau-, Grün- und Blautöne verschmolzen vor meinem Sichtfeld zu einem verwaschenen Bild.

Bei den Heiligen Nephistos, er war so schnell. Schneller als der freie Fall.

Mein Magen zog sich schmerzhaft zusammen, während ich die Hände zu Chesters Schultern hob und mich verbissen an ihm festklammerte. Trotzdem schrie ich nicht, sondern vergrub das Gesicht mit geschlossenen Augen an seinem Hals. Anders als erwartet kamen wir nicht mit einem heftigen Stoß auf, sondern federleicht.

»Mein Kompliment«, flüsterte er mir mit warmem Atem ins Ohr. »Du hast wirklich nicht geschrien.«

Vorsichtig hob ich mein Gesicht aus seiner Halsbeuge und blinzelte zögerlich. Waren wir schon angekommen? Mein Herz hämmerte laut, während mir das Blut in den Ohren rauschte und sich ein Schwindelgefühl hinter meinen Schläfen ausbreitete.

»Sagte ich doch. Ich bin eine angehende … Dämonin«, antwortete ich, obwohl mir verdammt übel war.

Ich drehte das Gesicht zum kristallklaren See mit den weißen Kiesstränden, hinter denen sich eine gewaltige Gebirgskette mit schneebedeckten Gipfeln in den Himmel erhob. Hin und wieder entdeckte ich hochgewachsene Fichtengrüppchen oder einen Abschnitt mit feuerrot blühenden Sträuchern am Fuß der Berge. Ansonsten haftete der unberührten Landschaft in dieser Senke eine raue, natürliche Schönheit an.

Weiter entfernt entdeckte ich Layla, die sich, hinter ein Gebüsch gebeugt, von Adamas das Haar zurückhalten ließ.

Ich litt mit meiner Freundin, denn um meinen Magen stand es nicht viel besser.

»Du siehst ebenfalls blass aus«, stellt Chester fest, der mich ans Kiesufer trug.

»Du kannst mich runterlassen, damit ich nicht deine schöne Jacke ruiniere, falls ich meinen Mageninhalt nicht im Griff habe.«

»Ich vergaß.« Chester macht ein angewidertes Gesicht. »Du hast heute sehr viel verschlungen, was ich ungern halb verdaut von mir waschen möchte. Dann müsste ich im See baden, und du wärst gezwungen, mir dabei zuzusehen. Das kann ich dir unmöglich zumuten.«

»Ich würde niemals gezwungen sein, dir beim Baden zuzusehen. Ich habe Anstand und glotze nicht so wie du, sobald du nackte Haut siehst.« Schlagartig erinnerte ich mich an gestern Nacht, als ich auf ihm gekniet hatte und seine Augen hin und wieder den Weg zu meinen Brüsten gefunden hatten.

»Tatsächlich?«, fragte er herausfordernd. »Stellen wir dich doch direkt auf die Probe.«

Ich war im Begriff, meine Atmung zu beruhigen und auf Layla zuzugehen, um mich zu vergewissern, ob es ihr gut ging, als ich aus den Augenwinkeln wahrnahm, wie sich Chester entkleidete. Nach nur wenigen Wimpernschlägen holte er mit großen Schritten oberkörperfrei zu mir auf.

Adamas Mundwinkel zuckten unmerklich, bevor er erneut Laylas Haar behutsam hinter ihren Kopf strich und festhielt.

»Was soll das werden, Chester?«, fragte ich ihn verwirrt. Verwirrt von seinem Anblick. Ich wollte wegsehen, aber das gelang mir nicht. »Ich dachte, wir suchen den Tempel der Gesegneten.«

»Ganz genau. Ich habe möglicherweise vergessen zu erwähnen, dass sich die Minen dort drüben befinden.« Er deutete auf eine felsige Halbinsel, die ich zuvor bloß als Ufer wahrgenommen hatte. »Wenn du die Augen während des Flugs nicht vor Angst geschlossen hättest, hättest du den Tempel gesehen. Man erreicht ihn nur schwimmend.«

Nicht sein Ernst! Auf den Fersen drehte ich mich zu ihm um. Allmählich beschlich mich die leise Vorahnung, dass dieser Ausflug ihm großes Vergnügen bereitete.

»Ist das die Wahrheit, Adamas?«, fragte ich, während ich Chester stolz ins Gesicht blickte, als er dabei war, den Gürtel seiner schmal geschnittenen Hose zu öffnen.

Nein, nein, nein. Schau bloß auf sein Gesicht, Sóley.

»Chester hat recht. Wir können nicht auf die Halbinsel fliegen, da sie von einem Bann beschützt wird, der eine Ankunft aus der Luft unmöglich macht«, klärte er mich auf.

»Ihr wollt mich doch umbringen, oder?«, wimmerte Layla. »Erst muss ich fliegen, jetzt schwimmen? Ich kann nicht schwimmen. Das habe ich nie gelernt.«

»Du bist nicht geflogen, das war ich, Layla«, korrigierte Adamas sie mit einem unerwartet sanften Ton. Er nannte sie beim Namen, während ich für ihn nur das *Kind* war. Interessant.

»Wir werden hier auf Chester und Sóley warten, ein Lager errichten und die Umgebung im Auge behalten. Ich würde dir keine unmenschlichen Aufgaben zumuten.«

Ich glaubte, ich hatte mich verhört. Erleichtert atmete Layla auf, schwang ihr Haar über die Schulter und umarmte Adamas unerwartet. Stocksteif hielt er die Hände vom Körper gestreckt und war wie zu einem Monument erstarrt.

»G…gern doch«, brachte er hervor.

Ich wandte das Gesicht wieder Chester zu, der in der Zwischenzeit auf einem großen Findling saß und seine Stiefel und Strümpfe losgeworden war. Nach vorn gebeugt rollte er die Hosenbeine bis zu den Waden hoch und forderte mich mit einem Blick auf, mich auszuziehen. »Worauf wartest du, Sóley? Oder möchtest du zuvor etwas essen?«

»Nein, mein Magen nimmt mir den Flug noch übel.« Das war nicht gelogen, denn ich hätte in diesem Moment keinen Bissen herunterbekommen können.

»Dann wird dir Adamas bis zu unserer Rückkehr ein Festmahl zubereiten. Somit hält uns nichts mehr auf und wir können starten. Oder gibt es Einwände?«

Chester konnte dermaßen perfide sein. Er merkte sicher, dass ich nicht gerade vor Freude darüber sprühte, mit ihm im See baden zu gehen. Ich konnte schwimmen, allerdings nicht sonderlich gut. Die Landzunge lag mehrere Hundert Meter von unserem Ufer entfernt. Ob ich so lange durchhalten würde, war fraglich. Trotzdem wollte ich mir meine Schwäche nicht anmerken lassen. Aber der Wunsch, ebenfalls eine so mächtige Waffe zu besitzen, war viel zu groß. »Nein, ich habe keine Einwände«, brachte ich leise über die Lippen, bevor ich lauter sprach. »Wollen wir testen, wie lange du deine Blicke unter Kontrolle hast.«

Schon begann ich das verschmutzte Hemd aufzuknöpfen, unter dem ich ein dünnes Leibchen trug. Das würde ich sicher nicht ausziehen, genauso wenig wie meine Unterwäsche.

Als ich meine Stiefel akkurat neben einem großen mit Moos und Farn bewachsenen Felsen abgestellt und meine gefaltete Kleidung darauf abgelegt hatte, trat ich ans Ufer. Die runden Kieselsteine gruben sich ungewohnt schmerzhaft in meine Fußsohlen und brachten mich etwas aus der Balance. Meine Sinne spielten zudem vom Flug verrückt. Fragend schaute ich zu Chester, der weiterhin auf dem Fels hockte und mich von den Schultern bis zur Mitte, weiter über meinen Po und die nackten Beine musterte.

»Du gibst dir nicht mal Mühe wegzusehen«, schimpfte ich.

»Ich verliere gern, wenn mir solch ein Anblick geboten wird«, konterte er charmant grinsend. »Heute Nacht können wir, wenn ich deinen Dämon wieder zähme, meinetwegen die Kleidung komplett weglassen.«

Layla schnappte nach Luft, während Adamas dunkel lachte und dafür einen Stoß von Layla kassierte. »Ihr habt so unanständige Gedanken. Beide.«

»Ich habe nicht einmal etwas gesagt«, erwiderte Adamas und fing Laylas Handgelenk in der Luft auf, bevor sie ihn erneut attackieren konnte.

»Aber gedacht!«

Adamas versteifte sich und gab ihr Handgelenk frei. »Ja. Suchen wir etwas Brennholz.«

Ja? Er gab es sogar vor ihr zu.

Adamas und Chester tauschten vielsagende Blicke, die ich nicht enträtseln konnte, während ich ins eiskalte Wasser stieg. Die Kälte kroch mit eisigen Schlingen meine Beine bis zu meiner Hüfte empor. Wenn ich nicht in Bewegung blieb, würden meine Glieder ihren Dienst verweigern und ich ertrinken. Chester trat an meine Seite und stieg, ohne zu schaudern, in den See. Im Gehen wusch er sich die Arme ab, bespritzte seinen Bauch und Oberkörper mit Wasser, um sich an die Temperatur des Wassers zu gewöhnen. Anschließend holte er tief Luft, wandte sich zu mir um und ließ sich in die leichten Wellen sinken.

»Worauf wartest du, Mondkätzchen?«

Er wollte spielen, aber gerade war mir nicht nach Spielen zumute, sondern eine lähmende Angst ergriff von mir Besitz. Auch wenn ich mir auf eigentümliche Art sicher war, dass er mich niemals ertrinken lassen würde, genauso wenig, wie er mich im freien Fall fallen gelassen hätte, konnte ich meine Ängste nicht ausblenden. Ich zwang mich zu einem verbissenen Lächeln, bevor ich ihm tiefer ins Wasser folgte, die Luft anhielt und zuließ, dass mich die kalten Wellen einschlossen.

»Das machst du sehr gut«, lobte er mich wie sein Pferd. Meine Miene wurde grimmig. »Du musst mich nicht loben, oder glaubst du, ich hätte einen Rückzieher gemacht?«

»Nein, daran habe ich keine Sekunde gedacht. Folge mir, wir haben ein gutes Stück zurückzulegen.«

Jetzt, genau jetzt begann die Tortur und meine Ängste nahmen überhand. Ich ruderte mit den Armen unter der Wasseroberfläche, wie es mir mein ältester Bruder beigebracht hatte, und stieß mich mit den Füßen vom Kiesboden ab.

Chester hatte schon einige Meter mit einer geschmeidigen Eleganz zurückgelegt, als würde er das Element Wasser genießen wie ein Fisch.

»Sóley?«, erkundigte er sich, als ich wieder Halt unter den Füßen suchte und keuchend stehen blieb.

Ich war keine zwei Meter vorangekommen, aber … aber … mein Herz schlug mir bis zum Hals, während ich am gesamten Körper zitterte. »Gib mir einen Moment, ja? Ich … ich komme gleich nach«, log ich. Ich würde sicher kein zweites Mal meine Angst bezwingen und schwimmen. Ich … verdammt … das war mir so unangenehm. Ich würde es nicht schaffen. Ich konnte einfach nicht.

Meine Augen huschten zum Ufer links von mir, das sich ganz bestimmt bis zur Halbinsel zog. Chester sah meine Hilfe suchenden Blicke, bevor er nach einem Wimpernschlag bei mir war und sich im Wasser vor mir aufrichtete. Wassertropfen perlten über seine athletische Brust mit den ausgeprägten Muskeln.

»Es ist keine Schande, wenn du nicht gut schwimmen kannst. Das hättest du mir doch erzählen können.«

»Damit du dich über mich lustig machst?« Ich zog die Brauen zusammen und schüttelte den Kopf. »Nein, ich habe auch meinen Stolz.«

»Merke ich, und das gefällt mir. Dann halt dich an mir fest und ich schwimme mit dir gemeinsam zur Halbinsel.« Ohne einen neckischen Blick, eine anzügliche Miene oder einen forschen Klang in der Stimme sank er vor mir ins Wasser und deutete auf seine Schultern.

»Bisher habe ich Menschen nie so zusammen schwimmen sehen.«

»Du bist kein Mensch, zumindest nicht wirklich, und warst nie wirklich einer. Oder ist dir das zu nah?«

Ich schluckte hart und hob das Kinn. »Nein, keine Sorge, ich habe einen Bruder, mit dem ich früher viel im Teich gebadet habe.«

»Autsch. Du bist verdammt gut darin, Momente ihrer Schönheit zu berauben.«

Er hatte recht. Was ich gesagt habe, war mehr als unangebracht, denn für mich war Chester nicht wie ein Bruder. Ihm gelang es, mich öfter als andere zum Schmunzeln zu bringen und mein Herz schneller schlagen zu lassen.

Tief durchatmend trat ich auf ihn zu. »In Ordnung. Versuchen wir es.« Ich umfasste seine breiten, starken Schultern und wartete, bis er geschmeidig durchs Wasser gleiten würde. Sein Brustkorb hob sich, und er stöhnte, bevor er meine Handgelenke umfasste und meine Arme fest um seinen Hals zog. »Viel besser, ich will dich schließlich nicht verlieren und auf dem Grund des Sees suchen müssen, Sóley.«

Ich atmete nervös. Ihm dürfte das Heben und Senken meines Brustkorbs auf seinem Rücken nicht entgehen, genauso wenig wie meine Brüste, die sich an ihn drückten. Ohne die plötzliche Nähe zu kommentieren, ließ er sich ins Wasser sinken und zog kräftige Bahnen. Verbissen hielt ich mich an ihm fest. Magielosen wäre es sicher nicht möglich gewesen, auf diese Art zu schwimmen. Chester sank nicht einmal durch mein Gewicht tiefer ins Wasser ab. Irgendwie beschlich mich ein beruhigendes Gefühl, als ich mich an ihn schmiegte und spürte, wie sich seine Muskeln unter mir bewegten. Anmutig, stark, gleichmäßig. Ich hatte kein bisschen Angst mehr, sondern fühlte mich sicher.

In seiner konzentrierten Anmut bahnte Chester sich einen Weg durchs Wasser, und es kam mir vor, als würden ihm die Wellen freiwillig Platz machen.

KAPITEL 25

SÓLEY

Vor mir erhob sich in der flimmernden Nachmittagssonne ein weiß glänzender Tempel. Das helle Dach wurde von gewaltigen Ecksäulen getragen. Teilweise verschränkten sich die Steinsäulen zu meterhohen Rankenbögen, die einen imposanten Anblick boten. Ein solch wunderschönes Gebäude hatte ich noch nie gesehen. Das blau schimmernde Dach glänzte wie die schuppige Haut eines Fisches in der Sonne.

»Siehst du den Eingang rechts vom Tempel?« Chester drehte das Gesicht zu einem flachen Steinpodest, das über der Seefläche zu schweben schien. Hinter zwei großen Skulpturen, die Helme und Rüstungen trugen, ragten mächtige Schwingen gen Himmel. Zwischen den verschränkten Lanzen der weißen Wächter, die sich schätzungsweise drei Meter vor einer Felswand abzeichneten, stach mir eine doppelflügelige Tür aus dunklem Holz ins Auge.

»Ja, ich sehe sie«, hauchte ich beeindruckt an seinem Ohr.

»Sehr gut. Genau dort befindet sich die Mine der Blausteine, die von steinernen Engelsfiguren bewacht wird. Dort wartet deine zukünftige Waffe auf dich. Aufgeregt?«

Ich konnte es kaum leugnen. »Ja, das bin ich. Ich hoffe, die Gesegneten werden mir den Zutritt ermöglichen.«

Chester drehte das Gesicht unter den geschmeidigen Schwimmzügen zu mir. »Daran habe ich keinen Zweifel.«

Warum war er sich so sicher?

Am stufenförmigen Plateau vor dem Tempel angekommen, löste ich meine verschränkten Arme von Chesters Hals, auch wenn ich mich an seinen warmen Körper gewöhnt hatte. Er drehte sich wendig zu mir, damit meine Füße die Stufen unter dem klaren, türkis schimmernden Wasser nicht verfehlten. Während ich am ganzen Körper zitterte, schien ihm die Kälte nichts anzuhaben. An der Mitte stützte er mich, und seine Augen huschten flüchtig, beinahe so schnell, dass ich es nicht gesehen hätte, zu meinem klitschnassen Leibchen. Ich schaute an mir hinab. Meine Brustwarzen hatten sich zusammengezogen und zeichneten sich klar ab – so auch meine restlichen weiblichen Rundungen.

»Guck nicht so!«, rutschte es mir heraus und ich stieß ihn zur Seite.

»Fast hättest du es nicht bemerkt.«

»Habe ich aber.« Schützend verschränkte ich die Arme vor meinen Brüsten und stieg an ihm vorbei die Stufen zum Tempel hoch. Er folgte mir nicht.

»Kommst du, Chester?« Als ich zu ihm zurücksah, hob er die rechte Hand flach in die Luft. Etwas flimmerte vor ihm … wie die Haut einer Seifenblase im Licht schillerte.

»Ich bleibe hier, Sóley.«

»Aber …«, nun drehte ich mich mit verschränkten Armen komplett zu ihm um, »begleitest du mich nicht?« Angst keimte in mir auf.

»Nein, ich habe keinen Zutritt, wie ich es fast vermutet habe. Du musst die Gesegneten allein aufsuchen, dich ihrer Befragung stellen und dich als würdig erweisen. Enttäusche mich nicht, Mondkätzchen. Ich werde so lange auf dich warten.«

Was? Nein. Ohne ihn werde ich die Prüfung nicht meistern. Auch wenn es mir fremd war, so zu denken. Ich brauchte ihn.

Etwas wie Zorn flackerte über sein Gesicht. Wie es aussah, hatte er nicht vollkommen ausgeschlossen, dass ihm der Zutritt verwehrt werden würde. In seiner anmutigen Schönheit setzte er einen Schritt zurück in den See. Seine dunkle Hose klebte feucht an den langen Beinen und saß verdächtig tief auf den ausgeprägten Erhebungen seiner Hüftknochen. Nun ertappte ich mich dabei, wie ich meine Blicke kaum von seinem muskulösen Körper abwenden konnte. Wasser tropfte an seinen Unterarmen hinunter.

»Du kommst wirklich nicht mit?«, hakte ich frierend nach. Chester schüttelte langsam den Kopf. »Leider nein. Du schaffst das ohne mich, Sóley. Sei einfach du selbst und beleidige sie nicht. Ich werde nicht ohne dich zurückschwimmen, du hast mein Wort.« Er schenkte mir einen aufmunternden Blick, der mir Mut machen sollte.

Geräuschvoll atmete ich durch. »Ich werde dich nicht enttäuschen«, gab ich selbstsicher zurück, schenkte ihm ein knappes Lächeln und stieg die Stufen weiter hoch.

Gott, du hast ihn ebenso angestarrt wie er dich sonst. Er war ein gut aussehender … ein überdurchschnittlich gut aussehender Mann. Früher hatte ich nie diese Anziehung zu Männern gespürt. Ob es an der Entwicklung meines Dämons lag? Oder an Chesters Wesen? Oder daran, dass er mir nachts so nahe war und sich ein nie da gewesener Teil zu ihm hingezogen fühlte, seine Nähe suchte?

Im Gehen schüttelte ich den Kopf, bis ich den Absatz der Treppe erreichte und mich sieben Gesegnete in dunkelblauen Roben empfingen. Mir wurde mit einem Mal flau in der Magengegend und ich verwarf meine schwärmerischen Gedanken.

Als ich mich erneut nach Chester umwandte, war er verschwunden. Mistkerl. Er wollte doch warten?

Ich trat vor die Gesegneten und versuchte mich in einem ehrfürchtigen Kniefall. Es konnte nicht schaden, wenn ich ihnen meinen Respekt zollte. Denn ich dachte in dieser Sekunde an Martis, an seine Weisheit, sein Verständnis, seine Sanftmut und Güte. Wenn diese Gesegneten ebenfalls wie Martis, Olitam und Theba in unserem Dorf waren, dann wollte ich mich ihrer Allmacht beugen. Auch wenn ein Gefühl von Scham in mir anstieg, da der feuchte helle Stoff kaum meinen Körper verdeckte.

»Wir begrüßen dich, Mondgesegnete, wir haben bereits auf dich gewartet.«

Ich blinzelte dem polierten weißen Stein zu meinen Knien entgegen. Sie hatten auf mich gewartet?

»Allerdings wussten wir nicht, in welcher Begleitung du dich befinden würdest.«

Nun zog ich die Augenbrauen zusammen. Sprachen sie von Chester oder Layla?

»Erhebe dich, Jeyṡmene, letzte Nachfahrin des Reichs der Mondlichtdämonen.«

Ich verstand gar nichts mehr. Sie nannten mich Jeyṡmene. War das mein richtiger Name? Der Name, den mir meine leiblichen Eltern gegeben hatten? Aber woher kannten diese Weisen ihn? Chester hatte doch behauptet, nur ausgewählte Vertraute durften den wahren Namen eines Dämons kennen.

»Wir kennen deinen Namen, wie wir alles zwischen den Welten kennen, sehen, hören, schmecken und riechen.«

Zögerlich hob ich den Kopf, bevor ich mich langsam aus meiner Verbeugung aufrichtete. Erst jetzt konnte ich die Gesichter der sieben Gesegneten erkennen, deren Augen gleißend hell leuchteten. Weder ihre Pupillen noch ihre Iriden waren zu erkennen. Sie besaßen keine Augen wie Martis, da waren nur Licht und Leere.

»Wie kann …?«, wollte ich fragen, als ich unterbrochen wurde.

»… es sein, dass wir von dir wissen?«, stellte mir der Gesegnete außen rechts *meine* Frage. Alle trugen neben der prächtigen Robe Kapuzen, sodass ich ihre Gesichter kaum ausmachen konnte. Waren sie jung oder alt? Waren die gesegneten hauptsächlich Männer oder gab es Frauen unter ihnen? Selbst wenn ich mich anstrengte, um die Gesichtskonturen zu erkennen, gelang es mir nicht. Das helle Leuchten ihrer Augen blendete mich.

»Wir verfolgen sehr viele Schicksale, in den letzten Jahren ganz besonders deines. Aus diesem Grund freuen wir uns, dass du zu uns gefunden hast. Tritt ein!«

Unerwartet gaben sie mir den Weg ins Innere des Tempels frei und deuteten mir die Richtung an. Dabei fiel mir auf, dass der schwere Stoff ihrer Roben um ihre Beine dahinwehte, als würden sie über den Boden schweben.

Da ich spürte, dass von ihnen keine Gefahr ausging, sondern meine geschärften Sinne Güte, Weisheit und Sanftmütigkeit empfingen, fasste ich mir ein Herz und lief langsam an ihnen vorbei zum Tempel.

»Was ist so besonders an meinem Schicksal?«, erkundigte ich mich, als ich an den letzten beiden Gesegneten vorübergeschritten war.

Zwischen den Säulen, die mehrere Meter in die Höhe ragten, sodass ich den Kopf in den Nacken legen musste, um das gewaltige kunstvolle Gewölbe, das sie trugen, zu betrachten, hielt ich inne.

Eine kühle Berührung über meine Schulter ließ mich leise keuchen.

»Es war der Wunsch deiner Eltern, dass wir dich nach ihrem Ableben bewachen. Sie reisten vor deiner Geburt, vor dem Ende des Krieges, zu unserem Tempel und baten uns darum, dich zu beschützen, wenn sie es nicht mehr konnten.«

Langsam senkte ich das Gesicht wieder, bevor ich vom sanften Handdruck auf der Schulter ins Innere des Tempels geführt wurde.

»Meine wahren Eltern waren bei euch, um euch um Hilfe zu bitten? Ich sehe euch heute zum ersten Mal.«

Ein helles, beinahe frohlockendes Lachen erklang. Ein altes Lachen, das mir sehr vertraut war. Als ich mich umwandte, öffnete ich erstaunt den Mund. Ein Gesegneter streifte seine Kapuze vom Kopf. Das Licht seiner Augen verblasste. Darunter kam Martis zum Vorschein.

»An mich wirst du dich wohl erinnern?«

»Martis«, keuchte ich, bevor ich auf den Seher, der mir am nächsten stand, zulief. Mein Herz raste vor überschwänglicher Freude, ihn hier anzutreffen, weil er mir ein Stück Heimat, ein Stück Hoffnung und einen Teil sorglose Vergangenheit zurückgab.

»Ich habe, seit du auf Erden gebracht wurdest, über dich gewacht. Ich habe dich beim Großwerden verfolgt, dich behütet in deiner neuen Familie aufwachsen sehen. Die meisten Städte und Dörfer Magieloser beherbergen keine Seher. Wir wurden allein auf die Bitte deiner Eltern hin Bewohner Thestons, um dich vor der Familie der Verlorenen, den Astikätis, zu beschützen. Um deine Existenz zu verschleiern.«

»Die Verlorenen?«, hakte ich nach.

»Die meisten Dämonen bezeichnen sie als die gefürchteten *Diejenigen*. Aber Angst sollte einen Namen erhalten, um ihre Macht nicht weiter zu schüren, sondern zu brechen. Die Verlorene Familie, die Astikätis, sind die Mörder deiner Familie … die Vernichter des mondgesegneten Volkes, die Sklaventreiber vieler Dämonenträger. Über die letzten Jahrzehnte hinweg gelang es ihnen, mächtige Dämonen an sich zu binden und diejenigen, die sich weigerten, sich ihnen anzuschließen, zu verbannen und mit Flüchen zu bestrafen – kaum zu brechenden Flüchen.«

Während Chester beinahe wütend über sie gesprochen hatte oder hin und wieder mit Furcht, bezeichnete Martis die Verlorene Familie mit ihrem echten Namen, ohne ein Fünkchen Angst zu zeigen.

»So wie meine Eltern«, beendete ich seine Erklärung. »Sie wollten sich den Astikätis nicht anschließen.«

»So ist es. Sie sahen in der Verlorenen Familie nicht die Zukunft. Sie zweifelten sie an, sie stellten sich ihnen in den Weg. Sie wollten diese Art Gleichberechtigung, die die Verlorenen vortäuschten, um viele Dämonen auf ihre Seite zu ziehen, nicht hinnehmen. Die Astikätis versprachen den Bewohnern Nõsferas mehr Macht, wollten Blutschwüre verbieten und jedem Dämon die Möglichkeit geben, sich zu entfalten und aufzusteigen. Wie sich danach herausstellte, entsprach nichts davon der Wahrheit. Wer nicht auf ihre falschen Versprechungen eingehen wollte und ihrer Familie nicht beitrat, wurde entweder mit mächtigen Flüchen bestraft, die sie noch heute quälen, oder vernichtet, falls die Astikätis den wahren Namen von demjenigen, der sich ihnen in den Weg stellte, herausfanden.«

Martis wandte sich zum Ausgang des Tempels um, betrachtete die Stufen, die vor dem Gotteshaus ins schillernde Wasser übergingen. So als könnte er etwas sehen, was ich nicht sah.

Sprach er von Chester? War er einer dieser Dämonen, der sich geweigert hatte, sich der Familie anzuschließen, und nun unter den Folgen eines mächtigen Fluches litt, der ihn, wie er gesagt hatte, sterblich werden ließ? Das bedeutete, die Astikätis hatten seinen Namen nicht in Erfahrung bringen können.

Angespannt forschte ich in Martis' Blick, als er sich zu mir umdrehte. Das gleißend helle Licht war in seinem Gesicht vollständig erloschen. Die anderen Seher schritten an mir vorüber.

»Komm, Jeysmene!« Martis schenkte mir dieses vertraute warmherzige Lächeln. »Du bist aus einem anderen Grund an diesen Ort gekommen, als die Geschichte Nõsferas zu erfahren.«

Schon, aber mich interessierte sehr, was er noch alles wusste. Wie mir schien, waren seine Kenntnisse allumfassend.

Immer noch am gesamten Körper zitternd unterdrückte ich das Klappern meiner Zähne.

Martis' milchige Pupillen, die von einem hellblauen Ring umschlossen waren, wanderten zu den schwarzen Kratzern auf meiner Schulter. Mittlerweile gingen mehrere tintenschwarze Verästelungen von den Kratzern aus, überzogen mal dünner, mal dicker meinen Oberarm und meine rechte Brusthälfte. Es sah aus, als würde etwas Bösartiges unter meiner Haut Wurzeln schlagen und immer mehr Besitz von mir ergreifen. Trotzdem schmerzte es nicht mehr. Kein bisschen, seit Chester die letzten beiden Nächte die Stelle berührt hatte.

Ich folgte Martis tiefer in den Tempel, in dem weitere massive Säulen das bemalte Gewölbe über uns trugen. Auf dem Boden erstreckte sich ein aufwendiges Mosaik in den unterschiedlichsten Blautönen, während anders als in anderen Gotteshäusern kein Altar das Zentrum des Gebäudes bildete, sondern ein kreisrundes, funkelndes Wasserbecken. Am Rand des blau leuchtenden Gewässers versammelten sich die Seher und blickten in meine Richtung. Doch nur Martis hatte mir sein Gesicht gezeigt.

»Du bist gekommen, um eine Blausteinwaffe zu erbitten, nicht wahr?«, fragte mich ein Seher mit einer tiefen, fast schon eingerosteten Stimme. Als hätte er über Jahre hinweg nicht gesprochen.

Ich nickte. »Ich brauche eine, um mich gegen andere Dämonen schützen zu können, um die Magielosen, die mir wichtig sind und sich nicht gegen übernatürliche Wesen wehren können, zu beschützen.«

»Das beweist, wie viel Mondanteil in dir ruht. Nicht jeder Dämon, der den Tempel aufsuchte, betrat ihn mit denselben selbstlosen Absichten wie du«, antwortete mir der Gesegnete. »Doch nicht wir entscheiden, ob du bemächtigt bist, einen Magiestein zu tragen, sondern das Wasser.«

Das Wasser? Unweigerlich schaute ich in das kreisrunde Wasserbecken, dessen Boden unergründlich zu sein schien. Steil und aus scharfkantigen Felswänden zog sich das Wasser wie ein Schlund in die schier endlose Tiefe.

Ich fragte mich, wie Chester diese Prüfung gemeistert hatte, oder andere Dämonen, die im Besitz dieser Waffen waren.

»Gar nicht«, erwiderte Martis, als hätte er meine Gedanken gehört. »Die meisten Waffen wurden gestohlen, im Krieg geraubt oder sich unrechtmäßig angeeignet. Chester, wie sich der mächtige Dämon nennt, erhielt das Schwert vor Hunderten von Jahren, als er seinen Bruder vernichtet hat.«

Ich starrte den Seher mit der wesentlich schärferen Stimme an. Chester war Hunderte Jahre alt und hatte seinen Bruder getötet? »Wie? Wer genau ist er? Warum hat er seinen Bruder vernichtet?«

»Das solltest du selbst herausfinden. In seiner Jugend beging er viele Fehler, gab sich den Sünden und der Macht hin, bis ihm ein schicksalhaftes Erlebnis mit einem Schlag alles raubte und sein Name beinahe in Vergessenheit geriet. Doch vor dreihundert Jahren kehrte er zurück, geläutert, verändert, weiser, fähiger. Er war sehr eng mit deinen Eltern verbunden. Man sagt, beide kannten die Namen des anderen, so nahe standen sie sich. Aber dann stiegen die Verlorenen auf, säten Zwietracht, Neid und schürten Missgunst und Hass zwischen beide Familien. Mehrere Jahre lang hielt sich das Gerücht, er, der sich Chester nennt, hätte deine Eltern verraten.«

Entgeistert und überrollt von diesen Informationen holte ich zwischen den geöffneten Lippen flach Luft. »Das bedeutet, er will mich vernichten.«

»Nein, sonst hätte er dich nicht zu uns gebracht. Wir kennen seine wahren Absichten nicht. Noch nicht. Aber du solltest vorsichtig sein. Er ist nicht der, für den er sich ausgibt. Er verfolgt nicht den Plan, den er dir erzählt. Und er weiß ganz genau, dass wir dieses Treffen nutzen werden, um dich zu warnen.«

»Aus diesem Grund …«, fuhr ein anderer Seher fort, »könnten seine Absichten womöglich guten Ursprungs sein.«

»Welche Absichten?«, wollte ich wissen und schaute fragend von einem Gesicht zum anderen. Martis hob die Hand an meine Schulter.

»Um den Fluch zu lösen, der seinen Dämon zerstört, ihn gefangen hält und irgendwann vernichtet.«

Ich nickte, als ich verstand, worauf sie hinauswollten. Hin und wieder hatte Chester erwähnt, wie gut es sich anfühle, meinen noch ungebrochenen Dämon und die damit verbundene Macht zu spüren. Als könne sie den Fluch, der auf ihm lastete, mildern. Als könne ich ihm einen Teil seiner Schmerzen, die er nachts mit dem sonderbaren Elixier betäubte, nehmen.

»Wird der Fluch der Verlorenen Familie, der auf Chester ruht, irgendwann aufgehoben werden können?« Oder würde ich, wenn ich jemals nach Nõsfera reiste, ebenfalls von dem Fluch belegt werden?

»Das steht noch nicht geschrieben«, antwortete ein jüngerer Mann links von mir, der zugleich sehr weise und alt klang. »Die Astikãtis sind mächtig, haben überall ihre Spione, Schatten und Krieger, die dafür sorgen, dass kein Dämon so viel Macht und Einfluss erlangt, um sie zu schlagen. Die Saĉare – die Herrscher der dreizehn, nun zwölf Reiche Nõsferas – wurden an die Verlorene Familie gebunden. Ihre Mächte wurden zerschlagen und in Insignien verschlossen.«

Interessiert, da dieser Fakt neu war, kniff ich die Augen zusammen. »Das bedeutet, die Macht dieser Herrscher wird in Insignien festgehalten? In Gegenständen? Wie ein Gefäß, das ihre Macht einschließt? Somit müsste man sie nur finden und könnte ihnen auf diesem Weg ihre Macht zurückgeben und den Fluch lösen?«

Die Gesegneten schüttelten wie einstudiert die Köpfe. »Es ist wahr, dass die magischen Gegenstände diese Mächte bergen. Jedoch ist es den Saċaren nicht möglich, sie zu entfesseln oder aufzuspüren. Alte Bannsprüche hindern sie daran, die Stätten, an denen die Verlorene Familie die Insignien versteckt hält, aufzusuchen. Selbst ihre Gefährten und Vertrauten können diese Orte nicht betreten.«

Kurz überlegte ich. »Das würde bedeuten, jemand anders müsste das übernehmen?«

Nun nickten die sieben Männer in ihren seidenmatten Roben.

Ich sah nicht wirklich ein Problem darin. Dann könnten die Saċare jemanden losschicken und die Gegenstände aufspüren, ihre Magie freisetzen und der Fluch wäre gelöst.

»Das hört sich nicht so schwierig an.« Aber ich war mir sicher, es gab einen Haken.

»Dies ist eine nahezu unlösbare Aufgabe, Jeysmene. Kein Saċar traut einem niederen ungebundenen Dämon diese Aufgabe zu. Sollte ein Herrscher einen Dämon, den er nicht mit einem Blutschwur an sich gebunden hat, aussenden, um die Insignien zu finden, sollte dieser Dämon in den Augen des Herrschers wirklich loyal und würdig genug sein, bedeutet das noch lange nicht, dass er diese Aufgabe meistern kann.«

»Wieso nicht?«, hakte ich nach. Wieso sollte es keinem Dämon gelingen?

»Weil Dämonen, anders als Magielose, getrieben sind von der Gier nach Macht, Einfluss, Status und Seelen. Selbst der entschlossenste Dämon, den Nōsfera hervorgebracht hat, würde früher oder später von der uneingeschränkten Macht nur einer Insignie überwältigt werden. Er würde diese niemals zu seinem Herrscher bringen, sondern sie sich zunutze machen. Es liegt nicht in der Natur eines Dämonengeborenen, anders zu handeln.«

»Verstehe«, brachte ich leise über die Lippen. Somit würde der Fluch niemals gelöst werden. Selbst bei dem Versuch würden die Saċare scheitern und womöglich ihre Macht an den Dämon verlieren, den sie ausgesandt hatten. Perfide und wirklich clever von der Verlorenen Familie inszeniert.

»Und wenn ein Sterblicher auf die Suche geschickt werden würde? Ein Magieloser, der nicht von diesen niederen Instinkten geleitet wird?« Schon als ich meine Frage laut ausgesprochen hatte, war mir mein Fehler aufgefallen. Ein Magieloser konnte Nõsfera nicht betreten, wenn er nicht gerade einen Todeswunsch hegte. Zudem, warum sollte ein Magieloser einem finsteren Herrscher helfen?

»Deine Antworten sind weitestgehend richtig«, fügte Martis hinzu, als hätte er wieder in meinem Geist gelesen. »Selbst wenn ein Saċar einen Magielosen zwingen sollte, die Insignie aufzusuchen, um die Banne zu lösen, würde er das nicht überleben. Sein sterblicher Körper kann nicht so viel Energie aushalten. Bloß eine der sieben Insignien bei sich zu tragen, würde die menschliche Seele vergiften. Sie zerstören, bevor der Mensch die Bannkreise überhaupt verlassen hätte.«

Scheint, als hätten Saċare dies bereits in der Vergangenheit ausprobiert.

Gerade fragte ich mich wirklich, ob ich jemals dieses Dämonenland zu Gesicht bekommen wollte. Eine Welt, die so skrupellos, machthungrig, feindselig und bösartig war, schreckte mich ab.

Flüchtig senkte ich die Augen und betrachtete die schwarzen Adern unter meiner Haut, die sich mit jeder Minute, die verstrich, mehr ausbreiteten. War ein Dämon wirklich durch und durch bösartig? Waren meine Eltern durchtrieben gewesen, machtgierig und todbringend?

Martis strich mir über den Kopf. »Die meisten Dämonen besitzen keine Seele. Aus diesem Grund nähren sie sich von ihnen. Die, die eine besitzen, sind nicht alle durch und durch böse. Es gibt selbst unter Dämonen welche, die ihre Macht nicht missbrauchen, um anderen Wesen zu schaden.«

»Wirklich?«

Martis nickte, bevor er auf das Wasserloch deutete. »Du solltest zuerst deine Aufgabe lösen und dich beweisen.«

Abrupt verflogen die Gedanken, und mein lauter Herzschlag erinnerte mich daran, warum ich hier war. Um mich prüfen zu lassen, ob ich fähig war, eine Waffe aus Blaustein zu erhalten. Und ich war mir sicher, dass es mir die Gesegneten, so freundlich sie mir auch begegneten, nicht leicht machen würden. Ich war bereit, es zu versuchen. Mehr als scheitern konnte ich nicht.

KAPITEL 26

SÓLEY

Mit einem Satz ließ ich mich ins Wasser gleiten, während ich mich am steinernen Rand festklammerte und zu den Sehern aufblickte. Sie waren verschwunden.

Wo sind sie plötzlich hin?

Anders als erwartet war das Wasser nicht eiskalt. Mich empfingen keine eisigen Klauen wie im See, dafür schlang sich etwas um mein rechtes Bein. Ehe ich begreifen konnte, was geschah, wurde ich in die Tiefe gezogen.

Verflucht, nein! Ich hatte keinen Gedanken daran vergeudet, bei dem Unterfangen mein Leben verlieren zu können.

Ohne etwas gegen den gewaltigen Sog ausrichten zu können, wurde ich immer weiter in die Tiefe gezerrt. Panisch riss ich die Augen auf, versuchte verzweifelt an den Felswänden Halt zu finden und nach dem Etwas, das meinen Fußknöchel in Besitz genommen hatte, zu tasten.

Würde Martis mir wirklich alles über die Verlorene Familie erzählen, mich darauf aufmerksam machen, dass ich bei Chester vorsichtig sein sollte, und mich über die Insignien aufklären, um mich nun sterben zu lassen? Von etwas ertränken zu lassen, das ich nicht einmal sah?

Es wurde nicht dunkler, je tiefer mich diese raue Schlinge in den Abgrund zog. Das Licht besaß eine eigene Strahlkraft und leuchtete von selbst. Wie war so etwas möglich?

Mir blieb keine Zeit, darüber nachzudenken, da ich mit jeder Sekunde mehr und mehr Luftnot bekam. Ich presste die Lippen aufeinander und betete, dass ich irgendwann den Wassermassen entkam.

Und dann, als ich glaubte, das Bewusstsein zu verlieren, stiegen wir auf und der Griff um mein Bein löste sich. Für den Bruchteil einer Sekunde glaubte ich, mir das Schimmern der Wasseroberfläche bloß einzubilden, bevor ich meine letzten Kräfte sammelte und in die Höhe schwamm.

Hektisch riss ich die Hände der Wasseroberfläche entgegen, ruderte ich mehr mit den Armen, als sie im gleichmäßigen Rhythmus, wie Arwen es mir gezeigt hatte, zu bewegen.

»Du kannst das, Sóley«, hörte ich eine Stimme in meinem Kopf. *»Du musst dich wie ein Frosch im Wasser bewegen. Schau, wie Joydan es macht. Sie schwimmt wie ein Fisch.«* Vor mir breitete sich ein funkelndes Bild inmitten der türkis flimmernden Wassermenge aus und ich sah meinen Bruder zusammen mit meiner Schwester im Teich. Wie sie Runde um Runde schwammen, sich mit Wasser bespritzten, tauchten, als hätten sie keine Angst zu ertrinken. Aber ich hatte Angst davor, weil ich mit vier Jahren in ebendiesen Teich gefallen war. Doch nun war ich kein Kind mehr, und ich begriff, dass das Wesen, das mich in die Tiefe gezogen hatte, dies nicht getan hatte, um mich zu ertränken, sondern um mir den Weg zu zeigen.

Nach zwei unsicheren Schwimmzügen gelang es mir, ein Gefühl für meinen Körper unter Wasser zu bekommen. Ich biss die Zähne zusammen und starrte unaufhörlich auf die schillernde Oberfläche. Ich gab nicht auf. Nicht, wenn ich so kurz vor meinem Ziel war. Ich brauchte die Waffe – für mich, für Layla, für die Menschen, die sich nicht gegen Dämonen wehren konnten.

Kurz bevor mich meine Kräfte vollends im Stich ließen, durchbrach ich zuerst mit den Händen, dann mit dem Kopf die Wasseroberfläche. Ich hatte es geschafft. Ich hatte es tatsächlich geschafft – und das ganz allein.

Erschöpft und erleichtert gleichermaßen genoss ich die ersten befreienden Atemzüge, bevor sie in einen kratzigen Husten übergingen. Meine Kehle brannte, meine Augen ziepten, und als sich der Husten gelegt hatte, sah ich mich um. Ich befand mich in einer Tropfsteinhöhle, wie ich sie bisher bloß als gemalte Bilder in Märchenbüchern gesehen hatte. Vor mir entdeckte ich zwischen den Stalagmiten eine Felsenfläche, die nicht von Wasser umgeben war.

Ich bewegte mich auf dieses Ufer zu, spürte bald darauf festen Boden unter meinen nackten Füßen und zog mich mit mehreren Versuchen erschöpft aus dem Wasser. Einen Moment lang blieb ich reglos auf dem kühlen Stein liegen, um meiner Lunge die Möglichkeit zu geben, sich zu beruhigen. Was schon nach kurzer Zeit geschah. Nicht lange, und mein Körper fühlte sich erholt an, nicht wie erwartet geschwächt und ausgelaugt vom Kampf unter Wasser. Das lag vermutlich an dem immer stärker werdenden Dämon in mir.

»Sich selbst zu besiegen, ist der größte Sieg«, hörte ich von den rauen Felswänden widerhallen wie ein geflüstertes Echo. Die Stimme klang dünn, zischend, gefährlich.

Langsam hob ich den Kopf, während ich mich in alle Richtungen umsah. »Wer hat das gesagt?«, fragte ich in die dunkle Höhle, die allein vom schimmernden Schein des Wassers spärlich beleuchtet war.

Etwas bewegte sich um mich herum. Etwas, das den Boden erzittern ließ. Das Plätschern von Wasser war zu hören, während Tropfen von den spitzen Steinen über mir auf die Wasseroberfläche regneten. Vor mir waren weitere Ufer aus Stein zu entdecken. Dahinter lagen im Schatten verborgen und kaum erkennbar unzählige

Höhleneingänge. So viele, dass ich sie nicht alle zählen konnte. Ich richtete mich auf, als ich sah, wie eine schwarze schuppige Haut der Wasseroberfläche sehr nahe kam. Was war das für ein Wesen? Oder hatte ich mir die Bewegung bloß eingebildet?

Gleich darauf sah ich den dunklen Schatten im Wasser erneut. Bei den Heiligen Nephistos, er bewegte sich schnell. Über mir hörte ich es beben, als würde sich etwas Großes, Schweres im Gestein bewegen. Mein Magen knotete sich zusammen.

»Ich beantworte keine Fragen, Mondgesegnete. Ich wache über dieses Gebirge.«

Durchnässt, aber wieder einigermaßen erholt, stand ich mit zittrigen Knien auf. »Bring mich bitte zu den Blausteinen.«

Denn um mich herum entdeckte ich keine blau leuchtenden Steine, die Chesters Klinge ähnlich sahen. Es gab bloß schroffen grauen Fels, schwarze Mineraladern und das schimmernde Wasser.

»Dann folge mir. Wir müssen tiefer, viel tiefer in den Berg. Schau nicht zurück, auch nicht wenn sie dich rufen. Drehst du um, wirst du vom Berg gefangen gehalten. Für immer.«

War das ein Scherz?

Das zischende, uralt klingende Wesen, dessen Stimme schwach an den Wänden echote, war sicher nicht zu Späßen aufgelegt.

Vor einem Tunnel rechts von mir beobachtete ich, wie ein langes großes Schwanzende, an dem mehrere spitze Zacken auf der Oberseite zu erkennen waren, im Tunnel verschwand. Bei der Vorstellung, dieses Wesen hatte mich in den Abgrund gezogen, wurde mir einen Moment lang schwummrig. Zeitgleich rief ich mir ins Gedächtnis, dass es mir nichts getan hatte. Um den Fußknöchel, an dem es mich heruntergezogen hatte, war nicht ein Kratzer zu erkennen.

Ich wrang das feuchte Unterhemd an meinem Bauch aus, bevor ich mich vorsichtig an den spitzen Felszähnen vorbeischob, um dem Wesen zu folgen. Meter um Meter legte ich in dem finsteren Tunnel, der kein Ende nehmen wollte, zurück. Erst jetzt bemerkte ich, wie gut ich in der Dunkelheit sehen konnte. Wesentlich besser als noch vor Tagen. Dank des Dämons wurden meine Sinne weiter geschärft, wie die eines Raubtiers in der Nacht.

Ich folgte dem peitschenden Schwanzende. Hin und wieder lösten sich Steine von den Wänden, als das Wesen mit seinem Schwanz dagegenschlug. Schützend hob ich die Arme über das Gesicht, um nicht vom Steinregen getroffen zu werden. Aber dann wurde meine Aufmerksamkeit auf etwas anderes gelenkt.

»Sóley?«, rief jemand seitlich hinter mir.

Ich erkannte die Stimme sofort. Es war die meiner Ziehmutter. Abrupt hielt ich inne, als sie ein zweites Mal meinen Namen rief.

»Sóley, mein Schatz, warte … ich habe dich überall gesucht.«

Mir schnürte es den Brustkorb zu, als ich ihre vertraute warme Stimme hörte, die zugleich krank vor Sorge klang. »Wir haben geglaubt, dich nicht mehr wiederzusehen. Und jetzt stehst du hier?«

»Schau nicht zurück!«, ermahnte mich das Wesen. »Komm!«

»Es hört sich wie meine Mutter an.«

»Es ist nicht deine Mutter«, versicherte mir die zischende Stimme. »Je länger du dich von ihren Fäden einspinnen lässt, desto schwieriger wird es, ihnen zu entkommen. Du musst laufen. Einen Schritt vor den anderen setzen.«

Ich versuchte gegen das flehende, traurige Schluchzen meiner Mutter anzukommen. Klebrige Fäden spannen sich um meine Haut wie Spinnennetze. »Maidlen ist krank. Sie hat hohes Fieber«, hörte ich meine Mutter sprechen. »Der König hat Heilern verboten, sie zu behandeln, weil er uns die Schuld an deinem Verschwinden gibt. Nur du weißt, wo wir die fiebersenkenden Wurzeln finden. Du hast sie …«

Immer aus dem Wald geholt. Ja, ich wusste genau, wo seltene Heilpflanzen standen, die mir Martis gezeigt und deren Wirkung er mir genaustens erklärt hatte. Mir … einer werdenden Dämonin … über die er gewacht hatte.

Weitere Fäden spannen sich um meine Arme und Füße, was ich kaum bemerkte. Ich war im Begriff, mich umzudrehen, da meine Mutter schrecklich verzweifelt klang, als ich mir ins Gedächtnis rief, dass es eine Illusion war. Ein Trick, um mich aufzuhalten. Chester hatte von Geistern gesprochen. Von Energie, welche die Blausteine freisetzten und die die Eindringlinge daran hindern würde, die Mine zu verlassen.

Tief durchatmend schloss ich die Augen, hob die Hand auf die Brust und fühlte meinen kräftigen Herzschlag, dicht unter ihm das tiefe Knurren meines Dämons.

»Mach dich nützlich und blende diese Rufe auf«, bat ich ihn. Denn ich wusste, dass nicht mehr viel fehlte und ich mich umdrehen würde.

Ein Fauchen war tief in meinem Kopf.

»Joydan ist in den verfluchten Wald gegangen, um die Wurzeln zu finden«, setzte meine Mutter weinerlich fort. »Sie ist seit einem Tag unterwegs und nicht zurückgekehrt. Du musst zurückkommen, sonst ist sie verloren und findet nicht mehr …«

Stille. Mit einem Mal verstummte die flehende Stimme meiner Mutter, und ich zwang mich, die Augen zu öffnen und nicht zurückzusehen. Einen Moment horchte ich in die Stille hinein, aber da war nichts mehr zu hören. Kitzelnd fielen mehrere Fäden von mir ab und sanken um meine Füße zu Boden.

Hatte mein Dämon meine Bitte erhört?

Ohne zu überlegen, lief ich weiter, da das schuppige Wesen tiefer in den Berg gekrochen war und ich die Befürchtung hatte, den Anschluss zu verlieren. Gefangen unter diesem Berg, würde ich es niemals ohne seine Hilfe aus dem Gebirge herausschaffen. Meine zuerst langsamen Schritte gingen in ein Rennen über.

»Wo bist du?«, fragte ich in die Dunkelheit. Vor einer Abzweigung blieb ich keuchend stehen.

»Keine Fragen.«

Verdammt! Warum war diese Welt so anders. Dieses Wesen zu fragen, ob ich nach links oder rechts gehen sollte, war nicht möglich. »Komm bitte zurück. Zeige dich!« Die Worte verließen wie ein Befehl meine Lippen, und bevor ich begriff, was ich laut ausgesprochen hatte, entdeckte ich vor mir einen riesigen schuppigen Drachenschädel. Mehrere Quasten standen von seinem Maul und hinter den Ohren ab. Seine Augen loderten wie gelbgoldene Eisen in einem Schmiedeofen.

»Du lernst dazu«, stellte es zischend fest, bewegte den riesigen Kopf näher zu mir und stieß heißen Atem aus. Ich rührte mich nicht von der Stelle. Ein fauliger Fischgeruch drang in meine empfindliche Nase, als es die Lefzen hob und ich die vergilbten gebogenen Zähne entdeckte. Ein Zahn war so lang wie mein Unterarm. Es müsste nur das Maul aufreißen und hätte mich mit einem Bissen verschluckt.

»Aber ich bin mir nicht sicher, ob deine Anweisung klug gewählt war. Ich rieche deine Angst.«

Ich schluckte hart und öffnete den Mund. Es taxierte mich mit seinen flammenden Raubtieraugen, kam mir aber nicht näher. »Ehrfurcht trifft es eher«, gab ich zurück. »Bisher …«, ich leckte mir über die Lippen, »habe ich von Drachen bloß in Büchern gelesen.«

»Drachen …«, schnaubte es. »Siehst du hier irgendwo Flügel?«

Ich sah bis auf den riesigen, schuppenüberzogenen schwarzen Kopf mit den gewaltigen Fängen und golden lodernden Augen wirklich wenig. Mit zusammengepressten Lippen schüttelte ich den Kopf. »Ich würde gern fragen, wie du heißt, aber du beantwortest ja keine Fragen«, gab ich zurück.

»Man nennt mich Ósidion, Wächter der Berge des gesegneten Tempels. Folge mir! Noch einmal kehre ich nicht zurück. Dann wirst du den Weg aus dem Gebirge selbst finden müssen oder für immer an diesem Ort gefangen bleiben.«

Ich nickte, um es nicht zu erzürnen.

Sein Maul öffnete sich, bevor es mir mit seinem heißen Atem näher kam, so nah, dass seine feuchten Nüstern meine Wange streiften. »Die Monde. Ich sehe sie.«

Monde?

Seine raubtierhaften Pupillen verengten sich, als es mich eingehend betrachtete. Danach wandte es sich blitzartig um und verschwand in dem Tunnel links von mir. An mir rauschte in einem mörderischen Tempo ein gewaltiger, mit schwarzer Panzerhaut überzogener Körper vorbei. Der Berg erbebte. Kleine Steine fielen von der Decke auf mich herab und Staub zog auf.

Ich nahm die Verfolgung auf und rannte Ósidions peitschendem Schwanz hinterher. Hin und wieder hörte ich ein geisterhaftes Wispern aus anderen Tunneleingängen und nahm ein unheimliches Kinderkichern wahr. Schmerzensschreie von Menschen, die ich ein Leben lang gekannt hatte, drangen in meine Ohren. Sie riefen um Hilfe, wirkten so verzweifelt und gequält. Trotzdem ließ ich sie hinter mir, auch wenn mir ihre verzweifelten Hilferufe Tränen in die Augen trieben. Rasch wischte ich die Tränen fort.

Hör nicht auf sie. Ignoriere sie. Sie sind nicht real, Sóley!

Irgendwann, als ich glaubte, mein Dämon könne nicht mehr alle Rufe ausblenden, erreichten wir eine blau funkelnde Höhle. Aus jeder Ecke, in jedem Winkel glitzerten in den verschiedensten Größen blaue Juwelen. Dieser Anblick erinnerte mich an die kalten, sternklaren Winternächte in Theston, wo die Sterne so greifbar nah geleuchtet hatten wie kleine Sonnen. Fasziniert von dem sagenhaften Anblick ging ich an den Felswänden vorüber und musterte die

Magiesteine genauer. In größeren pulsierte Energie, als besäßen die Steine ein schlagendes Herz. Wunderschön. Wie verzaubert streckte ich die Finger nach einem etwa handgroßen Blaukristall aus.

»Fass sie nicht an!«

Ich fuhr unter Ósidions lauter Warnung heftig zusammen, zog die Hand zurück und drehte mich um. Erst jetzt sah ich Ósidions wahre Größe. Er schlängelte sich über zwanzig Meter lang um ein Podest aus reinem Kristall. Inmitten des Podests ragte aus dem Blaustein, der mich stark blendete, etwas Gewundenes, Längliches hervor. Etwas, das die gesamte Magie in dieser Höhle in den Schatten stellte. Ohne den Gegenstand berühren zu müssen, spürte ich mit jeder Faser meines Körpers die reine, unsterbliche Energie, die er aussandte. Unfassbar alt und mächtig.

Ósidions Kopf ruhte direkt zwischen mir und dem Podest.

»Hol es dir und es ist dein.«

Ich schaute perplex zu Ósidion, der seinen Kopf auf die Steinstufen bettete. War es so leicht?

Unschlüssig schaute ich mich um. Es gab sicher eine List. An den Wänden tanzten im Schein der unzähligen Blausteine kleine Lichter wie eigenwillige Motten. Wieder flüsterten die Wände und weinte der Boden unter meinen Füßen.

Da ich Ósidion nicht fragen konnte, ob das Podest aus Kristall mit einem Fluch belegt war oder mich weitere Gefahren erwarteten, ging ich vorsichtig an seinem Kopf vorbei. Seine Pupillen verengten sich gefährlich. Er grollte gedämpft, erhob sich aber nicht.

Wachsam stieg ich die in groben Stein gehauen Stufen zu dem unbearbeiteten Kristall hinauf und deutete das Etwas, das aus ihm ragte, als ein Zepter. Kurz machte sich Enttäuschung in mir breit. Ich hatte ein Schwert, einen Dolch, einen Speer erwartet. Eine Waffe, die mir nützlich war, aber kein Zepter. Als ich mich zu Ósidion umdrehen wollte, war er verschwunden. Wieder einmal.

Allmählich zweifelte ich an meinen Sinnen. Manchmal hörte ich, wie er sich durch die Tunnel bewegte, im nächsten Moment war er leise wie eine Maus.

Und wenn ich Blausteine mitnahm, um mir von einem Schmied eine Klinge daraus anfertigen zu lassen? Eine innere Stimme verriet mir, dass ein herkömmlicher Schmied dazu niemals imstande war. Zugleich drängte mich der Dämon in mir zu dem Zepter, gierte nach ihm, wollte es besitzen. Ein feines Wispern schob sich in meinen Gedanken in den Vordergrund. *»Nimm es! Ich brauche es! Ich will es!«*

Ich spürte die Macht, die von dem Stab ausging, aber sie nahm mich nicht komplett in Besitz wie meinen Quälgeist, der in mir vollkommen verrücktspielte. So mussten sich wohl andere Dämonen bei dem Anblick des Zepters fühlen. Und ich wusste auch, wieso.

Aber letztendlich sollte mir mein Dämon dabei helfen, diese Waffe zu führen. Als Magielose würde ich keine solche Waffe anwenden können.

Ich trat an den Kristall heran, streckte die Hand vorsichtig nach dem Zepter aus und beobachtete, wie mir schwarze Schattenklauen wuchsen. Verdammt!

Schnell riss ich die Hand zurück. Die Gier durchströmte meinen Körper, erreichte aber meinen Verstand nicht.

»Reiß dich zusammen! Du bekommst es noch früh genug«, schimpfte ich und sperrte ihn wieder in mir ein. Er grollte und knurrte zwischen meinen Rippen, bevor ich die Hand erneut ausstreckte. Dieses Mal umfasste ich das Zepter ohne die gierigen Krallen meines Dämons. Mich durchflutete eine immense Energie. Sie war so gewaltig, dass sie sich wellenartig unter meinen Füßen ausdehnte. Genauso mächtig wie Chesters Schwert, wenn nicht sogar …

»Viel zu mä…« Ich kippte nach hinten, als ich, übermannt von der Magie, das Bewusstsein verlor und ins endlose Nichts stürzte.

KAPITEL 27

SÓLEY

Blinzelnd griff ich nach meinem Kopf. Um mich herum tanzte das goldene Sonnenlicht. Es wurde von den hellen Tempelsäulen und den steinernen Ranken an der Giebelseite durchbrochen und ließ den Mosaikboden wie eine Meeresoberfläche in den unterschiedlichsten Blautönen funkeln.

Ich war … nicht mehr unter dem Gebirge, stellte ich fest und erhob mich von einem weichen Fell.

In mir war alles still. Da waren keine Stimmen, kein Grollen, kein Wispern. Wie lange hatte ich hier gelegen und wer hatte mich in den Tempel zurückgebracht?

Als ich die Hand vor mein Gesicht hob, glänzte mein Unterarm vor lauter goldenen Ketten. Ein weicher dunkelblauer Stoff bedeckte meinen Körper. Als ich schnell von den Fellen aufsprang, fiel ein indigoblauer Umhang an mir herab, darunter trug ich ein Kleid, so dunkel wie die Nacht, mit goldenen Applikationen. Der Mantel wurde am Hals von zwei Haken gehalten und gab darunter ein sehr figurbetontes Kleid frei, das einen tiefen Ausschnitt und eine Aussparung an meinem Bauch besaß. Wie sollte ich in diesem Gewand zurück zu Layla schwimmen?

»Du wirst nicht schwimmen müssen«, erklärte mir Martis, der

an mich herantrat und mir seine Hand anbot. Das Blau seiner Robe war identisch mit dem meines Umhangs und des Kleides.

»Wieso nicht?«

»Weil der Bann aufgehoben ist. Dir steht es frei, den Landweg zurück zu nehmen.«

Bann? Aufgehoben? »Ich bin mir nicht sicher, aber ich ahne, dass das Zepter eine Insignie ist.«

Martis' Lächeln erreichte seine Augenfältchen. »Jetzt gehört das Blutzepter dir, angefüllt mit der Macht deiner Eltern. Sie hat nur auf dich gewartet.« Er umfasste meine Hand fester und deutete auf meine Brust. »Lass es dir nicht wegnehmen. In den falschen Händen wird es nicht bloß Nõsfera in den Abgrund stürzen, sondern auch das Land der Magielosen.«

Ich nickte, als ich seine Worte verstand. »Ich werde es keiner menschlichen oder dämonischen Seele anvertrauen.«

Hinter ihm traten die anderen Gesegneten aus dem Licht, das die Sonne in breiten Streifen in den Tempel warf. »Eine Frage …« Ich spürte, dass der Zeitpunkt des Abschieds nahte.

»Gern. Welche hast du?«

»Es ist mir etwas unangenehm«, begann ich und schaute über die Schulter, dann an mir hinab. »Wo befindet sich das Zepter? Ich trage es nicht am Körper.«

Nun hörte ich das amüsierte Geglückse der Seher, und auch Martis lachte erheitert über meine Frage. »Du trägst das Blutzepter nicht sichtbar bei dir. Wenn du es brauchst oder anwenden willst, rufe es in deinem Geist. Auf diesem Weg kannst du es vor den Augen anderer Dämonen verbergen.«

Verstehe. Sehr raffiniert. Wobei ich mir noch nicht sicher war, ob mein Dämon es jemals herausrücken würde. Wenn sich das Zepter in meinem Geist befand, würde mein Dämon es ganz und gar für sich beanspruchen und sich gierig daran anschmiegen. »Ich danke euch. Auch für dieses … Gewand und den Umhang.« Ich hob den bodenlangen zarten Stoff des Rocks an.

Sie nickten, bevor ich gemeinsam mit ihnen vor den Tempel trat und erleichtert über meinen Sieg das Gesicht gen Sonne richtete. Hinter mir bildeten die Gesegneten eine Reihe. Als ich mich zu ihnen umwandte, um mich zu verabschieden, waren sie verschwunden. Verblüfft blinzelte ich, bis eine endlose Freude in mir aufstieg.

Ich hatte es tatsächlich geschafft. Zwar spürte ich das Blutzepter nicht in mir, und ich hatte keine Ahnung, wie man es im Geist rief, aber das würde ich ganz sicher herausfinden.

Aus den Augenwinkeln bemerkte ich die geöffneten Flügeltüren der Mine. Die Engelsstatuen hatten ihre Lanzen zurückgezogen. Ein dunkel geschuppter Schwanz mit großen Rückenzacken tauchte unter die Wasseroberfläche des Sees. Ósidion. Es sah aus, als wäre er frei. Als würde er nicht länger in den Tunneln des Gebirges leben müssen, um das Zepter zu bewachen.

Auf den untersten Stufen, die vom kristallklaren See umspült wurden, stand Chester und blickte in meine Richtung. Als er mich entdeckte, richtete er sich geschmeidig auf, und Gefühlsregungen wie Verwunderung und Anerkennung standen in seinem Gesicht.

Das Ende seiner rechten Braue zuckte, als ich die Stufen in dem fremdländischen Gewand zu ihm hinunterstieg.

»Du lebst«, raunte er.

»Du siehst aus«, antwortete ich, »als hättest du nicht damit gerechnet.«

»Ich war mir nicht sicher, ob du es überleben würdest. Die Chancen standen nicht schlecht, aber als die vierte Stunde anbrach, habe ich mir allmählich Sorgen um dich gemacht.« Auch wenn er es mit einer scherzhaften Antwort abtat, sah ich ihm an, dass er wirklich besorgt um mich gewesen war. Er hob die Hand in die Luft, und dieses Mal flimmerte die Luft nicht.

»Meine Hochachtung, der Bann ist gebrochen. Meisterhaft, Mondkätzchen. In dir schlummern wahre Talente.«

Kaum dass ich vor ihm stand, verpasste ich ihm eine Ohrfeige, die sein Grinsen schlagartig aus dem Gesicht wischte.

Er fluchte in einer fremdländischen Sprache. »Wofür, zur Hölle, war die?!«, stieß er aus und griff sich an die Wange. Sein Blick war … tödlich.

»Dafür, dass du mich einfach so in den Tempel geschickt hast, um für dich eine Insignie zu beschaffen. Du hast doch nicht ernsthaft geglaubt, ich würde es nicht rausfinden.«

»*Du* wolltest eine Waffe. Ich wollte nur die beste für dich. Hast du sie?« Ein dämonisches Funkeln trat in seine grünstichigen Iriden. Wieder holte ich aus, doch er fing mein Handgelenk mit Leichtigkeit in der Luft ab. Langsam schloss er die Augen, hörte in sich hinein und lächelte triumphierend. »Ja«, sprach er gedehnt. »Du hast das Zepter. Ich spüre es. Ich bin sehr stolz auf dich, Mondprinzessin.«

Ich riss an meinem Handgelenk, das er eisern umschloss.

»Und die Gesegneten haben dich gleich in die Gewänder deiner Heimat gehüllt. Steht dir ausgezeichnet.«

Seine Augen wanderten über das tief ausgeschnittene Kleid und die Aussparung, die die nackte Haut auf meinem Bauch bis zu den Hüften preisgab. Schnell zog ich mit der freien Hand den Mantel darüber. »Ich werde mich umziehen, sobald wir das Lager erreicht haben. Gewöhne dich nicht zu sehr an den Anblick, Lüstling!« Wobei mir seiner ebenfalls unter die Haut ging. Immerhin stand er, bloß mit der tief sitzenden dunklen Hose bekleidet, vor mir.

»Im Ernst, Sóley«, gab er zurück, löste seine Finger von meinem Gelenk und schob die Kapuze, die ich zuvor nicht auf meinem Haar bemerkt hatte, mit beiden Händen behutsam zurück. »Du siehst wunderschön aus. Deine Eltern wären stolz, wenn sie dich so sehen könnten.«

Meine zuvor aufgewühlten Gefühle flauten ab und wichen einer unbegründeten Freude. »Danke, Chester, oder wie auch immer du heißt.«

Er kniff die Augen zusammen, bevor er eine Stufe überwand und wir beinahe auf Augenhöhe waren. »Nenn mich, wie du möchtest, Sóley. Jeder Name, den du mir gibst, wird für mich von Bedeutung sein.«

Das wäre meine Chance, ihm einen ziemlich albernen, peinlichen Namen zu verpassen. Wie Lurchmund oder Pickelgart. Obwohl mein Dämon seine Freude mit der mächtig pulsierenden Macht in mir hatte, konnte er nicht widerstehen und lenkte meine Hände zu Chesters Schultern. »Bleiben wir bei Chester. An den Namen habe ich mich gewöhnt. Er passt zu dir.«

»Inwiefern?« Er runzelte die Stirn. »Mein wahrer Name passt viel besser zu mir.«

»Den werde ich wohl nie erfahren, deswegen finde ich Chester sehr treffend. Du hast ihn dir selbst ausgesucht. Er klingt stark, irgendwie verwegen, geheimnisvoll, sogar etwas neckisch. Somit hat alles seine Ordnung.«

»Neckisch?«, stieß er empört aus. »Das will jeder Mann in Anwesenheit einer schönen Frau hören.« Er schnaubte und senkte den Blick auf meine Lippen. »Hast du deinen Namen heute erfahren?«

Mit dieser Frage überraschte er mich. Ich nickte unmerklich. »Ja, sie haben ihn mir mitgeteilt.«

»Sehr gut. Sprich ihn nie laut aus, denke ihn nicht einmal und vertraue ihn keiner sterblichen Seele an. Nicht einmal Layla«, riet er mir und schob seine Hände wie selbstverständlich unter meinen

Umhang zu meiner nackten Mitte. Seine Finger waren trotz der Handschuhe warm und übten einen sanften Druck aus.

»Ich verspreche es.«

Einen Moment sah er so aus, als wünschte er sich, meinen Namen zu wissen.

»Wie war Ósidion? Ist er so grausam und hässlich, wie man sagt?«

»Er ist …« Ich schaute zum zart bewölkten Himmel auf und suchte nach dem passenden Wort, das ihn beschreiben könnte.

»Nett.«

Chester prustete lachend. »*Nett?* Du nennst ein Urmonster, das länger als die Menschheit existiert, nett?«

»Ja. Dich hätte er vermutlich nicht nett gefunden, genauso wie ich«, neckte ich ihn und zwinkerte frech. »Die Gesegneten haben mir einiges über dich erzählt, Chester. Sehr viel sogar.«

»Davon bin ich ausgegangen. Sie haben selten Besuch. Die meisten sterben nach dem Eintreffen vor ihren Augen. Ich kann mir vorstellen, dass sie sich ordentlich das Maul über mich zerrissen haben.«

»So schlimm war es nicht.«

»Ach, wirklich nicht?« Seine Hände glitten über meinen nackten Rücken, als er eine weitere Stufe erklomm. »Was haben sie über mich gesagt?«

»Dass sie deine wahren Absichten noch nicht kennen würden und ich dir nicht trauen solle. Also genau das, was ich die gesamte Zeit vermutet habe.«

Ein anzügliches Raunen kam über seine geschwungenen Lippen, während er seinen Kopf senkte. »Ist nichts Neues.«

»Sie sagten auch, dass du mehrere Hundert Jahre alt seist.«

Er zuckte kurz zusammen. »Macht mich mein Alter unattraktiv?«

Ich bewegte mich mit dem Oberkörper zurück, um in sein Gesicht zu schauen. »Kommt drauf an. Wie alt bist du denn?«

»Bei fünfhundert Jahren habe ich aufgehört zu zählen, Sóley.«

»Du machst Witze«, keuchte ich.

»Deine Eltern waren siebenhundert Jahre alt. Für uns spielt das Alter keine Rolle wie für Magielose, die an ihrem kurzen Leben hängen.«

Seine Lippen streiften zärtlich meinen Hals, während ich mich an seinen Schultern festklammerte, damit ich nicht nach hinten kippte, falls er mich losließ.

»Sie sagten auch, dass du meine Eltern gekannt hättest, sogar ihre Namen.«

Nun hob er mit einem finster umschatteten Blick das Gesicht.

»Ich wusste ja, dass sie viel zu erzählen haben und sich nicht mit Informationen zurückhalten würden, aber das sind streng vertrauliche Angelegenheiten!«, rief er erzürnt, als würde er die Worte an die Gesegneten richten.

Ich spürte den Zorn unter seiner Haut pulsieren.

»Warum hast du es mir nicht gesagt?«, wollte ich wissen.

Er wandte sein Gesicht zu mir. »Weil du noch kein vollwertiger Dämon bist. Du solltest kein Wissen über Dinge haben, die man schnell aus deinem zerbrechlichen sterblichen Körper herausfoltern kann. Deswegen finde ich es mehr als unangebracht, dass dir die Gesegneten, die angeblich deinen Schutz im Sinn haben, so etwas streng Geheimes anvertrauen.«

»Im Prinzip haben sie nur gesagt, dass du die Namen meiner Eltern kennen würdest.«

»Kanntest«, korrigierte er mich. »Ja, ich kannte ihre Namen. Und ja, mir wird nachgesagt, ich sei der Verräter ihrer Namen gewesen, der, der sie an die *Diejenigen* …«

»Die Verlorene Familie …«

Furcht trat in seine Augen. Abrupt hielt er mir den Mund zu. Sein Blick wurde eiskalt, als er den Namen hörte. Augenblicklich gab er mich frei, und ich wäre vermutlich im Wasser gelandet, hätte ich mich nicht an ihm festgehalten.

»Sie haben dir ihren Namen gesagt?«

»Beruhige dich!«

»Beruhigen?! Du sprichst diesen Namen nie mehr aus, Sóley! Nie mehr! Buchstabiere ihn nicht einmal in deinen Gedanken!« Ich nickte erschrocken, da mir seine wilde Seite etwas Angst einjagte.

»Wie ich schon sagte, die bloße Erwähnung lockt ihre Schattenspäher an.«

Chester sah sich flüchtig um und kurz schwang etwas wie Furcht in seiner Stimme mit. Nicht die Furcht um sich, sondern um … mich.

»Das wissen die Gesegneten. Sie hätten gern mehr über mich aus dem Nähkästchen plaudern können, aber nicht diese Informationen preisgeben dürfen.«

Ich sah es anders. Für mich war es wichtig, den Namen dieser Familie zu kennen, die für den Tod meiner Eltern verantwortlich war. Es gab niemanden, den ich sonst hätte befragen können, außer Chester. Und er hatte mir nur Details verraten, die er mich wissen lassen *wollte*.

Er half mir, mich aufzurichten, als ich meine Hände von seinen nackten Schultern nahm.

»Wir sollten gehen«, beschloss er, nachdem er sich beruhigt hatte. Dieser Zorn in ihm war so mächtig und gebieterisch. »Die Mission ist beendet. Außerdem höre ich deinen Magen knurren. Dein Dämon muss wieder gefüttert werden. Damit ich das nicht heute Nacht über dir liegend übernehmen muss, sollten wir zum Lager zurückkehren.«

Ich verpasste ihm einen lockeren Stoß. »Tu nicht so, als wäre ich ein Kleinkind, das du bemuttern musst.«

»Gerade teilst du wie eines aus. Zügle dein Temperament! Es muss ja nicht jeder mitverfolgen, wie viel Feuer in dir schlummert.«

Meine Augen wurden groß, während er seinen Sieg über mich genoss. Er wusste genau, wie er mich provozieren konnte.

Am liebsten hätte ich ihm noch einen Stoß verpasst, aber ich hielt mich zurück. Ich musste mir mein Lächeln verkneifen, als ich an ihm vorbei in Richtung Ufer schritt.

»Wo willst du jetzt hin, Mondkätzchen?«

»Ich gehe zu Fuß zurück.«

»Keine Lust zu schwimmen?«

»Besser nicht, bevor du dich in meinem kostbaren Gewand verhedderst und absäufst«, meinte ich lächelnd. »Dann hätte Ȯsidion sicher seine wahre Freude mit dir im See.«

Als ich lachend zurückblickte, sah ich einen ziemlich in seinem Stolz gekränkten Chester. Hinter ihm durchbrachen dunkle Drachenzacken die Seeoberfläche. Er schaute mit einem spöttischen Grinsen zu Ȯsidion.

»Das Getier da«, er deutete mit dem Daumen auf den See, »kann mir nichts anhaben. Wäre spannend geworden, wer von uns beiden als Verlierer aus dem Kampf hervorgegangen wäre.«

Eine gewaltige Wasserwoge baute sich hinter Chester auf. Über ihm schlug die riesige Welle zusammen und verschlang ihn. Mist! Ȯsidion schien, wie ich unter dem Berg bereits vermutet hatte, keinen Sinn für Humor zu besitzen.

Als sich das Wasser zurückzog, kam Chester, ohne mit der Wimper zu zucken, auf mich zu. »War was?«

Ich hätte schwören können, Ȯsidion im See knurren zu hören. Chester hatte einfach so, ohne den Halt zu verlieren, der gewaltigen Welle getrotzt. Ohne einen Wassertropfen am Oberkörper näherte er sich mir. Wie war … das möglich?

Mir lief es eiskalt den Rücken hinunter. Wer war er wirklich?

Wenn jeder Dämon mit nur einem Bruchteil seiner Magie solch einer Naturgewalt standhalten konnte, wollte ich nicht wissen, wie mächtig diese Saċare waren.

* * *

Zurück am gegenüberliegenden Ufer, empfing uns in der Abendsonne ein knisterndes Lagerfeuer, um das drei schwarze Zelte standen. Es kräuselte sich kein Rauch über den aufgeregt flackernden Flammenzungen. Magie, ging es mir durch den Kopf.

Layla schälte eifrig Gemüse. Vermutlich ließ sie nicht zu, sich von Adamas das Essen servieren zu lassen, sondern hatte sich die Zeit bis zu meiner Rückkehr mit Kochen vertreiben wollen. Sie liebte es, zu backen und am Herd zu stehen. Was wohl unter anderem daran lag, dass ihr Vater das Gasthaus in unserem Dorf besaß und somit über große Vorräte an Lebensmitteln verfügte. Mehrere Tonschüsseln standen auf einem niedrigen Tisch, sowie Berge an Gemüse und Hühnchenfleisch. Mein Magen knurrte bei diesem Anblick verdächtig, sodass Chester neben mir laufend die Brauen hob. Mein Dämon hatte Hunger. Sehr großen Hunger sogar.

Anders, als ich Layla verabschiedet hatte, trug sie nun eine eng anliegende nussbraune Hose, ein über dem Bauch zusammengeknotetes rotes Hemd und ihr Haar war zu einem Zopf geflochten. Sheriad trat aus einem der Zelte, als hätte sie unsere Ankunft auf die Minute genau erwartet. Neben Layla kam Adamas aus einer Schattenwand und ließ meine Freundin erschrocken aufschreien. Ihr Schälmesser landete im Kessel vor ihr.

Ophram stand vor einem gewaltigen Berg aus frischem Gras, bereits ohne Sattel, mit glänzendem Fell und gebürsteter Mähne. Der

Wallach drängte sich direkt an mein Pferd, das mich, seit ich fünf war, begleitete. Nur das Höllenpferd stieß mit rot glühenden Augen heißen Dampf aus und tänzelte über das Ufer. Ungebunden, frei und wild. Hoffentlich zertrampelte es nicht vor Übermut die Zelte.

»Endlich!«, stieß Layla aus, als sie uns entdeckte und Adamas in den kochenden Kessel griff, um ihr das Messer zu reichen. Sie bemerkte es nicht. »Ihr seid zurück und …«, sie war hinter dem Tisch aufgesprungen und musterte mich anschließend mit skeptischen Blicken, »… und du hast dich umgezogen?«

Adamas reckte das Kinn vor und sah sichtlich erstaunt aus, während Sheriad die Kinnlade herunterklappte.

»Ich habe gewusst, dass dir die Gewänder deiner Heimat stehen würden, aber nicht, wie sehr. Du siehst bezaubernd aus, Mondprinzessin.«

Mondprinzessin. Genauso hatte mich Chester auf den Stufen des Tempels genannt. Ich war keine Prinzessin. Dieser Titel passte nicht zu mir, eher die Jägerin, die Sonderbare, die Komische.

»Sheriad hat recht.« Layla trat an mich heran, berührte die Schulterklappen, die edlen Verzierungen des Gewandes, den goldenen Schmuck an meinen Armen und Händen. »Du siehst … wunderschön aus.«

Ich lächelte. »Ich werde mich am besten umziehen, damit die Kleidung nicht beschädigt wird.« Eigentlich wollte ich bloß verhindern, dass mich alle so merkwürdig ansahen. Die Blicke waren mir unangenehm. Sehr sogar.

Chester räusperte sich.

Ja, und damit du nichts zum Glotzen hast.

»Warte«, beschloss Layla, nachdem sie zu ihrem Kessel zurückgeeilt war und das Gemüse und Fleisch in das siedende Wasser geworfen hatte. Anders als erwartet fand ich keine verschmutzte und zerrissene Kleidung vor, die ich am Ufer zurückgelassen hatte, sondern Sheriad überreichte mir ein dunkelblaues Oberteil mit goldenen Knöpfen am Ausschnitt und eine Stoffhose in derselben Farbe.

»Für dich. Deine Stiefel habe ich putzen lassen und das Loch an der rechten Spitze geflickt.« Erstaunt betrachtete ich die frische Kleidung. Sie hatte sie mit Magie gewirkt, wie Laylas Kleidung ebenfalls.

Ich nickte ihr lächelnd entgegen. »Danke, Sheriad. Das ist wirklich sehr freundlich von dir.«

Ihre veilchenblauen Augen begannen zu strahlen. »Habe ich gern gemacht.«

Während Layla und ich hinter einem mannshohen, dicht gewachsenen Gebüsch verschwanden, löcherte sie mich mit unzähligen Fragen.

Ich schmunzelte geheimnisvoll, als ich die kleinen Haken des Umhangs am Hals öffnete. Sie nahm ihn mir ab, um ihn sorgfältig zu falten.

»Mir ist es gelungen, Layla. Ich habe sogar Martis wiedergetroffen.«

»Martis? Unseren Martis aus Theston? Nicht wahr? Wieso ist er hier?« Ihre Augen huschten neugierig über mein Gesicht, bevor ich mich nach und nach bis auf die Unterwäsche entkleidete und all ihre Fragen beantwortete.

Das Karamellbraun ihrer Iriden nahm einen helleren Ton an, als ich von dem Zepter erzählte.

»Dir ist es wirklich gelungen, sogar ein Monster zu überwältigen?«

Ich hatte Ósidion nicht überwältigt, aber ja, ich hatte die Prüfung gemeistert – dank Ósidions Hilfe. Ohne ihn wäre ich vermutlich den wehklagenden Schreien meiner Familie nicht entkommen, sondern hätte zurückgeblickt. Ich wäre auf die heimtückischen

Rufe hereingefallen und hätte das Gebirge niemals wieder verlassen können.

»Er ist kein Monster«, antwortete ich ihr. »Zumindest für mich nicht.« Ich hätte schwören können, eine auffällige Wellenbewegung inmitten des Sees gesehen zu haben, als ich über ihn gesprochen hatte. Mittlerweile drängten sich immer dunklere Wolken von der Nordseite der Gebirgskette zu uns und überschatteten den Sonnenuntergang. In einer Stunde brach die Nacht herein, auf die ich dieses Mal vorbereitet sein wollte.

Fertig umgezogen reichte mir Layla mein kostbares Gewand. Mehrmals ertappte ich sie dabei, wie sie ehrfürchtig mit den Fingerkuppen über die blau schimmernde Seide und die golden glänzenden Applikationen strich. Die Kleidung war einer Königin würdig, keiner Dorfbewohnerin wie mir.

Am Feuer angekommen, blubberte Laylas Eintopf verdächtig laut.

»Hat denn keiner den Eintopf vom Feuer genommen oder umgerührt?«, fragte sie Sheriad und Adamas vorwurfsvoll, die um Chester herumstanden und in ein ernstes Gespräch vertieft waren.

Sheriad löste sich aus der Gruppe. »Oh, sollten wir? Ich dachte, er muss so stark brodeln, um den Geschmack zu entfalten.«

Layla keuchte traurig. »Nein, er verbrennt sonst.«

»Ich kann mit Magie einen neuen wirken, kein Problem.« Als täte es Sheriad aufrichtig leid, nicht auf den Kessel geachtet zu haben, hob sie die rechte Hand.

Doch Layla schüttelte den Kopf, stellte den Kessel fluchend auf den Kies und rührte den Eintopf um. »Nicht nötig. Er ist noch nicht angebrannt. Wir hatten Glück.«

Erleichtert atmete Sheriad durch. Immer wieder fiel mir auf, dass sie eine sehr menschliche Seite in sich verbarg. Sie legte selten die dämonische Natur eines Raubtieres an den Tag wie Adamas, was mich etwas beruhigte. Denn ich wollte mich nicht zu einer machtgierigen, heimtückischen Kreatur verwandeln und mich selbst verlieren. Nein, ich wollte so bleiben, wie ich war, und würde zugleich das mächtige Wesen in mir akzeptieren.

Nach dem Essen, von dem ich wieder nicht richtig satt geworden war, landeten die ersten Regentropfen auf meinem Gesicht. In weiter Ferne ertönte Donnern. Grelle Blitze zuckten über die schneebedeckten Bergspitzen, bevor ein gewaltiger Regenguss niederging.

Mit Layla verzog ich mich in ein Zelt, das beinahe so komfortabel eingerichtet war wie das auf dem Festplatz in Theston, wo ich vor dem Ritual separat untergebracht und bewacht worden war. Es gab zwei schwarz bezogene weiche Matratzen, die mit Kissen und Decken ausgestattet waren, zudem einen kleinen runden Tisch, vor dem ebenfalls Polster lagen.

Eine Lampe hing von der Zeltspitze, die zwar warmes Licht spendete wie eine Laterne, in der jedoch keine Flamme, sondern eine Art glühende Kugel leuchtete.

Der Regen prasselte laut auf die Plane des Zeltes, als sich Layla aus ihrer Hose befreite.

»Denkst du nicht, dass du zu Chester gehen solltest?«, erkundigte sie sich.

Ein Gefühl von Unruhe überkam mich – wie kleine Wirbelstürme, die in meinem Inneren tobten. Seit wir in dem Zelt vor dem Gewitter Schutz gesucht hatten, dachte ich pausenlos daran, zu Chester zu gehen. Die Dämmerung war angebrochen. Mir blieb nicht viel Zeit, bis mein Dämon erwachte. Aber ich wollte Chester nicht um Hilfe bitten und mich ihm nicht aufzwingen. Das war nicht meine Art.

Ich öffnete die obersten Knöpfe des Oberteils, das sich eng an meinen Körper schmiegte. Wie ein großes tiefschwarzes Geflecht zogen sich die Verästelungen über meine rechte Brust, sogar über meinen kompletten Oberarm. Ich war mir sicher, dass ich morgen früh zu einem Viertel von dem schwarzen Netz überzogen aufwachen würde.

Hinter uns erklang ein Räuspern vor dem Zelteingang. Ich drehte mich um, als ich Sheriad fragen hörte: »Darf ich reinkommen?«

Layla und ich tauschten Blicke aus. Sie nickte. »Ja, natürlich.«

»Danke«, hauchte sie, bevor sie das Zelt betrat. Angespannt biss sie sich auf die Unterlippe. »Habt ihr es euch schon gemütlich gemacht?«

Ich nahm auf dem weichen Bett Platz, als das leichte Grollen zwischen meinen Rippen einsetzte. Sheriads goldbraune Augen ruhten auf mir.

»Ja, das Zelt ist sehr groß und mit allem ausgestattet, was wir brauchen.«

Sheriad nickte, bevor sie zu Layla schaute. »Wäre es nicht besser, wenn ich heute Nacht bei Layla bliebe und du Chesters Zelt aufsuchtest, Sóley?«

Wie sollte ich ihr erklären, dass ich sein Zelt sehr gern aufsuchen wollte, mich die Neugierde und mein Dämon sogar antrieben, zu ihm zu gehen … mich seine Nähe aber veränderte. Ich fürchtete mich nicht davor, nur musste ich weiterhin eine gesunde Distanz zu ihm wahren. So hatte es mir mein Verstand geraten und heute ebenfalls die Gesegneten. Chester verschwieg mir sehr viel, das wusste ich. Er hatte sicher seine Gründe, bloß … ich spürte, wie in mir die Schutzwand immer mehr ins Bröckeln geriet und ich zuließ, ihm mehr und mehr zu vertrauen. Ihn näher an mich heranzulassen, was sich womöglich als Fehler herausstellen konnte. Er war über fünfhundert Jahre alt, hatte die Welt bereist, war vielen Magielosen und Dämonenträgern begegnet, suchte Ablenkung und war der geborene Charmeur. Er war mir in vielen Dingen voraus. Wenn er mir sagte, wie schön ich sei, wie sehr ich ihn fasziniere, glaubte ich ihm. Zugleich war mir bewusst, wie oft er dies zu anderen Frauen vor mir gesagt haben könnte. Ihm würde das, was zwischen uns entstand, nicht so viel bedeuten wie mir. Und bevor ich nicht mehr die Kontrolle über meine ohnehin durchgeschüttelte Gefühlswelt besaß, wollte ich auf Abstand gehen.

»Ich möchte gern noch etwas warten. Möglicherweise wird die Nacht nicht so schlimm werden wie die davor«, erklärte ich Sheriad.

Mit zweifelnden und zugleich besorgten Blicken betrachtete sie mich. In ihrem Gesicht konnte ich ablesen, dass sie mir nicht glaubte. Auch Layla wirkte nervös. Sicherlich hatte sie Angst. Wie hätte ich es ihr verübeln können? Gestern Nacht hatte ich mich in der Scheune vor ihren Augen in ein Monster verwandelt, das sich nicht mehr unter Kontrolle hatte. Das bloß noch tierischen Instinkten folgte.

»Es wird heute Nacht nicht besser werden«, antwortete Sheriad mit ruhiger, melodischer Stimme, bevor sie sich zu mir setzte. »Die Entfaltung ist noch nicht zur Hälfte abgeschlossen, Sóley.« Sie griff nach meiner Hand. »Wenn ich könnte, würde ich dir helfen, falls es dir lieber wäre, aber …«, sie verzog ihre weichen Lippen zu einem trüben Lächeln, »ich bin dazu nicht mehr in der Lage. Chester ist der Einzige, der dir helfen kann, die Wandlung schmerzlos zu überstehen. Und ich möchte wirklich nicht, dass du uns bittest, dich wieder anzuketten. Das gestern Nacht war furchtbar. So etwas habe ich während der schlimmsten Folterungen gesehen, Sóley.« Sie stricht mir über den Arm. »Du musst nicht so leiden, wenn die Möglichkeit besteht, dir eine sanfte Verwandlung zu ermöglichen. Denkst du nicht?«

Ich dachte über ihre Worte nach.

Layla nahm uns gegenüber auf ihrem Bett Platz. »Hat Chester solch eine Wandlung schon einmal bei einem Dämon begleitet?«, wollte sie wissen.

Sheriad schüttelte den Kopf. »Nein. Die Wandlungen vollziehen sich bei uns ab der Geburt eines Kindes. Die Mutter sorgt sich darum. Außerdem findet sie über mehrere Jahre hinweg statt, bei Sóley schreitet sie rasant voran. Schneller und leider auch schmerzhafter.«

Layla keuchte, schob ihre nackten Beine unter die Decke und zupfte an dem schiefergrauen Bettbezug. »Kann man ihr kein Schmerzmittel verabreichen, wie es uns Heiler gegen Fieber und Krankheiten geben?«

Sheriad schüttelte erneut den Kopf. Das Licht wurde von ihrem honigblonden Haar verschluckt. Wie meistens trug sie ihr Haar offen. Nur zwei vordere Strähnen waren auf ihrem Hinterkopf festgesteckt.

»Uns stehen solche Mittel nicht zur Verfügung. Bei der Wandlung geht es nicht darum, Sóleys Körper zu betäuben. Er soll sich mit ihrem Dämon verbinden. Und das geschieht nur ohne den Einsatz von Magie oder Elixieren, ansonsten werden ihr sterblicher Körper und ihr unsterblicher Dämon nie eins werden.«

»Was wäre, wenn ich nie verletzt worden wäre?«, richtete ich meine Frage an sie, während das nagende Brennen sich entlang meiner Rippen fraß. Der Schmerz war noch zu ertragen, aber ich wusste, dass ich keine halbe Stunde mehr durchhalten würde. Ich umklammerte den Bezug der Decke mit der linken Hand fester.

»Irgendwann wäre der Dämon in dir erwacht. Vermutlich mit Anfang zwanzig. Es hätte auch eher geschehen können, wenn du in eine lebensbedrohliche Situation geraten wärst oder dich ein anderer Dämon angegriffen hätte. So oder so hättest du als Magielose diese schwere Verletzung nicht lange überlebt. Deswegen ist dein

Dämon erwacht, um deine sterbliche Hülle zu heilen, zu beschützen und dich davor zu bewahren, dass du erneut so schwer verletzt werden kannst.«

Schweiß stand mir mittlerweile auf der Stirn und ich keuchte flach. Jeder Muskel spannte sich an, während es mir vorkam, als würden Knochen in mir verschoben werden.

»Geh zu Chester!«, bat sie mich, als sie meinen Zustand erkannte.

Beruhigend strich sie mir über den Rücken. Ich hob den Blick und fand Sorge und Angst in Laylas Gesicht. Als besäße ich einen neuartigen siebten Sinn nahm ich vor dem Zelt eine Präsenz wahr. Derjenige lief auf und ab, obwohl es in Strömen regnete.

Hatte *er* Sheriad hergeschickt, damit sie mir ins Gewissen redete?

Als die Schmerzwelle vorüber war, erhob ich mich. »Ich gehe zu ihm. Schlaf gut, Layla. Bewach sie bitte, Sheriad.«

»Mit meinem Sein«, versprach sie mir mit einem erleichterten Lächeln und erhob sich zeitgleich mit mir von der Matratze. Die Person vor dem Zelt hatte meine Worte gehört und tigerte nicht länger hin und her. Ich schlug den Stoff des Zelteingangs zur Seite und entdeckte Chester mit einem besorgten Gesichtsausdruck. Ohne etwas zu sagen, was so gar nicht üblich für ihn war, deutete er mit einer galanten Handbewegung auf sein Zelt. Bevor ich es erreicht hatte, überholte er mich und hielt mir den Eingang auf.

Ich blieb kurz stehen, als ich auf zwei zusammengeschobene Matratzen starrte.

»Wenn es dir lieber ist …« Er schnippte und beide Matratzen schoben sich auseinander. »Leg dich auf eine und ich knie mich davor auf den Boden.«

Das würde er tun? Für mich?

»Wir wissen beide, dass du nicht kniend schlafen kannst.«

»*Können* schon, bloß wäre das für meine alten Knochen kein Vergnügen.«

Ich musste über seine Bemerkung lachen. »Nein, kommt nicht infrage. Du hilfst mir, somit sollst du es bequem …« Mein Magen krampfte sich zusammen und mir wurden von der Wucht des Dämons beinahe die Füße weggezogen. Er wand sich hin und her und verbiss sich in meine Rippen.

Bevor die Welt vor meinem Sichtfeld in tiefe Dunkelheit getränkt wurde, fing Chester meinen Körper auf.

»Ich finde es erstaunlich, wie du versuchst, die Wandlung ohne Hilfe zu vollziehen.«

»Weil …«, verließ das Wort knurrend meine Lippen. Ich kniff die Augen zusammen, während ich auf der weichen Decke abgelegt wurde.

Ohne zu zögern, schob Chester den Stoff meines Oberteils am Ausschnitt zurück und legte seine Hand auf das Zentrum der schwarzen Verästelung. Augenblicklich verhallte der Schmerz.

»Weil ich ungern jemanden um Hilfe bitte. Das liegt mir nicht. Ich helfe gern, möchte aber anderen keine Umstände machen.«

»Ich verspreche dir«, seine tiefe, rauchige Stimme war mir so nah, »du machst mir keine Umstände. Die hast du mir nie gemacht.«

Meine Mundwinkel zuckten, bevor ich die Lider hob und dem glänzenden Grün seiner Iriden entgegenblickte. Wieder ging ein Wirbel durch meinen Brustkorb. Seine Nähe war gefährlich, durch und durch verboten, weil ich genau *davor* Angst hatte: mich nicht zurückhalten zu können.

KAPITEL 28

CHESTER

Hinter ihr nahm ich auf der Matratze Platz. Ich konnte ihre Anspannung schmecken, die Fänge ihres Dämons in ihr spüren und auch ihr unbändiges Verlangen. Wie schon die Nächte davor hätte ich ihre Schwäche ausnutzen können.

Sie so wehrlos und mir ausgeliefert zu erleben hatte seinen Reiz. Es wäre gelogen, wenn ich mir nicht unzählige Male in Gedanken ausgemalt hätte, wie sie sich anfühlte … wenn sie nackt unter mir und ich in ihr wäre.

»Ist es so für dich in Ordnung?«, fragte ich sie und widerstand der Versuchung, meine Nase in ihrem geflochtenen Haar zu vergraben. Sie roch so unfassbar verführerisch. Nach Morgentau und den ersten Mondstrahlen, die das Land bedeckten. Mein Griff auf ihrer Schulter wurde fester, trotzdem nickte sie mit zittrigem Atem.

»Es ist in Ordnung. Für dich?«

Şĕrad ęŋ iļmør. Kein bisschen.

Nie war meine Beherrschung so auf die Probe gestellt worden wie in diesem Moment. Sie dürfte spüren, wie groß meine Gier war. Besonders da sie bloß in Unterwäsche vor mir lag. Sie hatte selbst darauf bestanden, ihre Kleidung loszuwerden, weil ihr heiß war. Dabei hatte sie keine Ahnung, wie sehr mich ihr weiblicher Körper, ihr helles Wesen, ihr geheimnisvolles Lächeln anzogen.

»Ich bin ehrlich, Sóley. Ich ringe um das letzte bisschen Vernunft. Und Vernunft gehört nicht zu meinen Stärken, wenn es um Frauen geht, die mir den Verstand rauben.«

Sie hielt die Luft an. Aber mir war es lieber, wenn sie erfuhr, wie es in mir aussah, als wenn ich ihre Frage mit den Worten *»Kein Problem, schmieg dich ruhig an mich, in meinen Armen wird dir nichts geschehen«* beantwortet hätte. Denn gerade, glaubte ich, wäre sie in anderen Männerarmen wesentlich sicherer aufgehoben als in meinen.

»Ich bin auch ehrlich zu dir. Wirklich ehrlich …« Sie umfasste meine Hand, die sie auf die Kratzer drückte, und rollte sich anschließend auf den Rücken. »Ich bin wirklich nicht so … so leicht …«, sie schien nach Worten zu suchen.

»So leicht erregbar?« Mir entging nicht, wie ihr Herz raste. Neben ihrem Duft, den ihr Haar und ihre seidige Haut verströmten, nahm ich deutlich ihre Erregung wahr. So wie sie die meine.

Sie nickte mit einem peinlich berührten Lächeln. »Das ist wirklich neu für mich. Du wirst das sicher Hunderte Male erlebt haben und bist mir um einiges voraus.«

Trotzdem fühlte es sich hier wie etwas Einmaliges an. Bevor sie sich noch mehr genierte, was ich nicht wollte, da sie ansonsten wieder ihre innere Mauer errichtete, um mich auszuschließen, senkte ich mein Gesicht zu ihrem herab.

»Du bestimmst, wie weit du fühlen willst«, raunte ich vor ihren wunderschönen Lippen und küsste ihre Mundwinkel. Sie schluckte hart, nickte aber. Als ich endlich ihre Lippen mit meinen berühren konnte, schob ich mich über sie. Rasch tauschte ich meine Hände, ehe sie es bemerkte. Die reine, ungebrochene Macht ihres Dämons erinnerte mich an meine ruhmreichsten Tage. Tage, an denen mir doch etwas gefehlt hatte.

Ich hielt ihren Kopf mit der freien Hand umfasst, bevor ich sie hungrig küsste. Ihre Finger öffneten die Knöpfe meiner Jacke. Bevor sie sie mir über die Schulter schieben konnte, ließ ich sie in den Schatten verschwinden.

Keuchend löste sie sich von dem Kuss. »Du wirkst mehr Magie als gestern.«

»Weil dein Dämon gewachsen ist.« Das war nicht gelogen. Er war jetzt schon unermesslich stark, sodass er mich jede Schwäche und Zerrissenheit vergessen ließ, wenn ich mich mit ihm verband.

Sie schmunzelte mit einem betörenden Glanz in ihren indigoblauen Iriden, in denen sich die liegenden Mondsicheln abzeichneten, als würden sie auf dem Meerblau ihrer Augen schwimmen. Sie waren sogar ausgeprägter und noch silberner als die ihrer Mutter Phaysõra.

Ihre Finger glitten über meinen Oberkörper, über meinen Nacken, weiter meinen Rücken hinab. Als sie meine Hüfte erreichten, vergrub ich mein Gesicht an ihrer Halsbeuge. Unter meinen Lippen spürte ich ihren kräftigen Pulsschlag, bevor ich mit meinem Mund über ihr Schlüsselbein glitt und anschließend den dünnen Stoff ihres bauchfreien Unterhemdes hinunterschob.

Sie zog scharf die Luft ein. Schon im See, als ihre wundervollen Brüste gegen meinen Rücken gedrückt hatten, hatte mich die Neugier getrieben, wie sie wohl ohne Stoff aussahen. Sie waren perfekt. Ich leckte über die zarte Haut, bevor ich die harte Brustwarze in den Mund nahm und zu ihr aufsah. Sie blinzelte und gab ein Keuchen von sich. Sanft saugte ich an ihr und umfasste mit der freien Hand ihre Hüfte, um sie näher an mich zu pressen. Bereitwillig winkelte sie ihre Knie an, sodass ich mit dem Becken zwischen ihre Beine rutschen konnte. Ich umschloss ihre Brustwarze fester und ließ die Finger über ihre Beininnenseiten gleiten.

Sie gab ein leises Stöhnen von sich. Als sie die Augen öffnete, war das Weiß beinahe von Schwärze verdrängt worden. Ich wollte weiter gehen – so sehr –, sie nehmen, besitzen und der Erste sein. Aber nicht in der magielosen Welt. Nicht in einem fremden Reich. Nicht in dieser Form. Was jedoch nicht ausschloss, sie tiefer spüren zu lassen und auf die sündige Seite zu locken.

Als ich ihre Brüste verließ, das Oberteil nach oben schob, um mit den Lippen über ihren Bauch zu ihrer Hüfte zu wandern, umfasste sie meinen Kopf.

»Das … was hast du vor?«

»Dich schmecken natürlich.«

»Schmecken? Dort …?«

Ich hatte ihre unschuldige Seele vergessen.

Kurz blinzelte sie, bis sie verstand, was ich vorhatte, und ihre Finger fester in mein Haar schob. »Das wurde uns nie erzählt.«

»Was wurde euch nie erzählt?«, wollte ich wissen. Das könnte interessant werden.

»Das …« Sie schluckte hart. »Das, was du gerade machen willst …«

»Was ich vorhabe, aber beenden kann, wenn du es willst.« Über ihrem Venushügel bettete ich mein Kinn. Sie wollte nicht weiter gehen, was kein Problem für mich war.

»Sie sagten immer, man würde sich mit, du weißt schon, vereinigen …«

»Ich erkläre dir mal etwas, Sóley.« Ich erhob mich, stützte mich mit der rechten Hand ab, während sich mein Dämon über meine andere Hand mit ihrem Dämon verschränkte. Die schwarzen Ranken waren kaum zu übersehen.

»Man kann pragmatischen Sex haben, und das war's. Einfach,

um es hinter sich gebracht zu haben oder weil man sich nicht mag oder den Akt an sich nicht mag, aber ein Kind zeugen will.«

»Ich will es nicht hinter mich bringen und ich mag dich, aber ein Kind …«

»Keine Sorge, wie ich dir schon sagte, sind wir Dämonen derzeit zeugungsunfähig.« Außer Sóley selbst und die *Diejenigen.* »Freut mich sehr, dass du mich magst«, konnte ich meine Freude nicht verbergen und grinste. Was würde Ezạra, die Königin der Illionen, jetzt sagen, wenn sie sähe, wie gern Sóley mich nun hatte?

»Und was, wenn man keinen pragmatischen Sex haben will?«, hakte sie nach.

»Ja, dann …« Ich war wieder über ihr, rutschte mit dem Becken zwischen ihren Beinen hin und her, um sie mein Verlangen spüren zu lassen. »Dann erlebst du unvergessliche Momente, weil du in Gefühlen ertrinkst. Es ist so viel mehr als ein Akt, es ist … sündhaft, vollkommen und magisch. Deine Sinne werden eine Reise durchleben, die du niemals vergisst, sobald du sie einmal erlebt hast.«

Ihre Augen funkelten vor Neugier. »Das setzt sicher nicht nur voraus, dass man sich mag?«

Ich schüttelte lachend den Kopf. »Nein, es setzt viel mehr voraus. Anziehung, Verlangen und Lust.«

Einen Moment schien sie nachzudenken, während ihre Hände mittlerweile wie selbstverständlich über meine Schultern, Arme und Bauchseiten glitten. Ich genoss jede Berührung, die sie mir schenkte.

»Ich spüre diese drei Dinge bei dir. Allerdings vertraue ich dir noch nicht vollständig.« Sie verzog den Mund, um mich zu necken.

»Du kannst so schonungslos ehrlich sein«, erwiderte ich vor ihren Lippen und küsste ihren Mundwinkel. »Ich gebe dir das Wort einer der ältesten Seelen dieser Welt, dass ich nicht vorhabe, dir zu schaden. Das hatte ich zu keiner Zeit vor, ansonsten hätte ich es mit Leichtigkeit tun können. Sogar in diesem Moment, wenn ich meine Hand von dir löse. Ich muss dir nichts vormachen, um dich für mich zu gewinnen.«

Angestrengt blinzelte sie und das Weiß ihrer Augen war vollständig zurückgekehrt. »Ich weiß. Jedoch verheimlichst du mir einige Dinge, lässt wichtige Details weg oder weichst gewissen Fragen aus, Chester. Das lässt mich misstrauisch werden.«

Was ich nachvollziehen kann. »Ich habe meine Gründe. Manchmal ist es sogar besser, nicht alles zu wissen. Glaub mir, ich hege keine finsteren Absichten.« Zumindest nicht aus meiner Sicht. Ich wollte sie weder vernichten noch ausnutzen, was wohl die Mehrheit der Dämonen tun würde, befände sich Sóley in ihrem *Besitz*. »Du wirst es irgendwann verstehen«, hauchte ich vor ihren Lippen.

Sie forschte in meinen Augen. Da war nicht mehr dieses harte Misstrauen, diese kalte Skepsis, diese stille Wut zu sehen. Ihre Schutzwand erhielt Risse, da sie kurz davorstand, mir alles zu geben. Die Wand sinken zu lassen.

Ich könnte ihr viele Dinge erzählen, um ihr Vertrauen vollständig zu gewinnen. Ihr sagen, dass ich sie all die Jahre hatte beschützen lassen – durch einen Bann, der die Wälder um ihr Dorf vor anderen Dämonen verschloss, damit sie nicht gefunden wurde. Zumindest so lange, wie es meine Macht zugelassen hatte. Seit einem Jahr hatten die Flüche ihre Stärke verloren. Ich könnte ihr erzählen, dass ich sie vor mehr als einem tödlichen Unfall bewahrt hatte, vor übler Nachrede oder Ausschluss aus der Dorfgemeinschaft.

Zwar war ich zu Beginn nicht sicher gewesen, ob ich das richtige Mädchen mit dem weißblonden Haar beschützt hatte, aber ich hatte es weiterhin getan. Leider hatte ich über die Jahre hinweg bemerkt, dass sie kaum Magie in sich entwickelte. Erst als mir Declario vor Wochen berichtet hatte, dass Sóley auf einen Kreis von uns gestoßen war und dieser auf sie reagiert hatte, war er wegen ihrer Kräfte zu mir gekommen. Sie waren schwach, aber vorhanden. Erst da war ich zur Zeremonie gereist, die letzten Jahre hatte ich Sóleys Schutz meinen Gefährten überlassen. Mir hatte die Kraft gefehlt, der Glaube, die Hoffnung, dass sie die Tochter von Phaysŏra und Ĭnorás war. Aber sie war es. Unter den Magielosen hatte sich ihr Dämon nicht entfalten können. Bisher hatte es keinen Fall wie ihren gegeben, daher hatte ich nicht wissen können, ob ihr Dämon überhaupt vorhanden war oder über die Jahre hinweg, ohne dass sie je davon erfahren hätte, in ihr gestorben war. Aber er hatte bloß geruht, geduldig auf den Moment gewartet, um auszubrechen. All das könnte ich ihr jetzt erzählen.

Sie drückte mich unerwartet von sich weg, sodass ich den Kopf hob. Aber anders als vermutet wollte sie nicht, dass ich von ihr abrückte. Sie begann damit, den linken Arm durch das kurze Oberteil zu ziehen. Sie schob den Stoff zu ihrem Gesicht, hob es über den Kopf und griff nach meiner Hand, damit sie es ausziehen konnte.

Verblüfft wanderten meine Augenbrauen nach oben.

»Du sollst der Erste sein«, legte sie mit entschlossenem Gesichtsausdruck fest und lächelte zögerlich. »Ich habe viele junge Männer getroffen, aber bei keinem habe ich diese Anziehung gespürt. Bei keinem kam mir jemals in den Sinn, weitergehen zu wollen.«

»Was ist mit Lesander?«, fragte ich, da sie ihn wohl bereits vergessen hatte. Ich löste meine Hand nicht von ihrer Schulter, auch wenn sie an ihr zog.

»Das war … ich war an dem Abend enttäuscht.«

Schuldgefühle standen in ihrem wunderschönen Gesicht mit der geraden Nase, den großen, offenen Augen, die von dichten dunkelblonden Wimpern umgeben waren, und diesen symmetrisch vollen

Lippen, die einen wunderschönen Schwung besaßen. »Wieso?«, fragte ich knapp.

Sie drehte das Gesicht zur Seite, um meinen Blicken auszuweichen. Gequält holte sie Luft. »Weil ich gesehen habe, wie ich dich gekränkt hatte. Ich wollte dein Kleid anziehen, aber ich konnte nicht, weil ich … weil ich dachte, du wolltest mich mit dem Geschenk zu etwas überreden. Als dir die Enttäuschung im Gesicht stand, wusste ich, dass ich dich verletzt hatte. Du wolltest einfach nur, dass ich wie alle anderen Mädchen und Frauen auf dem Fest ein schönes Kleid trug.« Einen Moment rieb sie die Lippen leicht beschämt aufeinander, bevor sie weitersprach. »Du hattest das gute Recht, dich mit Layla zu amüsieren. Und damit du nicht womöglich einen weiteren Versuch unternimmst, mir eine Freude zu machen, die ich nicht verdient hatte, wollte ich …«

»Du wolltest mir auf sehr grausame Art die Botschaft übermitteln: *Ich küsse einen anderen Mann, du bist mir egal.* Das ist schon sehr perfide und verletzend«, merkte ich an.

Vermutlich hörte sie den Sarkasmus in meiner Stimme, denn sie wandte das Gesicht wieder mir zu und zog die Brauen zusammen. Wie zu erwarten, stieß sie gegen meine Schulter.

Herrlich. Wie ich ihr Feuer liebte.

»Nein, so war es nicht.«

Meine Augen huschten immer wieder zu ihren unbedeckten vollen Brüsten. Gäbe es diese Unterhaltung nicht, könnte ich mich nicht mehr zurückhalten.

»Dann wolltest du dich selbst für deinen Fehler bestrafen, damit du dir die Chance mit mir verbaust?« Auch clever. Aber von Selbstkasteiung hielt ich wenig.

»Du musst verstehen, dass du mit deinem selbstsicheren Auftreten, den anzüglichen Sprüchen und dem …« Sie stoppte und schluckte das Wort herunter.

»Dem?« Interessiert beugte ich mein Gesicht zu ihr herab.

»Dem umwerfenden Aussehen wirklich jede Frau rumkriegst. So wie Layla. Das gefiel mir nicht. Ich wollte nicht auf deinen Charme und deine Geschenke hereinfallen, kannst du das verstehen? Ich bin nicht so leicht zu ködern.«

»Nein, bist du wirklich nicht, da gebe ich dir recht. Und es hat mich kurzzeitig wahnsinnig werden lassen, da du mir ständig ausgewichen bist. Aber wie es aussieht, hat sich deine Meinung geändert. Wieso?«, wollte ich wissen.

Ihre Augenlider senkten sich, bevor sie den Mund verzog und wieder zur Seite blickte. »Muss ich dir das beantworten?«

»Ich würde mich freuen, wenn ich es erfahren könnte.« Hauchzart bedeckte ich ihren Hals mit Küssen, um ihr die Hemmung zu nehmen.

»Weil du mich nicht im Stich gelassen hast. Du bist zur Scheune gekommen, auch wenn ich eine idiotische Entscheidung getroffen habe und vor mir selbst und dir weglaufen wollte. Du warst da und hast mir keine Vorwürfe gemacht. Ohne dich hätte ich vermutlich Layla angefallen. Du hast mir zur Flucht verholfen, als ich am Kreuz hing, und du hast die Larphien zurückgedrängt. Und ... Auch wenn du mir nicht die ganze Wahrheit über die Waffe im Tempel der Gesegneten gesagt hast, hast du bisher keinen einzigen Versuch unternommen, mir das Blutzepter abzunehmen. Die Gesegneten sprachen davon, dass die wenigsten Dämonen dieser Macht widerstehen könnten und sie binnen Minuten von dieser Energie überwältigt werden. Du nicht.«

Sie sieht es ... Sie merkt endlich, dass ich ihr so unzählige Male geholfen habe.

»Das Zepter gehört dir«, stellte ich klar. »Es hat die gesamten Jahre dir gehört und stand keinem anderen Wesen zu. Ich werde es dir nicht wegnehmen, niemals. Deine Eltern haben es den Gesegneten übergeben, nachdem sie ihre Macht darin eingeschlossen hatten, bevor die *Diejenigen* sie dieser Macht berauben konnten.«

Gebannt lauscht sie meinen Worten, während ich mich an den Moment zurückerinnerte. Ich sah mich noch jetzt auf dem ausladenden Balkon des Mondpalastes stehen und Phaysŏra und Ĭnorás darum bitten, diesen absolut unklugen Schritt nicht zu gehen. Wenn sie ihre Macht aufgaben, würde ihr Reich fallen. Sie sollten das letzte Fünkchen Magie aufbringen, um bis zum bitteren Ende zu kämpfen. Aber als hätten sie geahnt, dass der Verräter bereits zu der Verlorenen Familie unterwegs war, entschieden sie sich gegen meinen Rat. Was wäre geschehen, hätte es diesen Verräter nicht gegeben? Darüber hatte ich mehrere Jahre nachgedacht, als ich diesen Verräter jagen ließ. Vielleicht wäre die Macht von Sóleys Eltern gebrochen worden wie meine, aber ihre Existenz wäre nicht ausgelöscht worden. Sie wären noch am Leben. Aber hätten die beiden ihre Macht nicht an das Zepter gebunden, wären sie für immer in den Sphären verschwunden. Somit war sie nicht verloren gegangen und Sóley konnte sie für sich nutzen.

Irgendwann würde ich den Verräter finden, bevor meine Zeit auf Erden abgelaufen war! Das war alles, was ich wollte. Ihn vernichten! Immer und immer und immer wieder!

Und wenn es das Letzte ist, was ich tue.

»Was ist mit deiner Macht? Wo befindet sie sich?«, wollte Sóley wissen, und kurzzeitig erstarrte ich zu einer Statue. Sie hatte mich unerwartet aus den Gedanken gerissen.

»Weit entfernt. Soweit ich in Erfahrung bringen konnte …« Mit einem Mal wurde mein Blick starr. Ich hob das Gesicht und begriff meinen Fehler. Verblüfft starrte ich auf sie herab. »Raffiniert«, grollte ich mit einem lodernden Blick. Sie schmunzelte ertappt. »Ich wusste es, Chester. Ein bisschen nackte Haut und die richtigen Fragen, schon bekomme ich meine Antwort.«

»Verflucht berechnend. Ich hatte angenommen, die Gesegneten hätten dir bereits alles erzählt. Anscheinend nicht, wenn du dich auf diesem Weg absichern musstest.«

»Sie sagten, dass du meine Eltern sehr gut gekannt hättest und aus einem anderen Reich stammen würdest. Nicht aber, dass du der Saċar dieses Reiches bist.«

Ein Teil in mir hatte längst gewollt, dass sie es erfährt, damit ich mich nicht länger als niederer Soldat oder einfacher Krieger ausgeben musste.

»Vielen Dank!«, hörte ich Adamas in meinem Geist schnauben, als hätte ich *ihn* beleidigt.

Augenblicklich richtete ich mich über ihr auf, hob die linke Hand von ihrer Schulter und genoss den winzigen Bruchteil Angst, der in ihren Augen aufzog.

Wundervoll.

Denn sie befürchtete, ich würde mich zurückziehen und sie ihrem Schmerz überlassen, nun, da sie wusste, wer ich war. Stattdessen zog ich den zusammengeschobenen Stoff über ihren Arm, so wie sie es vorgehabt hatte.

»Sagst du etwas dazu, Chester?« Das Wort *Chester* verließ wie eine Lüge ihre Lippen.

»Was soll ich dazu sagen?«

Bevor sie sich vor Schmerz windend unter mir befand, legte ich meine Hand wieder auf ihre Verletzung.

»Es gibt da so einiges, was du zu sagen hast. Auch wenn du mir vielleicht nicht schaden willst, hättest du deinen Thron nicht persönlich verlassen müssen, um mich vom Holzkreuz zu retten.«

Ihr Sarkasmus war herrlich erfrischend. Mit ihr würde es sicher niemals langweilig werden.

»Wieso nicht? Ich hatte seit zwei Jahrzehnten kein solches Vergnügen mehr. Dich Stück für Stück mit meiner und deiner Welt vertraut zu machen, habe ich sehr genossen, Saċarin.«

»Nenn mich nicht so, und geh von mir runter!«

Ich schnaubte. »Wieso denn? Es hat sich nichts geändert.«

»Doch. Weil mich genau das, dieses Weglassen von Details, in den Wahnsinn treibt.«

»Es war nicht von Bedeutung, wer ich bin, Sóley!«, sagte ich nachdrücklicher und mit einem Zorn in der Stimme, den ich zuvor immer unterdrückt hatte.

Sie zuckte zusammen. »Geh runter«, bat sie energischer.

»Gerade noch wolltest du meine Hand von dir lösen, um dein Unterhemd auszuziehen.«

»Und jetzt nicht mehr.«

Nqeŕoũr! Verstehe einer Dämoninnen! »Interessant.« Spöttisch hob ich die rechte Braue.

Sie funkelte mir entgegen und legte ihren rechten Arm über ihre Brüste, als hätte ich diese noch nicht zu Gesicht bekommen.

»Dann hast du mich knallhart ausgenutzt, um an deine Antworten zu kommen, Sóley? Das ist nicht nur perfide, sondern bösartig.« Ich konnte mir ein Grinsen nicht verkneifen, da sie diese Eigenschaften nicht annehmen wollte.

»Ich bin nicht bösartig. Ich lasse mich nur nicht belügen.«

»Ich habe dich nicht belogen.«

»Du hast gesagt, du seist ein Soldat.«

»Das hast *du* gesagt, weil du nur das gesehen hast, was du sehen wolltest. Zu keinem Zeitpunkt habe ich meine Stellung als Dämon verheimlicht. Denk nach, du wirst selbst merken, dass ich dich nicht belogen habe. Ich kann in deiner Anwesenheit nicht lügen.« *Weil ich deinen Eltern einen Schwur geleistet habe, der mir das verbietet.*

Sie knurrte wütend. Wie es aussah, schien sie die Wahrheit über mich sehr zu erzürnen. »Geh runter!«, wiederholte sie.

»Du benutzt die falschen Worte.«

Wütend trommelte sie mit der linken Hand auf mich ein.

»Soll ich eingreifen?«, schlug Adamas vor.

»Nicht nötig, ich habe alles im Griff«, gab ich zurück, als im nächsten Moment das Glas der Laterne, die zuvor auf dem Beistelltisch neben dem Bett gestanden hatte, auf meinem Kopf zerbrach.

»Das hast du nicht getan!«, brachte ich grimmig hervor.

»Dir tut es sicher nicht weh, wenn dich nicht mal Ósidions Welle aus der Balance bringen kann.« Sie lächelte verschlagen.

Trotzdem sah ich ein Fünkchen Furcht in ihren indigoblauen Augen aufblitzen.

»Es geht nicht darum, ob es mir wehtut. Du zerbrichst einfach eine Lampe … auf … meinem … Kopf!«, knurrte ich die letzten Worte bedrohlich und erhob mich. »Ein bisschen mehr Respekt, Sóley!«

»Wieso? Am Tempel hast du angemerkt, wie sehr dir mein Temperament im Bett gefällt.«

»Verwende meine Worte nicht gegen mich.« *Ja, ich mag deine scharfe Zunge und das Feuer. Aber gerade bekomme ich nur deinen Frust ab, was etwas völlig anderes ist. Schätze dich glücklich, dass ich dein Verhalten auf deine Wandlung zurückführe!*

Kurz kicherte sie.

»Was ist so komisch?«

»Wie sehr du dich empören kannst.«

»Das ist nicht komisch. Kein bisschen!«, knurrte ich wütend, als sie merkte, dass mir der Sinn nicht nach Humor stand.

Als sie es begriff, wand sie sich unter mir und versuchte erneut, mich wegzuschieben.

Da ich sie sicher nicht bedrängen wollte, richtete ich mich vollends auf – löste aber meine Hand nicht von ihrer Schulter.

»Wenn ich könnte, würde ich dein Zelt verlassen«, schnaufte sie aufgebracht.

»Tu dir keinen Zwang an.« Ich deutete zum Ausgang. Der Regen prasselte weiterhin auf das Zeltdach. »Du musst meine Anwesenheit nicht länger ertragen.«

»Du denkst, ich sei von dir abhängig. Vielleicht bin ich das *noch*, aber nicht mehr lange.«

Ich grinste in mich hinein, ohne dass sie es sah. Sie hatte ja keine Ahnung. Ohne meinen Schutz wäre sie längst tot oder würde von ihrem eigenen Dämon aufgefressen werden. Auch nach der dritten Phase, wenn ihr Dämon nicht mehr ihr Feind war, brauchte sie Verbündete, ansonsten konnte sie gleich vor die Stufen des Máhrzat-Palastes treten und sich den *Diejenigen* zum Spielen anbieten. »Wenn du meinst.«

»Meine ich.«

»Tut mir leid, dir das zu sagen, aber man merkt dir in diesem Moment dein Unwissen und deine kaum vorhandene Erfahrung an.« Ihr Körper bebte. »Bevor du vorhast, auch die zweite Lampe nach mir zu werfen oder mich mit etwas anderem zu erschlagen«, fuhr ich zu ihr herum, da ich ihre Absichten spürte, »rate ich dir, dir genau zu überlegen, wer dir hilft. Du bist nicht von mir abhängig, aber auf mich angewiesen! Das hast du vorhin in deinem klaren Moment sehr richtig erkannt.« Ich zeigte ihr für einen Moment meine dämonischen Züge, die ich die gesamte Zeit versteckt gehalten hatte.

Sóley sank mit offenem Mund tiefer in die Kissen, während in ihren Augen die reine Furcht stand.

»Du wolltest wissen, mit wem du es zu tun hast. Jetzt siehst du es.«

KAPITEL 29

SÓLEY

Bevor ich meinen Fehler erkannte, zu weit gegangen zu sein, starrten mir pechschwarze Augen mit blutroten Iriden bedrohlich entgegen. Das Grün wurde komplett von den Schatten verschlungen. Seine Zähne sahen schärfer, sein Haar dunkler und seine Gesichtszüge tödlicher aus. Eine Art dicht gewebter Schatten umgab ihn, der das Licht im Zelt dimmte. Im gleichen Moment blitzte es hinter der Zeltdecke und ein ohrenbetäubend lauter Donner ließ mich zusammenzucken.

Ich wusste, dass dies nur ein Teil seines wahren Seins war. Trotzdem war ich weder entsetzt noch verängstigt. Ich schaute ihn bloß verblüfft an.

»Es …«, brachte ich blinzelnd hervor, »es tut mir leid. Ich wollte dich nicht reizen.«

Er schnaubte. »Entschuldige dich niemals bei einem Dämon. Das zeigt Schwäche. Und wenn wir eines hassen, dann Fehler, Schwächen, Versagen! Du willst doch nicht in meinem Ansehen sinken?«

Wieder provozierte er mich. »Ich bin nicht schwach!«, erwiderte ich selbstsicher fauchend. »Das weißt du. Trotzdem entschuldige ich mich, weil ich gelernt habe, Fehler einzugestehen. Das ist kein Zeichen von Schwäche, Chester.«

Etwas wie Bewunderung stand in seinen raubtierhaften Dämonenaugen. »Wie gut, mich nach Hunderten von Jahren über die Bedeutung dieser Worte von dir aufklären zu lassen, Sóley.«

»Sei nicht so arrogant!«

»Sei du nicht so vorlaut!«

Ich sollte vorsichtig sein und ihn nicht zu sehr reizen. Wenn er wollte, würde ich im Bruchteil einer Sekunde mit gebrochenem Genick auf dem Bett liegen. Auch wenn er mir nicht das volle Ausmaß seiner Magie gezeigt hatte, war der Teil, den er mich hatte sehen lassen, mächtig. Unglaublich mächtig. Trotzdem brauchte er mich. Lebend.

Er hob mit leicht geöffneten Lippen den Kopf, schnaubte herablassend und wandte das Gesicht zum Zelteingang.

So, wie es aussah, sprach er nicht mehr mit mir.

»Am besten ist es, jetzt zu schlafen. Das solltest du auch tun, Chester«, sagte ich nach ein paar Minuten des Schweigens, das nur vom Donnerhall durchbrochen wurde.

Ohne zu antworten, legte er sich neben mich, nachdem ich ihm Platz gemacht hatte. »Mit der Lampe …«, setzte ich an.

»Schlaf einfach, Sóley. Morgen wirst du die Zeit ohne meine Anwesenheit nutzen können, um über alles nachzudenken. Ich hoffe, du wählst den richtigen Weg. Denn gerade bist du dabei, meinen Stolz anzukratzen, und das ist etwas, das ich nicht einmal von einer Frau wie dir hinnehmen werde – Wandlung hin und her! Auch wenn du es nicht glaubst, aber das Zelt hat Augen und Ohren. Und wenn ich eines in meiner Zeit als Herrscher nie geduldet habe, dann ist es Respektlosigkeit.«

Erzürnt verschränkte er die Arme, griff nach dem Anhänger auf seiner Brust, nahm einen Tropfen und schloss die Augen.

Klasse! Er konnte nicht schnell genug ins Delirium flüchten.

Im Zelteingang stand unvermittelt Adamas, der, ohne ein Wort zu sagen, auf dem Schemel in der Ecke Platz nahm und damit begann, den abgenommenen Waffengürtel auf dem Fell vor seinen Füßen auszubreiten. Ohne mich wirklich wahrzunehmen, griff er nach einem Kurzschwert mit tintenschwarzer Klinge und bronzefarbenem Griffstück, um das sich eine Schlange mit schwarz poliertem Opalauge wand.

»Warum bist du hier?«, fragte ich ihn.

»Um sicherzugehen, dass du sein Gesicht nicht malträtierst, wenn er sich nicht wehren kann.«

Augen und Ohren, erwähnte Chester. Seine Vertrauten, Gefährten, Begleiter, Freunde oder Untergebenen, wie auch immer er sie bezeichnete, waren stets in seiner Nähe.

»Versuch zu schlafen, Kind. Ich halte Wache.«

Locker stellte er die Beine auseinander, bevor er die schwarzen Klingen mit einem sonderbaren, matt polierten Stein wetzte.

Kind. Wieder nannte er mich so, während er Layla mit ihrem richtigen Namen ansprach. Gerade hatte ich die Bezeichnung wohl verdient, obwohl sich Chester oder der Saĉar der Nachtschattenkrieger ebenfalls wie ein Kind verhalten konnte. Adamas betrachtete mich wie ein Raubtier, das kurz vor dem Sprung war. Hatte er meinen Gedanken gehört? Nun neigte er den Kopf und sein rechter Mundwinkel zuckte.

»Hast du?«, sprach ich die Frage laut aus.

»Sicher. Du denkst so laut, dass man deinen Gedankengängen unweigerlich zuhören muss. Als stündest du in einem Tempel und würdest laut schreien. Egal wo ich meine Ruhe suche, du bist immer zu hören. Selbst wenn du dich mit *ihm* unterhältst.«

Abrupt versagte meine Lunge ihren Dienst. Unmöglich. Ich fuhr hoch, ohne darauf zu achten, dass Chesters Hand von meiner Schulter glitt.

Adamas verfolgte hoch interessiert meine Reaktion. Schon nach zehn Sekunden, als mir mein Fehler auffiel, griff ich an meine Schulter. In mir schrie der Dämon auf und stieß gegen meine Rippen. Adamas kam seufzend zu mir.

»Mach ein Mal, was man dir sagt, Kind. Du ersparst dir und uns viel Zeit und Ärger.« Er griff nach Chesters Hand, bevor mich ein unsichtbarer Druck auf den Brustkorb in die Kissen beförderte. Erst jetzt bemerkte ich, dass ich ein schwarzes seidiges Oberteil trug und nicht länger nackt war.

»So, und jetzt bleibst du so liegen. Falls nicht, werde ich derjenige sein, der sich Chesters Zorn zuzieht und nicht du. Und wir wissen beide, dass du ihn verdient hättest, richtig?«

»Nett«, murrte ich und griff nach Chesters Hand.

»Bin ich immer«, erwiderte er emotionslos, bevor er sich in seiner kriegerischen Eleganz aufrichtete, umwandte und mit dem nächsten Wimpernschlag auf dem Schemel saß. Er bewegt sich förmlich durch die Luft wie ein …

»Schatten, ja«, bestätigte er mir, als er konzentriert sein Kurzschwert schärfte und nicht zu mir aufsah. »Hast du weitere Fragen? Du siehst nicht so aus, als würdest du schlafen wollen.«

»Ja, ich habe einige Fragen.«

Adamas stöhnte. »Leg los. Ich schlafe nicht. Wenn du morgen den halben Tag verpennst, umso besser.«

»Wieso umso besser?«

»Stimmt, Chester wollte dir davon erzählen, wenn ihr euren Liebesakt beendet hättet.«

Grimmig starrte ich in seine Richtung. Er hob das Gesicht nicht.

»Also gut. Wir werden morgen bis zum Abend das Lager verlassen müssen. Vorsorglich werden Banne um die Zelte gelegt. Layla und du … ihr werdet euch nicht vom Fleck bewegen und auf unsere Rückkehr warten.«

Unweigerlich kämpfte sich die Frage in meinem Gedanken hoch. »Wohin …?«

»Wir müssen nach Nŏsfera reisen und einer …« Kurz stockte er mit grimmiger Miene. Sein Blick fiel auf Chester. »Erledigung nachgehen.«

Warum bloß klang das Wort *Erledigung* wie ein Fluch aus seinem Mund, den er auffällig wenig bewegte, wenn er sprach.

»Da du diejenige bist, die einigermaßen mit Waffen umgehen kann, wirst du auf Layla aufpassen. Wir werden nur dreizehn Stunden fort sein.«

»Du hast mein Wort«, gab ich zurück.

»Sehr schön. Denn glaube mir, wenn du wieder auf die Idee kommst zu fliehen, weil dir Chesters Worte nicht gefallen, dann werde ich dich zwei Monate in einen Bunker stecken, in dem du deine Wandlung ohne ihn hinter dich bringen wirst. Vielleicht, ja vielleicht, werfe ich dir Essen hinein.«

Er wollte mir Angst einjagen, damit ich auf keine dummen Ideen kam. »Ich fliehe nicht. So dumm bin ich nicht.«

Sein leises Schnauben war trotz des Donners nicht zu überhören.

Bestätigend nickte er und sah flüchtig auf. Das Blutrot seiner Iriden funkelte weniger gefährlich.

»Wie lange kennst du Chester?«, fragte ich, auch wenn es mich brennend interessierte, warum sie morgen nach Nŏsfera reisen mussten.

Er schaute zu Chester. »Seine Familie hat mich erschaffen. Seit 637 Jahren … seit er ein Dämonenkind war.« Er legte die erste geschliffene Waffe vor sich ab, ihre spitze Klinge glänzte spiegelglatt. »Ich bin sein erster Gefährte und der Erste, mit dem er einen Blutschwur einging. Ich begleite ihn somit seit Beginn meiner Existenz. Allein dafür bin ich erschaffen worden … um an seiner Seite zu bleiben.«

»Die Frage mag jetzt komisch klingen, aber wolltest du das so? Wenn du nur für ihn erschaffen wurdest, dann gab es nie einen anderen Weg für dich und …«

Adamas richtete sich auf, bevor er hinter seinem Rücken ein Langschwert aus den Schatten zog. »Ich bleibe bis zum Ende meines oder seines Seins an seiner Seite, Sóley. Er bot mir mehrfach an zu gehen, wohin ich will. Für mich gibt es nirgendwo auf Erden einen anderen Platz außer bei ihm. Es sei denn …«, ein trauriger Zug legte sich um seine Mundwinkel, »er löst den Blutschwur, um mich von ihm zu entbinden.«

»Um dir deinen Status und deine Macht zu rauben?«

Seine düsteren Brauen zogen sich zusammen. »Nein, um mich gehen zu lassen. Es stimmt, dass entbundene Dämonen wie verlorene Seelen nur noch ihren tierischen Instinkten folgen. Dass sie nie mehr dieselben sein werden. Aber es besteht eine andere Möglichkeit, den Schwur zu lösen, ohne dass einer der beiden Schaden nimmt.«

Interessiert legte ich den Kopf schief.

»Bevor du fragst, welche … Das ist sehr kompliziert, und gerade möchte ich das Thema vermeiden, wenn möglich.«

»Das akzeptiere ich«, brachte ich hervor und überlegte, das Thema zu wechseln. »Du weißt alles über Chester?«

»Ja.«

»Wirklich alles?«

»Ja.«

»Auch was er denkt, was er fühlt, wie es ihm geht, wo er ist?«

»Ja.«

»Gut, dann verrate mir, wie ich das Zepter heraufbeschwören kann.«

»Während du neben ihm liegst, ist das keine gute Idee, Kind.«

»Hör auf, mich so zu nennen«, ermahnte ich ihn.

»Sei froh, dass ich dich nicht länger darauf hinweise, dass du mich in der Höflichkeitsform anzusprechen hast.« Provokant grinsend hob er die rechte Braue.

»Bei Layla ist es dir egal, wie sie dich anspricht.«

»Weil sie weniger Probleme macht als du. Sie ordnet sich leichter unter, hinterfragt nicht alles, hält sich an die Regeln, während du manchmal trotzig wie ein Kind einfach gegen Bäume rennen willst, obwohl Sheriad, Chester und ich dir permanent zurufen: ›Achtung, da steht ein Baum!‹ Du rennst trotzdem auf ihn zu. Finde den Fehler!«

»Du hast ein vollkommen falsches Bild von mir.«

Ich krallte die Hände in das schwarze Laken. Seine Augen huschten zu Chesters Hand. Adamas wartete geradezu darauf, dass ich heftig hochfuhr, Chesters Finger von mir glitten und er sie wieder an seinen Platz legen konnte. Nein, ich riss mich zusammen, da ich … nicht wollte, dass noch jemand sauer auf mich war. So wie Chester.

»Beweise mir gern, dass ich anders über dich denken soll, dann nenne ich dich nicht mehr *Kind*, Kind«, setzte er mit einem boshaften Lachen nach.

»Fiesling.«

»Ich wurde schon schlimmer betitelt«, ließ er beiläufig fallen. »Kommen wir zurück zu deiner eigentlichen Frage. Ja, ich weiß, dass du das Zepter in dir trägst, und nein, es wäre verfrüht, es heraufzubeschwören. Du könntest es keine drei Minuten halten, schon würde dich seine Macht übermannen. Dein Dämon ist zu schwach.«

»Aber wenn ich es wollte, wie müsste ich es anrufen?«

Adamas drehte die geschliffene Klinge vor dem Laternenlicht. Statt das Licht zu spiegeln, verschluckte die Schneide es.

»Du rufst es, wie du richtig gesagt hast, in deinen Gedanken. Du forderst es auf zu kommen und es manifestiert sich in deiner Hand. Ganz einfach.«

Wenn es wirklich so leicht war, würde ich es gleich morg…

»Nein«, unterbrach er meine Überlegung. »Ich möchte dich nicht morgen bewusstlos am Ufer des Sees vorfinden mit Layla neben dir kniend, die keine Ahnung hat, wie sie dir helfen soll. Du musst die Wandlung erst bis zur Hälfte vollzogen haben. Hörst du?«, setzte er mit ermahnender Stimme nach. »Du willst, dass ich umdenke. Falls du das immer noch beabsichtigst, wirst du das Zepter morgen nicht heraufbeschwören.«

»Ich habe es verstanden.«

»Das genügt mir nicht.«

»Ich werde es nicht heraufbeschwören«, gab ich zurück.

Eine Weile senkte sich eine bleierne Stille zwischen uns. Der prasselnde Regen war einem monotonen Tröpfeln auf der Zeltdecke gewichen. Ein erdiger, frischer Duft zog ins Innere des Zeltes. In aller Seelenruhe schärfte Adamas seine Waffen für einen Kampf.

»Warum schärfst du Klingen?«

»Wieso kämmst du dein Haar?«, stellt er mir die Gegenfrage.

Ich holte geräuschvoll Luft. Er war manchmal nicht besser als Chester und teilte ebenso schnippische Bemerkungen aus.

»Sóley«, begann er nach einer Weile, als ich bereits die Augen geschlossen hatte.

»Ja?«, fragte ich leise.

»Versprich mir eine Sache.«

»Welche?«

»Egal was kommt, bleib am Leben.« Zum ersten Mal schwang Besorgnis in seiner Stimme mit. »Es gibt viele, die hinter dir her sind, und morgen können wir nicht bei dir sein.«

Ich würde ihm ironisch antworten, um ihm seine Sorge zu nehmen: *Glaub mir, ich habe ebenso großes Interesse daran, am Leben zu bleiben wie du.* Jedoch blinzelte ich, nickte und schaute kurz darauf in sein Gesicht. Ich wusste, nein, ich ahnte irgendwie, dass er neben mir an der Matratze stand. Langsam öffnete ich die Augen.

»Ich verspreche es dir, bei Laylas und dem Leben meiner Familie.« Das Versprechen schien ihm glaubhaft genug zu sein, denn ein flüchtiges, etwas verkrampftes Lächeln stahl sich in sein Gesicht. Beinahe so schnell, dass ich glaubte, es mir bloß eingebildet zu haben.

»Kanntest du meine Eltern ebenfalls?«, fragte ich müde.

Er nickte über mir. »Ja, natürlich. Ich war bei vielen Treffen anwesend, sogar während ihrer Blutvereinigung vor über dreihundert Jahren.«

Bevor ich fragen konnte, was eine Blutvereinigung war, gab ich den Kampf gegen meine Müdigkeit auf und lauschte bloß noch den Worten: »Es ist gleichzusetzen mit einer Hochzeit in der magielosen Welt.«

KAPITEL 30

SÓLEY

Am nächsten Morgen fand ich Chester in der Morgendämmerung am Ufer des kristallklaren Sees vor. Die imposante Gebirgskette spiegelte sich zu seinen nackten Füßen im See wider.

Einen Moment beobachtete ich ihn stillschweigend, da dieses Bild vor mir etwas Mystisches, Einzigartiges, sogar etwas Magisches in sich trug. Chester war vor mir wach geworden, was zuvor nur nach dem Angriff der Larphien geschehen war. Er musste aufgestanden sein, nachdem er gemerkt hatte, dass mein Dämon wieder ruhte. Denn ich nahm kein Knurren, kein Toben, kein Fauchen in meinem Geist wahr.

Lautlos, um Chester nicht in seiner Ruhe zu stören, nahm ich auf einem großen Felsen Platz. Ich trug immer noch das unglaublich dünne schwarze Trägeroberteil, das ich so noch nie an einem Menschen gesehen hatte. Es wirkte wie aus Fäden der Nacht gesponnen, federleicht, zart und funkelnd. Bevor ich das Zelt verlassen hatte, war ich in die Hose geschlüpft, die ich gestern von ihm erhalten hatte. Auf dem Felsen schlang ich die Arme um meine angewinkelten Knie und genoss den unvergleichlichen Anblick, wie Chester vor dem Gewässer stand und scheinbar zum Gipfel aufsah, als würde er auf ein göttliches Zeichen warten.

Der leichte Wind brachte sein dunkelblondes Haar in Unordnung, während mir die vernarbten Striemen auf seinem athletischen Rücken nicht entgingen. Flüchtig durchbrach eine gezackte Rückenflosse die Wasseroberfläche. Was, wenn er nicht zu etwas aufschaute, sondern mit Ósidion sprach?

Bevor sich Chester zu mir umdrehte, da ihm meine Anwesenheit jemand verraten haben musste, wärmte mich bereits eine weiche Decke, die sich wie von selbst um mich geschlungen hatte.

Gleich darauf wandte sich Chester zu mir um, als ich die Decke fester um mich zog. Keine Ahnung, ob es möglich war, aber sie roch nach ihm. Nach dunklen Wäldern und dem warmen erdigen Duft der Nacht. Ich konnte seinen Duft zum ersten Mal riechen. Beschreiben …

»Guten Morgen, meine liebe Sóley«, begrüßte er mich.

Mir entging nicht, dass seine konzentrierte Miene von einem amüsierten Zucken seiner Mundwinkel abgelöst wurde. Das fiel mir öfter auf. Jedes Mal, wenn er mich sah, wirkten seine Gesichtszüge losgelöster, nicht aufgesetzt freundlich, sondern aufrichtig freudig.

»Du kannst dir meine Verwunderung kaum vorstellen, als ich heute Morgen einen Blick in den See warf und …« Nach wenigen Schritten stand er bei mir. Dabei lief er nicht in der Geschwindigkeit eines Menschen, sondern so, als würde die Luft ihn kurzzeitig schneller in meine Richtung treiben.

»Und?«, fragte ich und schaute verblüfft zu ihm auf, als er direkt vor mir am Felsen ankam. Wieder bemerkte ich, wie groß er war, wie aufrecht seine Haltung und wie anmutig seine Bewegungen.

»Und ich keine Blessuren, Kratzspuren oder Bisse in meinem Gesicht oder an anderen Stellen meines Körpers vorgefunden habe.«

Innerlich verdrehte ich die Augen. »Du siehst etwas enttäuscht aus? Sag nicht, du hast erwartet, ich würde mich an dir vergehen, wenn du im Land der Träume spärlich bekleideten Dämonendamen hinterherjagst?«

Diesen Schlagabtausch könnte ich mir für alle Ewigkeiten mit ihm liefern. Mittlerweile wollte ich ihn nicht mehr missen.

Seine Augen wurden schmal, feine Fältchen bildeten sich um seine Augenwinkel. Zeitgleich legte er dieses charismatische, einnehmende Lächeln nicht ab, sondern beugte sich zu mir vor. Geschickt fing er mein Kinn ein, bevor ich ihm ausweichen konnte.

»Was für frivole Gedanken doch dein Köpfchen ausbrütet. Nein«, antwortete er hauchend, und unerwartet streiften seine Lippen meine. Normalerweise fand dies immer nur nachts verborgen vor den Augen der anderen statt. »Ich hätte nur von *dir* geträumt. Wenn ich unter der Magie des Elixiers zum Träumen in der Lage wäre.«

»Du Schmeichler«, erwiderte ich und wollte hart bleiben, aber egal wie sehr ich versuchte, mich zurückzuhalten, ich wollte ihn spüren. Seine Lippen auf meinen und so viel mehr. Ganz egal, ob ich unter seinem Einfluss stand oder mein Verstand allmählich von meinem Dämon regiert wurde. Ich hob die rechte Hand, zerteilte mit den Fingern sein volles weiches Haar und hob mein Gesicht seinem entgegen. Dieses Mal wartete er, und ich war diejenige, die die Distanz zwischen unseren Lippen überbrückte. Ganz gleich, wie spät es war und ob uns Layla, Sheriad oder Adamas beobachten konnten, ich wollte ihn spüren – was er vermutlich in meinen Gedanken hören konnte.

Sanft wanderten meine Lippen über seine, küssten seinen linken Mundwinkel. Seine etwas längeren Bartstoppeln rieben rau und elektrisierend über meine Lippen, bevor ich meinen Mund öffnete und seine Zunge an meiner spürte. Wie eine Welle durchfluteten meinen Körper unendliche Tiefe, samtige Vertrautheit und strahlende Wärme, als seine Zunge meine umkreiste. Ich fuhr mit der

Zungenspitze über seine scharfen Eckzähne, als er ein kehliges, sonores Knurren von sich gab. An der Hüfte zog er mich näher zu sich.

Ich spreizte die Beine, um ihn noch enger an mir zu spüren. Mit den Fingerspitzen glitt er zärtlich über meine Wange, sodass ich die Augen öffnete und im geschliffenen Grün seiner Iriden ertrank.

Ein fremdländisches Fluchen verließ seinen Mund.

»Was ist?«, wollte ich wissen.

»Bedauerlicherweise werde ich gerufen, Sóley.«

Er umfasste mein Gesicht, küsste meine Lippen ein letztes Mal sanft und gefühlvoll und lehnte anschließend seine Stirn gegen meine. In dieser Geste stand so viel Vertrautheit, was ich bei keinem Dämon erwartet hätte.

»Von wem wirst du gerufen?«, wollte ich wissen.

»Adamas hat dir heute Nacht alles erzählt. Wir müssen in den nächsten Minuten aufbrechen. Versprich mir, auf mich zu warten und den See nicht zu verlassen. Habe ich dein Wort?«, bat er mich eindringlich.

»Versprochen. Ich werde mit Layla auf dich warten. Òsidion ist auch hier, wir werden uns sicher nicht langweilen.«

Er grinste knapp. »Er wird ein Auge auf euch haben.«

Ich sah ihm an, wie ungern er von mir zurücktrat. Seine behandschuhten Hände rutschten von meinen Wangen, weiter über meine Schultern über meine Arme und griffen nach meinen Händen, bevor er sich umdrehte und ging.

Nur Sekunden später standen Sheriad und Adamas wie unheilvolle Schatten hinter Chester. Anders als sonst trug Sheriad keine typische Menschenkleidung, sondern eine eng anliegende schwarze Hose und ein Oberteil, das ihrer Figur unheimlich schmeichelte. Hinter den dreien entstand vor der Wasseroberfläche eine von Blitzen durchzogene Schattenwand in den unterschiedlichsten Tönen der Nacht. Ein riesiges Tor öffnete sich.

Ich hielt den Atem an.

Als ich zu Chester blickte, hatte er sich bereits umgewandt. Sheriad und Adamas nickten mir knapp zu, Sheriad lächelte kurz, bevor harte Züge ihre Gesichtszüge einfroren. Sie sahen so verändert aus. So eiskalt, blutrünstig, grausam.

Chester schritt als Letzter auf das monströse Windtor zu, er trug nicht mehr länger seine schlichte schwarze Stoffhose, sondern einen imposanten Umhang. Gleichzeitig erkannte ich noch den Schimmer herrschaftlicher Kleidung und eine flammende dunkle Krone, bevor er von dem Strudel verschlungen wurde.

»Warte … wir sind bald zurück, Mondkätzchen«, hörte ich seine Stimme in meinem Kopf, während mein Körper von Gänsehaut überzogen wurde. Ich wusste ja, dass er seine Mächte verbarg, aber das kam mir wie in einem Traum vor.

»Habe ich das gerade richtig verfolgt?«, fragte Layla.

Ich drehte mich zu ihr um, als sie barfuß im Nachthemd von den Zelten auf mich zueilte.

»Oder nur geträumt?« Layla schien mittlerweile auch Dämonen in ihrer wahren Gestalt zu sehen. Wahrscheinlich, weil Chester und seine Gefährten sich ihr so zeigen *wollten* und ihre Gestalt nicht vor ihr verbargen. Eine andere Erklärung gab es für mich nicht.

»Wenn, dann hatten wir beide denselben Traum«, flüsterte ich. Ich wollte mir kaum ausmalen, wie Nŏsfera sein musste. Das geheimnisvolle, düstere Land, in dem so viel Magie pulsierte. Allerdings waren mir Chesters Gesichtszüge und die von Adamas und Sheriad nicht entgangen. Sie hatten über die Reise alles andere als erfreut gewirkt. Zwar hatte Adamas verschwiegen, warum sie nach Nŏsfera mussten, jedoch konnte ich mir vorstellen, dass es etwas mit den *Diejenigen* zu tun hatte. Irgendwann, da war ich mir sicher, würde mich Chester einweihen.

Nachdem ich sein Zelt betreten hatte, fand ich neben einer dunkelblauen Jacke und einer frischen Hose meine Stiefel vor, hinter denen zwei Kurzschwerter an der Zeltwand lehnten. Mit Sicherheit hatte sie Adamas nicht achtlos liegen gelassen. Daneben entdeckte ich sogar einen Bogen. *Meinen* Bogen. Allerdings war der Griff mit schwarzem, wesentlich härterem Holz versehen. Die Sehne war eingespannt. Ich hob den Bogen und zog die Sehne zurück. Sie glitt geschmeidig durch meine Finger, und als ich sie losließ, federte sie mit enorm viel Kraft zurück. Viel mehr Kraft, als ich aufgewandt hatte. Auch die schlichten Eisenspitzen der Pfeile waren durch hochglänzende aus schwarzem Stein oder Metall ersetzt worden.

Ich überlegte nicht lange, band den Gürtel um und befestigte die Schwerter an den vorgesehenen Haltern am Gürtel. Mit dem Köcher auf dem Rücken und dem Bogen in der Hand verließ ich das Zelt und fand Layla an der Feuerstelle vor, wie sie frisch gefangene und ausgenommene Fische, auf Holzstöcke gesteckt, über die Flammen hielt. Dieses Mal waren es echte Flammen, die einen weichen Rauch in den Himmel aussandten.

»Du glaubst es nicht, aber Sheriad scheint für dich vorgesorgt zu haben, damit du nicht verhungerst«, sagte Layla. Als sie zu mir aufsah, wankten ihre Gesichtszüge. »Warum bist du bewaffnet?«

Ihre kastanienbraunen Augen huschten zu den Klingen, die in der Halterung steckten, sie aber nicht komplett verbargen. Etwas wie Furcht trat in ihre Augen.

»Wie wäre es, wenn ich dich etwas unterrichten würde? Wir könnten uns so die Zeit bis zur Rückkehr der anderen vertreiben.« Es konnte nicht schaden, wenn sie erlernte, wie man mit Waffen umging, um sich selbst verteidigen zu können.

»Ich?« Sie schluckte hart. »Also … ich weiß nicht. Ich denke, darin bin ich miserabel.«

»Finden wir es heraus«, gab ich lächelnd zurück.

Nachdem wir den Fisch gegessen hatten, wobei Layla nur einen halben verspeist hatte und ich mehr als zehn, bewegte ich sie dazu, aufzustehen.

»Wieso ist dir das so wichtig, Sóley?«, fragte sie mit dem Kurzschwert in beiden Händen. Sie schwang es wie eine Axt mit zittrigen Armen durch die Luft.

»Weil ich irgendwann nach Nõsfera reisen werde und du mich begleiten wirst. Ich will, dass du vorbereitet bist.«

»Das geht nicht. Du weißt, dass keine Magielosen in diese fremde Welt reisen können.«

»Aber ich brauche dich dort«, erwiderte ich. Es mochte selbstsüchtig klingen, aber Layla war der einzige Teil, der mir von meinem alten Leben geblieben war. Ich wollte sie nicht zurücklassen. Es gab für sie nicht einmal die Möglichkeit, zurück ins Dorf zu reisen. Die Bewohner würden sie befragen und ganz sicher annehmen, dass sie mir zur Flucht verholfen hatte.

»Oder möchtest du mich nicht mehr begleiten?«, fragte ich sie vorsichtig.

»Was mir Sheriad über das Land erzählt hat, hört sich wunderschön und zugleich beängstigend an. Ich weiß nicht, ob ich mir das zutraue. Du bist stark, hast Mut und bist immer schon andere Wege gegangen als die meisten Menschen. Aber du kennst mich, Sóley, ich bin … schwach«, sie biss sich auf die Unterlippe, »ein einfacher Mensch.«

Sie lag falsch. Sie war ebenfalls mutig, entschlossen und, das Wichtigste, vertrauenswürdig. Keine andere Freundin hätte für mich ihr Leben riskiert, um mich vor dem Tod zu retten. Für sie und Nelio hatte viel auf dem Spiel gestanden, als sie mir zur Flucht verholfen hatten. Er war gestorben und sie … sie hatte auf vieles verzichtet und einiges verloren. Wegen mir.

»Du bist nicht schwach, Layla, und ich werde immer in deiner Schuld stehen. Egal ob dich Chester bei meiner Flucht unterstützt hat, du warst da. Ich kann mich immer auf dich verlassen, so wie du dich immer auf mich verlassen kannst, egal was noch passieren wird. Ob mir Hörner oder Flügel wachsen, ich werde immer auf dich aufpassen, dich retten, dir beistehen, so wie du immer für mich da warst.«

Sie machte ein Gesicht, als würde sie jede Sekunde in Tränen ausbrechen. »Ich bin auch immer für dich da«, erwiderte sie, ließ das Schwert fallen und rannte auf mich zu. Fest schlang sie die Arme um mich. »Wenn du mich in Nõsfera dabeihaben willst, begleite ich dich. Ich begleite dich überallhin. Selbst ans Ende der Welt.«

Ihre Worte ließen Tränen in meine Augenwinkel steigen. Ich atmete ihren vertrauten Veilchenduft ein, und eine Weile standen wir neben dem See, ohne ein Wort zu sagen. Es bedeutete mir alles, dass sie bei mir war. Wirklich alles.

Wir trainierten eine Stunde.

Ich brachte ihr einfache Schwertausführungen bei, so wie sie mich mein Bruder gelehrt hatte. Schon nach einer halben Stunde war sie vollkommen erschöpft, schwitzte und keuchte angestrengt. Trotzdem biss sie die Zähne zusammen und kämpfte weiter.

Um uns abzukühlen, da sich die heiße Mittagssonne über den Bergen erhoben hatte, zogen wir uns aus und gingen im See in Ufernähe baden.

Den halben Tag grübelte ich darüber, wo Chester sich gerade befand und an welchem Treffen sie teilnehmen mussten, das keinen Aufschub gewährte.

Am Nachmittag versorgten wir die Pferde, ich übte mit dem veränderten Bogen und Layla begann das Abendessen vorzubereiten. Sheriad hatte weitere Nahrungsmittel in einer Art Kältekiste mit Eis zurückgelassen, die Layla nach dem Bad entdeckt und geöffnet hatte.

Mit besorgtem Blick verfolgte ich den Weg der Sonne, die von

Minute zu Minute wie ein goldener Feuerball zwischen den Zwillingsbergen verschwand. In wenigen Stunden brach die Dämmerung an. Bis dahin wollte Chester zurückgekehrt sein. Aber was, wenn er aufgehalten worden war? Was sollte ich tun, wenn die Dämmerung einbrach und mein Dämon erwachte? Layla war nicht sicher vor mir. Im Gegensatz zum letzten Mal besaß ich keine Metallschellen, keine Ketten, nicht einmal Seile, um mich festzubinden.

Die Unruhe stieg stündlich in mir an. Sie war nicht einmal mit dem Bogenschießen niederzukämpfen, obwohl mich die Pfeile faszinierten. Sie flogen mit einer Leichtigkeit durch die Luft und schienen jedes Ziel zu treffen, das ich anvisierte. Es war, als wüssten die Pfeile, wohin sie fliegen mussten. Als würden sie meinen Gedanken und nicht bloß der Blickrichtung folgen. Einmal fixierte ich ein frei bewegliches Ziel. Einen roten Bergmilan, den der Pfeil mühelos traf und vom Himmel holte. Fasziniert und zugleich entsetzt über die Treffgenauigkeit beendete ich die Übungen, da ich keine weiteren Tiere töten wollte, wenn ich sie nicht zum Überleben brauchte.

Als uns bloß noch eine knappe Stunde von der Dämmerung trennte, lief ich nervös am Kiesufer auf und ab. Ein kühler Wind zog auf, sodass Layla mehr Holz in die Feuerstelle legte und sich an ihr wärmte.

»Willst du dich nicht zu mir setzen, Sóley?«

Ich schaute mit verschränkten Armen in ihre Richtung, bevor ein donnerndes Wiehern hinter den Zelten erklang. Es war nicht Ophrams Wiehern, auch nicht das des braunen Wallachs, sondern das des Teufelspferds. Immer noch frei galoppierte es unerwartet vor der Felswand auf und ab. Den gesamten Tag über war es irgendwo am Ufer unterwegs gewesen, mal vor, mal hinter uns, als Layla und ich am See entlangspaziert waren.

»Ich würde mich gern zu dir setzen, nur … bald bricht die Dämmerung an.« Layla und ich tauschten knappe Blicke. »Ich weiß nicht, wie viel Zeit mir noch bleibt.«

»Sie kommen rechtzeitig zurück«, versicherte mir Layla, auch wenn ich in ihrem Gesicht dieselbe Sorge ablesen konnte, die auch mich umtrieb.

»Und wenn nicht?« Mein Blick richtete sich zum See, vor dem Chester mit seinen Gefährten vor über zwölf Stunden verschwunden war. *Wir werden nur dreizehn Stunden fort sein*, erinnerte ich mich an Adamas Worte von letzter Nacht.

Bald waren diese dreizehn Stunden um.

Layla stocherte im knisterenden Feuer herum, sodass goldene Funken in die frische Abendluft stoben. Der Abend senkte sich weiter auf das Gebirge. Fledermäuse zogen über dem Gewässer ihre Kreise, aus der Ferne hörte ich den Ruf eines Uhus und das friedliche Zirpen von Zikaden.

Dann, als ich mich zum gefühlt tausendsten Mal zum See umwandte, entdeckte ich am Ufer eine Gestalt, die aus der Dunkelheit trat.

»Siehst du etwas?«, fragte mich Layla, die mittlerweile wusste, dass ich nachts jetzt besser und weiter sehen konnte als früher.

»Ja, ich glaube …« Ein Lächeln spannte sich über meine Lippen, als ich dunkelblondes Haar erkannte und einen Mann mit schwarzer Kleidung. Als ich die Augen zusammenkniff, sah ich Chester und direkt hinter ihm Sheriad und Adamas.

Bei allem, was mir heilig ist. »Sie sind es.«

Erleichtert atmete ich durch.

Layla sprang neben dem Feuer auf. »Bei der Göttin Zerade. Ich sagte dir doch, sie halten ihr Wort.«

Zusammen gingen wir auf Chester zu, der breit grinste.

»Du siehst erleichtert aus, mich zu sehen«, stellte er fest und blieb stehen. Hinter Adamas und Sheriad.

Layla wirkte richtiggehend glücklich, als sie Adamas erkannte, sodass ich mir langsam Gedanken machte, ob sie in ihm ihr neues Objekt der Begierde sah.

»Du hast dir wirklich Zeit gelassen. Die Dämmerung bricht jeden Moment herein.«

Wir gingen weiter auf sie zu, bis ich eine leichte Membran vor mir wahrnahm. Es fühlte sich an wie die Haut einer Seifenblase. Unmerklich hob ich die Fingerspitzen zu dem Luftschild, während Layla es gar nicht wahrnahm und hindurchging.

»Ich weiß, es hat sich etwas verzögert«, erwiderte Chester, der mir seine Hand entgegenhielt. Das Grün seiner Augen schimmerte leicht verändert in seinen Iriden. Mir fiel die Düsternis in seinen Augen, die er sonst zurückdrängte, auf. Die sonst so vertraute Spitzbübigkeit war dem bedrohlich Raubtierhaften gewichen. Außerdem befand ich mich vor der Grenze des Schutzschildes, von dem Chester erzählt hatte. *Übertritt die Linie auf keinen Fall. Egal was du siehst oder hörst, bleib hinter der magischen Grenze.*

»Komm schon, Sóley, ich habe dir einiges zu erzählen.« Seine Finger, die keine Handschuhe trugen, winkten mich zu sich.

Statt seiner Aufforderung zu folgen, starrte ich ihn irritiert an. Zugleich durchströmte mich die krankhafte Sorge um Layla, die bereits vor Adamas angekommen war.

»Wir haben uns an eure Anweisungen gehalten. Du glaubst es mir sicher nicht, aber ich habe heute zum ersten Mal ein Schwert in der Hand gehabt«, berichtete Layla Adamas, der sie mit einem merkwürdigen Seitenblick bedachte und die Nase rümpfte.

»Nein«, keuchte ich. Layla drehte sich zu mir um. »*Schau zu mir!*«, bat ich sie in Gedanken. Sie musste umkehren.

Als Chester einen weiteren Schritt in Richtung Grenze trat, drang ein Donnern an meine Ohren.

Das Höllenpferd wieherte erneut auf, bevor es wie ein Blitz zwischen Chester und mir hindurchjagte. So heftig, dass ich von dem Schwung rücklings umfiel und hart mit dem Steiß auf dem Kies landete. Verflucht, tat das weh.

Erst dann begriff ich. Das Teufelsgeschöpf fiel ebenfalls nicht auf die Täuschung herein.

Mittlerweile entfernte sich Layla von Adamas und Sheriad.

»Komm schon!«, forderte ich sie in Gedanken auf. *»Beeil dich!«*

Unauffällig schob sich Layla in meine Richtung, während die anderen von dem Pferd, das düsteren Rauch ausstieß, abgelenkt wurden.

»Was soll das?!«, ging Chester das Geschöpf mit einem Grollen in der Stimme an.

Ich blickte langsam zu Chester hoch, als sich das Monsterpferd schwungvoll auf die Hinterbeine erhob und ihn wie einen Feind mit den Vorderläufen abwehrte.

Instinktiv fasste ich nach dem Griff des Schwertes, da ich die fremde Magie bitter und säuerlich auf der Zunge schmecken konnte wie stinkenden Schwefel.

»Layla!«, rief ich, kaum dass sie sich vor der Grenze befand. In dem Moment sah Chester zu ihr. Er durchschaute, was ich vorhatte. Ich holte mit der Klinge aus. Was, wenn ich mich täuschte?

Nein, das tat ich nicht. Ich traute meinen Sinnen. Vertraute Chesters Worten, die Grenze nicht zu überschreiten, egal was passierte. Vertraute dem Höllenpferd.

Rasend schnell rauschte die Klinge über seinen Oberkörper und hinterließ einen großen, tiefen Schnitt. Unter dem zerschnittenen Hemd sickerte rotes Blut hervor. Das Grün seiner Iriden flackerte, bevor er sich überrascht und verwundert zugleich an die Brust griff.

Nicht zögern, Sóley!

Erneut schwang ich das Schwert, um es ihm mit voller Wucht in den Oberkörper zu stoßen.

»Ein Fehler«, stöhnte er mit gesenktem Kopf und sank auf die Knie. »Warum …«, Blut rann über seine Lippen, bevor er das Gesicht hob und die scharfe Klinge mit bloßen Händen umfasste, »warum tötest du … mich?«

Schwer atmend schaute ich auf ihn herab und in mir nisteten sich erste Zweifel ein. Sein Gesicht, das mir so vertraut war, seine Augen, die mich immer heimlich beobachteten, leuchteten, wenn ich auf seine Provokationen einging, waren von Leid und Qualen durchbrochen. Die Lippen, die ich gestern auf meinem Körper gespürt und deren Küsse mich heute Morgen auf den Felsen verabschiedet hatten, verzogen sich zu einem schmerzvollen Stöhnen. Da war kein anzügliches Grinsen mehr, kein Funkeln in den tiefroten Pupillen, kein Grübchen auf seiner Wange.

Er spuckte Blut.

Hatte ich mich doch getäuscht?

Bitte, bitte, bitte nicht. Kurz durchflutete mich die reine Verzweiflung. War ich zu weit gegangen und hatte mein Misstrauen gesiegt?

»Chester?«, keuchte ich, und meine Hände, die den Schwertgriff umklammerten, zitterten. Er bemerkte es, senkte das Gesicht und fiel mir entgegen. Hinter ihm rührten sich Sheriad und Adamas keinen Zentimeter, schritten nicht ein. Wären sie es wirklich, würden sie ihn nicht sterben lassen.

Mit einem grellen Lachen hob Chester das Gesicht, löste die zerschnittenen Hände von der Klinge und wischte sich das Blut von den Mundwinkeln.

»Sag mir, was hat mich verraten, Mondgesegnete?«

Seine Augen wurden glühend gelb, bevor er sich mit Leichtigkeit das Schwert aus der Brust zog. So kräftig, dass ich über meine eigenen Füße stolpernd zurückfiel. Rechtzeitig fing ich den Stoß ab, um nicht zu stürzen, und griff anschließend nach dem Bogen.

Layla übertrat die Grenze, doch etwas glühend Rotes peitschte durch die Abendluft, umwickelte ihr Fußgelenk und zerrte sie auf die andere Seite.

Schnell legte ich einen Pfeil ein, um anschließend in Chesters lachendes, zu einer Fratze verzogenes Gesicht zu blicken. *Verflucht! Nein. Was geschieht hier?*

Vor mir stieg eine schwarze Gestalt aus Chesters Körper, der leblos zur Seite sank wie ein schlaffer Mehlsack. Entsetzt weitete ich die Augen. Hatte dieser Dämon Chesters Körper besetzt gehabt?

Ohne mich länger ablenken zu lassen, schoss ich mehrere Pfeile auf ihn. Aber jedes verdammte Geschoss wurde mit Leichtigkeit aus der Luft gefegt.

Stück für Stück wurde Layla über den Kiesboden zu dem hinteren Mann gezogen. Schreiend, tretend und sich windend krallte sie ihre Nägel in die Steine. Anders als der dämlich grinsende Dämon vor mir verließen die hinter ihm ihre Körper nicht. Ihre Gestalt verzerrte sich wie ein Flimmern in der Luft. Nach einer Sekunde sah ich nicht mehr Adamas und Sheriad, die Layla davon abhielten, zu mir zurückzukommen, sondern zwei Männer mit dunkelbraunem zu Zöpfen geflochtenem Haar in dunklen Uniformen. Das bedeutete, Chesters Körper war real. Die Körper seiner Begleiter irgendeine Art Trugbild.

Verdammt! Was sollte ich tun? Wenn ich die magische Grenze überschritt, hätten sie erreicht, was sie wollten. Ihr Plan war es, mich auf die andere Seite zu locken.

Nein, darauf fiel ich nicht herein. Aber ich konnte Layla nicht im Stich lassen. Glänzende Nattern krochen über den Boden, wanden sich um die polierten schwarzen Stiefel des Mannes und hoch über Laylas Körper, den er in den Armen hielt. Sie rissen die Mäuler auf und umschlangen kurz darauf ihren Hals. Es war der Dämon, den ich im Wald vor dem Ritual getroffen hatte. Der, der mich mit Ranken hoch in die Luft befördert hatte, um meine Magie zu prüfen.

»Dein Gestank hat dich verraten. Wo ist Chester?«, fragte ich ihn wütend und richtete den eingelegten Pfeil auf sein Gesicht. Der in Silber und Schwarz gehüllte Dämon schritt mit einem perfiden Grinsen an der Grenze auf und ab. Als besäße sein Umhang einen eigenen Willen, schwebte er im nicht vorhandenen Wind. Sein Haar war zur Hälfte mitternachtsschwarz, zur anderen Hälfte silberweiß wie das Fell eines Wolfes. Die Arme hinter dem Rücken verschränkt, hielt er inne.

»Dein Chester wird noch im Máhrzat-Palast aufgehalten, um Neuerschaffene mit seinem Dämon zu füttern. Aufgeschlitzt von oben bis unten, wird er sicher keine Kraft aufbringen, um deine Wandlung zu begleiten, die, wie es aussieht, weit vorangeschritten ist, wenn du mich bereits am Geruch enttarnen kannst. Lass mich doch ab jetzt die Betreuung deiner Wandlung übernehmen, süße Sóley.«

Was sagte er da? Chester war aufgeschlitzt worden, um neue Dämonen zu erschaffen?

Ich visierte sein schäbig grinsendes Gesicht mit der Pfeilspitze an. Er war sehr geschickt darin, mich mit seinen Worten abzulenken. Ich durfte mich nicht verunsichern lassen. Nicht von ihm.

Meine Augen glitten über die lange gezackte Narbe, die durch seine Augenbraue und das milchige, mattgelbe Auge verlief. Sie sah grauenerregend aus, auch wenn es ihr nicht gelang, ihn seiner verdorbenen Schönheit zu berauben. Seine Iriden glühten unheilvoll gelb, während er unendliche Macht verströmte, die elektrisierend in der Luft knisterte.

»Nein. Darauf falle ich nicht herein. Lasst Layla gehen, sie ist kein Dämon.«

»Ach, wirklich nicht?«, stellte der Krieger hinter Layla abfällig lachend fest. Sie zitterte am gesamten Körper, während sie, die Augen weit aufgerissen, einer schwarzen Schlange entgegenblickte. »Darauf wären wir nicht gekommen.«

»Simpler Vertrag, Sóley«, schlug der mächtige Dämon an der Grenze vor und beendete sein Auf-und-ab-Gehen. »Du überschreitest die Grenze, im Gegenzug bleibt deine Freundin am Leben. Wie denkst du darüber?«

Er hielt mir seine schwarz überschattete Hand entgegen.

Mein Blick richtete sich auf Layla.

Keine Abkommen mit Dämonen. Das hatte uns Martis sehr früh eingeschärft. Jeder Magielose, der ein Abkommen mit ihnen einging, egal wie lukrativ es klang, würde es früher oder später bereuen. Ein Dämon schloss nie einen Pakt ab – ohne einen Vorteil für sich herauszuschinden.

Ich schüttelte den Kopf. Neben mir prustete das Höllenpferd heißen Atem in mein Ohr, als beglückwünschte es mich für die richtige Entscheidung. Ich hatte es nicht bemerkt. Um uns herum senkte sich die Dämmerung in einem stillen silbrigen Nebel. Mein Dämon wand sich träge zwischen meinen Rippenbögen. Jederzeit könnte er zum Leben erwachen. Wenn mich nicht dieser arrogante Kerl vor mir besiegte, dann mein eigener Dämon.

»Nein, ich gehe keinen Handel mit dir ein. Wer bist du und was willst du von uns?«

»Oh, ich vergaß.« Er senkte die Hand und neigte das Gesicht, bevor er zu seinem Begleiter schnippte, der mit Layla an die Grenze trat. »Ich bin der Saċar der Verdammnis, man nennt mich des Öfteren Ṯeklan Ndir Scăr. Für dich genügt Ṯeklan. Ich bin hier, um dich nach Nŏsfera zu begleiten und dem Jäger die Aufgabe abzunehmen.«

Dem Jäger? »Der Mann, der meine Eltern getötet hat?«, fragte ich skeptisch.

Überrascht hob Ṯeklan die Brauen, bevor er die linke, juwelbesetzte Hand hob und den Fingernagel über Laylas Hals führte. Ein feines rotes Rinnsal lief über ihre Halsbeuge unter ihre Jacke. »Du scheinst informiert zu sein. Hat dich Chester, oder wie er sich gerade nennt, über den Seelenfresser aufgeklärt? Auch darüber, dass er ihn, der ein Vertrauter deiner Eltern war, sehr gut kannte und er selbst Teil der Verschwörung gegen das Herrscherpaar der Mondgesegneten war?« Interessiert hob er den Mundwinkel. Auch wenn er heimtückische Züge aufwies, umgab ihn dennoch etwas Anmutiges. Eine tödliche Schönheit, trotz der Narben und Verbrennungen.

Wahrscheinlich lag es in ihrer Natur, auf Magielose solch eine Wirkung zu erzielen, um sie anzulocken.

»Es gab nicht nur den Jäger, der zu den *Diejenigen* übergelaufen ist, sondern eine ganze Verschwörung gegen deine Eltern. Chester soll daran beteiligt gewesen sein. Das wusstest du, wenn ich deinen Gesichtsausdruck richtig deute, anscheinend nicht.« Seine Gesichtszüge wurden schärfer, bevor er mir mit rauer Stimme zuraunte: »Rate, was er mit dir vorhat!«

Ich erwiderte nichts, sondern überlegte fieberhaft, wie ich Layla zurück auf meine Seite ziehen konnte. Flüchtig schaute ich sie an.

»Er will deinen Dämon vollständig erwecken, um ihn den *Diejenigen* zu überlassen, damit er nicht länger in ihrer Schuld steht. Du musst wissen, er widersetzte sich den *Diejenigen* sehr lange, bis er deine ehrenwerten Eltern verriet. Der Jäger kam ihm zuvor und nannte ihre Namen. Phaysŏra und Ĭnorás … Mögen sie in den Höllen ruhen.«

Kurz gelang es ihm, meine Aufmerksamkeit auf sich zu lenken. Waren *das* ihre Namen? *Phaysŏra* und *Ĭnorás?*

»Seitdem muss der gute Chester seine Strafe bis zur Sterblichkeit verbüßen. Sag mir, über wie viel Macht verfügt er noch? Ist er noch imstande, ein Feuer zu entzünden oder einen Bann zu wirken?«

»Er würde mich den *Diejenigen* nicht übergeben«, erwiderte ich und sprach die Worte teilweise zu mir selbst. Konzentriert richtete ich meinen Pfeil auf das Gesicht des Dämons.

»O doch, das ist sein Plan, um nicht als Sterblicher zu verenden. Man sagt unter den Dämonen, dass er sehr gebrechlich geworden, kaum mehr in seiner ach so großen Macht wiederzuerkennen sei. Steht es wirklich so schlecht um ihn? Trinkt er das Gift, um den Schmerz in sich zu bändigen, weil sein Dämon die menschliche Hülle verlassen will? Es sollen unermessliche Qualen sein.«

Flüchtig starrte ich ihn an, rieb die Lippen aufeinander, bevor er schnaubend nickte.

»Ich liege richtig. Ich kann es in deinem Gesicht ablesen.«

Er wollte Informationen über Chester. Die würde ich ihm nicht geben. In meinen Augen war er nicht schwach und konnte wesentlich mehr Magie wirken, als dieser Teklan erzählte. Ja, er hatte Schmerzen, jedoch malte ich mir sie bloß halb so grausam aus, wie er sie beschrieben hatte. Litt Chester wirklich solche Höllenqualen, ohne dass ich es bemerkt hatte? War er ein Meister im Verstellen? Dennoch: Im Gegensatz zu meinem Dämon, der sich entwickelte, starb seiner. Und Sterben bedeutete immer Schmerz.

Ein Räuspern riss mich aus den Gedanken. »Ich möchte nicht drängeln, schließlich läuft dir die Zeit davon und dein Dämon erwacht, Sóley. Nimmst du den Vertrag nun an oder nicht? Dein Leben für das deiner wunderschönen Freundin.« Er griff nach einer losen Haarsträhne von Layla, wickelte sie um seinen Zeigefinger und leckte anschließend das Blut an ihrem Hals ab.

Ich erschauderte.

»Sóley«, brachte Layla hervor. »Nicht …«

Das Pferd prustete in mein Ohr, und ich war mir sicher, dass es mich aufhalten würde, wenn ich nur einen Schritt über die Grenze tun wollte.

Aber ich konnte Layla nicht im Stich lassen.

Ohne zu antworten, lächelte ich. »Ich muss mich nicht entscheiden!«

Ich schoss den Pfeil statt auf Teklan auf seinen Begleiter, der Layla festhielt. Layla hatte meinen Blick richtig gedeutet. Als der Pfeil direkt zwischen den Augen des Schlangendämons eindrang, rannte sie los, aber … sie prallte gegen eine unsichtbare Wand. Wild tastete sie darüber und stemmte sich an ihr ab.

»Nicht schlecht, nicht schlecht. Denkst du ernsthaft, ich sichere mich nicht ab, Sóley?«

Eine Schutzwand?

»Das tue ich auch«, zischte ich. Es war gewagt, es war dumm und es war vielleicht tödlich. Aber es war meine einzige Chance.

Ich ließ den Bogen sinken, da ich mit ihm nichts gegen ihn ausrichten konnte. Stattdessen entfesselte ich das Prickeln, das die gesamte Zeit unter meiner Haut pulsierte. Mein Dämon wand sich, knurrte und gab es frei. Das Zepter, das ich in die rechte Hand beschwor. Zu meiner Verwunderung funktionierte es auf Anhieb. Keine Ahnung, wie lange ich durchhalten würde, aber ich musste es einsetzen. Eine andere Möglichkeit blieb mir nicht.

»Es ist in deinem Besitz!«, stieß Teklan aus und auch die beiden anderen Dämonen schienen überrascht.

Ein Knurren drang aus dem See, bevor ich das Zepter einsetzte und damit die komplette Kontrolle über meinen Körper verlor.

Es war, als würde jemand anders meine Hände führen, die Magie, die das Zepter enthielt, entfesseln und als helles Licht auf die Dämonen senden. Die Schutzwand zerbrach, bevor Silberstreifen Teklans Begleiter durchlöcherten. Layla wurde, bevor sie mich erreichte, von Teklan gefasst und wie ein Schutzschild an seinen Körper gepresst.

»Du willst sie nicht töten. Du hast die Macht nicht unter Kontrolle, Sóley.« Etwas wie Furcht schwang in seiner herrischen Stimme mit.

Ich kniff die Augen zusammen, spürte, wie Ṯeklan die Haut vom Körper gebrannt wurde und Layla vor Schmerzen schrie. Ich wollte es stoppen, ich wollte die pulsierende Energie zurückhalten, aber es gelang mir nicht. Selbst Ṯeklans wütender dunkler Sturm konnte dem Licht nicht standhalten. Mein Dämon schrie in mir, bevor ich ihn anflehte, das Zepter wieder an sich zu reißen. Es musste aufhören! Irgendwie!

Im selben Moment bewegte sich der See. Eine gewaltige Flut raste auf uns zu. Bevor mich die Welle erfasste und das Teufelspferd gen Himmel aufstieg, verschmolz das Zepter in mir, hatte mir aber all meine Kräfte geraubt. Eine Leere, Stille und Kraftlosigkeit überkamen mich. Trotzdem stand nur noch ein verletzter Dämon vor mir. Ṯeklan.

Ein Dämon … nur noch einer … ein Saċar …

Im Gegensatz zu Chester wurde Ṯeklan von der Wucht der Flutwelle aus der Balance gebracht und mit Layla zur Seite gerissen.

Mein Augenblick!

Ich hob das Schwert und rannte auf ihn zu, um Layla aus seinen Fängen zu befreien, bis ich meinen Fehler bemerkte.

Kaum dass ich die Linie durchbrochen hatte, standen zwei Krieger hinter mir. Vor mir schälte sich eine halbe Legion von Dämonen aus den Schatten der Dämmerung. Es waren … so viele. Wo kamen sie alle … her?

Entsetzt riss ich die Augen auf. Layla schrie. Bevor ich etwas ausrichten konnte, spürte ich den grellen Schmerz. Mehrere Schnitte, die ich nicht hatte kommen sehen, sorgten dafür, dass ich auf den Knien landete.

Woher …?

Ich schrie bestialisch auf. Heiße, unsichtbare Klingen schnitten in meine Oberschenkel, meinen Rücken, meinen Bauch, meine Schultern. Durchtrennten Haut, Muskeln, Sehnen. Sie gruben sich bis in meine Knochen, bis in mein Sein, bis zu meinem Dämon.

Ehe ich einen weiteren Laut hervorbringen konnte, ließ ich die Klinge fallen und kippte zur Seite. Ich hörte Layla verzweifelt meinen Namen rufen … spürte, wie sich das Wasser zwischen den Kieselsteinen zurückzog und mein Blut sich mit ihm vermischte.

»Sóley! Sóley! SÓLEY!«

KAPITEL 31

DÄMONENGOTT DER VERDAMMNIS

»*Şařzą*. Endlich!«, knurrte ich mit brennenden Armen und stieß die plärrende Menschenfrau zur Seite.

Hinter mir beschwor meine Legion, die sich während der netten Konversation in den Schatten verborgen gehalten hatte, ein Portal. Die *Diejenigen* würden staunen, wenn ich ihnen die Mondgesegnete vor die Füße warf. Sollten sie mit ihr machen, was sie wollten! Sie wie Chester an die neu erschaffenen Dämonen verfüttern. Was kümmerte es mich, solange ich entlohnt wurde.

Sóleys Freundin stürzte auf den Kies, heulte und kroch auf ihre Freundin zu. Für mich war sie nutzlos.

Ich hingegen wandte mich der Mondgesegneten zu, die von Klingen verletzt vor mir lag. Wie es aussah, heilten ihre Verletzungen nicht so schnell wie erwartet. Bevor sie starb, würde ich sie übergeben. Mitsamt dem Blutzepter. Sie würden staunen, was ich ihnen als Geschenk darbrachte.

Eine unbesiegbare Freude stieg in mir auf.

Ich ging in die Knie, um ihren Körper mit Magie anzuheben, als sich ein monströser Drachenschädel aus dem See erhob, zwischen uns drängte und Sóley über die magische Grenze schob. Aber …

Bei den vermaledeiten Schattenreitern!

Hinter den Grenzen entdeckte ich helle Gestalten auf Pferden, die ihre giftigen Pfeile und Speere auf uns sandten. Illionen. Was hatten diese Bastarde hier zu suchen? Sie mischten sich nie in dämonische Angelegenheiten ein!

Erst das Monster, jetzt das Naturvolk!

Bei den unheiligen Seelen! Einige meiner Krieger überschritten die Magiegrenze zum Reich der Illionen und wurden von ihren Speeren und Pfeilen gnadenlos durchlöchert. Mit ihnen legte man sich besser nicht an.

»Gebt sie zurück! Sie ist ein Dämon, für Euch vollkommen nutzlos!«, brüllte ich das Naturvolk wütend an. »Mischt Euch nicht ein, wenn Ihr Euch nicht meinen Zorn zuziehen wollt!«

Eine kleine Gestalt schwang sich aus dem Sattel und trat auf einen meiner Krieger zu, dem sie mit boshaft verzerrtem Lächeln ihren Speer ins Auge rammte.

»Ihr befindet euch auf unserem Gebiet! Jeder, der die Linie übertritt, stirbt, widerlicher Sačar der Verdammnis!«, schrie mich die kleine Gestalt an.

Ich knurrte und ballte die Hände zu Fäusten. Wie gut hatte Chester vorgesorgt? Wenn es ihm gelungen war, selbst die Illionen auf seine Seite zu ziehen, konnte das bloß bedeuten, dass er weitere Ziele hinter dem Rücken der *Diejenigen* verfolgte.

Es war an der Zeit, das Mädchen darüber in Kenntnis zu setzen. Vielleicht sollte ich die Mondgesegnete nicht zum Tausch zu ihnen bringen, sondern dem Seelenfresser einen Hinweis geben. So oder so hatte ich gegen das Monster im See und gegen das Volk der Wälder keine Chance. Nicht, wenn sie uns gemeinsam angriffen, während unsere Magie auf ihrer Seite wirkungslos war.

Zudem erregte am Abendhimmel ein blitzender blaugrünlicher Gewittersturm meine Aufmerksamkeit. Die Zeit war abgelaufen. Chester kehrte zurück.

»Wir gehen!«, befahl ich meinen Verbündeten knurrend und schwang den Mantel um mich. »*Ļezàtraș!* Sofort!«

Wie schwarze Engel fielen Chester und mehrere Dämonen aus dem Himmel, bevor ich die heulende Menschenfrau, die immer noch auf die Grenze zukroch, am Haar packte, hochriss und an Nerodiş übergab. »Nimm sie!«

Er griff sich die schreiende und zappelnde Frau, bevor uns Chesters Gefährten erreicht hatten, und brachte sie zum Portal.

Als eine gewaltige Magiewolke den Boden erzittern ließ und ein Donnerhall an den Bergen widerhallte, erhob sich Chester aus seiner entfesselten Schattenwand, griff nach meinem Hals und drängte mich zurück zu meinem Portal. Der Schild um ihn war stärker als erwartet. Wesentlich stärker. Keiner meiner Untergebenen, die ihn mit Flüchen, Magie oder Waffen angriffen, konnte ihm ein Haar krümmen. Beachtlich.

»So aufbrausend, Bruder?«, scherzte ich mit gefletschten Zähnen.

»Bin ich nicht im Geringsten.« Die Schatten unter seinen Augen verrieten, in welch grauenhaftem Zustand er sich befand. »Noch nicht. Warte auf den Tag der Vergeltung, Ṯeklan!« Zorn und so viel Wut schwangen in seiner Stimme mit und trotz seines geschändeten Dämons pulsierte enorm viel Magie in ihm. Mehr als erwartet. Mehr, als alle Schattenwesen in Nŏsfera mutmaßten.

Mit immens viel Schwungkraft katapultierte er mich zum Portal, bevor rote Schlingen aufblitzten, die meinen Schutzschild durchbrachen, meinen Körper umwandten und mich in Stücke zerrissen. Vor Schmerz brüllte ich auf. Ehe sich mein Körper regenerieren und ich zurückschlagen konnte, flog ich durch das Portal. Die Menschenfrau nahm ich mit. Ich ging sicher nicht leer aus.

KAPITEL 32

SÓLEY

Gelähmt von grellem Schmerz und kurz vor der völligen Bewusstlosigkeit verfolgte ich wie im Traum mit, was am Ufer geschah. Helle Gestalten umgaben mich. Ósidion vernichtete mit Feuerwirbeln einen Teil der Legion, bevor ein schauderhaftes Beben den Kies unter meinen Fingern erzittern ließ.

Chester, dachte ich. Mein träger Blick wanderte zu dem leblosen Körper unweit von mir. Er war tot. Seine Augen schauten leer ohne ein Zeichen von Leben in meine Richtung. Ich hatte ihn getötet. Oder zumindest seine Hülle.

Eine Hand streckte sich mir entgegen. Ein Blinzeln. Mein Sichtfeld schärfte sich.

Layla.

Ich hörte ihr Schluchzen, fühlte ihre Angst, schmeckte ihre Sorge um mich.

»Sóley«, brachte sie mit tränenerstickter Stimme hervor.

Sie befand sich hinter der Grenze. Wenn es mir möglich gewesen wäre, hätte ich die Hand nach ihr ausgestreckt.

»Rettet sie!«, flehte ich in Gedanken, als sie hochgerissen wurde und laut schrie. *»Helft ihr doch, bitte.«*

Ich wollte mich erheben, aber mein Körper gehorchte mir nicht.

Teklan riss sie vom Boden, übergab sie einem seiner Lakaien. Sie war nach einem Wimpernschlag fort. Von der Dunkelheit verschluckt.

Ihre Schreie waren verklungen.

Weitere Meter entfernt erschien eine Gestalt mit dunklem Haar vor Teklan, trieb ihn auf das Portal zu. Rot leuchtende Linien zerschnitten die Luft wie vernichtende Blitze. Die Steine unter meinen Fingern, die bloß vor Schmerz zuckten, erzitterten. So viel … Magie.

Erneut überkam mich eine einlullende Kraftlosigkeit. Mein Dämon war so still. So ungewohnt still. Ich spürte, wie das Leben aus mir sickerte. Wie mein Geist abdriftete. Wie mein Herzschlag langsamer wurde. Beinahe verstummte.

»Sóley.«

Jemand rüttelte an meiner Schulter. Hände strichen über meinen Körper, berührten die Stellen, die in Flammen standen.

Ich war so schwach … so unendlich schwach … Layla war fort … Chester war tot … Ich konnte sie nicht retten …

Hände umschlossen mein Gesicht, hoben es an.

»Mach die Augen auf!«, sagte jemand.

So viel Schmerz, der nicht meiner war. Sich aber mit meinem verband.

»Sóley, streng dich an.«

Es geht nicht …

»Sie stirbt, Zoran.« Das verzweifelte Flehen einer Frau. Ein Knurren.

Ein helles Licht zwängte sich zwischen meine Lider. Ich hörte Worte in einer fremdländischen Sprache. Ich konnte das Leuchten und die Wärme intensiver spüren. Es war so befreiend, friedlich, so wunderschön.

Da standen zwei Personen. Ein Mann mit weißblondem Haar,

Mitte dreißig, in einem dunkelblauen Gewand, daneben eine Frau, wenige Jahre jünger und von atemberaubender Schönheit. Ihr offenes Haar wehte um ihr dünnes Abendgewand.

»Geh nicht zu ihnen ...« Eine Stimme rief mich tief in meinem Bewusstsein zurück, obwohl ich sie nicht kannte. Der Klang, wie sie die Worte aussprach, erinnerte mich an jemanden, aber sie war mir fremd. Ich würde nicht auf sie hören.

»Ţhêră oŋħas ķzār. Ich habe es ihnen mit meinem Sein geschworen. Ich lasse dich nicht gehen.«

»Du musst es tun«, erkannte ich eine Frauenstimme verzerrt, dumpf, als würde ich von Wassermassen begraben werden.

»Das wäre zu früh.« Wieder die Männerstimme.

»Du musst es tun! Sie stirbt.«

Um diese Stimmen auszublenden und weiter auf die zwei wartenden Gestalten am Ende des Lichts zuzugehen, schüttelte ich den Kopf. Ich war keine drei Schritte weit gekommen, als mich etwas zurückhielt. Ich wehrte mich dagegen, bevor ich mit Wucht aus dem Licht gerissen wurde und rot glühenden Augen entgegenstarrte.

»Es gibt keinen anderen Weg, Sóley. Ich muss deinen Geist zurückholen.«

Und mit ihm den flammenden Schmerz. *Nein, bitte nicht.*

Was tat Chester da?

Vor Qualen schrie ich auf und warf den Kopf hin und her.

Hände fingen ihn ein, bevor sich ein Gesicht, das ich noch nie gesehen hatte, vor meine Augen schob, dann Chesters Gesichtszüge annahm. Mein Verstand begriff nichts mehr. Chester war tot. Er lebte nicht mehr.

»Dein Dämon ist nicht in der Lage, so schwere Verletzungen zu heilen, die Heiler könnten deinen Körper retten, aber nicht deinen Dämon.«

Meinen Dämon ...? Ich konnte ihm kaum folgen.

In mir war es so still. Er war still. Ich starrte Chester entgegen.

»Es gibt nur eine Möglichkeit.«

Vor mir blitzte eine schwarze Klinge auf, schwarzes Blut, so ölig glänzend wie reines Pech, rann über Chesters Unterarm. »Wir müssen ihn am Leben erhalten. Und das gelingt nur, wenn du mein Blut trinkst.«

Was? Unter den Schmerzen versuchte ich ein Kopfschütteln. Nein. Das klang vollkommen verrückt. Absolut wahnsinnig. Ich trank kein Blut eines Dämons, auch wenn … Ich atmete den vertrauten Duft der anbrechenden Nacht und des erdigen Waldbodens ein.

»Bitte, Sóley«, erkannte ich Sheriad, deren Gesicht über mir erschien.

»Lebt Ches…?«, brachte ich die Silben verwaschen und verschluckt von den Schluchzern hervor.

Das vor mir war nicht Chester. Unmöglich. Er war tot. Ich hatte ihn getötet.

»Ja«, antwortete Sheriad, woraufhin Chester sie scharf ansah. »Er lebt. Du hast den Falschen getötet, nicht den, auf den du gewartet hast.«

Nicht? Wirklich? »Ist das wahr?«

Sheriad nickte mit Tränen in den Augen. Sanft strich sie über mein Haar, bevor mir die Augen zufielen, und ich lächelte. Er war doch nicht tot. Ich hatte seine Hülle nicht zerstört …

Vor meinen Augen spann sich ein funkelnder reiner Faden. Er hing vor dem gleißend hellen Licht. Er gab einen hellen Ton von sich, als ich an ihm zupfte.

»Willst du ihn wiedersehen?«, hörte ich in meinem Geist. *»Deine Familie? Layla?«*

Ich hielt inne, bevor ich den Faden erneut berührte.

»Es ist gleich vorbei und auch ihre Seele löst sich«, raunte eine Stimme, die Sheriads glich.

»Willst du sie wiedersehen und leben?«, fragte die männliche Stimme nachdrücklicher.

Keuchend stand ich im hellen Schein, sah meine leiblichen Eltern vor mir, wusste doch, dass andere Menschen auf mich warteten, mich brauchten.

»Willst du …?«

»Ja«, antwortete ich und nahm von dem seidenen Faden Abstand.

Etwas benetzte meine Lippen, rann meine Kehle hinab und tauchte den hellen Schein um mich herum in flüssige Schwärze. Um mich herum wurde es mit einem Mal unendlich finster. Ich öffnete die Augen, da der Schmerz, der zuvor meinen gesamten Körper regiert und mich aufgefressen hatte, verstummte. An seine Stelle war ein neuartiges Gefühl getreten, etwas wie Hunger.

Ich hob die rechte Hand zu dem Etwas vor meinem Mund und biss fester zu, um den süßen Geschmack der funkelnden Nacht intensiver zu schmecken. Niemals im Leben hatte ich etwas so Berauschendes gekostet. Etwas, wofür ich töten würde. Genauso wie mein Dämon, der blinzelte und wieder erwachte.

Gierig fuhr er die Krallen nach dem viel älteren Dämon aus, während ich nicht genug trinken konnte. Der Dämon schien mir vertraut. Die letzten Nächte hat er meinen umgeben, sich mit ihm verschränkt, ihn besänftigt.

Chesters Dämon.

»Es genügt, Sóley.«

Nein, es genügte nicht. Ich biss fester zu und gab ein leises Stöhnen von mir.

»Sóley …«

Nein, nein, nein! Ich wollte nicht aufhören. Es war viel zu köstlich, um es jetzt zu beenden. Mittlerweile war jeder Schmerz verschwunden. Nur die unstillbare Gier nach Macht, nach noch mehr

Blut war zurückgeblieben und regierte meinen Verstand. Mehr, ich wollte so viel mehr.

Bis mir das Blut entrissen wurde.

Verärgert schlug ich die Augen auf und entdeckte vor mir nichts. Da war niemand mehr. Nicht einmal Chester.

KAPITEL 33

DÄMONENGOTT DER NACHTSCHATTEN

»Du solltest dich hinlegen«, beschwor mich Sheriad, als ich das Zelt verließ und meine Beine unter mir nachgaben. Rasch griff sie unter meinen Arm und half mir auf.

Wie erbärmlich! »Es geht schon.«

»Das sieht aber anders aus. Du hast heute den ganzen Tag durchgehalten und … Sóley mehr Blut gegeben, als sie brauchte.«

Das war es mir wert.

»Ihr Dämon wird heute Nacht nicht nach dir verlangen. Leg dich hin, sammele deine Kräfte und schlaf.«

Schlafen? Nach dem, was vorgefallen war? Ich schnaubte verächtlich. »Nein, ich komme zurecht. Es sei denn, du bietest dich an?«

»Du brauchst viel mehr als deine geteilte Macht.«

»Besser als gar nichts«, raunte ich ihr ins Ohr. Sie hätte es getan, sich angeboten, damit mein ausgehungerter, zerrissener Dämon zum Teil heilen konnte. Wenn man es als Heilen bezeichnen konnte. Vorübergehend am Leben erhalten traf es wohl eher. Nein, ich brauchte Sheriad. Sie durfte nicht ausfallen und hatte genug für diesen Tag getan.

Der einzige Ort, an dem ich heute Nacht sein wollte, war neben

Sóley. »Sorge dafür, dass sie sich regeneriert, während Adamas die Abreise vorbereitet.«

An diesem Ort konnten wir keinen Tag länger bleiben. Sobald ich mich ausgeruht hatte, mussten wir weiterziehen, und ich würde Sóley erklären, dass ihre Freundin nicht mehr mit uns reiste. Schon jetzt konnte ich mir ihren Zorn greifbar ausmalen. Den Zorn, der nicht mir galt, sondern ihr selbst. Denn ihre verzweifelten Gedanken, zu schwach gewesen zu sein, nicht helfen zu können, Ṯeklan wehrlos ausgeliefert zu sein, drangen tief in meinen Geist. Dabei war sie alles andere als schwach. Sie hatte ihm die Stirn geboten, solange sie konnte. Zeit geschunden, bis wir aus Nŏsfera zurückgekommen waren. Wäre sie schwach gewesen, wäre es Ṯeklan gelungen, sie mitzunehmen. Sóley mit ihrer Freundin zu ködern, war mehr als clever gewesen. Aber ich würde einen Weg finden, um Layla zurückzuholen, bevor alles endete.

So lange würde ich Sóleys Wandlung betreuen, ihr dabei helfen, sich zu wahrer Größe zu entfalten, damit sie nie wieder Zweifel an sich selbst hegen musste.

Über den Gedanken musste ich träge schnauben, als ich zurück ins Zelt ging. Ohne Sheriads Hilfe. Ohne mir anmerken zu lassen, wie es in mir aussah.

Mein Blick fand Sóley auf der Matratze. Wenn sie sich nicht auf die falschen Wesen einließ, würde sie zu der mächtigsten Saċarin ihrer Zeit werden. Genau so, wie es sich ihre Eltern für sie gewünscht hatten. Nur aus diesem Grund hatten sie ihr einziges Kind aus Nŏsfera gebracht.

Bloß wie sollte sie es verstehen? Sie war als Magielose aufgewachsen, kannte weder die Traditionen, die Magie, die überall in Nŏsfera funkelte, noch die Wesen und die Gefahren. Irgendwann würde der Punkt kommen, an dem ich sie in ihre Heimat brachte. Wenn sie die Wandlung bis zur Manifestation abgeschlossen hatte.

Dann war sie bereit, die Dämonenreiche zu betreten. Zuvor war sie im Land der Illionen in Sicherheit, falls keine niederträchtigen Kreaturen versuchten, sie über die magische Grenze zu locken. Das würde ihr kein zweites Mal passieren.

Das würde *mir* kein zweites Mal passieren!

Denn obwohl Ósidion und die Illionen ihr Wort gehalten und über sie gewacht hatten, während ich einen Tribut erbringen musste, hätte ich mit einem Schlag fast alles verloren, woran ich über siebzehn Jahre festgehalten hatte: Sóley.

Ich löste den Umhang, als ich neben der Matratze auf die Knie sank. In mir war alles wie tot. Verdorrt. Vernarbt. Verletzt.

Nie in meinem Sein hatte ich mich so nutzlos, so leer und sterblich gefühlt. Jede Bewegung war eine Qual. Als wäre ich als gebrechlicher Mann ins Gebirge zurückgereist, um sie und ihren unbändigen Dämon am Leben zu erhalten. Hätte ich mir über die letzten Nächte hinweg nicht immer wieder einen Teil von ihr genommen, wäre ich nicht imstande gewesen, Teklan in das Portal zu sperren. Aber selbst diese kleine Reserve war verbraucht, sodass schon die leichtesten Bewegungen jetzt schrecklich schmerzten. Meine Muskeln waren angespannt, meine Gelenke starr, mein Blick trübte sich in kurzen Abständen … Bevor ich nicht mehr in der Lage wäre, das Elixier der weißen Hirschjägerin zu nehmen, holte ich die Kette hervor. Sóley würde heute Nacht mit meinem Blut in sich durchschlafen. Ihr Dämon würde sie nicht foltern, da er die Vorstufe zur Phase der Verbindung erreicht hatte. Er vibrierte genüsslich schnurrend in ihrer Brust, was ich kaum überhören konnte und was mir ein müdes Lächeln ins Gesicht trieb. Allein, wie sich ihre Zähne in meinen Unterarm verbissen hatten, begleitet von diesen betörenden Dämonenaugen, ließ mich jeden Schmerz kurzzeitig vergessen. Daran würde ich sehr lange zurückdenken. Wie sie vermutlich auch.

Zwar wollte ich mich neben ihr auf den Laken ausstrecken, aber ich konnte mich keinen Zentimeter mehr voranschieben. Aus diesem Grund träufelte ich das Elixier auf die Zunge und betete zu Gevatter Tod, mir noch ein paar Tage Aufschub zu gewähren. Nur ein paar Tage, bevor er meinem Sein ein Ende bereitete. Eines, das ich schon so lange ersehnte.

KAPITEL 34

SÓLEY

Ich schrie auf. Danach rutschte ich erschrocken tiefer in die Kissen, um mich von ihm wegzubewegen.

»Dass mein Aussehen dieses Entsetzen in dir auslöst, hätte ich nicht erwartet. Für gewöhnlich ist die Reaktion weiblicher Wesen eine andere.«

Der Klang der Stimme war anders, trotzdem war es dieselbe Verschlagenheit, gepaart mit Ironie. Neben der Matratze stand ein mir völlig fremder Mann mit einem Gesicht, das von einer verboten tödlichen Schönheit gezeichnet war. In seinem schwarzen Haar funkelte ein unbekannter goldener Schimmer. Auf mich wirkte er nicht wesentlich älter als Chester, zumindest äußerlich betrachtet – höchstens Ende zwanzig. Seine mit diesem prägnanten Schwung gezeichneten Lippen verzogen sich zu einem schiefen Grinsen, während das Mintgrün seiner Iriden satt hervorstach. Ebenso wie seine ausgeprägten Wangenknochen, diese ebenmäßigen Züge, der leichte Bartschatten und diese Schattenlinien, die seine Augen umgaben.

Ich hatte ihn schon einmal gesehen. Flüchtig. Kurz bevor ich in das helle Licht hatte gehen wollen. Zu meinen Eltern. Als mein Leben an diesem funkelnden Faden gehangen hatte, den ich so kurz davor gewesen war zu durchtrennen. Danach hatten seine Gesichtszüge die von Chester angenommen. Er hatte mich getäuscht. Er hat mich von Anfang an getäuscht.

»Nicht wirklich, Sóley. Ich habe nur einen magielosen Sünder vorübergehend genutzt, um mein Sein zu verschleiern. Einen magielosen Soldaten, den du vor zwei Tagen gnadenlos niedergemetzelt hast.«

Vor zwei Tagen? Wie lange hatte ich geschlafen? Wenn stimmte, was er sagte, hatte sich der Herrscher der Nachtschattenkrieger seit unserem Zusammentreffen in Chesters Körper aufgehalten? Wie unheimlich.

»Ist er tot?«, wollte ich wissen. Als ich an meinem rechten Arm hinabblickte, war dieser pechschwarz – so wie beinahe meine komplette Hand. Um nicht vor seinen Augen einen Blick zwischen meine Brüste zu werfen, um zu prüfen, wie weit der Dämon sich entfaltet hatte, richtete ich meine volle Aufmerksamkeit auf ihn.

»Ja. Chester ist tot. Er hätte ohnehin nicht mehr lange durchgehalten, falls es dich beruhigt.«

Mich beruhigt? Nahm er mich auf den Arm? Verärgert schüttelte ich den Kopf. »Es beruhigt mich ganz und gar nicht. Du hast den Körper eines Sterblichen missbraucht.«

»Ihm eine wertvolle Verwendung gegeben, trifft es eher, Sóley. Denn der Chester, der er vorher war, gehörte zur übelsten Sorte Mensch, die du dir vorstellen kannst. Er bestahl seine Kumpane, schändete Gotteshäuser, trank und verspielte sein Geld, verging sich an Frauen und war seit Langem eine der gottlosesten Seelen, die ich traf. Und das hat was zu bedeuten.«

Das war ein schlechter Witz. »Das soll ich dir glauben?« Er konnte mir viel erzählen.

»Glaub es oder glaub es nicht. Fakt ist, er ist tot und du hast nun das uneingeschränkte Vergnügen, dich mit dem Saċar der todbringenden Nachtschattenkrieger in seiner wahren Präsenz zu unterhalten.« Er streckte mir tatsächlich seine überschattete Hand unter seinem Mantel entgegen. Dem Mantel, der ihn umgeben hatte, kurz bevor er das Windtor am See passiert hatte.

War das nun real?

»Und da ist es wieder, dein mir unverständliches Misstrauen. Soll ich dich davon überzeugen, dass ich es wirklich bin, Mondkätzchen?«

Vereinnahmend griff er nach meiner Schulter, bewegte mich zurück in die Kissen, war unvermittelt über mir und verharrte mit seinen Lippen vor meinen.

»Gib mir einen Moment«, keuchte ich perplex von seiner abrupten Annäherung.

»Wofür?«

Ich griff zur Lampe neben mir.

Er lachte auf, bevor er mein Handgelenk schnappte und es in die Laken drückte. »Der Trick funktioniert kein zweites Mal.«

Bedeutete, er erinnerte sich an das erste Mal.

»Ganz genau«, beantwortete er meinen Gedanken.

»Aber … wieso …?«

»Wieso *was*?«, erkundigte er sich, da er meinen wirren Gedanken nicht zu folgen schien. Seine Augen forschten in meinem Gesicht, genauso wie es Chesters Augen immer getan hatten. Die Vorstellung, die gesamten letzten Tage von einem frevelhaften, verbrecherischen Mann umgeben gewesen zu sein, ließ mir die Magensäure hochkommen.

»Wieso musstest du den Körper eines Menschen nutzen?«

»Sagte ich bereits: um meine Präsenz vor anderen dämonischen Wesen zu verschleiern. Zwar kennen nicht viele Wesen mein wahres Aussehen, aber doch genug. Hätten sie dich in meiner Gesellschaft beobachtet, hätten die Spione der *Diejenigen* es sofort gemeldet. Dann wäre ihr Interesse an dir geweckt worden.«

»Und jetzt spielt es keine Rolle mehr? Weil Ṯeklan …« Ich blinzelte perplex.

»Richtig. Ṯeklan konnte sich selbst davon überzeugen, dass du lebst. Dass du kein Mythos bist. Höchstwahrscheinlich ist er bereits zum Máhrzat-Palast der *Diejenigen* unterwegs, um ihnen von dir zu berichten. Aus diesem Grund müssen wir das Gebirge verlassen. Noch heute. In einer Stunde.«

Ich wollte wegrutschen, auch wenn er mich sein Gewicht nicht spüren ließ. Weiterhin hielt er mein Handgelenk, ohne einen Hauch von Magie einzusetzen, gefangen.

»Wir müssen nach Nõsfera reisen, um Layla zu suchen, ehe er sie tötet.«

Er kniff die Augen zusammen, bevor er lachte und lachte, als hätte ich einen Scherz gemacht. Schwungvoll richtete er sich auf. »Nein, müssen wir nicht. Du bist noch nicht bereit, um nach Nõsfera zu reisen.«

»Wann werde ich es sein?«

»In ein oder zwei Wochen. Der Einfluss der *Diejenigen* reicht nicht bis ins Land der Magielosen, oder besser der Illionen. Es wäre absolut unklug, wenn ich dich ihnen direkt vor die Nase setzte. Sobald du Nõsfera betrittst, würden sie dich mit den Schattenspähern und Nachtwinden aufspüren. Somit: Wir suchen uns ein neues Ziel in der magielosen Welt.«

»Nein«, widersprach ich ihm, als er mir nicht länger Beachtung schenkte, sondern neben der Matratze in die Knie ging, um etwas aufzuheben. Seine Halskette, an der die Phiole hing. Achtsam hob er sie über seinen Kopf.

Dabei fiel mir auf, dass er kein kurzes Haar trug, sondern es ähnlich wie bei Adamas am Oberkopf zusammengebunden war. Darunter fielen ihm die Strähnen bis zur Schulter. »Nein, wir müssen Layla retten.«

Er schaute mit dieser dämonischen Arroganz zu mir, bevor er sich aufrichtete. »Nein, werden wir nicht. Du folgst meinen Anweisungen, weil sie, ob du es glaubst oder nicht, überlebenswichtig für dich sind.«

»Ah, sicher. Du verfolgst doch ganz andere Pläne, Chester, oder wie ich dich jetzt nennen soll.«

»Den Namen Chester habe *ich* mir gegeben. Der Mann, den du brutal ermordet hast, hieß Philipp, wenn ich mich richtig erinnere. Nenn mich weiterhin Chester. Es sei denn, du hast es dir anders überlegt und möchtest mir einen neuen geben, so wie ich es vor dem Tempel der Gesegneten vorgeschlagen habe. Nur zu. Ich nehme jeden Namen an, den du mir gibst«, veräppelte er mich.

Ich fauchte, erhob mich und fand mich gleich darauf in einem höllisch kurzen Nachthemd vor. Er stand mir in seiner eleganten Kriegerkleidung gegenüber. Amüsiert zuckten seine Mundwinkel.

»Ich gebe dir einen neuen Namen, einen, der dir nicht gefallen wird!«, versprach ich ihm.

»Jetzt machst du mich neugierig.«

Aufgeregt suchte ich das Zelt nach frischer Kleidung ab, die er meistens für mich parat gelegt hatte. Aber ich fand keine. Deshalb zog ich das Nachthemd tiefer hinunter, damit seine neugierigen Blicke meine nackten Beine nicht länger erkunden konnten.

»Wir reisen nach Nŏsfera, um Layla zu befreien«, begann ich erneut. Sofort hob er den Blick zu meinem Gesicht.

»Nein.«

Kurz hätte ich schwören können, ein metallisches Klappern der Zeltstäbe gehört zu haben.

»Doch!«

»Weißt du, was ich mit denjenigen mache, die mir widersprechen?« Mit einem Mal stand er dicht vor mir, ohne einen Schritt auf mich zu gemacht zu haben.

Rasch hielt ich die Luft an, verzog aber keine Miene.

»Schon nach dem ersten Nein zeige ich ihnen auf, wem sie sich widersetzen, Sóley. Verweise sie auf ihren Platz und …«

Etwas Unsichtbares zwang mich innerlich auf die Knie, ohne dass er sich von der Stelle rührte oder mich anfasste. Als würde mein Körper von fremden Händen gelenkt werden, verlor ich die Kontrolle über ihn und kniete gleich darauf nieder. »Danach würde ich, wenn sie ihren Fehler immer noch nicht einsehen, ihre schlimmsten Ängste hervorrufen.«

Neben mir erschien eine Kreatur, die einer Larphie sehr ähnlich war. Stofffetzen hingen an den schwarz verkohlten Knochen herab, als das Wesen mit einem grellen Schrei die Hand nach mir ausstreckte. Ich biss die Zähne zusammen und wollte zurückweichen. Aber da mein Körper nicht mehr meinem Willen folgte, konnte ich die Position nicht verlassen.

Ängste ... ging es durch meinen Kopf. Eine Larphie war nicht meine größte Angst. Er kannte sie bereits. Zwei meiner größten Ängste. Wenn er gewollt hätte, würde ich nun unter Wassermassen begraben am Seegrund liegen. »Nein«, brachte ich erneut hervor. »Chester. Du magst großen Einfluss haben, aber ich bin keiner deiner Untertanen, sondern folge meinem eigenen Willen. Ich werde meine Freundin nicht im Stich lassen«, bot ich ihm entschlossen die Stirn und versah ihn mit einem selbstsicheren Blick.

Die Larphie zerfiel neben mir zu Asche, die von unsichtbaren Winden fortgetragen wurde.

»Ich wusste, du würdest nicht einknicken.«

»Dann spar dir die Versuche, mich umzustimmen.«

»Nein.« Er strich über mein Haar, während ich immer noch vor ihm kniete. »Teklan wird Layla nicht töten. Was brächte es ihm? Er braucht sie lebend, um dich anzulocken. Tot bringt sie ihm gar nichts.«

»Aber sie hat nichts in Nõsfera zu suchen. In dem Land überlebt sie nicht. Das hast du selbst gesagt.«

»Du hast dort noch weniger etwas zu suchen. Zumindest derzeit nicht. Du bist viel bedeutsamer.«

»Bedeutsamer als ein Mensch?«, kam es verärgert über meine Lippen.

Er stöhnte genervt. In seinem Gesicht las ich die Antwort, die ich vermutet hatte, die er aber nicht aussprach. »Wir reisen in einer Stunde ab. Sei bis dahin fertig, und denke darüber nach, was dir wichtiger ist. Dein *und* ihr Leben oder dass ihr beide sterbt? Die Entscheidung dürfte dir nicht schwerfallen.«

Ob ich es wahrhaben wollte oder nicht, ich war auf ihn angewiesen. In so vielen Bereichen. Und es gefiel mir nicht. Denn das würde bedeuten, ihm noch mehr vertrauen zu müssen. Aber tat ich das nicht bereits?

Vor mir wandte er sich um und passierte das Zelt durch die Plane hindurch, als gäbe es kein Hindernis. Mit einem Schlag fiel die unsichtbare Umklammerung von meinem Körper ab. Als ich mich umdrehte, lag frische Kleidung auf dem Bett, die vorher nicht dort gewesen war. Schnaufend erhob ich mich und beschloss, das knappe durchsichtige Nachthemd loszuwerden.

Fertig umgezogen verließ ich das Zelt und zog den Waffengürtel fest um meine Hüfte. Die Finger meiner rechten Hand waren mittlerweile vollkommen von der Nacht bedeckt. Pechschwarz und irgendwie fremdartig. Und doch: Sie fühlten sich normal an. So wie mein Dämon, der sich erstaunlich manierlich verhielt. Und das seit zwei Tagen. Hatte Chester ihn beruhigt? Und wenn ja, wie?

»Sieh an, du hast das Zelt freiwillig verlassen«, merkte Chester in gewöhnlicher Kleidung eines Magielosen an. Er stand mit Sheriad und Adamas in einer Runde von mehreren fremden Dämonen.

Dämonen, die ich nie zuvor gesehen hatte. Es waren um die zehn Gestalten. Mein Herz schlug bei dem Anblick schneller.

Skeptisch starrte ich flüchtig zu ihnen, bevor ich zum See marschierte. Unter dem Ärmel meiner Jacke verbarg ich meine tintenschwarze Hand, damit sie nicht jeder sofort sah.

Vor dem klaren Wasser ging ich in die Hocke und wusch mein Gesicht.

Aus der Tiefe starrten mir gelb lodernde uralte Augen entgegen. Das schuppige Drachenmaul trennte nicht einmal eine Armlänge von meinem Gesicht. Ich zuckte nicht zusammen, sondern lächelte.

»Geht es dir wieder gut, Sóley?«, fragte mich Ósidion, während sich die Gruppe hinter mir weniger laut in fremdländischer Sprache unterhielt. Sie wurde leiser, um uns zu belauschen.

Ich hob meine Hand zu Ósidion, denn ich wusste, was er getan hatte.

Langsam erhob er sich aus den Wassermassen und streifte dabei meine ausgestreckten Fingerspitzen.

»Mir geht es wieder sehr gut. Danke, dass du vorgestern Nacht da warst.«

»Ich bin ehrlich, ich habe es nicht für ihn getan, sondern für dich. Dämonengöttern ist nicht zu trauen«, hörte ich seine uralte rauchige Stimme in meinem Kopf, als er in Chesters Richtung blinzelte. Wasser floss in Bächen an seinem großen Schädel hinab, tropfte von seinen Fangzähnen und den prustenden Nüstern.

»Was weißt du über ihn?«, fragte ich und hoffte, der Gedanke übertrug sich in seinen Geist.

»Gutes wie auch Schlechtes. Die Erzählungen spalten sich. Du bist für ihn von großer Bedeutung, auch wenn nicht klar ist, wofür.«

Das Gefühl hatte ich auch. Wenn Ṯeklan recht behielt, würde mich Chester an die *Diejenigen* übergeben, um im Gegenzug seine Macht zurückzuerhalten. Wie groß musste sie sein, wenn er bereits jetzt Magie wirken konnte, die meine Vorstellungskraft überstieg.

»Bist du nicht in der Lage, ein Portal nach Nŏsfera zu erschaffen, damit ich meine Freundin suchen kann?«, fragte ich ihn, auch wenn ich die Antwort bereits kannte.

Ósidion blinzelte, gab ein leises Grollen von sich und schaute von dem Dämonengott zu mir.

»Bedauerlicherweise nein. Raum und Zeit zu bezwingen ist bloß mächtigen Dämonen vorenthalten. In einer Sache gebe ich ihm recht, du gehörst nicht nach Nŏsfera. Noch nicht.«

Ich ließ die schwarze Hand zu seiner Wange gleiten. Seine Haut fühlte sich hart wie ein Panzer an, zugleich war dieses Wesen voller Energie, Hitze und Dunkelheit. Dampf stieg hinter den Quasten aus seinen Kieferstreifen auf. *»Er wartet auf dich. Sei dir sicher, nicht nur er behält dich im Auge, Mondgesegnete. Nicht nur er.«*

Langsam zog sich Ósidion in das Gewässer zurück, bis er wie ein dunkler Schatten von der Tiefe des Sees verschluckt wurde.

»Es ist lange her, dass ich ein Wesen Ósidion berühren sah«, stellte Chester neben mir fest.

Ich ignorierte ihn, wusch erneut mein Gesicht und schüttelte die Wassertropfen von den Händen. Langsam erhob ich mich und schaute über den Bergsee zu dem atemberaubend schönen Gebirgszug auf. Es war ein Ort, an dem wir unvergessliche Stunden verbracht hatten. In diesem Moment sah ich Layla und mich im See baden, wie wir uns mit Wasser bespritzten, sie über das gesamte von Sommersprossen geküsste Gesicht lachte. Seit zwei Tagen war sie nun fort. Zwei Tage, in denen sie so viel Schreckliches erlebt haben könnte.

Bei der Vorstellung stieg eine tiefe Traurigkeit in mir auf. Ich hätte sie irgendwie zurück auf die andere Seite ziehen müssen. Warum nur hatte ich auf ganzer Linie versagt … Ohne mir dessen bewusst zu sein, schloss ich die Finger zu Fäusten. Ich würde sie zurückholen.

»Sprichst du nicht mehr mit mir?« Er kam auf mich zu.

»Nur wenn es nötig ist«, gab ich zurück.

Er stöhnte theatralisch. »Ich dachte, wir wären über den Punkt hinaus.«

Mit einem kalten Gesichtsausdruck wandte ich mich ihm zu und sah zu ihm auf, da er mich fast um einen Kopf überragte. Dieses Gesicht war mir immer noch fremd, obwohl er mir so vertraut war.

»Nein, wir stehen wieder am Anfang, Saċar der Nachtschattenkrieger.«

Etwas wie Enttäuschung flackerte über sein Gesicht, bevor es ebenso harte Züge annahm. »Ich nehme die Herausforderung an. Meinetwegen werde ich dein Vertrauen weitere hundert Male gewinnen, um dir zu beweisen, dass dein Misstrauen absolut unbegründet ist.«

Wir würden es sehen.

»Starten wir und verlassen diesen Ort!«, verkündete er in einem Befehlston, wie ihn nur ein Mann mit Einfluss und Macht beherrschte. Adamas und Sheriad, die beide die gesamte Zeit in unsere Richtung geschaut hatten, nickten, wie auch die anderen Lakaien, bevor ein Blitz die Luft durchschnitt und eine tosende Wolke aus Schatten und Sternen entfesselt wurde.

Ich hatte keine Ahnung, wohin mich diese Reise führen würde. Keine Ahnung, wie alles enden würde. Keine Ahnung, ob ich Chester, nein, dem Saċar der Nachtschattenkrieger, jemals bedingungslos vertrauen würde. Aber eines wusste ich: Ich würde Layla befreien. Und dies würde mir nur mit dem Saċar gelingen. Ob ich wollte oder nicht, mein Schicksal lag in seinen Händen. Noch.

ENDE VON BAND 1

Die Geschichte geht weiter in

SHADES OF BONES.

IM BANN DER NACHTSCHATTEN

August 2023

Wir produzieren nachhaltig
- Klimaneutrales Produkt
- Papiere aus nachhaltigen und kontrollierten Quellen
- Hergestellt in Europa

Völckersstraße 14–20, 22765 Hamburg

Lektorat: Jessica Billerbeck, Julia Feldbaum
Umschlagbilder: shutterstock.com / © Aleksandra Vinogradova (1977505193) /
© Peyker (2120199404) / © xpixel (2051669498) / © Fabrik (1028877661) /
© FOOTAGE (1165816852) / © Aygul Bulte (1697921407) /
© svetlana likienco (611375129) / © JIPEN (788024998) / © amber_85 (1843997875) /
© NikholmTreeVector (715009951)
Umschlaggestaltung: D. C. Odesza / MyBookcovers Buchdesign, Formlabor
Vignette Copyright: shutterstock.com / © Tani Kunzminka (1911569635)
Charakterillustration Innenklappe: Adamart
Satz: Pinkuin Satz und Datentechnik, Berlin
Herstellung: Gunta Lauck
Litho: Margit Dittes, Hamburg
ISBN 978-3-551-32158-9

FSC
www.fsc.org
MIX
Papier | Fördert gute Waldnutzung
FSC® C083411